元色

镕畅 著

广东省出版集团

花城出版社

图书在版编目（CIP）数据

元色 / 镕畅著. —广州：花城出版社，2010.5
ISBN 978-7-5360-5978-8

Ⅰ．①元… Ⅱ．①镕… Ⅲ．①长篇小说－中国－当代
Ⅳ．①I247.5

中国版本图书馆 CIP 数据核字(2010)第 078536 号

责任编辑：谢日新
技术编辑：易　平
装帧设计：林露茜
实习编辑：谢嘉炜

出版发行　花城出版社
　　　　　（广州市环市东路水荫路 11 号）
经　　销　全国新华书店
印　　刷　佛山市浩文彩色印刷有限公司
　　　　　（南海区狮山科技工业园 A 区）
开　　本　880 毫米×1230 毫米　32 开
印　　张　10.625　1 插页
字　　数　280,000 字
版　　次　2010 年 5 月第 1 版　2010 年 5 月第 1 次印刷
印　　数　1－6,000 册
定　　价　22.00 元

如发现印装质量问题，请直接与印刷厂联系调换。
购书热线：020－37604658　37602819
欢迎登陆花城出版社网站：http://www.fcph.com.cn

目　　录

人人都说你是个抄袭者

　　洪丹脱衣服的速度总是飞快。

　　图图沙去洗手间洗了个手的功夫，她已经把自己脱得精光，全身赤裸着站在床头柜旁，要怎么形容她的裸体呢？和许多其貌不扬但有一副好身体的女人正好相反，洪丹的脸蛋长得还算可以，但身材就不能让人恭维了，她的乳房垂到胃部，肚子像怀孕四五个月，垮垮地朝前突起，还有她的腿和屁股，都是乏善可陈，毫无线条感可言。但是图图沙又好到哪里去呢？脱光了就像一条沙皮狗似的，到处堆满一条一条的松懈褶皱。好在他躺在床上摘掉眼镜的时候，就什么也看不到了，只知道搂在自己怀里的这个女人，是著名女作家洪丹。单是著名女作家这几个字，已经让他虚荣心得到极大满足，若这著名女作家还是他一手栽培一手扶持起来的，那感觉又更加不一样。

　　"我时间很紧，我跟文学研究所说，我是回来开会，但我跟会议组委会又请了假。"洪丹拉起图图沙的手，把他的身体也拉向自己，"来吧！抓紧时间。"她说。

　　图图沙移动臀部，床板发出虚弱的"咯吱咯吱"的声响，她看着他空洞的眼，四目相对，一时间又找回昔日的同谋关系，他们按照以往的方式又联合起来。她每次有求于他时，都会以这

1

种方式与他联合，她不是有求不回报的女人，他也不是有求不索取的男人，所以，他们一直保持着持续不断的友好关系。

他从她身上稀里哗啦滚到一旁，大口大口地喘息，他已经六十一岁，把他说成像年轻人那样棒是很不现实的，但洪丹还是称赞了他，说他了不起。

"我收到怀绍德的资料，说水力抄袭他的小说，第一时间打电话告诉你。"

"你怎么看这事？"

"水力那么聪明的人，怎么会做出那么笨的事情？"

洪丹从鼻子"哼"了一声："是聪明。要不聪明，也不会花这么长时间才让我们认识一个抄袭者水力。"

"我第一次看了她这个小说，非常激动，给她打了半个多小时电话，猜谜式的优雅，层层揭开的冷静，这是水力特有的智慧，别人很难模仿。"

洪丹把手放在图图沙的胸前，轻轻拍了拍，让他松懈的皮肉发出疲沓的声音，坚决地说："现在，你得推翻你的说法。"

"怎么推翻？"

"很简单。坚决不承认你说过这话。"

"唔……不承认？"

"你要这么说，那稿子不像水力的风格。"

"嗯……不像水力的风格？"

"当然不是水力的风格。"

"如果我那么做，水力就彻底毁了。"

她抚摸图图沙的身体，在他没毛的胳膊上亲吻。"你不该这么想，你在主持正义。你是最正直的，不是吗？"

"嗯……"

洪丹伸手搂过图图沙的头，像对待一个哺乳期的孩子。"你是亲手扶持起水力的主编，你现在要第一个站出来表态，决不包

2

庇水力。"

"嗯……"

她的手顺着图图沙的下体往上走，直到胸前，又到前臂，车辘轳般地循环往复。

"你是不是觉得我老了?"

"胡说，你看起来顶多四十多岁。"

"图。"

"嗯……"

"我真的很爱你。你知道的，你扶持起那么多女作家，除了我，他们都不爱你。"

"哦，洪丹，我知道，只有你对我是真心的。可是，我也对你最钟爱啊!"

"我知道我这阵子对你太冷淡，可是，我的确太忙了。"她说，"那帮人，他们都不太服我，总提我的过去，要知道，他们骂我，就是骂你，我俩可是穿一条裤子的。"她说。

"都有些谁?"

"我总觉得不管到哪里，总有人对我指指戳戳，嘀嘀咕咕。水力肯定在背后骂我。"

"你听到过?"

"我断定。"

"你又没亲耳听到。别疑神疑鬼，水力她小孩子家家的，你不要和她一般见识。"

"她多大了，还小孩子?"

"她天生一张娃娃脸，心理年龄小，人很纯粹，性格又单纯，大伙都这么认为。"

洪丹从图图沙身上翻到一旁，呜呜地哭了起来，她的眼泪真现成，说风就是雨，不一会就泪流满面了，她十岁时就走台，一会儿换上丫环的衣服站在主角身后当木偶，一会儿又换上家丁的衣服在台上走个几分钟，眼睁睁看着别人站在舞台中央嬉笑怒骂阴晴圆缺，自己连上台大哭一场的机会都没有。有人曾说她，长大了一定是个会勾引人的婊子。但问题是，很少有人主动勾引她，她只好率先献身，她真不知道，到底哪儿不对？她哭哭啼啼了一阵子，显得上气不接下气，背部有张有弛地起伏着。

白衣黑裤，水力穿戴得像刚出校门的大学生，混在花红柳绿的社科院文学研究所组织的文学研修班里，一点也不显山露水。但洪丹一下子还是把她给认出来了。她长着一张典型的娃娃脸，十分孩子气的下巴，鲁莽又机灵的圆眼睛，眼神不带拐弯地睇人。

"啊，这不是水力吗？我是洪丹。"她说。

水力看着她只会笑，旁边又有人跟她打招呼，她也只是笑着，别人都说她简单，但洪丹一点也不这么认为。她看过她写的小说，那可不是一个简单的女孩子写出来的东西，她可比评论家更了解水力的文字。第一天上午的会议结束后，洪丹说她没买洗衣液，水力就去买了两大桶回来，给了她一桶，她怎么拎回来了？那一桶就是三公斤。她打扫房间的时，还走进她房间帮她扫地。

"你真是勤快的女孩子。"洪丹说。

"是。我很爱干净。你们一定认为，我们现在的女孩子都很懒惰。"

"就我这么大年纪的人，也很懒的。"洪丹说。她换下的衣服都堆在椅子上，常常上了洗手间忘记冲马桶，房间里总有股冲鼻的异味。

"来，坐会儿，吃个苹果。"洪丹说。

水力坐在椅子上，洪丹就让她看电脑桌面的一张婴儿的照片。"这是我儿子。"她说。

水力短暂地"哦"了一声，便不再说话。

洪丹是结过三次婚的女人，作为回报，生了两个不同父亲的孩子，她相信，除了她的现任丈夫，每个人都对她的过去指指点点，她听到他们在背后说她是什么"梨园出身"，"戏子"，自从当了著名作家，又加了一项，"用身体跑奖的女人"，所以她讨厌所有这个圈子里的人，总觉得他们对她很蔑视。后来，即使是她功成名就之后，这些阴影也一直牢牢地占据在她的内心，她表面上越是彬彬有礼，内心越是憎恨。最大的深仇来自于面前这个名叫水力的年轻作者，她穿着印满 KT 猫的韩版家居服，她把双脚叠在一起朝前伸去，人字拖鞋露出嫩生生的十个脚指头，她的腿又直又长。

"喝水吗？水力。"

"不喝。我坐会儿就走。"

"有男朋友了吗?"

"嗯，还没。"

"家里人不着急?"

"有一个正在追求我，我妈说他太有钱了，不靠谱。"

"要不要我给介绍一个?"

水力笑了，"不用，我等缘分。"

水力告别时，洪丹给了她一盒茶叶，两只苹果。"我这有很多水果，都是朋友送的，你想吃什么就来拿。"

"谢谢。食堂吃得很好，并且，我担心长胖。"

后来，这次轻描淡写的对话，都被洪丹以匿名的方式写在帖吧里，一次是："我是水力的邻居，我知道她的真实年纪，比她所说的要大一岁。"另一次变成："我见过水力，她初恋失败后流落到这里，一个特虚荣特骄恃的人，有个特有钱的男的正追求她，她妈妈不太放心她嫁给有钱人。"还有一次："抄袭不是偷盗吗？这样的人，文学研究所留着她丢人败兴到什么时候？"不解恨的时候，把水力的家人也捎上了："她妈生了她那么久？"

"别哭了，别哭了。"图图沙用手摸着洪丹的背，几十年的烟龄使他的食指和拇指染上洗不干净的黄渍，"谁都知道，你是老大，在我这里，谁也别想夺去你这把老大的交椅。"他在她肥厚的脖子上留下一串湿叽叽的吻。"为了你，我情愿打着正直的名义做这件事情。"他说。他故意把语速放得很慢，并且带着沉重的喘息，似乎在作出一个不得已的重大决定。

水龙头说关就关，洪丹立马收住眼泪，转回身用自己的软塌塌的胸贴着他松垮垮的臂，说："你不是打着正直的名义做这件事情，而你本身做的事情都代表着正义。出发点是重要的，就好比心理暗示，如果你这么想，做起来就显得堂而皇之，毫无漏洞，别人看着也特别像这么回事情。中国汉字四四方方，我们做人也要正正派派。"她清了清喉咙，倾力去吻他的皱脸，吻他的前额，吻他花白的头发，这感动了他，好像从未被人这样亲吻过一样。

"我知道。"他说。这次是从喉咙底部发出低沉的吼声，他感到心里一阵畅快，一种可能会引发全身痉挛的畅快淋漓，好长时间没有这种感觉了，也好长时间没和洪丹一起体验这种快乐，他把嘴唇拱向她，她也从枕头上抬起脑袋，拼命伸向他。他感到她急切地想要达到自己的目的，于是，刚才那种畅快的感觉立即消失了。可她不想放弃，使劲用双手搂着他汗湿粘粘的肩膀，宾馆的落地灯见证了这一幕，他双手不停地抚摸她变老的背部和肋骨两侧，而她只是带着自欺欺人的，假装愉悦的表情在接受他的抚摸。

"图，知道你该怎么做了吗？"

"知道。"他喘息着说，示意她继续，不要停止，"我不但要证实那篇小说不是水力风格，而且还要把怀绍德的稿子再在我刊物上重发一遍。"这时候，他想的不单是听从身边这个女人的指挥，而是听从怀绍德寄来的银行卡指挥，再趁机给水力那姑娘点颜色瞧瞧，他心里有个声音说，"我马上就要退休了，没有那么多时间跟你这丫头弯弯绕。"他何尝不和他们一样，一直等待着这么一个千载难逢的好时机，将水力那丫头置于死地？一箭三雕就是打这儿来的。

洪丹卖力地讨好他，让身体起到控制思维的作用，这正是图图沙想要的。她用力亲他，亲他像沙皮狗似的一条一条的松懈褶皱的缝隙，她明白打铁还需趁热时，本着把把清不赖账的原则，也本着让图图沙把惩治水力的事情做到极致的愿望，她用湿嘴亲了她最不愿意亲的图图沙的部位，很久以前，她还没出道时，那阵子经常做这事，头拱在被子里，亲他快要褪尽的体毛，亲他蜷曲萎缩的部位，他感到她的尽心竭力，很久没出现的想要扩张出来的感觉终于又出现了。

按照国际惯例，情趣相投的人才能互相理解，图图沙一直为自己那点主编的权利而沾沾自喜，但是，再有半年图图沙就退了，一想到半年后他再也没有寻花问柳的可能，甚至有一天，人们会像忘记他主编头衔一样忘记他还有性欲。想到这里，他神经质地大叫了一声：

"啊！"

这一嗓子把窗外的鸟都吓跑了，吓跑的还不止窗外的鸟，正如洪丹所说，这是一个好机会，给水力一个永生难忘的教训。图图沙心想，她早该得到教训的，不是吗？这送钱的送钱，送物的送物，送身体的送身体，只有水力抱定不求人的态度，没事人似的听天由命，什么是天命？天命就是谁不开窍谁倒霉！

怀绍德穿了件白色衬衫，开始发福的身躯塞在一张椅子里，他坐在离打印机最近的桌前，斜对着窗户，阴郁的侧影映在玻璃窗户上，隔几秒钟把香烟放到唇边，狠狠吸上一口。窗户卅着，阳光从四面八方将他团团围住，仿佛给他裹上一层围布，他感到自己在变大，无限延伸。

电话铃刚响一声就通了，话筒里传来浓浓的鼻音。

"喂——"

"图老师，打扰你了。"

"没关系，我睡不着啊！"图图沙声音沙哑，停了两秒种，他说，"你发来的证据我都看了，说实话，我很痛心。"紧接着，说："你的快递今天上午收到了。我很痛心，"图图沙说，"但是，我相信你说的都是真的。"

"谢谢您的理解。"

"要是换了别人，肯定是包庇我的学生。这也就是给了我，我不能这么做。这就是我的态度。"他说，"有个著名作家洪丹女士，人很正直，对此事也很关心，如果方便的话，你可以和她联系，我把她的手机号告诉你。"

"太好了。再次表示感谢。"

银行卡的事谁也没有提。别人是养儿防老，图图沙是养钱防老，由于求财心切，图图沙曾经把十万块钱交给一个放高利贷的人，那人连人带钱全部消失后，图图沙很是捶胸顿足了一阵子，那可是他近几年的积蓄，要给几个作者组织研讨会才能得到的提成。

某报编辑部主任希望在图图沙主编的杂志上发一篇散文，图图沙在酒桌上当着众人，对他说，"你给我们全编辑部的人做一套西装，我就发你稿子。"编辑部主任很识趣，说，"做西服的钱打你账上如何？"第二天，编辑部主任给图图沙银行卡上打了一笔钱，年底的时候，真从刊物上发现这仁兄的散文。

怀绍德需要很多帮手，但他没想到事情比他预想的要顺利得多，洪丹，这传说中用身体跑奖的女人，完全不是那次笔会时所看到的傲慢，她主动给怀绍德打来电话，对水力抄袭这件事高兴到失去理智，"我会随时告诉你，水力在文学研究所的一举一动，配合你的网络攻势。"她说，"是图主编告诉我你的联系方式，以后，我们可以直接联系。"

这正是怀绍德需要的。"水力现在还在文学研究所里？"

"当然，照常吃饭听课，一副天塌下来也不怕的样子。"

"你们所里领导对此怎么看？"

"还不确定。但是，绝对有人包庇水力。"

"你给我讲讲水力，她是怎样的一个人。"

"人人都讨厌的人。"

"对，人人都说她是个抄袭者。"

半小时后，图图沙和洪丹衣衫不整地坐在电脑前。第一个多刺而充满剧毒的标题是怀绍德创立的："年轻女作家水力伸出黑手抄袭我作品。"

图图沙和洪丹的赤膊上阵更宣告了一场网络大战由此拉开帷幕。

"把这条加上去。"图图沙说，"水力，你再不离开文学研究所，让所里，让你父母，让所有的人都来替你挨骂？"

洪丹用笨重的咸盐罐子大口吞水，吞够了又在键盘上敲下一行字："文学研究所的人没公正心了么？怎么不站出来声讨水力？"

"把水力灭掉，肃整文坛风气。"图图沙深信，怀绍德在给他发传真前，不仅对传真的内容字斟句酌，并且他对图图沙本人的习性更揣摸良久，不然，他怎么知道发水力抄袭资料的同时，用特快专递给他寄了张银行卡？

总得有人求他，否则，他决不帮谁。以前，总以为水力不会犯错，她有那么明确的自我，那么远大的未来，还有那么多新奇的想法付诸小说中。抄袭这么大的事，他等着她向他辩解，像洪丹一样哭哭啼啼投怀送抱，或者哀哀泣泣，畏畏葸葸，求助告饶，他想亲眼看她痛哭流涕的眼睛。

为了增加人们看图说话的能力，怀绍德特意下载了几张水力的照片，放在帖吧里，让人们更容易找到焦点，"把这两条加上去。"洪丹非常兴奋，眼睛直勾勾盯着显示器，望向网络深处，又在键盘上敲下一行字：

"写了那么多，原来都是抄的！"

"文学研究所的人没公正心了么？怎么不站出来声讨水力？"

很快，无数光线的触角，坚硬如刀，呈月牙形状弯曲，紧逼这起抄袭事件，对准水力眼睛里的黑茸球惊声尖叫，一定要将水力，这个讨厌的抄袭者逼到悬崖，让她站在最后一块岩石上，不得不往下跳。

"现在的网络，可真够厉害的。"图图沙说。

由于兴奋，洪丹的脸变得通红。她双手像墓穴般敞开，放在键盘上，"最好就此再发动一场文化革命，把我们讨厌的人都打倒。"

足不出户，那些关键的词已经在各大网站的帖吧里，重复出现了无数次，图图沙在一旁助阵，洪丹脸上的愤怒苍老而又新鲜，再加上怀绍德，再加上网上那些不明真相的人，如果再有一群好事者，那么，一夜间让水力变成人人厌恶的抄袭者，显然不是什么难事了。

"严惩水力。"

"决不放过抄袭者。"

洪丹坐在电脑前就停不下来，她发现，在网络上匿名骂人这件事，比写作让她显得更真实，更活跃。

图图沙右手搭在洪丹肩上，亲热地伏在她左脸边，"怀绍德是怎么说服你帮他的？"

"现在是我们。我们都站在同一条战线上对付水力。"

"是，我们。"

社科院文学研究所学员的博客中都贴满了匿名帖子，一个人的是"水力抄袭"，另一个人的是"你要站出来代表文学研究所

10

痛斥这种不要脸的行为"，还有一个是"听说你很喜欢水力，但你这样对她不值得"。有的学员清早出门，发现门上贴着一张字条，上面是故意用左手写得歪歪扭扭的字："我建议你上网以水力同学的名义，声讨抄袭者。"

"严惩，声讨，打击，灭掉"的字条和帖子都在文学研究所的博客和门缝间传递，看得出来，它们都出自某一人之手，并无明显的创意，但显然是对水力恨之入骨，目的是让水力的名声一落千丈。有人一下子判断出是谁干的，有人只能猜测。

社科院文学研究所每年都要组织一次文学研修班，旨在让来自各地的文学爱好者，有一次相互了解共同切磋的机会。文学研究所为文学的前程付出了努力，对于文学来说，孤掌难鸣，众声的参与才能使合唱永恒。整整一个月，专门有人往文学研究所所有人的博客里发通告，让所有人都知道她抄袭的丑闻，多一岁少一岁的年纪，初恋男友，后来慢慢就有人猜出是谁发的这些帖子，尽管是匿名的方式，人们从洪丹平时的片言只语中猜出端倪，有时候她假装不明就里，问："水力抄袭了？"人家说："你不知道？天天有人往我博客里发帖子。"接下来一场对话就发生了，洪丹说起水力多猖狂，多不懂事，甚至连她跳的舞蹈她都不喜欢，她还抱怨在一次会议上水力对她的视而不见，那分明是一种轻视，为此她也像今天这样，专程跑到图图沙办会室里去哭诉，把水力骂了个臭透，也许她没意识到，她在宣泄这么些年来别人对她的非议，所以她不分场合不分地点地对水力非难，拼命地脏污她，脏污得毫不留情，坚决彻底。借用网络，起源无法查实，消失也毫无影迹。端火枪，持水管，举手电筒，集体射击，最好让水力被脏污得不再有人喜欢，甚至她自己也不再喜欢自己，忘记怎样写作，而且再也回想不起来自己是谁。与此同时，人们私底下开始叹息，摇头，他们已经无法理解，两个孩子母亲的洪丹，四十五岁的著名女作家，何以对一个年轻的作者水力如此憎恨？

关于水力的初恋，那既不是人和大猩猩的恋爱，也不是一头非洲狮子恋上母猴子的故事，他大她十岁，自然而然地充当了良师益友的角色，并且，宠爱她也是这角色的一部分。周末傍晚他在学校门口等她，带她吃遍小吃一条街，她感冒了，他整夜不合眼坐在床前照顾她。一位进城看病的大婶被小偷扒去钱包，水力追了三条街没追到小偷，转回原处找着那伤心欲绝的妇女，把自己的生活费给了人，他知道后一迭声地责备她，"你说这有多危险，多危险。幸亏你没追上，小偷身上带有凶器怎么办？水力你听我一句劝，改改你的野丫头脾气，改改你的乐善好施好不好？你这样去到社会上不碰个头破血流才怪。"一边说，一边摸着她的头问她中午有没有吃饭，早上吃的什么昨晚吃的什么。他似乎知道会离开她，所以把她往死里宠，好让她眼里再没别的男人，好让以后所有的男人都拿她的狗脾气没办法。

水力的门时常被好心的同学敲开，询问事情到底是怎么回事。而水力对所有人的回答只有一句："我没抄。"这样，一次次推心置腹的交谈开始了，来者全部知道是谁干了这恶毒的事情，但是，谁也不愿去惹那女人，他们全部知道她能量很大，很有社会活动能力，很会哭哭啼啼，扭捏作态，逢场作戏，动不动跑到所长那儿鸣冤叫屈，说这个或者那个欺负她，不把她放在眼里，他们还记得她在一次酒后又扭又唱，唱完扭完了就向别人展示她的绣花包包，用一个带花斑纹的敞口罐子大口大口地吞水，吞够了就讲她那个"牛的故事"和"四四方方"的言论。一次又一次。

大多数文学研究所的学员比水力年长，这帮大哥哥大姐姐们也只能用隐晦的方式表示对这位小妹妹的同情。自到文学研究所进修之后，洪丹一直标榜的身体不洁主义和个人功利主义赤赤裸裸曝光在众人眼皮下，再也掩藏不住，有人对水力说："她一定

12

会得到应有的下场。"接着，旁边的人又是摇头，又是叹气，当然他们每个人来的时候，都带来吃的，饮料，还有方便快餐，因为水力在短短几天时间迅速消瘦下去，走到楼道里像飘一样。水力尽管心力交瘁，但仍然没忘记对来访的人轻声说："谢谢。"

乔姐姐买了很多葡萄面包，说多吃甜食可以增加耐受力，文姐姐说水力："你不能期期艾艾。要坚强。挺住。"还有许多人，尽管他们曾经觉得水力有这样或那样的缺点，但并不妨碍他们在一个年轻女子遇到挫折时表达一份爱心。

同学送来的食物并没有使水力幸免于难，对水力的攻击很快波及到文学研究所。如果允许文学研究所再建一个二部叫做精神病所三部叫戒毒所的话，很容易在学员中找到合适人选。

门没锁，洪丹推门进去时，丁悬正躺在床上假寐，他长着一双像女人一样的眼睛，只可惜眼神古怪。因十年前几篇小说走红了一阵，后来就再也没了动静，他至死也不明白，他是怎么突然蹿红的，又怎么就不红了？半路失明比天生的瞎子更痛苦。和传奇擦了擦身子，不知究里地经历过了大红大紫，此后更是如何安下一颗躁动的心，重新回到安静平凡，中间的无数个不眠之夜，怎么到的黎明？丁悬酒量不好，一喝就醉，洪丹顺路把他送回房间，她刚要离开，他从床上滚到床下，撕开衬衫抓着自己的前胸，洪丹以为他要喝水，但水杯在他手中丢到地上，又在地板上裂成碎片，他伸手去抓碎裂的玻璃，他的手指被割破后，不流血的地方愈加显得惨白。这时，他嘴里不住地大喊着："啊，啊!"直到在抽屉里找到一包粉末，放在鼻子下，这才逐渐安静下来，但也耗空了力气，破布袋似地蜷成一团，手枕在头下，似乎要睡着了。

洪丹最近到处示好，拿着苹果香蕉，一会跑这个房间夸人家"头发好看"，半小时后又蹿到另一宿舍，夸她"病态也是美"，目的只有一个，缩小打击面，团结大多数，狂踩水力。而，那帮子心眼实秤的人都以为被著名女作家夸是好事，哪知道这只能证明，这些人对她洪丹构不成威胁，不是菜。

她向丁惢俯下身体，俨然她的妈妈，丁惢却像个刚出乳牙的孩子，早就没人需要他，也不再有人知道他，否则他就不会一天到晚缩在房间里，课也懒得去听，饭也懒得去吃，她说："你还想再火一把吗？现在有个机会，我一直认为，你不是才气不足，而是缺少一次机会。"

听了这话，丁惢大而无神的眼睛一下子找到一丝光亮，他一直不喜欢洪丹，他学她走路，学她粗短的手假扮莲花指，看着就让人想把昨晚吃的、中午吃的全呕出来。但现在，她坐在椅子上，穿着一件黑色衣服，领口开得很低，但仍然看不到她胸部轮廓。他舔着嘴唇，空洞地盯着她下坠的胸脯，十八年前，她一定算是个美人，闷骚的那种。只可惜丁惢自从吸食那玩艺儿之后，再也对异性提不起兴趣。

"灭了大熊猫，咱都是国宝。"她说。

丁惢大吵大闹，他觉得热，脱掉衬衫光着膀子叫嚣，嚷嚷得满楼满社科院都听见了："我决不和抄袭者为伍。坚决开除水力。不然我就去网站宣传，说文学研究所姑息包庇抄袭者。"他赤膊在所长办公室里走来走去，纯粹一个街头无赖小混混。

王芒所长已经快让丁惢整疯了，不得已，派人找来文学研究所教研部副主任魏克己。

丁惢是靠着网络红起来的，现在想借由水力抄袭事件再去网络炒作一把，王芒觉得自己似乎理解水力现在的处境，他知道，幕后有一大张大网正黑压压地罩向这孩子，那张网越织越大，对她的伤害没有止境，而水力这些天，越来越虚弱，他为她感到窝火和愤怒。然而王芒此刻的恐惧，已不再只为水力，而是为自己，正如丁惢刚才所说的，他要去网络公布此事，一旦网络把矛头对向文学研究所，就是对向王芒本人。在此之前，王芒也不想让水力离开文学研究所，她清晨在院里树林里跑步已成为文学研究所一景，那副甜蜜健康、生机勃勃的样子传递着明朗快活信息，但是怀绍德希望看到的情形，丁悬背后那些人希望看到的情形，是让水力挫败，一蹶不振，让她疯疯癫癫再也找不到自我，也就是说，这起事件发起者的目的，不是让水力接受应有的教训，而是想夺走她全部的自信，他们不停地想方设法抹脏她，用污水泼她，用汽油浇她——

"写了那么多小说，原来都是抄的。"

"不要脸，除了偷还会做什么？"

传真机"嗡嗡嗡"，窗外的各种声音都被它遮蔽，A4纸，密密麻麻的控诉，像窗外不断变稠、变厚、变密集的云，水力这丫头是怎么啦？好好地把自己投进一个大气洞里。现在，这气洞漫延出浑浊的水，"嗡嗡嗡"，从传真机里发出可怖的声音，一个微胖的男人的躯体从字里行间慢慢升起，细长肿泡眼，在浓黑的眉毛下显得深不可测，他眉头向上挑着，显出责难的神情。这男人内心忧郁，求全责备，希望别人什么事情都做得完美，但对自己要求又不那么高。

魏克己把丁悬拉到沙发上，连哄带骗地想让他安静下来，"你千万别去网上闹腾，千万别去。好吧？对于水力抄袭事件，文学研究所一定会严肃处理。"

丁悬把他的脚从拖鞋里抽出来，搁在茶几上，惨白的没有血色的脚心冲着王芒，他一天到晚充满疑疑惑惑的神情，似乎总在回忆着什么事情，很多人知道，他再也不是十年前那个新生代作家了，突然爆红害了他，让他在根本不知道文学是怎么回事的时候红了，又在他仍然不知道文学是怎么回事的时候，毫不犹豫废了他。

作为以察言观色见长的下属，魏克己唾沫横飞，终于把丁悬劝走了，估计丁悬自己也是累了，他得回宿舍做点必要的事，忙

15

着去翻找抽屉里的白色粉末，要不他哪还有力气大吵大闹。

"总得让事情平息下来，不然可能就没完没了。"魏克己说。有了这个想法，水力也就不存在了。水力抄不抄袭已经不重要，她有没有才华，值不值得期待，有没有光明的未来，也不重要。

水力低着头，她摆弄着自己的手指，怎么也算不出来，道歉之后，还会发生什么事情。所里的人都不尊敬魏克己，认为他除了阿谀溜须，别的能力很弱，但这一刻他情真意切的样子很感动水力，她看着他细缝缝的小眼睛，捋得光光的背头，仿象牙烟嘴喷吐出一个又一个愁云惨惨的烟雾，空气中的尼古丁味道让她感到恍惚。

"我不知道道歉该怎么写。"

"那好办。王所长说，让你全认。一句别解释。"

"全认？"

"对。全认。一句也别辩解。"他拔出烟嘴，用手把烟蒂转了转，再把烟嘴放到右嘴角，斜斜地叼着。"怀绍德是有备而来，步步为营，预先还说服了图图沙这样的人来作证，再加上他煽动了网上很多不明真相的人，共同来攻击你，你现在已经完全被动了。你一旦反击就更快地被攻讦，一旦发出与众不同的言论就激怒那些人。"他冲着房间上空吐了一串烟圈，"写好后要先拿给我看一下。"他郑重说道，"我给你把把关。"

这是一个普通上午的九点钟，天气又热又干燥，文学研究所不远处的那条排污河的臭气又飘过来，那恶臭来自上游的一个化工厂，起初刚到文学研究所报道时，她晚上常去那儿散步，夜幕下还以为那是条天然河流，波光里映着星光和月光，直到有天白天从那路过，看到河上面泡着死去的小鱼虾的尸体，它们已经死去很久，后来就再也没去过那儿。

水力在电脑中打了两个字"道歉"，就停下来，两只胳膊置于脑后，慢吞吞地盯着电脑，手机铃一直在响，魏克己催促她，快些写好道歉。

道歉该怎么写？像诗歌那样纤巧，还是像散文那般隐而不发，抑或像歌曲那样激情爆发式的？无论哀伤是抱头饮泣还是义愤填膺，筛选出的词句都无法把恶杜绝。既然语言永远无法改变悲哀的现实，那它的力量，就在于表达那些无法用语言表达的探索。

"你为什么要抄袭……"记者在邮件中提出一个又一个个问题，"说一说你现在的心情……"言下之意，每解释一句就有一把刀子横空而降。

他们问她："你为什么不解释呢？""你为什么不说话？"言外之意，让他们知道她那些失败的经历，让他们看到光明之下黑暗之间的水力，让他们满足丑陋阴暗的窥探隐私癖。

她想说的是，"你们为什么不能伸出一只手，一只柔软的手，如果你们还有点平常心的话，就该先伸出手，稍慢些说出那些刀子一样割人的话，那些居高临下颐指气使的话。你们不原谅我的年轻，不原谅我的不成熟，难道你们不是更想看到一场灾难来临的场景吗？因为你们心里只有残酷和凶狠，没有柔软。所以，当我陷入你们毒素营造的口诛笔伐时，你们又有什么权利要求我呢？"

手机铃和座机交替响起，魏克己在门外来回踱步，水力在"道歉"后面写了一行字，再加一行字。数够字数后，就拿起道歉，在静默的开门声中递到焦急等在门外的魏克己手上。就在她关上门的下一秒，房间里的歌声马上响起来了。那不是她唱的，而是MP5的播放，音乐像潮水一波一波漫上堤坝。他扭转身，手里拿着道歉，一直走到电梯口，还听到那歌曲，歌词是："七彩的裙摆浸润在河水，抗议那前来骚扰的乌龟。"

魏克己回到办公室，仔细审核水力的道歉，亲自动手在上面加了几行字："感谢社科院文学研究所的王芒所长，还有教研部

17

副主任魏克己先生。是他们鼓励我承认错误，勇敢地道歉，完成对自己心灵的救赎。"魏克己觉得自己太有才了。如果他散文诗歌也能像水力的道歉写得这么纵横有余伸缩自如就好了。

然后，他拿起桌上的电话，拨通怀绍德的手机，在电话中把道歉念给怀绍德听。

怀绍德当即说了四个字："非常满意。"他太高兴了，隔着电话，没人能看到他手舞足蹈的样子。但，只过了半个小时，他打来电话，并没像他之前所说的"只是要个道歉"。而是进一步要求："我要精神损失费。"

"精神损失？"这出乎魏克己意料。"多少钱？"

"不知道。我还没有想好是应当按天还是按小时计算。"

魏克己傻眼了。叼着仿象牙烟嘴一句话也说不出。

怀绍德出大名了。深夜，在灯下，一遍又一遍重新整理水力以前发给他的短信，他发现，那是一个快乐的景象，完全就像他孩童时期听到的童话，水力也完全像是画家在那些童话中绘制的插图。一到白天，他就不断地在网络和电话里发表一个又一个被抄袭的演说，他的声调已不在中音区，也不在高音区，而是在高音和失声之间回荡，并且语速越来越快，快到不成句子，越说越急促，嗓音变得沙哑，声带出现了前期破裂的征兆，加上方言很重，有些话别人根本听不懂，就凭这种不依不饶的气势，人人都相信他的小说的确被水力抄袭了。

王芒匆匆走出电梯，怀绍德的短信一个接一个发到他手机上，群发式的，好像是因为水力的沉默而进一步惩罚她，推开办公室的门，魏克己坐在沙发上，还没等王芒屁股坐稳，他从一团烟雾中，开口说话。

"怀绍德在电话中信誓旦旦，一遍又一遍说，'只要道个歉。'近乎哀求。可现在，又要稿费，又要精神赔偿费，变本加厉，越要越多，把自己说得这正义那正直，其实就是想要钱。"

18

"水力情况怎样?"王芒问。

"也很奇怪,她没有哭天抹泪,没有主动和任何人申诉,既不趾高气扬,也不恍恍惚惚,照常听课,吃饭散步,她并不害怕,也没有任何咆哮,发脾气,甚至也不作任何解释。"魏克己又从烟盒里拿出一根烟,插在仿象牙烟嘴上,"现在看来,水力不作任何解释也好,怀绍德对证据系统的研究多过于她,他把那些搞成细腻的工程,辅以威胁与压制的语气,这种盛气凌人的语言本身就代表着暴力。再遇到一种记者,那种专靠喝人血、舐人伤口为生的记者,他便不顾一切地向身处劣势的人下嘴。他们只是想看她和怀绍德像一对斗败的男女,涂一地血腥给他们看。"

电话铃一直在响。王芒看了一下来电显示,并不伸手去接,在"叮铃铃"的声音中,只听见魏克己一个人说话。

"水力这是遇到混蛋无赖了。致富的方式有好多种,讹人是最快捷的办法。所以,在这个问题上,我的意见很明确,什么都不能给。给了他一,他就要二,没完没了,无休无止。要完了道歉要钱,要了钱还想要命,如果他家有人常年卧床,需要大笔医药费;如果他家有人死了,要丧葬费;如果他家有人下岗了,需要再就业资金;如果他家孩子成绩不好,要自费上个什么重点初中,高中;如果他家一直缺一套像样的花园房,缺一辆代步的车子,水力能给吗?怀绍德我认识好多年,一个阴郁古怪的人,做任何事情都会核算成本,他事前一定经过精心的算计。"魏克己把烟灰磕在一次性纸杯里,"这世上有两种人不能惹,一种是穷鬼,一种是恶鬼,水力这丫头真命苦,飞蛾扑火直奔二合一。"他又冲着房间上空吐出一个烟圈。

手机和座机同时响起,王芒拿起手机。

"王所长,我是洪丹。"她在电话里急急忙忙地说,"我有事想跟你说,现在网上出现了很多对你不利的言辞……"

"我知道了,你到三楼小会议室等我……"

王芒刚走进会议室，洪丹就把门紧紧地反锁上。她今天穿了一件绿色长袍，外罩针织马甲，嘴上涂了口红，或许还涂了胭脂，颧骨红红的。

"啊呀，你说说，咱文学研究所这都是遇到些什么事啊！"她像说戏词那样悲叹着，"我知道，水力抄袭事情给你带来极大压力，哎呀，咱文学研究所这都是遇到些什么事啊！"

"我担心，"洪丹看着王芒，"这事会连累你啊王所长，最近有人在网上拿你做文章，他们一直在提那俩女学员自杀的事啊。"

洪丹一下子戳到王芒的命门。两年前的一个夜晚，在文学研究所进修的一名女学员，从四楼的一间房子窗户跳下去。后来，有个戴眼镜的女的，又用绳子把自己挂在会议室。世上千条路万条路，她们干吗要选择在文学研究所走这条路？

"还有啊，"洪丹接着说，"丁悬要网上开发布会，将水力的抄袭事件弄大不说，有可能有人会借网络，将那两个在文学研究所自杀的女学员的事情扯出来，所以说，水力抄袭事件就快要变成一个连锁事件，一个所有想爆炸的导火索。"

见王芒不吱声，她叹息着说，"如果你不让水力离开研究所的话，大火可能就烧到你身上来了。"忽然，洪丹泪流满面，"王所长，看了网上那些开始攻击你的言论，我多替你担心啊。"她说，"你不会因为同情水力，让别人说你包庇抄袭者吧？"

她的泪水诱导了王芒的眼泪，他眼眶湿润着，被这很像是老朋友的关心打动了。当他和洪丹一起走出小会议室门口时，她已经不哭了，表情像一只老母猫那样清醒。

"我听说，丁悬刚刚去找王所长了？"

"你好像，什么都知道？"

洪丹耸耸肩。

就在她耸肩的时候，王芒心里叹了口气。为水力叹息。你们了解那些整天把文学挂在嘴边的人吗？他们自命不凡，希望在有

20

生之年成为文坛独一无二的霸主，他们都有强迫症和控制欲，总想逼着同行们向他们交口称赞，实在得不到的时候，就互相吹捧夸奖，过后一转脸，又把对方说得狗屎不如，洪丹就是这样的人。

图图沙把水力抄袭的丑闻在编辑部传开了。

他特意复印了几十份怀绍德发来的传真，每个办公桌上都摆上一份，以便让来访的作者也能看到，走的时候再让他们带走几份。"水力完了，抄袭，简直是走火入魔，这次犯在一位厉害角色的手中，人家不肯罢休，不肯放过她，一定要严惩抄袭者。水力正在文学研究所，已经憔悴不堪，痛不欲生。"图图沙花了一些口舌，终于把一个抄袭者水力的形象充实起来了，说得活灵活现，说得惨不忍睹，编排得无耻下作，编辑部的人都被震惊了。他们分成两个派别，一部分相信水力的确抄袭了，一部分相信这是栽污，比如安露红，她就坚信水力没抄。正在她翻阅怀绍德指证水力抄袭的全部文字资料时，吴百合的电话打了进来。

"请问图图沙主编在吗？我是选刊主编吴百合。"

"吴主编您好，我是安露红，图主编刚出去。您有什么事，我能转告吗？"

"露红，今早我刚到办公室，电话就响个不停，有一位男的，名叫怀绍德，说我们本期选发的水力的那篇小说，是抄袭他本人的作品。"吴百合说，"同时我接到图主编邮件，他说他可以证实水力抄袭。我就奇怪了，既然如此，他为啥要把这篇小说发出来？水力是他亲手扶持起来的年轻作家，你知道这意味着什么？"

"是的。我知道。"

"你们现在联系到水力本人了吗？她怎么说？"

"她说她没抄。"

"怀绍德平均每隔一小时往我们杂志社打一个电话，要求我们刊登他的所有来信。我说，我们刊物没这个先例。"

"他要求图主编以他的名字重新刊登他的小说，图主编照做不误。"

"哪有这样的？既然是抄袭，只需要在刊物上登个更名启事。"

"怎么不是？有人看了重发的稿子，大大地懊恼了一阵子，捶胸顿足替水力鸣不平，首先，人物名都不一样，其次，故事情节不一样，开头结尾的设置也不一样。"安露红说，"水力一向大大咧咧，丢三拉四，开笔会她都和我坐一块，散会后不是落了手机就是丢了房卡，除了写作，就是一没心没肺，没头没脑的孩子。"

"水力是个孩子，可是图图沙主编做了一辈子编辑，这不是自己打自己的嘴巴吗？"

安露红说，"有位编辑曾经是水力小说的责编，他对怀绍德这么说，'中国汉字你用别人也用，要我看，根本是同一个素材的两篇小说。谁抄袭谁还不一定呢。'不知谁把这话传到图图沙主编耳朵里，他勃然大怒，骂这位编辑：'说话像风一样。'过后，他把一条短信给这位编辑看，说是水力发的，短信上说这位编辑'墙头草，随风倒'。而事实上，这位编辑有水力的手机号码，他一眼就看出，短信不是水力的手机发来的。"

"有这种事？那么，图主编捏造水力的短信，是否为达到让大伙都攻击水力的目的？！"

"还有更不可思议的事情呢，"安露红说出自己的想法，她认为应当有一个客观的声音，这是吴百合听到的唯一有别于其他的声音，这促使她拿着话筒进一步听下去。"怀绍德每天往我们编辑部打无数通电话，而图主编开会明令我们编辑部所有的人：任何人都不许同情和支持水力。"安露红压低声音，"现在我们办公室，每个人的桌上，铺天盖地全都是怀绍德揭露水力抄袭的传真资料，每份资料都打着他的个人简历，甚至打上他所有用过的笔名以及联系方式，像是满世界散发为自己扬名的小广告。"

"我凭直觉，这不是一件简单的抄袭事件。"吴百合说，"当许多人围攻某个人时必须头脑清醒，就像泼妇骂街，骂得最响的未必有理。"

"没错。还有人把水力的初恋也和这事掺和在一起，真是无聊！"

"我们可不能落井下石，那是缺德的事情。"

"我真替水力这孩子担心。"安露红长叹了一口气，"暴风雨就要来了，不知水力能否扛得住。"

这些天，魏克己每晚得靠吃安眠药才能入睡。他很少靠药物助眠，可近来一天不吃药就睡不着，直吃得眼窝塌下去，眼珠子鼓出来，说话的时候，恨不能把眼珠子抠出来托在手掌心上给人看。一次是白天，戴眼镜的女人坐在他身旁，目不转睛看着他。一次是夜里，她对他说："给我放水，我要沐浴。"还有一次，就在他身上，压得他如手铐脚镣加身，此刻，他觉得她又来了，这次她没让他放洗澡水，也没坐在床边看他，而是踩动房间地板，随着她的踩动，她还拿他的床当滑板，左右摇晃。

魏克己没穿衣服，确切地说，他准备睡觉了，只穿着背心裤头，他身体紧紧贴在床上，一动也不敢动，生怕自己在颠簸中跌下床去，他的手一直在抖，抖动得就是换一个真象牙烟嘴也装不进一支烟，最后，他发现他的电脑桌也在晃动，这可不行，他抖抖擞擞地伸出手去，把笔记本电脑按在桌上。他受不了，要崩溃了，再这样下去，他得给戴眼镜的女人做伴去了。

六月的中午，阳光越来越炽热，让人犯困，合上房间的遮光窗帘，水力刚昏昏欲睡，就感到有人坐在她的电脑桌前。水力翻了个身，先看到她穿着一件横条纹的T恤衫，再看到她梳着短发，她眼镜后面的两只眼睛，似乎埋藏着无底的渴望。某种再也无法实现的渴望。她侧脸看着她，比羽毛还轻的注视，欲言又止。她姓什么？叫什么？结婚了吗？想家吗？是一个忠贞的恋人吗？是一个可爱的妻子和母亲吗？她有姐姐和妹妹吗？她性情好吗？假如她活着是一个好人吗？

你是谁？你怎么进到我的房间？

你不知道，你每天早上在跳舞给我看。

你住在哪里？

不知道。随便哪里。

你没地方可去？我能帮你什么？

水力。

你饿吗？

水力。

你会笑吗？

水力。

你很像我中学的语文老师。你的脸和她很像。

不，我没有到过那里。

你一定很孤独，我能为你做些什么？

离开这里。尽早离开这里。

为什么？

提防她。542那女的。

你是谁？告诉我你的名字。

水力躺在床上连动都没动，更没惊呼和逃走。

现在她知道了，若这人活着，一定是个好人。

半夜，丁悬在房间里砸东西，"出去。出去。讨厌的家伙。"他大声吼着，跌跌撞撞打开门。"别在这里，出去。快点出去。"他亲自去驱逐那个影子，她躲进洗手间，双手牢牢抓着洗脸池，他过去抓她，她又溜到淋浴器下面，于是，他干脆穿上衣服，夺门而去，冲出校门半夜打车，回到几十里以外的家里去睡。魏克己听见有人敲门，打开门一看，门外空无一人，楼道里却有"咚

24

咚咚"上楼梯的声音。于是他大着胆子站在楼梯口,"出来,出来,有种的就站出来。"

楼梯的灯开了一下,又灭了一下,楼道里死一般的寂静。

洪丹从梦中突然醒来,大汗淋漓,她靠着床头,用被子裹紧自己,她不知道,这天夜里她并不孤独,还有两个人和她享受同样待遇,丁悬和魏克己,共用拥有同一种惊魂未定的眼神。当然也同样筋疲力尽,同样再也睡不踏实。

"一个活着都不明白的人,死了也是糊涂鬼。要不怎么会自杀?"魏克己不敢回房间,上楼敲开洪丹的房门,因为只有她房间开着灯。她来开门的时候,眼圈发青,脸色很难看,整个人显得心神不宁。

"刚才我看到了。"魏克己说。

"看到什么?"

"戴眼镜的女人。"

"她长什么样?"

魏克己看了洪丹一眼,"个子矮小,戴着眼镜。"

"我也看到了。"

"你也看到了?"

"我看到是留着长发,披肩长发,宽脸庞,戴一副很大的墨镜,穿一件绿色上衣。"

"也许是两个?"

"也许是两个。"

"我说呢,这几天,咱文学研究所发生的事都是怪事!一个小小的水力抄袭事件,缘何弄出这么大风波,不是有鬼是什么?

楼道里,灯一直亮着,直到清晨。

戴眼镜女人找不到,绿衣披肩发女人找不到,可水力是个大活人,还能拿她没法子?他用仿象牙烟嘴斜叼着烟,迫不及待在自己博客上发表了一个声明:"我是魏克己,水力已于今天离开

25

所里，今后她的所有行为都与我们文学研究所无关。"

随后他赶忙跑去问门卫："水力今天出门了吗？"

问卫说："出去两回，回来时还和我打招呼。"

他又一路小跑到饭堂，问工作人员："今天见水力吃饭了吗？"

饭堂的工作人员说："见了，她早餐来喝了两碗粥呢。"

他乘电梯到四楼，问楼层服务员："水力精神正常吗？"

"她刚跟我借洁厕灵打扫卫生，挺好的。"

"能不能给我钥匙，或者，你去水力房间察看一下，仔细地察看，看她房间有没有备着一根绳子。"

"绳子？"

"对。就是足够把一个人的身体挂在上面的绳子。"

楼层女服务员斩钉截铁地说，"水力那么阳光，绝不会做这么蠢的事情。"

听到敲门声，王芒示意魏克己去开门。

水力推门而入，微微一笑。她穿着一件胭脂扣的白色上衣，领口有一些珍珠作装饰，颈下是一只柔美的蝴蝶结，黑色的修身牛仔裤，露出一口洁白的牙齿，鲁莽的黑眼睛诚恳而略带疑惑。

"水力，请坐。"王芒停顿了一下，"我让咱们文学研究所的教研部的几位老师，交叉看了你近期发表的几篇小说，文学研究所不是司法部门，不能对抄袭事件做任何决断。"

"哦。"

"你的小说拥有一种无人可代替的特质，"王芒说，"你语言和文字的辩识度很高。"

"谢谢王所长。"

"但是……"王芒一说"但是"她立即孩子气地警觉起来。"容我说一下文学研究所的处境。"忽然，王芒的眼泪又要流出来了，他一字一句地说："我明白你所遭受的创痛，我的意思是

26

说，短短的几个月进修，包括以往你所写的所有文字，都足以说明你才华横溢，你应当脱离这一切包袱，对，从现在起，你，水力，没有一切包袱，把那些人，通通甩在身后，其实，你已经将他们甩在身后了。你可以前往任何一个地方，体验任何他们所体会不到的无限风光。"王芒谨慎地继续说："现在他们把所有能拼凑起来的对于我的不满，对文学研究所的不满，和你这件事联在一起，得出的结论只有一个……"

王芒的话没说完，水力姿态轻灵地站起来，"我今天来，就是已经决定提前离开文学研究所。"然后，她深深地朝王芒鞠了一躬。正午的光线过于刺眼，一只泣血的小鸟落在蓝色 T 恤的背后。

王芒一下子坐直身体。

她缓缓抬起后背，走到门口，微笑着出去，把门轻轻带上。

魏克己目瞪口呆，过了一会儿，才想起用手把烟蒂转了转。原本找的种种理由，一步一步说服她的步骤，但现在，都用不上了。就像手持利斧的人，对着一团棉花无从下手。

王芒红着眼圈子，"克己，问问她去哪，派个车送她，或者，给她些路费。"

"水力。"魏克己追出去，电梯门还有一道缝，魏克己连忙用手挡着。"水力，你明显瘦了，听说你几天没好好吃饭了，看着你一天天消瘦下去，我们都很心疼……"魏克己嘴唇抖了抖。

水力听见知了在树丛里哼唱。唱得特别起劲。她用心聆听那燃烧的木头似的歌声。

"我费了很多口舌，说服丁悬别闹，说服王芒所长，让你进修结束再走……"手机铃声响起，是个陌生号码，魏克己挂断，继续说："你知道你在进修学员中得罪了谁，所以，她上蹿下跳，不把你赶走势不罢休……"

楼下传来一阵热闹非凡的哄闹声，洪丹的唱戏声尤其突显，这个四十五岁的女人，她要顽强地成为一个中心，重复着少女的任性，青春的撒娇，还有对年轻女性的排斥和绝不宽容的挑剔，实在是一幅人与自然抗争无奈与悲哀的全景图。

手机铃声再次响起，还是那个陌生号码。

"请问是文学研究所的魏主任吗？"电话里是一个陌生的女声。

"是的。"

"我是报社记者，听说抄袭者水力决定离开研究所，请您针对处理抄袭者水力接受一下我的采访好吗？"

"你们这些记者，消息真灵通啊。"

"有人给我手机发了短信。"

水力撤下电梯上行的按钮，她弯翘着嘴角，像微笑，更像嘲讽，也许她和魏克己之间刚有一扇敞开的门，但是，已经重重地关上了。

电梯指示灯徐徐上升，魏克己清了清嗓子，放大声音，说："文学研究所一向本着严谨办学的方针，为了进一步肃整风坛风气，在处理水力抄袭的这件事情上，毫不姑息迁就……"

当十几家报纸和网络轮番对水力进行人身攻击和谩骂的时候，他们第一眼看到的不是照片上笑靥如花的水力，而是早已丧失的自己。仿佛在一场运动的前夕，人们对着一尊塑像扑了过去，鸡一嘴，鸭一嘴，流到嘴角的唾液和粘湿的汗水集结在一起，臭味熏脏了他们的牙齿，他们坐在走廊的灯下，跑到网吧，自己打自己的脸。洪丹图图沙和怀绍德大笑着，时不时走进这些人当中撺掇他们再来一次，四处跑着发匿名帖子，散布对水力不利的消息，做人的厚道和种种应有的德行被当成擦屁股纸，丢进下水道里。他们被形形色色的念头左右，都是匿名留言，没一个正人光明，嘲笑声，谩骂声，冷嘲热讽，想说什么说什么，想骂什么骂什么，你来我往，毫无逻辑和联系，就像出现了骚乱，他

28

们结成一体，疯狂嗥叫。

水力刚吃了乔姐姐送来的面包，最后一粒葡萄干的香甜气味还留在嗓子眼，她把抹布放在水龙头下蘸湿水，轻轻擦拭窗台和桌子。树叶飒飒作响，小鸟飞来飞去，水力揉碎一些面包渣放在窗上，等着它们来吃，觉得不够，又把周姐姐送来的樱桃也放了一颗在窗外，她没感觉到世界末日，她甚至觉得，那帮人在网上骂的不是自己，他们在用毒焰和硫磺展示他们的无耻。

听到敲门声，打开门，朝左边望去，看见乔姐姐，他们分成几拨，走进水力房间，压低声音劝慰她。有人从门缝塞进一个信封，里边装着一些钱和一封信，但没有留名字。房间一下子变得狭小，周姐姐只能站着，她们眼里有泪，但没有一个人哭出来。文姐姐低声为她祈祷，说："哦，水力，别怕，他们一定会遭到报应。你要坚强，挺住。"其他不祈祷的人就凝视着水力，充满爱怜地望着她。洪丹试图透过门板，看看每一个支持水力探望水力的人都是谁，最好装上顺风耳听听他们在说些什么。听见人们赶集似的敲开水力房门，所以她很心虚，比用身体跑奖时还要心虚得多，为了给自己壮胆，她扯开嗓子，唱起了西皮流水。

水力房间的人都停止说话，文姐姐也停止祈祷，他们静静坐着，只是这样陪着水力，虽然没有语言，虽然没有声音，但他们都听到那种磨刀似的"嚯嚯"唱戏声。

大城市的天气太过分了，不是热得要命就是冷得邪乎，这才六月，太阳像个大火轮子，金爷爷压低草帽沿，免得被太阳酌伤眼睛。他去年刚做了白内障手术，医生吩咐要避免强光刺激。虽然说人总有一死，但寿限不到还是要珍惜这一段生命的旅程。他今年已经七十九岁了，活到八十他认为就能去见老伴了。他下了车，直奔文学研究所，这城市他谈不上陌生，他脚上的一块弹片就是解放战争时这城市给他留的纪念。这是总在记忆里浮想联翩的地方，人老了更是这样，中午吃了什么饭未必记得，但几十年

29

前的事就像刚刚发生，记忆也有其强迫筛选的能耐，告诉他，应当记得什么，或忘记什么。抓大放小总是会的，那时候城墙内一发炮弹打过来，一个连的人都灰飞烟灭了，金爷爷居然活着，撕块破布随便包包被炮弹打伤的脚，就加入到另一个连里继续进攻。这年头活得好好的人，天天觉得这也不合适，那也不舒坦，怎么着都觉得吃亏，扔战场上死过几回就不这么想了，能活着，就很好。

比如那个周末，金爷爷像往常一样，蹲在地上用抹布擦地，这是他的习惯，把水泥地擦得比瓷砖还亮。金爷爷擦完地，背着手下楼，转一个弯再上一个坡，就到了福利院。有个老战友没亲没故了，就在福利院待着。水力姑娘，她常去福利院给老人们洗头，并且愿意把她知道的讲给每个人听，她和那儿的人都成了忘年交。党子路过生日，当然，他真实生日谁都不知道，就按他被福利院收养那天为生日。水力送他一双"耐克"牌运动鞋，他肯定告诉过她，他想要一双那样的鞋。那是个周三的下午，他刚放学回到福利院，水力在等着他，她拉着他的手把他带到台阶下，打开手里的盒子，拿出一双崭新的鞋。她说，"赶紧试试，如果不合适，现在还能去换。"他穿上鞋，她伸出一个手指头，塞到他的脚后跟，"有点大，但是你的脚还要长，再说冬天也得穿厚袜子。"

那天晚上，孩子就搂着那双鞋睡了一夜，连续几天，一放学就看着它傻乐，半个月后，才小心翼翼地穿上它。

可是那天，他嚷嚷着来找金爷爷，穿着那双耐克鞋，跑得满脸汗水，后来才知道是泪水，他手里拿着一张报纸，说水力姐姐正遭受唾骂和判决，那些人往她脸上唾口水，砍了她的玫瑰花园，指责她偷别人东西，还把她的门框也砸碎了。金爷爷拿过报纸一瞧，可不是吗？有人似乎想趁机判她个什么滔天罪，以便让她去赎他们内心的过错——那些偷鸡摸狗的过错，那些男盗女娼的过错，那些坑蒙拐骗的过错。从他们不断地污辱水力，甚至恨不得鞭笞她，想把她拖到太阳底下曝晒的劲头来看，这些坏事他们一定不止一次做过。

远离了战火和枪炮声后，金爷爷逐渐回复到天性平和，仁爱厚道，他一辈子笃信，把脚步放缓，心境就好了。可这回却总嫌出租车开得慢，这大城市的交通就像得了前列腺。水力，好姑娘，好好吃饭，睡觉，太阳每天升起照常落下，福利院的爷爷奶奶弟弟妹妹都盼着你没事，上天会保佑你每天都睡个好觉。

文学研究所的小门楼并不显眼，略朝里弯陷在一排小商铺边缘。还没走近时，就听见楼道里一片歌声，然后就看到一个矮个子微胖的黑衣女人在引吭高歌，她唱完后，有人拼命鼓掌叫好："洪丹，再来一个。"说话的是脸色苍白目光空洞的消瘦男人，他自报家门，要来一段单口相声。水力躺在房间床上，一位皮肤白静的中年女子，正把一团浸湿的冷毛巾敷在水力额头，楼下的歌声更大了，一位宽脸庞披肩发的女士关了窗户，金爷爷说明来意，他们就把唯一的一把椅子给他坐，互相交换了一下眼神，告诉他，不知谁散布消息，水力要离校，楼道里正在举办欢庆晚会，发起人就是那个矮个子微胖的名叫洪丹的女人。她又开始唱歌了，唱了一首又一首，兴奋得停不下来似的，声音刺耳可怕。她迷狂的面孔像是为了驱逐某种心魔。

乔姐姐说："水力，你看，这么多人在守着你，爱护你，来，我们也唱歌，我们也欢庆，我们，还有你金爷爷。"

竹姐姐拿来她的手风琴，大伙一起站在水力房间的门口，对水力来说，仿佛驱逐高烧的及时雨扑进窗口，带着它全部的沁人肺腑和冰爽，房间里的歌声并不弱小，加上从来不唱歌的金爷爷，他们一起寻觅着一种更合乎节拍，更能让水力找到力量的声音。渐渐地，歌声压过了窗外的音符，找到一个强壮的节奏，一个恰当的节拍，声音雄浑得足以震撼树叶，飞向阳光，鸟和小花猫都飞到窗台上加入这合唱，它震惊了水力。

金爷爷惊讶地发现，水力毫不畏惧，这孩子挺坚强，她明显地瘦了五六斤，穿着一件白色 T 恤，头发被高烧的汗浸得湿漉漉的，她只是虚弱，嘴角弯弯翘起，在正午的光线下，她的眼珠子亮得出奇。

> 当你听说
> 我要离开的时候
> 亲爱的，你不一定非哭不可
> 当你看到，
> 浓烟离开炮火
> 亲爱的，你不一定非笑不可
> 吃上点胡椒，吹出那个调调
> 我会让你懂得
> 什么是骄傲
> 像夏日的微风，像春天的花朵

最后一眼回望文学研究所的大门，那并不显眼的小门楼在阳光下被树荫遮住，为了不让湿润的液体滑出眼眶，为了保持眼神的清澈，她昂起头。黄澄澄的太阳挂在天上，热辣辣地照在文学研究所里的卵石小路上，在夏季里变成深绿色的玉兰花树，树叶中没有一片花瓣的迹象。她低下头，重新想起春天的时候，玉兰绽放，花瓣轻柔得像奶油似的，她看见自己，带着三月的微风走进大门，天空微凉，一副绒线手套套着她的手，却护不住她的激动。门卫看了她的证件，然后送她到电梯口，似乎为了加深她的记忆，今天值班的门卫，正是那天的同一个人。她听到楼道里嘈杂的脚步声，小蜜蜂一头扎进玉兰花树中，嗡嘤着，没找到可以食用的甜蜜素，又从那儿一头飞出来，飞到她头顶。她对小蜜蜂说，"到别处去吧，小可爱，这儿没有你吃的东西。"小蜜蜂像是听懂她的话，一下子调转头，朝院外飞去。

一行人气喘吁吁跑到小门楼外，马路上车来人往，惟独没有水力的身影。她第一个来到文学研究所，又第一个提前离开。她说过，如果她想对同学，朋友们表达最真的爱意的话，就是默默向那些亲切的面孔告别，"别，别来送我，别让我掉眼泪，别送我上那辆火车，别让我哭。"

他们感到还握着她滚烫的手变得空空荡荡。

然后是很多人，网络，报纸的新一番轰炸，他们没有皮，也没有脸，没有心，也没有肝，他们拿着汽油，石头，土炮，对准水力。现在，还有一些人加入到他们中间，一片的人。一堆的人。一群的人。鼓起一个黑色的山包，在所有人的中央，在那儿，水力缓缓升起来，升起来。她两手空空，既没有拿刀枪剑戟，也没有任何防卫的东西，她空着两手，微笑着，独自站在最高处，俯视他们。

昔日寒山问拾得曰：世间有人谤我。欺我。辱我。笑我。轻我。贱我。恶我。骗我。如何处之乎。

拾得云：只是忍他。让他。由他。避他。耐他。敬他。不要理他。再待几年。你且看他。

安露红女士

会场布置得很好，但是安露红还是不满意。

她原先计划在每位客人桌上摆放一盆绿色植物，可搬来的植物只有叶子没有花朵，只好让人换上干花。首先在视觉上，这种草莓类的干花很鲜艳，紫藤萝的细丝缠绕在边缘，叶片有一种镀金的密致和蜡样的润泽，还有白色的花瓣和粉色花苞，其次这些干花每次开会后收起，下次还可以再利用，真是好看经济实惠。

两个人把一盆盆金黄色的菊花摆在主席台下，安露红站在中间用眼睛目测，随后又绕到一旁，观察一下它们的位置是否放得不偏不倚，以前一年四季每个季节都有各自的花朵，但现在的温室大棚就革了这命，什么反季节蔬菜，反季节花朵，反季节水果，展示着比正常季节都丰硕甜美的样子，照这么下去，人也得反季节活着，这不是不可能，现在冬天不是变得越来越暖和了吗？

"姑娘小伙子们，你们再干一会儿，我还得去给来宾们买礼品呢。"她说。将一帮磨磨蹭蹭的年轻人留在会场，自己跑了出去，她知道，她一走开，他们就开始聊天，爬山，斗地主。

"现在的孩子，让他们自觉自愿地干点活，比揍他们一顿都难。"她自言自语地说。

34

这是 2019 年的一个上午。夏天刚刚来临，浅金色的阳光折叠成无法抓握的伤痕，在城市上空蔓延生长，速度将汽车尾气远远抛下，安露红下了出租车走进路旁的那家礼品店。"还是那些东西，派克金笔，金利来钱包，玉麒麟，领带，还有皮夹子。"店老板刚从外面进来，被上午的阳光照得迷迷糊糊，回答礼品的价格时，也显得有些迟钝。

安露红挑选了一会儿，对这儿的东西不是很满意，她出了这家礼品店，走下台阶。她，安露红，一家杂志社的主编助理兼会计，这工作她一干就是二十年，她五十岁，但身体矫健，穿着白色的裤子，白色女式便鞋，蓝白相间的条纹短袖衫，这一带都是卖礼品的店铺，一家挨着一家，她信步地走进走出，安露红已经在这家杂志社先后为三任主编当过助理，一直管着杂志社的后勤事务，虽然就是这些小事，举办活动，布置会场，购买礼品，但是，作为一个普普通通的女性，二十年如一日，能将这些事情做好也不简单。这就是她给自己的评价。

今天天气非常好，马路两边的杨树绿得让人眼睛疼，在她看来，能在这样的六月天，大踏步进进出出礼品店，这是多惬意的事情。

除了礼品之外，还有红酒要买，果汁饮料，还要跟饭店订一些自助餐，对了，千万别忘记买几包蜡烛，虽然停电的事情不常发生，但仍然会出现意想不到的事情，有备无患，万一停电，蜡烛就能排上用场，还显得很浪漫。

一块超大的玻璃橱窗内，一对年轻人正在婚纱店里消耗体力，被摄像师和化妆师摆来弄去，婚纱店的玻璃橱窗尤其大，故意让路人看到里面的风景，大堤和湖塘前，新娘新郎蹬着步子坐在草堆里，摄像师让新郎托着新娘的身体，让她像小鸟一样在空中扑腾飞翔，这动作有点难度，基本上是杂技团演员的初级水平，女孩子身材娇小，像学过舞蹈，腰肢很柔软，镜头感不错，但男的就不行了，西服穿在他身上也显得肥大，勉强完成一个动作，顾不上累得气喘吁吁，又走到白色钢琴前，模仿朗朗的样子弹钢琴，女孩儿扮作会唱歌的样子，也没准她真会唱歌，反正隔着一扇大玻璃没人能听到她唱什么，随便她唱什么吧。"咪，咪，玛，玛。"到不了年底，安露红的女儿也得拍上这么一套，别看安露红身姿娇健，她可是快当姥姥的人了。准女婿是特别厚道的小伙子，高大英俊，家境又好，女儿读到大二时，两人已经谈婚论嫁了。

"嗯，她对我特别好。"上回女儿回家，咬着大拇指对安露红说，似乎很怕母亲责怪似的。

"随便你吧，管是管不住，只要你把大学读完。"安露红说。女儿今年大学毕业，马上就要进入社会实践，是成年人了，只要女儿愿意，她可以做她所有想做的事情。

昨天她又用手机发来照片，阳光斜斜地照射着海湾，她和男友及五六个同学站在海边，天下的母亲都会觉得只有自己的孩子最可爱，女儿站在最前面，伸出两手做了个 V 字手势，样子娇媚好看。还有一张，女儿摆好一个姿势，男友双臂紧抱着她，近旁是一棵芭蕉树，俩人静静地凝望地平线。

安露红意识到生命的一个阶段结束了，另一个阶段随之来临，孩子是父母的一枚果实，在她成长为一个真正的女人和母亲之前，安露红的使命还未完成，她能赠予她什么，不是很多钱，安露红夫妇一直靠工资生活，他们不算富有，但是，人之所以能在世界上定居下来，重要的是懂得一种浩大的秩序所蕴含的希望，这包括对他人的关怀及一切情感。

安露红走进一家礼品店，心想，如果实在买不到称心如意的，差不多的也可以。反正都是大同小异，没什么新鲜，开会的人也见怪不怪，什么礼品都收过，多收　样也没所谓。制造礼品的厂家也为难，一年要开多少笔会，哪有那么多创意？除非主办单位集合手下员工自己动手做。这话说得容易，现在的年轻人，饭都不会做，动不动去娘家吃，去婆家蹭，吃饭店，吃快餐，要不就是速冻食品，你能让他们做出什么礼品来。至少，安露红想，自己那代人还能织个毛衣，绣个鞋垫。

安露红走进礼品店，两位年轻女孩子就在柜台内，她们一定觉得这位阿姨穿得过于干净了些，白色便鞋，白色亚麻阔腿裤，大波浪头发披在肩上，还漂染成棕黄色，她有些性感，一种严肃认真的性感，看上去对服饰很有鉴赏力，如果给她戴个金色发套，再戴个黑色面纱，她简直就是英国贵族妇人的翻版。

再过两天，笔会就要召开，会场有水果有鲜花，来自各个刊物的主编聚集在一起，对了，她下午还要去通知图图沙，看怎么把他接到会场，还要照顾好他，别让他太激动了，那样对他病情不利。

安露红身体挺得直直的，站在柜台前，指点江山似的挑了一堆东西，她决定给男人买衬衫，给女人买香水，价格不能相差太多，她对自己选礼品的能力很自信，也只能这样了，今天上午总得把礼品买齐。要不就没时间了。

"阿姨您好。请问您需要点什么？"披肩发的女孩子问。

"我选礼品，香水或者衬衫。"

"请问送男士还是送女士？"

"是单位开笔会，有男的有女的。"她觉得那些来参加会议的人一定对礼品也有期待，所以，还是要认真挑选，想到这里，她嫣然一笑。

"既然是笔会那一定是很有学问的人。"另一位盘发髻、看上去年纪稍长的也走过来，从柜台里拿出几款香水，"您真有品位，现在送香水最有文化了。男士也可以送香水，我们这专有为男士准备的香水。"

安露红把几款香水拿起来看了看，她自己从不用这种东西，水是最好的清洁剂，没有比经常洗澡的女人的身体最好闻的了。这是她的想法。所以，与其说她是挑选香水，不如说是挑选香水瓶，送人礼品重要是好看，即使不用，随便摆放在柜子里也很提神。好在这些香水瓶设计得也很给面子，翡翠绿像一只女人的高跟鞋一样的香水瓶，有女人头像的香水瓶，还有斑点狗香水瓶。安露红按人头算了一下，还好生产香水瓶的厂家够有创意，正好一种瓶子来一个，不用重样。

走出香水店，冷不防一个人站在她面前，把她吓了一跳。抬头一看，是魏克己，她本能地想躲，但已经来不及了。

"喂，安姐，怎么在这遇到了？"他穿着一身半旧的耐克运动衫，像棉花一样柔软的头发朝后梳去，脸还是那么大，跟只胖头鱼似的。"哟，买这么多好东西，送什么人啊？"他低下头，仔细打量安露红手中的礼品袋。

她只好将脸对着他，随即又找到一丝笑容，但还是晚了半秒，魏克己的小眼睛已经看到牛皮纸袋里的香水瓶了。他以前背后说安露红什么来着，说她注定越来越胖，到不了四十岁就老得不忍目睹了。还逢人便说他老婆长得很像电影明星许晴，无非是脸上某一个部位像，鼻子或者嘴。那又怎么样，整个人还不是表现出没见过世面的小家子气，不比也知道，肯定天上地下。一个明星是五官凑成的吗？是独特气质造就的，猪啊狗啊也有长得好看的，还不是只能当家畜？

"没想到在这儿见到你，今天没忙着写你的散文？"安露红说道。她知道他刚刚出版了一本散文集，跟他这个人一样，既看不出什么过人的才华，也看不出什么高于别人的思想，他一辈子也就是出这种集子，人们看过一眼就扔到一旁，再也不想提起它，但是他还是一本接一本写着。"后天我们有个笔会，会上还要颁　个十年回顾的优秀中篇小说奖，你能来吗？"

"哦，"他故作惊讶，一字一句地说："请了很多人吗？"

"不算多。"安露红说，"都是相关人员。图图沙，还有吴百合主编要来，另外都是业内的人士了。"

他左手从上衣口袋摸出仿象牙烟嘴，右手就不知从哪摸到一根烟，他把烟塞到烟嘴里，点燃了香烟。"能问问奖都是授予谁吗？"

"乐小仂，连燕红，怀绍德……"

"怀绍德？"他接着说："这是不是过分了点？"他又说："这事一直就是个谜，我是说至少，应当署两个人的名字。"

"照你意思说，获奖的人应当是怀绍德，水力。或者是，水力，怀绍德？"

"对。"

安露红抑制着从胸口蹿上来的怒气，心想，当年你可不是这么说的，"'文革'中冤死多少人，最后怎么样，那些痛苦还不是要他们的家人背，他们自己背？"他当时就这么说，完全不像人话。后来，他把自己当成护卫正义的有功之臣，在酒桌上把这些话反复说，在人们中间传来传去。

"这个圈子太小了。"他感慨万千地说。

"怎么样，你来吗？见见怀绍德先生，看着他把那个奖抱回去。"安露红说。

"哦，当然去。"他岔开话题，自己给自己台阶下，"你给我寄请柬了？没准请柬寄到我单位了，我这两天没去单位。"

"请柬？哦，是的，"她模棱两可地说："这几天太忙了，没办法一个个打电话通知。"

"有没有散文奖？"他用仿象牙烟嘴使劲吸了一口烟，似乎那样能给他补充很多精华似的。

"这次没有。只有小说奖。这种奖不是每年一度，或是三年一度的那种，不定额，也不定期，而是在一个较长的时间段内，由读者投票，发给那些经得起时间验证的作品，有时候，读者的感情因素也是获奖得票高的原因。"

"是啊，是的。"魏克己表情变得不自然，安露红知道，他心里一定不舒服，他始终觉得，凭着他千杯不倒的功夫，一定能喝下很多酒。但很可惜，他不可能跟所有的读者去喝酒。

"我以为你新书出版后又去哪签售去了，所以……"安露红说。

"没关系，没关系，我一定去。"

魏克己四十九岁了，就凭着那些口水文章半死不活地混着，不写还不行，倘若他搁笔，就更没人知道他是谁，顶多知道他是个酒鬼，连蹭酒也喝不上。这些人，三十岁也好，四十岁也罢，不过是文坛混混，运气好了混个一官半职，快谢顶的头上戴个什么作协副主席的帽子，遮遮风，避避雨，否则的话，即刻遭人鄙夷，甚至没人能想得起他是谁，做过什么，卖什么的？

诚然，喝酒有时候能办写文章不能办的大事。这个才华不出众但有着超级好的酒量的男人，为了让人认可他的才华，赢得更多尊重，常常迈着从容的步伐，在各大酒家巡回演出，喝红酒，喝白酒，喝啤酒，喝杂酒，酒楼就是他的舞台，再趁着酒意朗诵自己的散文，胜过别人载歌载舞，酒精能为他喝彩，连他手中便宜的象牙烟嘴也是道具，他还很会表演，动不动在酒桌上号啕大哭，一副感动天感动地感动不了他自己的样子，真让人叹为观止。演得极投入时，误以为自己是自由散漫放浪形骸的谪仙李太白呢，其实论才华他连李白的一根头发丝都不如，但论哭技，倒能和已故的权术大师刘备有一拼。

他经常给别人写评论，为年轻的没出道的不大会喝酒的人推荐新书，很多人都对此笑而不言，时间久了笑都不想笑，只有他看不到自己的浅薄，人总是靠感觉活着，否则这世上处处闻哭声。她，安露红，有时候不也常常觉得自己不够精明，傻里傻气。

40

"你知道金华饭店二楼会议厅，对吧？我就不派车来接你了，那天一准很忙。"安露红边走边说。

"时间是上午？"魏克己跟她并排走着。

"上午九点开始，中午是自助酒会，下午是座谈。图图沙老师可能上午能来，会一结束就送他回去。"

安露红认为自作主张请魏克己参加会议，真不是个明智之举，可又能怎样，迎面碰了个正着，话就顺着嘴边溜了出来，如果不跟他提笔会的事，事后他知道了一定不高兴，会觉得他不被重视。

这时已经走到十字路口，安露红犹豫了一下，正打算和魏克己告别，但是魏克己突然说："随便找个地方一起吃顿饭吧？"

"可是，我还有礼品要买。我刚才只买了女士礼品。"安露红没想到他会说吃午饭的事，一时间不知道说什么好。

"现在已经中午了，吃完饭你再去买。我可以陪你去。买男士用的东西我在行。"

"好吧。"安露红说。心想也只好这样了。反正今天中午也得在外边吃。

走进拐角的一家小饭店。"这儿的菜还不错，卫生环境也还好。"魏克己说。招呼服务员上来点菜。

"那当然，你在这附近住着，对这儿的情况了解。"安露红说，"我只好撮你一顿了。"

"你说哪里话，我早该请你吃顿饭的，这不算什么。"魏克己落座的时候，险些碰翻桌上的杯子，他扶稳杯子，从衣袋里摸出火柴，把烟嘴里夹着的半根烟点着，安露红把烟缸放在他面前，魏克己斜叼着烟嘴，表情舒缓地对她说"谢谢"，转向服务员时，表情立刻变得凝重："先上一壶茶。"毫无疑问，魏克己就是半边脸会笑半边脸会哭的人。

"好的。"服务员是个肌肉发达的小伙子，看上去很帅气，可他却在这所小饭店里当服务员。不过，也没准这饭店就是他开的。安露红心想。

"会议前期工作准备得怎么样了?"魏克己问。给安露红倒了一杯茶，脸上毫无表情。安露红心想，他这人挺会装的，什么事情都能做得自然而然，吃这顿饭就是为打听会议的事? 不过，又不是什么秘密组织的秘密会议，告诉他也无妨。

"基本上差不多了。"安露红说。

"就是。那些会都大同小异。"魏克己顺着她的话说。

安露红不置可否地点点头，一时间找不到话来回答他，忽然觉得这饭她不该来吃，随便在路边小摊吃碗面皮或是酸辣水粉也比这自在，她已经感觉到魏克己接下来可能要说什么，但又不肯定。魏克己穿得很随意，甚至可以说是邋遢，但为数不多的几根头发却梳得光溜溜的，没有边框的白玻璃眼镜闪着狡黠的光，他这个人，从表面上看就让人觉得极其滑头，为了名利，为了那些虚荣，拆别人的台，然后又装作伤心欲绝的样子号啕大哭，但他仍然在这个圈子混着，甚至，还混得不赖。

"水力抄袭的那篇小说获奖了?"

"是的。"安露红有些不耐烦。"确切地说，是怀绍德获奖了。"

"这挺有趣的。挺有趣。呵呵。"他椅子往前挪了挪，"怀绍德他可以心满意足了，平白无故夺了别人一个奖。"在安露红看来，魏克己的一张肉脸是那样虚伪，那样丑陋。

"这不是你希望的吗?"安露红忍着怒气，尽量用平静的口气对他说。

"也不完全是你说的那样。"魏克己说："只是看当时的情景，水力不说话，怀绍德又左一个右一个证据，他的表述过于有逻辑，似乎即使他一千次地编造一个人们不相信的故事，也不会有人怀疑这里边有什么谬误。"

42

"我现在不说怀绍德，日本人打进来了，我先恨汉奸！没有那么多狗汉奸，中国人也不用抗战八年。所以说狗汉奸比侵略者更可恨。"安露红声音一下子高了起来。魏克己平时威信很低，凭着工作之外的功夫，好不容易跻身于文学研究所副主任的位置，水力抄袭事件发生后，他一会儿代表文学研究所发帖子，凌晨三点还在网上瞎转悠，向着怀绍德；对着水力，说同情水力，痛斥怀绍德不厚道；在王芒面前，又说是为组织为大局着想。他以为自己最聪明，反倒完全彻底地暴露了他的嘴脸，之后，再没人愿意跟他交朋友，尊重他。

"我其实也觉得怀绍德是借用这事情出名，装作正义的一方，这样对他有好处。"他把一盘油炸花生豆挪到边上，腾出位置，让服务员摆放水煮肉片。"这得怪水力傻，被人装进套子里，绑了个牢牢实实。"

安露红把刚夹起的一筷子酸菜，重重地放在碟子里。"嗯，你这次开会也这么对怀绍德说？"

"好好，安姐，咱不谈水力那件事了。这好不容易碰上吃顿饭，咱说点高兴的。"魏克己把一块干炸带鱼夹到安露红碟子里，"我的一个散文，要拍成短剧。"

安露红叹了口气，重新夹起酸菜，心想事情已经过去十年了，再追究又能怎样？魏克己通过能喝酒，能应酬的本事，凭关系发表过多少文章，而那些文章，有几篇是响当当靠着才华立在刊物上的？连他自己也不敢往深处里想。他没有工作能力，又没有过人的才华，却拼命挤到文学研究所教研部副主任的位置上，现在又跑到晚报当主任，靠的什么？靠的就是左右逢源，两面三刀，八面玲珑，见风使舵，有一种人，什么人执政他都有饭吃，退后几十年，没准第一个变节或当汉奸的就是他。

安露红表情淡漠，看着那块鱼，用筷子夹起来，左右察看，似乎担心它没炸熟，或是有毒似的。"早知这样，今天来的这饭店是不是太小了?"

"改天再请你。再说了,现在还正在洽谈当中。"他叹了口气。

"叹什么气,你对自己没信心?"

"哪里?散文的市场太小,能拍成短剧已经很不错,只是,我还要解决一部分经费问题。"

安露红心想,什么自己解决一部分经费,就是用你手中那点小权力,弄点国家的钱,投资你的短剧。

"多少人在写剧本,一写就是几十集,甚至几百集,一个短剧,我还要自己找钱,"他摇摇头,"唉,世风日下。"

他叹息的样子很像某电影里的表情,这男人太在乎虚荣了,拿他的话来说,那是一个男人的立身之本,是荣誉。无论什么场合说起自己的文章来,都是颂扬,他对自己那么有信心,根本不在乎别人怎么想。

安露红喝完碗里的汤,用餐巾纸抹嘴唇,魏克己叫过服务员结账,这次来的是一个年轻姑娘:"感谢二位光临。"她说。安露红离开餐桌时,看到饭店上方贴着:"小店利微,谢绝赊账。"她抑制住自己想掏钱的冲动,心想就吃他一顿吧,反正以后和他吃饭的机会微乎其微。

他俩站在刚才来时经过的十字路口,安露红很欣慰他还是没有谈更多不愉快的事,这餐饭吃得还算顺畅。这些可怜的人啊,安露红想,今天这个成功了,明天那个失败了,最后又怎样?古来万事东流水。风儿吹着梧桐的叶子,一片叶子拍拍另一片叶子,说着路人听不懂的悄悄话。安露红心里突然涌起一个念头,倘若图图沙现在能和她吵一架多好。十年前,他们常为工作上的事情争论不休。图图沙曾是她的上司,也是她的工作伙伴,甚至是朋友,他认为安露红虽然对工作负责,但有时候,他最受不了她在细节上过于要求完美,所以她暗地里骂他是个大怪人。一个刊物主编，刚愎自用不足为奇，但图图沙的固执己见不可思议。

　　走过十字路口时，魏克己一只手揣在裤袋里，昂着头，叼着烟嘴，装出精神抖擞的样子，经过一家小店时，安露红看到橱窗上挂着一件粉色的泡泡纱裙，领口镶着一圈珍珠，安露红觉得女儿娇娇穿这裙子肯定漂亮。女儿娇娇的身材和她名字一样，娇小玲珑，但是，她就是不喜欢穿裙子，愿意穿中性的牛仔裤和棉布上衣。下午去看图图沙，也要为他买点什么东西才对。可买什么呢？香水和衬衫肯定不行，对于一个记忆力模糊，吃药比吃饭多的人来说，买什么都不合适。路过新华书店，以前给图图沙买书是最恰当不过的。可惜，他现在连报纸都不读，她甚至担心，他可能连自己姓名都认不得。任何人，无论他是谁，如果最后变成长着耳朵听不到，长着眼睛不认得人，自己先变成一本晦涩难懂的书，就没有任何快乐可言了。当然也不会有痛苦。人这一辈子，做到无愧于心真不容易，但是，安露红自己认为差不多做到了。她从不伤害自家阳台上的蚂蚁，有时候，特意放一丁点桃酥在那里，蚂蚁再多，也不会吃人。这就是她的想法。她站在书店的橱窗外面，望着玻璃上自己的影像，五十岁的人了，说不上多漂亮，但很端庄，以前水力每次见到她总是说："像印度女人一样妩媚漂亮。"

　　"水力现在还是下落不明？"魏克己突然问道。安露红未曾想到他此刻会问这话，以为离开小餐馆他就不会再问了。不由得拿眼睛去看他。他不自然地将眼睛看着左上方，那儿只有空气。

　　"下落不明不是你们最希望的？"安露红心想，火气从颈部一下子蹿到后脑勺，她觉得那有根神经"怦怦"直跳。她无法忍受魏克己的嘴脸，他做什么事情，说什么话都觉得自己正大光明，又很像模像样，即使他拎把刀去杀人，也能给自己找到一个合情合理的借口，说被杀的那个人本来是罪犯，要么说他是主持正义，替天行道。他自认为老于世故，谁也抓不到他的把柄，孰

45

不知，他在别人眼中的形象是多么可笑，像一只讨厌的蟑螂一样可厌又可笑。

安露红看到街边有间小店，像是专卖男士服装的。没等她开口说话，魏克己已经走到橱窗前，"这家就是名品男士衬衣专卖店。"

安露红只好走过去，把告别的话生生地吞下。走进店里，清一色的男士衬衫和西服，黑色石膏像都是清秀俊朗的五官，安详的眼神，笔直的鼻子，似乎都从同一个古希腊剑客那儿刻下来的。

粉色和嫩黄色的衬衫闪耀着柔和的光泽，还有保守的深蓝色，灰色，质地都是一样的精致，领边和袖口还有一些细节化的手工镶边，看样子，模特石膏像上套着的都是今年的新款。"嗯，不错，这些衬衫当礼品能拿得出手。"她说，"总算找到一家。"

"我喜欢这件杏黄色的，"魏克己说："如果送我就送这件。其他人的你可以按照你的审美观买。"

安露红站在原地，看着魏克己在店里转来转去的背影，被一种无可奈何又悔恨的情绪攫住。这就是魏克己，他一个中午心里盘算的就是这个。连一件衬衫他都不放过，还必须买成他喜欢的颜色式样，没见过这么厚脸皮的，为了达到自己的目的他什么做不出来？

安露红将选好的衬衫放在淡棕色的柜台上，崭新的衬衫在透明塑料袋里闪着莹莹的光。

"你给图图沙老师选黑色吧，黑色对他挺合适的。"魏克己说。没等安露红开口回答，他又说："多好的衬衫，可惜他穿不了几天了。"

安露红心想，你挑选的那件杏黄色衬衫八百多块钱，比别人的贵出好多，你还要怎样？你又能穿多久，谁能在这世上活多久，无论他是英雄还是坏蛋，是好人还是小丑。当年，图图沙不

46

是和他称兄道弟，你来我往？经常在一起喝酒，现在看来，魏克己把谁都不放在眼里，可是，不到最后关头谁也看不出他是怎样的人。

"一共3805块。"收银员清晰地说。安露红掏出一沓钱递给他，她希望用最快的速度结账，赶紧和魏克己告别，打个车回去。她坚持给图图沙买那件湖蓝色衬衫，跟魏克己的不一样，跟所有人的都不一样。摸着质感很好，肉筋筋的，感觉也很软和，穿在身上一定很舒服。导购员说："这件是我们店最贵的。"

照魏克己的说法，正因为图图沙穿不了多久了，才要给他买最好的。想到他的病，想到他像被绑在疾病的机器上折磨得无所适从，安露红就难过。我们还有明天，还有后天，还有穿好多件衬衫的可能，但是图图沙，没准这真是最后一次穿这么好的衬衫了。

刚走出黑色花岗岩大门，安露红就忙不迭地和魏克己说："我打车回去，再见。"也不想听到他的回答，径直朝马路边走去，进了出租车后，看到魏克己站在橱窗前，头发少得可怜，还装模作样梳成很整齐的背头式样，五官向四下松散，并且将一直松散下去，脸色很难看，他多久没晒太阳了，他真该好好晒晒太阳。他以前的脸色一直红光满面。没什么是他需要的，他对什么都不真诚，除了对眼前的那点小虚荣，屁股下那个小官位，还有手里那件八百多元的衬衫？可怜的人。

安露红抱着一堆衬衫，如同离开一个灰暗的中午，她原本出来买礼品时的快乐心情已被不快替代，整个人显得筋疲力尽，走进会场，那帮年轻人正在开心地聊天。

"喂，孩子们，我回来了。"她说。

有人奔过来，接过她怀里的东西，"哇，这么多，太美了。真是太有眼光了。"

安露红一屁股坐在近旁的一张椅子上，倚老卖老地喊道：

"这帮没眼色的，谁给我倒杯水来？"

女作家洪丹

六月的一天……

洪丹写了一句就写不下去。茫然地盯着电脑，她背有点驼，穿着看不出曲线的宽松衣服，像百衲衣一样，用左一块右一块不同颜色的布拼起来了，但那是一种品牌，一套衣服的价格决不低于一千块钱。

过了一会儿，她又写了一句：阳光很充足，她再次停下来，料定今天不会写得很顺。

她从电脑前站起来，走到内屋，拿出一袋烟叶，袋子上拴着根绳子，顺着绳子她摸到一个烟锅，她弯下腰，用烟锅在烟袋里掏出一袋烟叶，用火柴点上，放在嘴唇间，深深地抽了一口。接着，她又坐回到电脑前，一边抽着旱烟，一边按着鼓涨涨的太阳穴，一袋烟快抽完了，时间一分钟一分钟过去，她内心越来越感到恐慌，为了静下心来，她一动不动看着前边写的那几行字，六月的一天，阳光很充足……就像三年级小孩子写的作文，几行黑乎乎的昆虫，毫无美感可言。

透过百叶窗望去，阳光的确很充足，圆圆的像是要朝楼房顶朝行人头上砸下来，树木张大嘴巴呼吸，呼入大量的有毒紫外

49

线。河水上涨，一直向外扩展，向她涌来，要吞噬她，席卷她，将她整个卷起扔向沙滩，她感觉自己被淹没在黑乎乎的波浪中，一起淹没的还有好多又咸又腥又湿的鱼鳖虾蟹，她和这些令人讨厌的小生物一起被卷到岸边，她感到浑身疼痛，眼睛发酸，她离开电脑，想着应该出去走走，或者去超市买菜，但是她又回到电脑前，冲着电脑高声说道：

"……他妈的，为什么要让我天天待在这破电脑前，满脑子听你鬼叫，你躲在我房间犄角旮旯里喊叫……你出来，出来。"

电脑自动关机，但并没停电。她后退着，仰面倒在床上，双腿像洞穴一样敞开，要多不雅观就有多不雅观。这是六月天，她觉得床和枕头像墓碑一样冰凉沁骨，脑子里的黑影，要不就是房间角落里的绿影子，在十年前就是这样，轮番交替展现在她眼前，她喃喃自语："我哪也不去，不走，我还要获年度成就奖，保持自己的名誉，保持好身体，完全占有并支配我的才华，在与同龄女人的交谈中，享受更具有深刻内涵的生活。对，记者发布会，研讨会……"

丈夫进来的时候，洪丹一动不动躺在床上，这并不是他不忍叫醒她的理由，而是她最近拼命地喜欢涂指甲油，让他觉得不可思议。她今天又把指甲涂成粉色的，昨天是淡紫，前天是蓝色，似乎只有把指甲涂得光怪陆离才能写出漂亮文章？

她涂着粉色指甲油的双手，像投降似的高高举在头顶上方，头扭向一旁，两眼闭得死紧，一只脚耷拉在床沿，另一只曲着，丈夫想把洪丹的腿拿到床上，又担心一动她，她就会醒来，现如今，能睡个囫囵觉对她来说比什么都重要。显而易见，她现在一坐在电脑前，脑袋就嗡嗡作响，她已经惧怕写作了，惧怕自己不再出名，不再受人追捧。

妻子在抑郁症的状况下，还要写作，孤单单地待在房间，所以，她想干什么就干什么，随意地发火，大吵大嚷，或是中午十

50

二点还赖在床上。他走到书柜前，随手拿过一本书，翻开一页，心不在焉地读着：

我生在一个有几户人家的小村子，我们那个村子里，牛比人重要。晚上，怕狼啊野兽把牛犊踢了，要把牛拴回窑洞里，牛睡一头，人睡一头。有一次，我大爷家的母牛下了小牛，但是母牛太老了，没有奶水可以喂小牛，眼看着小牛活不成，他们找来远房家的一个婶婶，这个婶婶刚生完孩子，她起初不肯，但在众人的劝说下，她同意了。要知道，救一头牛就是救一家人。她把衣襟撩起来，靠近小牛。没想到，小牛的嘴一碰到她的乳房，就立刻缩了回去，说什么也不肯吃，饿得哞哞叫，后来，人们找来一撮牛毛，缠在婶婶乳房上，让她继续给牛喂奶。这回行了，牛把她当成母牛，开始吃奶，事后我们才知道，其实，给人哺乳又给牛喂奶，乳头是很疼很疼的……

他深深地吸了一口气，写得太好了，太生动了，人对牛的感情，真是无可比拟。才几岁的时候，她就跟着一个戏班子走出那个小村庄，沿村唱戏，后来，她十八岁的时候，嫁给一个煤矿工人，那在那个小村庄，已经算了不起了。她再次回到村里，几乎被当成嫁给皇帝的女人。用她那瘦小干枯，现在看人的时候还惊慌失措的母亲的话来说，生个儿子也不能成为她这样。

十九岁她离婚了，起初，她为了不再走村串乡唱戏，嫁给了一个下煤矿工人，后来，她就开始想法写一些诗歌发表在报纸上。鬼使神差的，就和杂志社的编辑好上了，这女人长得有几分姿色，但，从未被人珍爱过，也未被人追求过，但是，她拿出坚韧的劲头来追求这位编辑，于是，她就成了现在的洪丹，他的老婆。

小戏台通常都是搭建在庙旁，路旁的榆树叶子，顺河水流淌，庙宇的檐角下，秦香莲寻夫，山伯哭英台，还有打渔杀家，那衣着华丽的主角不是她，她只是在戏台后侧寂寥地呆立，一动不动，感受那被冷落的无名小丫环的凄凉。她还在睡觉，展开身子躺着，乳房像两张面饼松懈地摊向两旁，不算以前那两个，怀儿子枣思时，她已经四十岁，四十岁的女人生孩子，听起来挺性感，实际一点也不好玩，脚肿得像熊掌，三十六码的脚要穿四十码的男式拖鞋，好戏不过三台，好女不过三胎，所以，对她的身材和容貌过于求全责备是不地道的。

他继续往下读：村里除了牛最重要，就是男人和孩子，女人是没地位的，女人的身体就更不值钱。因为穷，男人要外出找活干，女人就担负起种口粮地和带孩子的事情，农忙的时候，地里的活干不过来，女人们就盯着村里仅存的几个男劳力，巴望着跟那男的睡上一觉，让他帮自家撒撒种，或收收秋，一切都自然而然，就跟给牛哺乳一样，女人耕不动地，男人又不在家，但有很多孩子要养活，一家老小还指望着她，没人觉得这是脏的。这不是脏，而正是体现了人和人，人和动物之间的大爱，大悲悯。我一向觉得，中国汉字四四方方，做人也要正正派派，就是从这儿来的。

丈夫猛地将书合上，心里纳闷，写出这样文字的女人，怎么会得抑郁症。发作起来歇斯底里？不，她有三个孩子，她打定主意要好好养活这三个孩子，正如她在文章中写到的：一家老小还指望着她。他等着妻子醒来，好好地吃饭，好好地说话，好好地写作。

他觉得，她虽然遭受了无尽的痛苦和悲伤，唱戏，结婚，离婚，又结婚，又离婚，又结婚，写小说，养孩子，并让一家老小，包括他，过上和谐有序的生活。心理医生说，抑郁症是神经上出现了一点歪斜和阻滞而已，就像苍蝇落在天线上，如果设法将那只苍蝇赶跑，或者，将天线挪动一下，当然这也不是一件简单的事。有时候自然界和人体生物方面的事情，肯定要比人去挪动或消灭一个人复杂。"抑郁症患者大都有守口如瓶，决不能向别人泄露的事。犹如一只小小的拳头，蜷缩在体内，从不暴露。"他说："如果能将这件事情说出来，病情就能缓解一半。做丈夫的，应该在这方面找找缺口，多帮助她。"

洪丹突然从床上一跃而起，满头大汗，惊魂未定看着丈夫，她发出尖细的咿呀声，这声音似乎只有从猫嘴里才能听到。作为丈夫，不能谴责她的所作所为，多年前她也是这样，在电脑前一动不动地呆着，她更清楚地看到自己参与制造的一根根锁链，一环接一环地连接起来，像是腐蚀性化学反应，在网上左右滑动，前后相连，由点带线，由线连面，一簇簇黑影在移动，有规则地拉长，伸展，绵延，骂声此伏彼起，扯棉花絮般地一串连着一串，直到大地裂开微口，怪兽般哇呀呀叫喊。

丈夫拿来一条毛巾，一手扶着她的后颈，一手给她小心地擦汗，她身躯紧绷着，双脚平放在床上，左脚在前，右脚在后，带着异常的惊悸表情，此时，他能体会到她内心的恐惧，原因一：长时间坐在电脑前，往网上发那些攻击的帖子，如同赤脚在石头上行走，也会自伤自残。原因二：文学新人是骂不完，灭不完的，此起彼伏，一个水力被骂得杳无音讯，生死不明，千万个水力站起来，仍在写，仍在作，就是那句话："长江后浪推前浪，前浪死在沙滩上。"

丈夫从蒸锅里拿出豆包和花卷，热好牛奶。不是一家人，不进一家门。有其妻必有其夫。想当年，他坐在另一台电脑前，与妻子遥相呼应，帮着妻子在网上攻击水力，共同在网上制造了那句至理名言："水力抄袭，必须遭贬"。一会儿，装成读者的口气，骂她不要脸。一会儿装成她的邻居，揭露她恋爱的事情，到了晚上，摇身一变，又换成怀绍德的支持者，跟吴百合叫板。

洪丹也刷好了牙，洗了脸，从卫生间里走出来，她在餐桌前收住脚步，侧耳倾听，等待着那个声音响起，她仍未摆脱那种梦幻般的感觉。她是怎么啦？这是六月的早晨，阳光很充足，她是在自己家里，丈夫给她预备好早餐，孩子呢，大儿子去谈恋爱了，丈夫和前妻那个女儿，也快要嫁人了，还有一个，小儿子还没放学，他仍然需要她的爱。

牛奶像狗的白眼，丈夫掰开豆包，露出黏乎乎的泥层，她向它投出直勾勾的目光，然后，这目光又落到丈夫下巴处，发现那儿有一层毛茸茸的东西豁开口子，对她微微一笑，说："这都是你爱吃的。我一直在锅里热着，怕你醒来就凉了。"

她接过泥层，吃了一口，心想该说点什么，于是咕哝道："独自一人，是散步的好时候，走过卵石小路。"

这句话引得丈夫精神集中，他身体弯向她，盯着她的脸，看了好一会儿，说："好诗啊。"接着又补了一句："真是非同一般。"

她喝了一口牛奶，一层白沫沾在嘴唇上，"我吃药了吗?"

"绿色药片是饭前吃的，刚才我本来想叫醒你，但是，医生说，对你而言，睡眠是最好的药物。"他说："待会吃黄色红色白色的，那些是饭后吃的。"

她冲他笑了笑："你该叫醒我的，我正在写作，今天写得很顺，我得抓紧时间尽快写出来。"

这时，门开了，儿子枣思进来，看到她，双眉向上挑起，"你是在吃早饭，还是吃午饭?"他走近看了看，"这是早饭。"

"嗯，是的。"她拼命点头。"我在吃豆沙包。"

他穿了身蓝色校服，衣服穿在他身上显得有些大，他像被一只不合适的布袋子装进去。爱使她开心，她把杯子里的牛奶一饮而尽，将半个豆包递给儿子。

他看了看父亲，低声嘟哝，"我不喜欢吃豆包。"以为洪丹没听见。见父亲朝他使眼色，不情愿地接过豆包，往嘴里塞，鼓着腮帮了回头看父亲，似乎俩人共守着一个不为人知的秘密。

"我记得你爱吃豆沙包。"她说。

丈夫赶紧换了个话题，"枣思，去，写作业。"

儿子把书包拿在手里，朝他房间走去，关上房门之前，他扬了扬脑袋，示意父亲进去。

她知道儿子要问丈夫什么，他会说：爸爸，妈妈今天是正常的，还是不正常？丈夫若回答他：正常。他就能显得顽皮点，走路说话不那么小心。如果答案是：嗯，情况不太好，那他就显得比较温顺老实。但这次，她听到丈夫对儿子说："锅里给你热着米饭，还有菜，你写完作业自己吃。听见没？"

"那你呢？"儿子问。

"爸爸中午有应酬。"

"又有应酬。"

"吃完饭记着上学的点，别惹你妈心烦。她今天状况不好，很不好。"

"那你还去应酬？"

"没办法，你妈成这样，我也不能什么都不干，你说是吧？儿子。"

洪丹想去拿她的烟袋（嗯，这事有点难为情），在外面，当着众人面，至今没有人见过洪丹吸烟，都以为良家妇女不吸烟。但是，自打姥姥的姥姥那一辈，她们家的女人都抽旱烟叶。

丈夫从儿子房间出来，用她喝过牛奶的杯子，倒了一杯开水，餐桌上有药瓶，他拿起其中一个，倒出几粒药，然后又拿起另一个，当他把那儿的一堆瓶子的盖子都打开一遍，再盖上的时候，他手里就有一小堆药。他把药递到她手中，心里想的已不是她，而是家里的车子要供，房子还有一些银行贷款没有还，她的大儿子就要结婚了，银行那些钱足够给他操办一场像样的婚礼，但是过后，还是要再多存钱。像他这样在杂志社拿着一份工资，但也就那么回事，情况好的时候，她一年能挣十几万，这是保守数字，还不算额外的奖金，有这么个老婆，他感觉好极了。唯一的愿望就是她的病快些好起来，正常地开始写作，她是这家的顶梁柱，负有很高职责和决策权。

"丹，"丈夫侍候她吃了药，看了看手表，"商业局老黄请吃饭，就上次，你开研讨会他赞助了两万，我得去一下。可能他女儿要出国了。"

"去吧。"她说。

"乖。"他伸手拍拍她的脸，"不错。今天睡了一觉，吃了饭，也吃了药，脸色好多了。"

"开车小心。"

"好的。你照顾好自己。"

"没问题。放心。"她说："我现在的确感觉好多了。"

说话间，他已经忙完出门前的一套仪式，穿上西装，装上手机，又检查了西服内揣里有没足够的钱，然后匆匆忙忙出门去了。

"这下安静了。"她听到楼下传来熟悉的发动车辆的声音，他驾着那辆夏利车，驶过小区花园，拐到街面上，融入热闹的车流。

"安静了。"她忽然觉得药物正在大脑内起作用，给她体内注入一道令她振奋的源泉，这是她的家，她挣来的房子，丈夫开着她挣来的车子，儿子上着最好的学校，还要准备一个超豪华的婚礼。这都是她的功劳。她创造的。

"真安静。"她说。

她回到书房，她不慌不忙地拿起烟叶袋子，用烟锅掏出一袋烟，用打火机慢慢点燃，然后坐在电脑前——

他把她放倒在桌子上，对，编辑部的桌子上，桌上还有一些报纸，她碰翻了台历，而且还喊叫起来，他让她不要喊，以免同事听见。门是反锁了，但声音反锁不了。她记得她裙子的拉链一下子脱扣了，嗯，他把她紧紧按在桌上，人体上就是这样，没什么悬念。在他们那个小村子里，女人的身体是不值钱的，没有一袋豆子值钱，没有十斤棒子面值钱。她说："这裙子的拉链坏了。"他说："等天黑再走。"她说："没事，把上衣往下拉，用手拽着拉链的地方，就挡住了……"

她犹豫不定地敲下上面这些字，心想，把这些经历编造成一个美丽的故事，一个独具文学价值的故事，会不会赢得喝彩？在一个笔会上，讲了上百回耕牛的故事后的一次笔会，先是博得一阵掌声，接着，有个女读者站起来质疑说："'喂了人又喂牛，乳头是很疼很疼的'你讲的人兽不分的故事，是想说明因为穷，人可以和动物一样生存，还是想说明人为了生存，可以像动物一样不择手段？"

洪丹红着脸，脸上堆着笑却说不出话。关键是她不知该怎么回答。如果你知道土窑洞的冬天是多么难以忍受，只有呼啸的北风在天空乱弹琴，只有门前干枣树有戏可唱，冰雪和泥泞的羊肠小道冻结在一起，如果你对美丽而可耻的生活有所渴望，那才可以得知这一切不择手段的来源。

身后有动静，儿子一手拿着苹果，一手拿着一块带鱼，每次他路过母亲的书房时，都觉得有飞快地溜过去的必要。

"苹果洗干净没有？"她突然说，声音大得把自己也吓了一跳。

她走出房间，最近，她一直情绪不好，当然，主要是忙于写出新作，对儿子关心很少。

她对儿子说："你不想吃米饭的话，我给你做面条吧。咱俩吃面条。"

他坐在椅子上，过了一会儿，才神情严肃地对她点点头，似乎对她能否做一顿香喷喷的面条心存疑虑。

她说："我给你做一顿最好吃的打卤面，世界名卤，西红柿炒鸡蛋，怎么样？"

儿子又点了点头，他想，接下来发生的事情他能否应付。实在不行，就只好给爸爸打电话。

他看着她缓缓走进厨房，速度慢得像快停摆的钟一样。他甚至在想，如果他拽起书包来临阵逃离，半个小时后，会不会有人报警，说这所房子里被火点着了？

洪丹慢悠悠地舀了小半盆面，她隐隐觉得面粉里有一团怪诞的东西，像是草梗，有些硬，有些尖利，她用手在面粉里画十字，心想这些卖面粉的人，为了挣钱糊口，难道不敢把一把剃刀片藏在面粉中吗？嗯，真没准。

她觉得脚下很软，仿佛支撑不了身体的重量，于是搬过一条圆凳子，坐在上面，一种无助的衰老感像面粉一样，将她团团围住，她胸部开始冒汗，胸罩的一只褡扣掉了，另一只陷进厚厚的脂肪层里，丈夫怎么说来着？以前是解开胸罩找乳房，现在是扒开乳房找胸罩。曾经像土豆一样紧实饱满的身体早就消失在某年某月某一天。她面对着打开的厨房窗口，松懈地坐在圆凳子上，继续在面粉里划拉，努力寻找那个坚硬的东西，圆凳子在臀下发出不堪重负的"吱呀"声，儿子从门外看了她一眼，显得忧心忡忡。

"枣思。"她说。尽量让自己声音柔和，他最近有点怕她，不是吗？

他"呼"地离开厨房门口，似乎怕听到她再叫一次自己名字。他趴在桌子上，盯着那几瓶治疗抑郁症的药发呆。她走出去，伸出手，想摸摸他的头，但是他头一偏，迅速闪开，似乎怕她的手会烫着他似的。

"我刚才说什么来着，让你穿衣服是吧？"

"你说要给我做面条吃。"

"哦，面条。"她看了看自己沾满面粉的手，"可你爸爸说锅里给你热着米饭。"

他仰头看着她，是吧，她根本不会做面条，或者说，她以前会来着，但现在不会了。除此之外她还能怎么着，不把房子点着就万幸了，这话是爸爸说的，他还经常说，"对一个抑郁症患者，咱不能要求太高。"

"你能给我点钱吗？"儿子说，"老师说要交十块钱印复习提纲。"

"你现在就要？"

"是的。你有钱吗？"他双手交叉在桌上，下巴正好搁在重叠的手腕上，歪着头问她。

"当然，有。"她从衣袋里掏出一包面巾纸，递给他。

他接过面巾纸，"叭"地放在桌上，把头埋进胳膊肘，不再说话。

"这钱够吗？"她问。

"够。"他感觉自己的声音在双肘和胸前回荡。

"你还要什么？"

他皱着眉头："不要了。"

"学校最近有新闻吗？比如说，同学们之间有些好玩的事情，给妈说说，妈妈写作需要素材。"

他抬起头，看着她粉色的指甲上沾着面粉，像白花花的粉末上蜘蛛在闪光，与其说是迷人，不如说是怪异。成为一个美人有那么多方式，她为何要选择山寨版？

"快，给妈妈说说。"

"今天上午，课间操的时候，二楼的同学都往楼下拥，踩伤一名同学……"

"哎呀……踩伤一名同学？"她带着一种莫名的兴奋，"是不是，一下子，从四面八方拥上来很多只脚，'哗，哗'倒塌下来，乱作一团，啊？无数只脚，很多只脚，踩呀，踩呀，越集越多，落到她身上……"洪丹脸上挂着喜悦的神情，左手比划，沾满面粉的右手掌朝上，嘴巴有节奏地颤动，发出狂喜不已的声音。他茫然地听着，惊讶地发现，母亲的脑子里充斥着跟别人不一样的东西，他默默蜷缩在椅子里，脑子里一直在想，父亲什么时候才回来？他是不是应当赶紧离开？她会不会把房子点燃？到晚上放学时，家里已是一片废墟或一片火海？

她站立着，身子挺得很直，往日的豪情充盈进全身，兴奋和活力战胜了慵懒，纷沓而至的脚像夜蝶翻飞，将她跃身扑倒，让她就地而卧，接着，她放下烟袋锅子，用指尖敲击着按顺序排列整齐的电脑键盘，发出令自己鼓舞的嘀哒声响，像笛子的颤音，又像鼓点在空中萦绕，更像犬吠声。

她美滋滋地站在那儿，将诉说推向极致："我告诉你，我一直在等待，等待一个时机，你理解我吧？不理解?!"她停顿了一下，满怀歉意地看着儿子坐着的椅子："你对这事没经验，你以为不说话，不反击我们就会罢手，"她侧着脑袋，自鸣得意，"我害了你，首先，我必须活着，必须好好地活着，但是，我被你的存在气扁了，我只看重对我有益的东西，其它一切最好都删除掉，就像通过某种关系，让网站和帖吧删除支持你的帖子。"

她挪动双腿，坐到椅子上。

儿子还是一声不吭，他觉得耳朵里安装了扩音器，"今天阳光很好，"她说："太阳圆圆的。"她视线被放置在一个小门缝中，视野里小拇指长的一条，一个黑黑的亮点，挺挺的胸部，仿佛波浪一样的曲线，周身呈现着一种新气象，好像她自己就是一块好风景，不需动用什么力气就能建成一个好花园，面带能灼伤人的笑，眼睛中闪着不服输的光芒，即使在永恒的黑夜，她依然活得一团光亮。

"水力抄袭"。就像有人高喊了一声"这里有目标"。接着，无枪之火，喷汽油的嘴，从漆黑的海底一下冒出来，"突突突"，到处弥漫着臭气，洪丹第一个敏捷地蹿上梯子，走到制高点上，哈哈，熊熊火焰已经燃起来了，兜头照脸，把水力围在中间，从碉堡每一个枪眼中喷出道道火舌，百发百中喷到她身上，无一虚发，此情此景，令她深信，她，洪丹，正站在高高的山冈上，细细欣赏着这一幕，谁都无法不让她永居塔的顶端，谁都不行，谁敢挡她的道，水力就是下场——

"咚咚咚……"

"水力在吗？"

"嘀零零……"

"水力，都说你是个抄袭者。"

"嘟嘟嘟……"

"水力怎么啦？我爱水力。"

"楼上的不是个正人君子。"

"吴百合，你也哑巴了，上回你不选我的稿子，原来是等着选一个抄袭者的稿子？瞎眼了你？"

"支持水力！怀绍德不得好死！"

"知情者：图图沙是小人。洪丹是她的情妇。"

"洪丹不止是一个人的情妇。"

"水力，我是图图沙，赶紧在网上发表声明，让支持你的人全停下。要是公安介入，没你好果子吃。"

怀绍德："水力，你的道歉不真诚！你必须再补充一个道歉说明!! 并且，替所有支持你的人第三次向我道歉!!!"

道歉。

道歉。

道歉。

"把水力灭掉，肃整文坛风气。"

"支持楼上说法。最好就此再发动一场群众革命，把我们讨厌的人都打倒。"

口水。石头。烂菜叶子。树叶。手纸。碎砖瓦。石块。香蕉皮。唾沫。

噗。

砰。

当。

咚。

严惩。严惩。严惩。

灭掉。灭掉。灭掉。

净土。净土。净土。

"我要著作权，还有经济赔偿。"

"如果你不能让我满意，你就不会好过。"

"先给钱还是先给著作权？"

答。

回答。

回答啊。

"咚咚咚……水力在吗？"

"嘀零零……水力，都说你是个抄袭者。"

"嘟嘟嘟……严惩抄袭者！"

快使用双节棍。

呼。

呼。

哈。

咿。

作为一个抄袭者，她的背是否挺得太直？她的头是否昂得太高？就在她快融化进血红的地平线的那一刹那，洪丹忽然看着墙上的钟，"几点了？你该去上学了。"

这才意识到，那儿早就是一张空椅子。她叹了口气，"这孩子，什么时候离开的？"

电脑上还是那行字：六月的 一天，阳光很充足。又坐了不知多久，才慢吞吞地加了一句：太阳圆圆的……

62

吴百合主编

　　吴百合走进会场，浅跟皮鞋发出轻微的"嗒嗒"声，而当时安露红坐在最后一排椅子上，端着一只水杯，正大口接小口地喝水，几个年轻人在布置会场，她扭回头，看见吴百合的刹那，一下子从椅子上弹起来，"嘿，百合，吴主编。"刚喝下去的水从额头冒出来，连说话都带着股汗湿的气味。

　　她俩拥抱在一起。"你好吗?"吴百合用手拍了拍她的后背。

　　安露红松开吴百合，上下打量了几个来回，眼里充满了毫不掩饰的羡慕，吴百合肤色很白，依她那个年纪，真可以说是驻颜有术，并且，她的身材也可以用轻盈来形容，一米七的个子，体重也就是五十几公斤，一件白色小西服，一条黑色锥子裤，更显出她颀长的身材，一头没漂染没烫过的黑发，利落地挽在脑后，就像一个不再走红的电影明星，但依然带着明星的那份优雅和风采。

　　"和前些年一模一样，一点都没变。五十岁的人了，还那么漂亮，并且，什么衣服穿在你身上都是好看，合适。"安露红说。

　　"你也一点也不老，还有，"她回头四顾了一番，"你布置的会场多么漂亮啊!"又说:"我是不是来早了点?"

　　"早什么早，再迟就该把纪念品给你寄回去了。"安露红嗔怪着，"你就是奔着我来的，我也刚从外面回来，比你早到一分钟。不瞒你说，这几天给我累的，跟打仗似的。"

"说得没错，早来两天的目的，就是想抢先看到你。真的。我这么说你觉得矫情吗？"

"矫情？不矫情还能是你吴百合吗？矫情半辈子了你都。"

安露红说完，俩人哈哈大笑起来。

"走吧，我带你去你房间。就在对面那栋楼。"

"你不忙了？"

"不忙了。基本上都齐备了。"安露红挽着吴百合的手。

"我就知道，一开会你就得忙一阵子。"

"还好，一年也开不了几次会。再说了，能见到你，我再忙也值得。"

"还是那么会说话。"吴百合说："怪不得年轻那阵子，你们作协人说你，人见人爱。"

"好女不提当年勇。"安露红领着吴百合走进电梯，"现在都成老太婆喽，只等着我外孙从我女儿肚子爬出来，甩着清鼻涕对我哭着喊着说，姥姥，我爱你。"

她俩再次大笑。

电梯口，壁龛里摆放着一只白底蓝色小碎花的景德镇花瓶，铺着红色地毯的宾馆走廊充斥着消毒水味道，安露红带吴百合走进她住的房间，顺手把磁卡放入插电孔里。"因为这次开会的女的不多，我特意为你都安排了单人套间。"安露红说，"这样住起来清静些。"

"想得真周到。"吴百合觉得，房间比在过道里感觉要好很多，她要在这儿住两天，尽管她这一辈子参加过无数次笔会，先是听别人发言，后又轮到自己讲话，再就是看别人领奖，然后自己又领奖，这次，她是作为颁奖嘉宾列席会议。都说当文人很苦很累，但一年有多少个笔会，多少主编能在办公室待够一个月，

64

走到哪里都受到优越的礼待，按照这个世界劳有所得的标准，其实也不错了。虽然，作家当中很少有千万富婆，也没几个人能上得了福布斯排行榜，但很多人通过一两部作品，获得政府给予的住宅，洪丹得了那个什么奖之后，就住上有大理石地板铺的房间，有一排白色地下室和窗户，还有与卧室相连的大阳台。

吴百合放下手提拎包，淡黄色底色上印满黄春菊的手提拎包，里面放着几件换洗衣服，她拿出自带的洗漱用品，走进洗手间，把脸凑到水龙头下，让冷水洗去她脸上的微尘，白色料理台上插着一束花，居然是鲜花。她俯下身子闻了闻那朵花，不是特别香，她很奇怪现在的花没有香味。她用海绵蘸去脸上的水渍，从瓶子里压出一点爽肤水，一边往脸上拍，一边人已经走出卫生间，由于疏忽，水龙头并未关紧。她，吴百合，一个事业上受人尊敬的女士，正打算给一个笔会上获奖作家颁奖，像往常所有笔会一样，她会见到一些老朋友。

"图主编这次来吗?"

"说的是啊，我待会去亲自通知他。"

安露红不知道怎样和吴百合说起，图图沙已经疾病缠身，而洪丹，那位精明强干，令很多男人都惊叹的女作家，神智也是时好时坏，文学究竟带给我们什么，是宽慰还是痛苦和灾难?

像是明白她内心的矛盾，手机铃声此起彼伏地响着，安露红拿着手机，敲定会议期间午餐和晚餐的规格，还有派个小伙子去买一箱蜡烛来。"蜡烛一定要红色的。不能要白色。"她说。

洗手间发出汩汩的流水声，吴百合走进去，撅了一下放水的按钮，水声停止。她一生中住过无数宾馆，不同的面积，不同的结构，不同的整体浴室位置，相同的陌生又重复使用的气味，白色毛巾和浴巾，房间的一角供客人自己选用的洗发液和避孕套，吴百合如同一个暂住的游客，平静地浏览了一番。为什么当一个作家，心里总缺乏归属感，像一个村妇那样踏踏实实的归属感，总觉得能摆脱眼前的生活，跳跃到一个无比美好的未来，不断地拎起皮箱行走，走，走到一个陌生的地方去开笔会，领奖会，然后再从这种虚妄感回到孤独，在由哀伤孤独组建的绞索架中继续写作。没有一个作家没想过，倘若不写了，是否就回到正常，回到自我，像一个平凡人那样心无挂碍，无挂碍故，无有恐怖。但是，每一次孤独中又在等待，等待一个未知的远方，一个未知宾馆的接待。就像一列火车，在一个乡村小站稍作停留，就又启程开往远方，没有终点。直到那辆列车报废成一堆烂铜烂铁。

吴百合再次从洗手间出来，顺便将那枝插在瘦溜溜的瓶子里的玫瑰花，拿到窗台前，"放在洗手间不如放这里。"

"待会我让服务员买一把送你房间里来。"安露红说。"我算明白了，别人是假小资，你是真的。"

吴百合大笑，"这花放在卫生间孤零零的，不如摆在我眼睛能看到的地方，也算这花儿开过一场。"

"你还是那么可爱。"安露红说。

吴百合用电热水杯接了一杯自来水，放在底座上，插上电源，"你说我矫情。"

"矫情对你是褒义词。"

安露红的手机铃又响了，接完电话，她对吴百合说："怀绍德来了。"

吴百合用开水烫了宾馆的杯子，将两袋小包装的茶叶倒进两只杯子里。她想起水力，她没法不想到她，如同一个美丽的图片从墙上揭下来，那儿留下一片印迹，鲜艳和缺憾，就这么连接在一起，你想忘都忘不了。

"我带了乌龙茶，你也来一点。"

"嗯，我坐在这儿就闻着挺香的。"

"我只喝这种茶。"

"绿茶对女人特别好。"

"是的。待会儿你走时我给你拿几袋。"

"不要。我家里茶叶很多，单位经常发茶叶，加上各种笔会的礼品。能开茶叶店了。"

"那等你退休了开个茶叶店，我开个花店，我们当邻居。"吴百合说。

"你可真能想。去哪儿当邻居？这一南一北的，去网上当邻居。"

"这可是不错的主意，我们也去网上开店，怎么样？"

"哈哈，行，行。"安露红说。

吴百合走到窗户边，黑色浅跟皮鞋，有节奏地弹击着地面。窗下，一位老妇人牵着一个小女孩，她手上的棉花糖在阳光下一闪一闪，十年前的那个夏天，她和安露红还没见过面，就成了朋友。那段时间，谁接住怀绍德的电话谁倒霉，他才不管你是不是正在忙，到没到下班时间，家里有没有饿得嗷嗷叫的孩子，总之，只要谁拿起话筒，他就对着你说个没完，车轱辘似的把水力抄袭的证据翻来覆去地说，哪回不说个十七八遍都不罢休，水力抄袭，也许这是个错误，但是她始终不肯说出真相，于是那位怀绍德先生就正大光明地让她身败名裂。

安露红心想，这人太没脸没皮了，把事情整得家喻户晓，居然还来领奖，证明这世界上什么厚脸皮的人都有，为了出名什么事也干得出来，什么人都丢得起。那段时间，他在电话中和安露红不止有一次长谈，不单是她，谁接到电话都摆脱不了，目的在于告诉她，告诉所有人，水力抄袭他小说的细枝末节。难道问题就不出在他身上吗？为什么会把自己的小说发给别人？还说，不知道是谁写的。这是不是一个圈套？她不是偏向水力，即使是自己的女儿，做错事情当然要承担。但最严重的是，他说那些话时，把自己当成一个即将流芳百世的作家，现在，他也来参加笔会，并且要在会上领奖，就是那篇他揭露水力抄袭他的小说的奖。作为主编助理，和图图沙不同，她同意吴百合的一些看法。

"这是否是一个男人和女人的战争？事实上人们只以为女人会嫉妒女人，但是男人的嫉妒心比女人更甚。在一个男人对年轻女子的朝思暮想中，任何念头都会产生。水力如此年轻，有什么能阻止她一往无前呢，一个表面上热情强壮的男人，长着一双空洞洞的眼睛，他体会不到任何形式的爱，能让他坚硬的心充盈着柔软的感情。而对于水力这样的年轻女子来说，一心想抵达天堂，但发现一个男人心里埋藏着地狱，那是她在这世界上最难适应的地方……"吴百合说。

"你说得有道理。"安露红发现，吴百合在努力维持着那孩子的最后一丝骄傲和尊严，她也不止一次想，如果水力用某种方式恳求怀绍德，事情会不会就会朝着另一方发展，而水力呢？不是太有骨气就是太瞧不起怀绍德，就像毫不犹豫摒弃一件最怪异的东西，所以就付出惨痛代价？至少在她心里，做这样的选择是值得的。由爱生恨是绝对可能的，谁要说男人比女人心胸宽广那真是不分青红皂白，男人耍起无赖来那可比女人绝多了，女人就会什么跳楼切腕剖腹喝药，折腾来折腾去只是自虐，男人可真敢白刀子进去红刀子出，当然他们自己怕疼，一般都是扎女人。多年前有个男人，因为失恋，心生一个歹毒的念头，费尽心机四处采集艾滋病血液，想注射到女友体内，还想让她把病毒传染到她现在男友身体内，这人不是大字不识的莽夫，而是受过高等教育的证券经济师，所以，最毒不是妇人心，而是男人心。更别说，中国第一例硫酸毁容案件的始作俑者是男人，之后的贯彻执行者也多数是男人。在安露红记忆里，除了一双大眼睛和一头短发，水力一直就是那副模样，喜欢笑，又容易激动，也愿意和别人一道悲伤，真是奇怪，她第一次见她就喜欢上她，一眨眼的功夫。

安露红叹了一口气，一声无谓而绵长的叹息。她端起吴百合为她泡的乌龙茶，喝了一口。

68

"你什么时候的生日?"

"十一月一号。"吴百合说。

"这生日不错。男初一女十五。"

"你这是夸我呢?"

"总之,逢初一十五都是好生日。"

吴百合笑笑。

"单身有单身的好处,是吧?"在安露红看来,吴百合是另一种成功的典范,幸福是很个体,很难表达的东西,也说不准过不了多久,她就遇到生命中的真命天子,嫁给他,老来得福。虽然在这个圈子里,爱情的可能性时时存在,只要互相不讨厌,随便找个人相爱,又犯哪门子规了?但是,有没有一种恢宏的爱,远胜于爱情,比友情浩瀚,炽烈深沉,能将人带入另一个世界,一个可以载入史册的世界。她心地善良,心态平和,有才气,在圈子里也很有影响力,相比之下,安露红在事业上就没那么出色,但她在家庭方面还算完美。

"还好。单身生活不算艰苦,至少好过两个人相互折磨。"她斜斜地俯在窗台,弯下身体,眯眼看着窗下,夕阳沙漏般地从她身体周围挤进来,仿佛要完成一幅剪影,把她身体清晰地勾勒出来,印在幽暗的房间。

吴百合自打三十一岁就退出情场,她情愿像儿童似的,心无杂念,一小时一小时活着。除了写写书,看看书,去看看歌剧话剧,有小说要写,有文章要编,再加上购物,喝咖啡,时间像风一样愉快地溜过去了。再说,五十岁的女主编,父亲是著名画家,人低调谦和,这门面可不算小,有时候甚至还光彩照人的。她不是个追名逐利的人,至少不像有的人来得那么直截了当,那么明显,她不会人前一个样,装得欢天喜地,像某明星当年在春晚上的笑脸,但也不会背着人的时候就焦躁不安,恨不得找只猫掐死。她很少喝酒,她在一桌子酩酊大醉的男人当中保持着优雅的清醒，她为此骄傲。活到她这把年纪仍然有着很崇高的善良的意愿和正义感，她明白天下事了犹未了，何妨以不了了之。她懂得随遇而安地欣赏社会人生的形形色色，懂得宽容是美，是文化是艺术，不再呕于虚荣与华贵，但求内心的丰赡与适意。

当某天有人问她，你这辈子最揪心的事情是什么的时候，她就会脱口而出："我想知道水力那孩子现在在哪儿？别的人我不知道，她不写小说就太可惜了。"

"你呢，过得怎么样？"其实不用问，吴百合心里也能猜个八九不离十，相由心生，不幸福的人，哪儿能有安露红那样一张平静的脸，如虹膜般的心胸，眼睛里的仁慈。

"我丈夫提前内退，在一家公司又找到一份做账目的活，一周去三次，也不忙，剩余时间就在家做做饭，早上去公园打打拳，女儿今年大学毕业。"安露红做了个无可奈何的表情，"她天天给我做工作，要和他的小男朋友结婚呢！"

"太好了。这就是幸福。祝福你。"

"我也祝福你。"这俩女人由衷地互相赞叹。

曾经，十年前一个微热的初夏，两个女人在电话的两端，互相倾诉对水力抄袭事件的看法。不约而同地一致。她们根本没想到还会有再见的机会，而且那个时刻也不为这个。只是，本着两颗善良的心，在一个下午，在不同的两所城市，她们一道同情那个名叫水力的孩子。

安露红的短信铃声此起彼伏，"我再陪你坐十分钟，待会我走的时候，顺便告诉服务员给你房间送一束百合。"

"百合花再多我也不嫌多。"吴百合不客气地说。宾馆外面，整个城市都欣欣向荣，汽车喇叭声和小贩的叫卖冲击着玻璃，一对恋人在当街亲吻，卖菜的妇女高声叫嚷，一位老年人正蹒跚地过马路，服装店里正放着歌曲："你脚步深沉，照亮了我的世界。"

安露红离开椅子，挪到床上，右腿放在床上，鞋冲着床沿，左腿仍踩在地上。过了一会儿，吴百合坐到椅子上。

什么时候这两位女士已经进入老年般的默契状态，一个人做什么，另一个人想什么，完全可以心照不宣，也许她们俩能创造一个奇迹，一个友情的奇迹，堪称文坛史上伟大的典范，人是群居动物，总是要依靠某种慰藉活下去，她们明白，再过三十年，她们仍是这样的好朋友。

安露红女士

安露红离开宾馆的时候，吩咐宾馆总台给吴百合去买一束花。

然后，她匆匆奔向热浪袭人的街上，街的拐角处有一家超市，她买了几斤梨子，还有百合，生姜，又买了一些枸杞，这些都很像女人吃的滋补品，但她咨询过医生，说同样适宜于老年男人。

图图沙住的地方距离会场所在的宾馆不远，事实上，以前安露红也住在那里，那幢小区就是他们单位的住宅区。后来，安露红买了新居，搬离了单位宿舍楼，想到这里，安露红有些恋旧的哀伤。她一路步行着，尽量拣建筑物屋檐下的阴凉处走，一个女孩子，顶着一脑袋红头发，走近一看，是少妇了，穿着很暴露的吊带衫，坐在自家发廊前嗑瓜子，瓜子皮吐了一台阶，用眼风瞟着来来往往的人，脸颊对称着几粒雀斑，像一只苹果上被氧化的那一小部分。安露红想到女儿娇娇，大一那年，心血来潮也去做了一个发型，名为烟花烫，自己觉得很美，用手机拍下给安露红发来大头照，安露红当时气得就差点喷出血来，往日那个清纯的女儿娇娇，顶着一脑袋乱蓬蓬的头发卷儿，还染成橙黄色，年龄"噌"地一下子蹿上去十岁，还吐着舌头扮鬼脸，在手机里满怀期待地看着妈妈。

安露红因为女儿这一头烟花烫，居然连夜坐火车，去女儿的大学里兴师问罪，到达学校正是上午，眼巴巴地等着她下课，远远看到教室里走出那个既熟悉又陌生的，陡然大了一圈的头，气就不打一处来，不是当着同学的面，真想将她揪到一边臭揍一顿。

"娇娇，你能不这样气妈妈吗？你怕我活得时间长是不？"硬着头皮等到女儿中午下课，安露红把她带到学校附近的小饭店，开始讨伐。

"妈，你至于嘛，就因为我换了个发型，你就不辞劳苦大老远跑来，现在同学都流行这样。"

"什么流行？我看像流氓。"

"妈你小声点。这儿有我同学吃饭呢。给我留点面子好不好？"

"你还要面子？要面子就不会把一头直溜溜的头发弄成这样。麻溜点吃，塞饱了跟我去把头发拉直。我不看着你把头发给我直回来，我不离开你们学校。"

饭后，女儿真的乖乖地跟着安露红，由当娘的出血掏了二百块钱把头发拉直，只是颜色暂时变不回来了。当时，安露红以为，是自己的强势使女儿妥协，后来才知道，女儿当时烫了那头发立刻就后悔了，看着镜子里那像自己又不像自己的人，觉得真不该听同学的话。可同学们都说好，如果她立马拉直，他们会说她土老冒。还有就是她舍不得再花二百块钱拉直，那可是她半个月的粮饷。安露红的到来，正好给了她个台阶下，她可以理直气壮对同学说："没办法，我老妈发怒了，非让我把头发拉回去，否则断我三个月银子花。"

娇娇心想，谁敢再说我土，我就跟她混三个月饭吃。同学们没再吱声，谁的粮饷也紧张，不愿再拖个累赘，不就是一头烟花

73

烫吗？不如麻辣烫来得实在。然后就堂而皇之由娇娇请客，一帮人狠狠吃了一顿酸辣粉过桥米线还有担担面。

安露红最大的满足就是觉得自己教女有方，基本上，女儿娇娇是按照自己的意愿发展，干净善良。她又想到水力，湿淋淋亮晶晶的眼睛映出光芒，就像两眼深井，隔着电话，她能听到井里冒出热气，就如同靠火那样近，不厌其烦地听她诉说。那时安露红刚从医院回到家，身体里长了个东西，大夫动用了手术器械，把那东西取走了，她有气无力地贴着话筒，尽量用平静的语气，倾诉给她。她当时身体还很虚弱，不能上班，不能出去活动，只能在家静养。

水力明明白白流露出一种焦急，不停地劝安露红，"四十岁以上的女人，菜可以少炒一个，电话可以少打一通，但一定要把运动提到议事日程，记住身体是革命的第一本钱，女人贵在气血，温和的瑜伽很有效，瑜伽很注重呼吸的训练，气行才能血通。"

因为住院的缘故，当月的稿费还没有发，水力是作者之一，她完全忘记自己打电话的目的，变成一次健康和养生的长途电话讲座，电话打了近一个小时，说了归齐就是说服她运动，再就是好好保养。小动物和婴儿的眼睛最亮，就是因为他（它）们心无城府，就在那一刻，水力在安露红心里就居住下来。放下电话，一道感动的浪头彻头彻尾浸透了她，窗外暗下来的光线也显得比往日轻柔，水力年纪轻轻，就懂得体恤和爱护，爱这世上一切人，觉得幸福和情感比任何事情都重要。然而，这么好的女孩子怎么会去抄袭？何况，她比怀绍德的名气要大得多，他还不是个写小说的，怎么整出篇小说来，而水力偏偏抄了那篇小说？

十多年过去了，安露红一想起这事，心里还是觉得哪儿不对，一直是怀绍德在网上叫喊，满世界打电话，四处发传真邮件，水力起初不认，后来，在博客上发表了起诉怀绍德的声明，这让爱护她的人大松一口气，可刚过了一天，她又发表了公开道歉，这里边肯定有文章。在安露红看来，她就不像是地球上的孩子，似乎一个天使穿着草鞋轻轻踩到这世界的表面，如果地球人不好好爱护她，因此自己遭受到什么不好的东西，也是没办法的事情。

路过一家四川味卤肉店，这家店有点小名气，颜色深浅不同的各种卤肉分别码放在几个盘子里，安露红买了腊肠，还有猪头肉。一个男人领着儿子，他买了一斤猪耳朵和炸鸡腿，他把炸鸡腿给了儿子，有两个中年女人在马路牙子上吵架，一个说她碰到她的包，一个说马路就这么窄，碰一下怎么了？男人三步并作两步跑去看热闹，儿子的鞋子掉了，举着鸡腿转身去找鞋子，差点让一辆来不及减速的车子撞倒。

这世界上的人就是喜欢热闹。不是说当下人们的生活节奏多么紧张，时间多么不够用，压力如何大？可还是有那么多人喜欢凑热闹，一个个亲自上阵参与热闹。除了一手扶持起水力的主编图图沙，还有著名作家洪丹，就连编辑部那牛高马大长得人模狗样的王编辑，也兴奋不已，在博客上对水力大打出手。

"小王，你凑什么热闹，水力招你惹你了，一共也没见过三回面。"安露红实在看不过，提醒他。

"她该吃点亏了，让她吃点亏，你不觉得这样对她很好吗？"他嘻嘻哈哈说。

"这关你什么事？"

"怎么不关我事？"

安露红无奈地摇摇头，心想，一个男人没了才华就会这样，也许编辑部太闲了，闲得他们的腿坐在桌子下，嘴和手还有心就耐不住寂寞。还有另一位编辑，本来是同情水力的，但是，图图沙不知对他说了什么，他也去网上凑一嘴热闹，他说，"水力，我本来是站在你一方的，但你不该跟图主编说我的坏话。"

安露红从正在吵架的白衣服女人和蓝色裙子女人旁边走过，不知谁撕了谁的什么，雪花般的碎片落在地上，这又吸引了很多人围观，交通一下子有些堵塞。在那紧张的空气围追堵截中，水力根本就没说一句话。倒是图图沙，大会小会上说，"水力让我们丢脸，所以，凡是有一颗同情心的，有一点正直感的人，都应当谴责她。"

　　散会后安露红待在办公室，一个人待在那儿，悲伤地看着那一地烟头，浓重的香烟味消散了，可难闻的气味还留在空气中，就像一种啜泣的声音，她想放声哭一场。

　　图图沙平时喜欢吃肉，也喜欢喝酒，一对小眼睛，戴着一副罐头瓶底一样的眼镜，厚嘴唇，说话声音瓮声瓮气。那时他俩经常争论，换了别人早开溜了，调到别的单位，或是自己开个门面做买卖去，但安露红留了下来，她觉得自己能力一般，又没有一个能掐会算的好脑子，所以只好留在编辑部工作。好在他们从未大吵大闹，也没惊动过别人，都是工作上的事情，无关生活细节。因为安露红过于较真，也由于图图沙过于武断，他们俩的关系一度受到损伤，但过了一段时间，大约有两年多，这一页就基本翻过去了。安露红听从了丈夫和同事的劝告，尽量在一些事情上服从图图沙，而图图沙，也觉得安露红是难得的帮手，再换一个也未必有她认真。

　　她绕过第一幢居民楼，她对自己给图图沙买的东西不满意，杂七杂八的，挺拿不出手。上午买礼品时，就想着给他买份称心的礼物，可到头来，什么猪头肉，腊肠，还有雪梨，因为图图沙是病人，医生不让他喝酒，也不让抽烟，这两样都是图图沙的最爱，那句话怎么说来着，再拗的人，也拗不过法官和医生。图图沙多牛逼的人（哦对，他是属牛的），觉得当个主编就顶破天了，谁都不服，最后，还是让疾病给治服了。一物降一物。

　　走进单元门，步上二楼，这楼给人的第一感觉是：陈旧。至少有三十年楼龄，成群结队的蚂蚁在楼角打洞，图图沙家的老式防盗门上积满尘垢，安露红用手敲门，灰尘"扑簌簌"往她眼里掉，她手在脸前挥了几下，心里陡然生出对图图沙老婆和孩子们的不满。图图沙的女儿出嫁后，老婆就一直长住在女儿那里，侍候她坐月子，给女儿带孩子，一年回来个一两回，一回是八月十五，再就是过年。图图沙生病后，她变成一年回来一次。那是位安静的女人，对门住的作家姓什么来着？不知犯了什么事，大星期天的，还没起床，派出所的人来请，图图沙的老婆正蹲在门口剥一根大葱，头也不抬，对那位作家说，"吃了饭再走。"派出所的人说，"我们得请他去一趟。"她用大葱指着他们，"去哪儿也得让人吃饭啊。"她起身回厨房，很快煮好一碗饺子，端给那位作家吃，后来他没事了，依然是著名作家，更加著名，他和图图沙的关系一直平平淡淡，但把图图沙老婆端给他那碗饺子的事情到处传扬，还写进文章里，无论谁也不能说服他不认这件事。

就是这女人，当年可以给一位被派出所来人带走的邻居煮饺子，现在却不愿意把注意力放在图图沙身上一会儿，先是两个女儿离家，再就是她，轮番住在女儿家，像视野里根本没图图沙这个人似的，世界上没有无缘无故的爱和恨。三十年前，一个农村姑娘投来一篇稿子，现在每当有人想到她的时候，脑子里还能想起这样一幅画面：荒凉偏僻的小村子，村上人家不多，从村东头往里数，有个破旧不堪的小院子，那儿只住着一个十九岁的姑娘，乡村是穷困的，只有一个中年多情，又对这篇小说作者有着浓厚兴趣的人，才会爱不释手。图图沙那会子还是个普通编辑，怀着和往常看稿子不一样的心情，翻开稿子，看了一遍又一遍：

春天来了，沙尘像一幅黄色帐幔挡住院子上空的光线，刚发出绿芽的树在风中剧烈摇晃，能保护我在大风天不受侵袭的院门在咳嗽，随时都要倒下来，让风毫无顾忌地进入，我一边翻看一本《钢铁是怎样炼成的》，一边瞅着风什么时候能停。整个村子上头，一层层洒落着黄糁糁的谷糠，院子里被刮得七零八落，那把扫院的旧扫帚在坚持了很久后，终于被黄风掠上墙头……

对图图沙来说，再没有比记忆中的农村令他激动的了，兴奋使他坐立不安，他把她的小说读了一遍又一遍，可以这么说，他根本不想从稿子上移走目光。

安露红用手拍门，每拍一下就有灰尘往下落，看来很少有人来敲门，这所房子里的人已经无足轻重，快被人遗忘。安露红想，等会议结束，跟领导提议一下，拨几个小钱，给图图沙换一个全封闭的防盗门，照这样看，房间内也得修缮一下。

没人来开门，安露红揣摸着图图沙肯定在房间里，但是，也许在睡觉，也许没听到。

要找出那个农村十九岁姑娘小说中的缺陷非常容易，总是刮风的天气，总是缸里没水，也总是穷困无依。小说之外是无法解决的生活问题，读她的小说总觉得太实太具体，显得过于笨拙，一个偏僻山村的女孩子，只有十九岁，初中都没毕业。但是，作为一位年轻作者来说，已经具备一些写作的基础，她小说中的那些情节大都是雷同和粗糙的，女儿来叫图图沙吃晚饭，他觉得她是那乡村姑娘小的时候。小说紧紧地抓住他，召唤他看亲自去到她描写的熟悉场景，图图沙的面孔扭曲着，深深沉浸在她的小村子里，破院子里去。

用家徒四壁来形容一点也不过分，一间土窑，墙壁是土黄色，有一大块墙皮掉了下来，在夕阳的映衬下显得愈发破败和丑陋，土炕上一床看不出颜色的补丁被子，再就是门后的一口大缸。她小说中那口永远缺水的大缸。但穷乡僻壤也有野性美，她身上混合的灼热气息，使他不仅仅想一只胳膊搂着她的腰，土窑是没有窗帘的，因为女孩子基本是个孤儿，没有任何人保护地在村子里生存了很久。

安露红把右手拎的东西换到左手，继续敲门。她叫了几声，又担心声音太大，把楼里的人都吵来。如果不是那件事情的发生，这所房子里现在正在共享天伦也不一定。为了避免尘土一个劲往她身上掉落，她掏出面巾纸擦了擦门缝上的土，那位十九岁的农村姑娘和她的小说一样，她的思维也是未经驯服和凶猛的，这使得她渴望立即抓住某棵稻草离开那个破院子。又刮了一场风，院门彻底倒塌了，连墙头草也懒得往她这边摆动，揭不开锅成了比一日三餐还家常的便饭，所以，她带着沙尘，带着农村姑娘的严酷，来找图图沙先生兴师问罪了。

她说她揣着炸药包，就别在裤腰里，据说是跟村上小煤窑的三大舅还是四表哥要的？她站在编辑部门口，说怀了图图沙的孩子，也别在裤腰里，所以那天她的腰围显得比以往宽出好多，这消息太爆炸了，一位农村姑娘说她怀了人的孩子，并且这人是一位多情又不懂节制的编辑，一时间编辑部差点炸开锅，如果图图沙不给她个说法，她就当场引爆裤腰里的炸药还有别的什么。

经过一年多和图图沙的书信往来，也包括见面，这农村姑娘已经变得口齿伶俐，人们听到她的诉说，看到图图沙哑口无言，他必须面对这件事的结局，谁让他和一个农村大姑娘在她家土炕上，一边摇晃着一边说出很多抑扬顿挫的歇后语？后来，女孩子没有引爆身上的炸药，谁也不知道她身上究竟有没有带着炸药，总之没等她引爆，当然也不能让她真的引爆，组织出面做女孩子的思想工作，答应并真的给女孩子找了一份工作。怎么会有那么多人成功呢？就是不达目的誓不罢休。总之，女孩子成功地离开了那个穷困不堪的小山村，有了一份正式工作，凭着自己的努力，做得还不错。后来，她嫁了人，她的生活平顺了。但图图沙这家从此不再和睦，在相当长的一段时间内，老婆不给他做饭洗衣服。依照她的性格，倒也不会每天每刻把对他的不满一点点列举，她保持的客观冷静比刀子还难受，她不说，不等于她认可，奇怪的是，她没有提出离婚，但事实上，他们的婚姻从那女孩子站到编辑部门口那一刻起，已经寿终正寝。

终于，安露红持续不断地拍门有了成效，她听见里边传出越来越近的"嚓嚓"声，过了一会儿，门开了。

"你是，谁？"

"图主编，我，安露红。"

"啊？"

"安露红。我。"

"啊，噢，露红，你来了？快，进来。"

图图沙穿着冬天的棉拖鞋，鞋底紧贴着地面，抬不起脚跟，"嚓嚓嚓"，他走在前边，似乎在嘟哝着什么，安露红以为他是自言自语，过会儿才明白过来，他说的是："门没锁，推一下，就开了。"接着就是用咳嗽清除老痰的声音，许是很久没说话了，嗓子眼像堵着什么锋利的东西，以致于他说话时，发出的是略带刺痛的"沙沙"声。

安露红对现代医学充满质疑，要是华佗在世，也不用拿上百种药给病人服下当试验，每次她抒发这个观点时，总遭到丈夫的挖苦，他笑她太幼稚。安露红住院时，看到很多病人是怎样被当做报废的机器，让那些医生瞎胡修理，今天试试这种药，明天试试那种仪器，有一幅漫画，病人问医生，"大夫，请问我得的什么病？"医生慢条斯理地说："还不知道啊，胸透 B 超脑超 X 光还有心电图都还没出来。"如果华佗在天有灵，看到那些所谓的医生都变成看护机器的人，不知作何感想？

"你还好吗？"安露红想把手里东西找个地方放，才发现房间乱七八糟，能放东西的地方都被占据着，整个房间都充满着药味，大白天还点着灯，灯光的颜色成了灰黄色，似乎这房间是多年无人料理的小仓库，看仓库的人置身于一堆旧书报破纸盒中，有一天没一天地度过他的残余日子。

"哦，好。"图图沙穿着一件很旧的毛衣，一条线裤，衣服很久没洗了，袖口露出线头，线裤也不是严格意义上的线裤，更像是一条穿了很多年的睡裤，他坐在窗下的椅子上，背对着窗帘，窗帘拉得严严实实，上面印着发黄的竹叶，肯定下雨时水从玻璃窗渗进来，窗帘被洇得劣迹斑斑。图图沙把一条腿缓慢地抬起，蜷在椅子里，看上去就是一个瘦骨伶仃的糟老头。

安露红走进厨房，厨房就在一进门的左手边，煤气炉灶台上积着厚厚的油垢，陈腐的辣椒酱味，白色洗菜池里放着没洗的碗筷，蟑螂愉快地在上面爬来爬去。橱柜上，铝蒸锅、铁锅、电饭煲随便堆放着，她回头，发现图图沙正盯着她，或者说是正盯着她近旁的空气，下巴上挂着口水，那是一张被疾病折磨得提早衰老十岁的脸，浑浊无神的眼睛，鼻梁上挂着眼镜，似乎对即将发生的事情还拿不准，努力思索着这走进厨房的女人要做什么，在他不知所措的目光里，安露红洗干净水池里的碗，用抹布擦拭灶台。他就像刚从战场上下来的老年伤兵，而她是救死扶伤的护士。

等她做完了一切，他坐在椅子上睡着了，头耷拉在胸前，头发又白又干枯，脖子似乎快要断掉了。

"我还是扶你到床上睡会，这样会着凉的。"安露红小声地说，不确定他能否听到。

"哦，"他慢慢抬起头，仿佛他的头很重，抬起它要费很大力气，用手指了指厨房，"我看见了，你把厨房收拾得很干净。"

"是的。"她说，"你给我电话号码，我把那个钟点工好好骂一通。太不像话了。"

"你来给我送药?"

"不是。我不是社区的医生。我是安露红。"

"我知道。我认出来了。"

"明天有个颁奖会，你能去吗?"

"颁奖会？我不知道，他们没有请示我。"

安露红笑了，"是，我现在向您请示，问您能否参加？"

安露红把床上的被子枕头，放在床头的一把椅子上，床单好久没洗了，黄黄的不知是口水还是药水，散发着一股溲气，枕巾变成黑黄色。她把床铺整理了一遍，做好这一切，发现图图沙正咧着嘴笑，由于过分消瘦，他额头高高地突起，脸颊却深深地向下塌陷，仿佛美术学院的新生捏出来的失败雕塑。

"你真能干。"他说。

"你一直都这么夸我。以前也说过这样的话。"

她看着他，他身上散发出各种气味，难闻的体味和药味，再加上房间密不透风的怪味，"你多久没洗澡了？"

"哦，钟点工，一天来一次。"

安露红心想，连自己的儿女都指望不上，钟点工能顶个屁用。不过是糊弄那几个钱，况且，打扫不打扫，图图沙也不知道。现在看来，疾病把一个一米七五、体重八十公斤的人折磨成一把干柴，连走路的力气都没有了。很难想象他每天怎么吃饭睡觉，更别说洗澡和吃点有营养的食物。

"今天护工没来？"

"来了。让我吃药。"他口气变得严厉："吃，不吃就不管你。把你拉到老人院去。"然后又换了无奈的语气："她挺厉害的，也喜欢骂人。"

"吃了药就感觉好些？"

"不知道。我每天早晨都很清醒。比如现在。"

"现在不是早晨，是傍晚。"

"哦，嗯，护工说加大我服药的剂量。你觉得呢？"然后叹了一口气，"吃了药头就发晕，两脚没有一点力气，走路的时候，好像飞檐走壁。"

"药是以毒攻毒，肯定有副作用，但主要是为了治你的病。

所以，你要好好配合医生和护工，按时吃药。"

他茫然地看着安露红，突然问："我是什么病？"

"医生说，主要是心力衰竭还有肺气肿。"她没有告诉他，他还有老年痴呆症的前兆。

"你今天看上去挺漂亮，化妆了？涂了口红。"

"是，这么大年纪，不涂点口红看着很憔悴。"

"你今年，三十几？"

安露红心想，看，又来了，一阵清醒一阵糊涂。少和他说点话，说话耗费他体力，还是让他尽量休息，争取明天能把他接到会场去。

"明天我来接你去开会。"安露红说："我早点来，让司机给你洗脸换衣服。你那身西装在吗？"

图图沙叹了口气，"在柜子里。我很久没穿它了。"

"你愿意去开会吗？多见见老朋友，对你恢复记忆有好处。"

"对我有好处？"他阴郁地笑了笑，"他们都来了？"

在图图沙的主编生涯中，他一向都是惟我独尊，喜欢热闹，喜欢开笔会，他要的就是那种被人奉承，围着他送上稿子，期待他阅读的氛围。任何稿子，哪怕一篇几百字的散文，三两行长短的诗歌，他都得亲自过目。他看稿子的时候通宵不睡，遇到好小说更是欢天喜地，奔走相告。他一生最大的乐趣就是过一种思想者与大学者相结合的日子，并乐此不疲。由于这种原因，他在人前总有些霸道，有时以宽宏为主，有时心胸狭隘，全看他对什么样的人，对哪件事儿。倘若他有心对谁好，恨不得把心连同周围的毛细血管都端给你，如果他对那个人不满意，那他会表现出最怪异、最本来的面目，因此，直率和无理都是他的作风，他身上具备莫名其妙的能力，既能把一个人捧上天堂，也能将他打入地狱。有人说他是个势利小人，惟利是图，谙熟这世上一切功利主义的逻辑，并运用自如；有人说他像顽童一样毫无心机，装作淳朴的样子，是为了欺骗别人。但安露红倒是很欣赏他那种既严格又实惠的夸张感，现在，这位昔日说一不二的主编健康恶化，鼻梁上勉强挂着寒凉萧索的眼镜，正如这房间，处处显露出一种茫然衰败的情形。

"多见些老朋友肯定对你病情有好处，我认为。"安露红说："你以前很爱热闹的。"

"以前？也许吧！"

"关键是你自己得愿意去。不然谁也拿你没办法。"

"我好像，昨天是不是去过了，去到一个地方，见了很多人？"

"你那一定是梦到的。这下好了，梦想成真。你真的要见到他们了，是不是很高兴？"

"不知道。"

"不知道什么？"

"几点开始？"

"上午九点。你只需待半个小时，最多一个小时就行。"

"我可以待很久，你不用担心。"

"你得回来吃药。"

"吃药。当然。哦，我想起来了，是得吃药。然后给护工颁奖，对不对？要我发言吗？或是主持会议？"

"你不用发言，也不用主持会议，你只要能参加就行。"她问，"你是不是该吃药了。护工有没有告诉你，她不来的时候，你几点吃药？"

"告诉了。"

"几点？"

"我不记得了。"

"那这样吧，我给你做点吃的，我估计你也没吃午饭。钟点工不一定称职，把你搁在这儿，饥一顿饱一顿。"安露红叹叹气，放低声音自言自语："以前多精明的人，一点亏都不吃，现在，路边小孩子欺负了你，你也不知道。"

"我吃午饭了。"图图沙突然很大声地说。"她一下给我做好几顿饭，我有时候一下子吃完，有时候不吃。反正，我从不觉得饿，人不吃饭是可以活的。你说呢？"

"那是因为你吃了太多的药，药物对肠胃有刺激作用，会让你没有食欲。"

"小安。"他终于找到以前对她的称呼。这让她觉得很亲切。

"什么？"

"我要怎么做？明天，是不是要给别人颁发奖品，还要说几句鼓励的话。我该说什么呢？"

"不用。你什么也不用做。你只要坐在嘉宾席上就可以。旁边有人随时照顾着你。不让你为难。"

"可是，以前都是我给他们颁奖，不讲话怎么行？总得说点什么，你不觉得？"

"最好别说，好吗？说话伤元气，你就坐在那，胜过别人千言万语。"

这话似乎伤到图图沙，他像小孩子那样，瘪着嘴，像是抽泣。安露红知道，他的精神时好时坏，看啊，现在他还算正常，到明天还不知会怎样。但是，这会他必须参加，因为每个人都知道，这没准是他最后一次参加这样的活动。

"水力来吗？"

"啊？什么？"

"水力应当获奖。"

安露红说："怀绍德要来，他领那个奖。"

"怀绍德，他来领奖，水力那篇小说？"

"谁知道是谁写的啊？当年你不也说，不是水力的作品。"

"我是说过。"

"你是亲手扶持起水力的主编，你说不是她写的，这话像铁板上的钉子，直接就把水力钉在耻辱柱上，她连说话的勇气都没有了。"安露红坐在床上，不由得提高声音，他真想对着图图沙的耳朵对他大声说，那天，她正在家里洗衣服，图图沙打电话告诉她，洪丹来了，她丢下一盆正洗得半截的衣服，匆匆赶到编辑部。

洪丹正和图图沙交头接耳，她的身躯松散而又放肆，见安露红走进来，把嘴巴从图图沙耳朵边挪开，装作打哈欠，粗短的手指捂在嘴上，然后，又拽了拽肥肥大大的衣裙下摆，朝她微微一笑。洪丹当时是杂志社的红人，主编图图沙力捧起来的作家，原则上，人家有不拿安露红当回事的资格，作为一个主编助理，职业上，安露红有对这种漠视保持宽容的自知之明。

图图沙站在电脑录入员身后，他从来不打字，平时审阅稿子都是由别人打印出来，他看打印稿。图图沙指挥着电脑录入员小李，噼里啪啦地往电脑里打字，安露红站在一旁，当时也以为，水力做错了事不肯承认，这事挺让人闹心。

"水力，你再不承认，再不道歉，你再不出来说话，让你父母，让所有的人都来替你挨骂？"

"水力，要么不要承认，不道歉，道歉了就赶紧让网上那些支持你的人都停止说话，人家骂你，那是应该的，骂死你也活该！"

这些话前后矛盾，句句像掉在地上的水果仁一样刻薄毒辣，安露红惊讶地在图图沙瞳孔里看到一种颜色，就是灰绿色的黑暗，这黑暗让她恐慌，又下意识地拿眼睛去看洪丹。然而，她把头垂下，从绣花挎包里掏出一个敞口水罐，青灰色杯面上有黑褐色花纹，一口接一口饮水，似乎在笑，眼神却扭得像曲别针。喝完水，罐子放在桌上，发出像咸盐罐一样笨重的"哐当"声。

"赶紧在博客中发个声明，让支持你的人都停下，否则公安介入，没你好果子吃！"

安露红在离他们较远的桌子前坐下，每张办公桌上都摆放着一份指认水力抄袭的材料，厚厚的一摞，署名是怀绍德。图图沙命人打印了很多份，他叫来安露红，就是为了让她看这些资料。因为很多人知道，安露红把水力当女儿。其次，让她亲眼目睹水力在网上被人谩骂的惨状，安露红低头看那些资料，心就如同放在洗衣盆里揉搓了五六遍那么难受。

"我记得你当时发很大的火。"安露红说，把一些不明白的事情全部从记忆的仓库里翻出来，抖落在图图沙面前，"身为主编，你什么阵仗没见过，循循善诱会不会？因势利导会不会？深入浅出会不会？水力也是你一手提携起来的新人，你一改往日的人情世故练达，见她沉默，你就逼她出来对骂；见她道歉，你又说道歉也错了；见网上支持她的人多了，又逼她发个声明，让那些人都停下。毫无理性逻辑，我们都觉得奇怪，你当时怎么了？"

"我……是那样吗？当时？"

"怎么不是？你都忘了？我可没忘，别人也都记得。"

"水力给我第一次投稿时，我对她倍加爱护，因为我是一位编辑，也是一位称职的园艺师，把一切水分，阳光，养料悉数送给我的作者，包括神奇的技巧，以及他们年纪达不到的智慧……"

"是的，这些大家都知道。"安露红说。

"水力是我提携起来的……但是，她后来不拿我当回事。"图图沙将蜷在椅子上的那只脚缓慢放在地上，稍倾，又抬起另一只搁在椅子上，他非常疲惫。连一条腿的重量都承受不起。"那时候的短信很开心，多是围绕如何写作和文学的话题进行，但是渐渐的，我就不再有任何喜悦。"图图沙说。"她很叛逆，顽劣，不是吗？"

"她是不像其他孩子那么听话，但这孩子真诚，善良，不虚情假意。"

"她最会来事，也最不会来事。你说，她是不是不把我放眼里？"

"照我看并非你说的那样。最初的时候，每年春节，你的生日，包括教师节，水力的礼物都会如期飞至，现在你办公室墙上桌上到处摆满她送你的礼物，从保暖衬衫，影集，金笔，精美贺卡。保暖衬衫一件要好几百块钱吧，实在想不出什么新鲜玩艺，自己赶着画了一幅油画给你。"

"哦，是的，那幅画，是她自己画的，对吧？"

一位藏族女孩儿，镶在明亮的白色画框里，下巴微微翘起，略带忧郁的眼睛，栗色头发随风飞舞，右下角签着水力的名字，背面写了一段祝福生日的话。

安露红说："我当时觉得，她是那样谦恭地表达她对你的一片感激之情。"

"那油画现在哪里？"

"还在你以前的办会室墙上挂着。"

"那些京剧脸谱呢？也是她送的。"

"是的。都还在你办公室里。"安露红说："我打算把那些东西都拿我那去，你有意见吗？反正你现在也不看了。我数了一下，你办公室里，放着水力送你的礼物不下二十件。"

"没有什么值钱的。"

"但都是那孩子的心意。那条美国烟，她让我转交给你的，还记得吗？我开玩笑说，水力，是不是找了个国外的男朋友，哪儿来的美国烟？她说，是抢了别人送她哥哥的，一百多美金，还有打火机，韩国买的，要我说，韩国的东西可不便宜。"

"可她后来疏远了我，不把我当回事。"

"谁能不断地天天地对一个人表示感激之情？几十年如一日？我敢说，连我们的子女也做不到。我上学那会儿，家里条件不

88

好，班主任是位女老师，姓什么来着，哦，姓郝，郝玉梅老师。她给我买午饭，把她自己的旧衣服洗得干干净净，下摆裁掉一道边，再把腰身收小，送给我穿。我毕业后的一段时间内，还每星期给她写一封信，后来，改成一个月一封，我曾经发誓，以后参加工作，挣了钱，一定请她吃顿饭，再买件新衣服送给她。说实话，到现在我也没实现这愿望。我一直记着她对我的关心，一天也没忘记。但是让我经常写信，渐渐就变成我力所不能及的事情，后来索性不写了。现在我根本不知道她在哪里，更别说去请她吃顿饭。似乎我真把她忘记了，一想到这事我就感到惭愧。但的确我心里记着她。永远也忘不了。"

图图沙头朝后仰，靠在脏乎乎的窗帘上，塌陷的脸颊一蠕一动，发出一声悠长的叹息，"对水力，只好那样了。"

安露红终于明白，当一位编辑被作者疏远冷落后，他的心里会怀着怎样的不满和强烈的报复情绪？没人能对另一个人永远赞誉，语言是很不可靠的，如果没有新的游戏来推动它。粗心的水力，忽略了很多东西，为此，她缴出沉重的学费。

"怀绍德要来领水力的奖是吧？"图图沙说。

"他觉得那是他该得的。"

若不是看在他气若游丝的样子，安露红真想拿起床上的扫帚朝他扔过去。水力刚刚步入或正在步入一个崭新的文学领域的时候，也许刚刚领会到文学的神圣和重要，如果不是那件事，她现在正是最有影响的时候，为泄一己私愤，就将一个女孩子推入万劫不复，这就是图图沙，他编辑生涯最后一笔，他为文学新人作的最后贡献，这贡献就是踩下去一个水力，浮出来一个怀绍德。他是该叹息，叹息他口口声声维护的文学事业，现在怎么样？水力消失了，图图沙病入膏肓，洪丹患了抑郁症，在一个水力消退后，其他人的名字也未必能长存于世。

"我还在网上骂水力来着。我了解她，外表坚强，内心脆弱，我知道什么样的话能击倒她。"

"是的。最狠的一招莫过于你把怀绍德的稿子重发了一遍。这事引起很大轰动。"安露红说，"算是中国文学期刊首例。好几次，我都想说服你，不能为怀绍德重发稿子，人们都长着眼睛呐，你这么做偏重性太明显，让每个人都会咀嚼出事情的不对劲，可你说什么，不仅要发怀绍德稿子，而且还要付给他双倍稿酬。人们私下里纷纷议论，说，这根本就是两篇不同的小说，说你故意置水力再也无法逢生的绝地。"安露红顿了顿，"还有比这更难听的话呢。"她挥了挥手，"唉，算了，那些我就不告诉你了。想想看，你是亲手扶持起水力的主编，做这么愚蠢的事情，这是严重的反常规，反常态，人们怎么议论你都不过分。"

"不，不。"图图沙拼命摇头。当时，图图沙不喜欢那个说法，水力还年轻，应当给她机会。在他看来，水力的罪过不重，她的傲慢超过她的罪过，他图图沙，还有洪丹都不允许她再在文坛露脸，骄傲地走来走去，他一直找不到收拾水力的机会，这下好了，抄袭这个罪名一旦成立，这个世界上，她就很难翻身。

"我劝她道歉，我还说什么？哦，我让她不要反驳，否则公安会找她麻烦。"

"那会儿我在场。"

"她对这事没经验，是吧？完全吓傻了。"图图沙说："我希望她来求我，让我救她出困境，但她没有。"

"你说的，她吓傻了。"

"给谁也得傻。"图图沙说："网络很可怕，对吧，有时候像疯子，不分青红皂白。"

"所以你们就利用了网络。这事谁都知道。"

"别说了，小安，别再往下说了，事实是，我没想到水力那孩子那么脆弱，我一直以为她厉害得不得了，把谁也不放在眼里。"

90

"你说的，她是外强中干，其实，她胆小着呢。这我知道。"

"你们俩很好，对吧。她一直对你很好。"

"她对谁都很好。"安露红心想，是我不好。我早该知道是这样的，早知道这样，她当时该有多么无助。

"我不想参加这次笔会了。"图图沙说："我不去。"

"瞧，我刚才这一堆话白说了？说得我口干舌燥。"

"小安，你对我太好了，现在，除了你，没人来看我，陪我说话，哦，说这么多话，我好久没这样说话了。我现在这个样子，不去开会了，永远不去了。我不能让人们看到一个笑话，我觉得我就是个笑话。有些话，我想对你说，只说给你一个人，说了我心里就畅快了。"他说，"哦，你有时间听吗？"

"你说吧。我听着呢。"

"我一直觉得我是一个独一无二的编辑，独一无二。"

"你的确是个好编辑，这点，谁都不怀疑。"

"我总想创造一些奇迹，别的编辑和主编做不到的事情，我就能做到。作家离不开编辑，对吧？好编辑就像好土壤，能把一个默默无闻的作家变成一朵花，但也能把一块金子埋在土里，不让他发光。我是说，我精心培养作家，希望他们惟我是从，惟我是尊，最后怎么样？洪丹背叛了我，其实她最先背叛我。小安，我给你讲讲我是怎么把所有的肥料都倾注在她的身上，不亚于作家付出毕生心血，写出一部绝世文章，那绝对是呕心之作……"

"图主编，告诉你的药放在哪儿？"

"她那篇小说，就是她获奖的那篇，我亲手改了十几遍，这还不算，不算，我把编辑部全体人员召集在一起，又改了五六遍，她当时还为开头不好而绞尽脑汁，可是，她要求得太多。小安，我不是让你可怜我，我把别人的稿子压着，水力的，还有好多人的，就为给洪丹发个头条。"

"好了，那些都过去了。"

"可我总觉得昨天才发生。"

"但毕竟过去了。"

"那些事天天在我脑子里像过电影一样，一遍遍回放，我怎么也忘不了。"

"我看到那些药了，就在你身后窗台上。"安露红说，"告诉我，你晚饭前应当吃哪种？要不，告诉我电话，我打电话问护工，她应该知道。"

"不吃药，别让我吃药。"忽然，他伸出瘦弱的双臂，"小安，我能抱抱你吗？或者，让我握握你的手？"

安露红从床上站起来，走到他面前，把手轻轻放在他肩上，似乎那是一片不堪重负的薄门板，稍稍用力，就要哗啦啦倒下。

"我年轻时也写作的。"

"我知道。"安露红抱着她，他的背是那么虚弱，她知道他很瘦，但是接触到他的双肩时，她发现，比她想象得还要差劲得多。

"如果我一直写作，现在也是个作家，我为了一心一意当编辑，放弃了写作。我常常想，如果我一直写作，会不会是另一种样子，人生是另一种结局？"

"别想太多了。"安露红的手离开他的肩膀，站在她面前，弯下腰，像对一个孩子说话："你依然很成功，编了那么多作品，你是个了不起的编辑。"

"别人也这么认为吗？"

"一定是的。"

"我明天参加会议，你晚上来接我？"

"不对，是我一早来接你。你今晚要早点休息，养足精神。"

"一想到明天还能见到你，我就觉得有精神了。"

"非常好。你要是这样，明天大家看到你，一定会热烈鼓掌。"她的手再次扶在他孱弱的肩上，一阵心酸。当年图图沙穿着皮茄克，微微膃着肚子，带着一阵风走进编辑部，与作者谈稿子一说就是几个小时，毫无倦意，略带鬈曲的头发乱蓬蓬的的样子，已成往事。"现在，听我的，你得去床上休息一会儿。你要保存体力，明天精精神神地去参加会议。"

"好。"图图沙说。那个深夜，怀绍德打了一个长长的电话，并给他寄了银行卡，现在，他一个疗程的药就要两千多块钱，而那笔钱还不够两个疗程的药钱。

安露红叹了口气，小心地扶他到床上去，天下哪有完美的人？图图沙的弱点就是他的优点，对委身于他的女人太顺从，他成就了不少女作者，最成功的例子要数十九岁的农村姑娘，那时候图图沙自己也不过是一个普通编辑，但她转了城市户口，有了正式工作，嫁了人，过着殷实的日子，再就是捧红了洪丹，洪丹很解风情，可以说，没人像图图沙对女人那么好，那么殚精竭虑，但是，水力除外。水力不按图图沙的常理出牌，把他的潜规则打得粉碎，她这种透明又不识相的举动中有种遒劲和狂劲，以致于成为图图沙棋盘中最另类的，当然，也是悲壮的，她被狠狠地清扫出局。

"我去给你做点吃的。"安露红安顿他躺下，给他盖上被子，被角的线开了好几处，露出里边发黄的棉花絮，"我得打电话投诉护工和钟点工。偷懒也不是这么个偷法。"

"你要给我做晚饭？"图图沙问，把头抬起，离枕头几厘米，像个小孩子似的由衷地渴望。

"对，我买了猪头肉，腊肠，还有雪梨和银耳，做一顿像样的晚饭，做一个清淡的润肺汤，应该够了。"她说："你要多吃甜食。你太瘦了。精神也很差。"

"我喜欢吃雪梨。"他愉快地说，很听话地看着她。安露红忍不住用手背碰了碰他的额头，似乎想试试他是不是发烧。他是不能病的，就他这体质，一场小小的发热都会使他的虚弱的身体摧枯拉朽。

"睡吧，待会饭好了我会叫你。"

"好。"

安露红转身进了厨房，忍了很久的眼泪，终于止不住地落下来了。

女作家洪丹

六月的一天，阳光很充足，太阳圆圆的……

洪丹想了想，觉得还是应当先给儿子把面条做完。她答应过他。她记得他那种深切的眼神，对一顿面条的期待，似乎她洪丹真做不了一顿面条？全然一种怀疑的样子，儿子和父亲说话时，也用了一种尽量避开她的方式，悄声谈起她的病情，一边说，一边打量她是否在听。

父亲说："你妈现在是病人。我们要多体谅她。"这句话的作用就是，儿子不再显出他那个年纪的顽皮，也不再随心所欲在家里悠来荡去，他的世界就变得只有一个房间那么狭窄，对母亲的崇敬像水滴似的一点点漏走。

"我们班赵玉玉的妈妈，"儿子说，"天天跑到大街上去，边走还边脱衣服，人们都骂她花痴，女疯子，我妈会成为那样吗？"

"你妈的病和她不是一个类型。"丈夫对儿子的担心作出解释，"你妈是有文化的人，是作家。她的病是积劳成疾，不会成为裸露癖，也不会继续恶化下去。"

"妈妈既然是作家，为什么不好好写作，要得这种病？"

"以前还好好的，从那个什么文学研究所进修回来就成这样了。我猜想是太累。对，主要是累。还有孤独。写作的人太孤独了。"

"孤独？"儿子坐在椅子上，腿晃来晃去，"她天天去出差、开会，拿回来的照片上面全是人，有那么多人和她在一起，她会孤独吗？"他撇撇嘴，眯起小眼睛，"孤独的是我们。"

小时候，从来都是姥姥和爸爸陪着他。姥姥瘦小得似乎快要走不动了，两只小脚粽子那么大，走路一歪一扭，想走快些还得扶着墙。爸爸白天上班，晚上要去应酬，这就是身为一个著名女作家洪丹的儿子的惨痛幼年。"我很爱，很爱我的儿子。"为了证实这话，她把儿子的照片当电脑桌面，放在博客的首页，而事实上，完全不是她在各个研讨会上所说的那样。她只是个满世界去开会的妈妈，带回来一堆一堆各个地方小摊上买回来的手镯，有木头的、塑料的、玻璃的，她还喜欢买那些门框上、墙上挂着的花花红绿绿的东西，"为什么她这样的人还会孤独，还会得病呢？"

丈夫对儿子说，"别问那么多了，怪啰嗦的。"他说，"好好写你作业……"

洪丹耸耸肩膀，双手在面粉里划拉，是的，怪啰嗦的，去文学研究所进修之前，这个病就从没出现过？而从那儿回来之后，病症就初显端倪了？

厨房玻璃上，一个矮胖胖的女人，两片嘴唇上涂着口红，许多实实在在的皱纹蚂蚁般地围绕着她的眼角，她的手埋在柔软洁白的面粉里，来回划拉，不过就是做顿面条，只是她对面条的要求太高，她指望着儿子和丈夫端着饭碗说："太好吃了，无与伦比的美味。"做完饭，她还要把客厅，书房，儿子房间，包括厨房厕所都打扫一遍，把丈夫的衬衫熨烫好，挂在衣橱里，报纸上怎么说来着，说她是个与众不同的女作家，婚姻美满，魅力无穷，前程锦绣。想成为美女作家的方式有那么多种，想让人喜欢的一种方法，莫过于尽量颤抖，随时随地抽泣，泣不成声也好啊，或者哭得说不出话。于是，人们就觉得天塌了？地陷了？什么事惹得我们洪丹哭成这样？那年跑奖的时候，几十年来未流过的泪水，一遍又一遍打湿她过于松懈的胸脯。

"哦，洪丹，怎么了，有话慢慢说，快说到底是怎么啦啊？"

"我很伤心，太伤心了。"

"伤心什么？什么事让你这么伤心啊？"

"我太不容易，真太不容易了。除了写作，我不知道我还能干什么，还能干好什么？你知道吗？我没有文化，没有学历，从一个只有几十个人的小山村走出来，一个农村丫头，我能走到今天，太不容易了。"

"哦，可怜的洪丹。一个农村丫头，唱戏的农村丫头，不容易。不容易啊！"

"比这个不易的事还多呢。你们这些人，都是大老爷们，哪能体会到一个女人的苦哇！"

她的目光越过图图沙的肩头，冷冷看着窗外的雪花，他在她耳朵边说，"亲爱的，亲爱的。"

她和图图沙之间有没有爱情？不知道。似乎他是最了解她的朋友。他并不要求洪丹忠实于他。所以她才一面与他保持着关系，一面又辗转爬上别人的床。这事没什么，一点也没什么。丈夫也长得仪表堂堂，那回，图图沙给她开研讨会，丈夫不是也应邀参加，一米七八的男人，跟着一米五的洪丹身后，参加了她的研讨会，这在文学史上可是绝无仅有。虽然有好事者说，这叫此地无银，欲盖弥彰。但是他们都一笑置之，他俩都爱洪丹，都需要她，一个是丈夫的爱，一个是师长式的爱，洪丹成为连接两个男人的一条纽带。

被人拥戴追捧的日子太美好了，图图沙搜遍她身上的每一处，灰褐色的肉圈，软塌塌的皱褶，也不知是他的还是她的，也许兼或有之。入睡的模样谈不上美好，皲裂开的粗皮缩入园中的杂草，脏兮兮的眼角膜，痉挛着，仿佛期待某一种电击，老化的关节相互碰撞，发出"喀叽，喀叽"的声响。

"这对你来说是一个绝佳的时机。"图图沙身后的镜框里，水力画的藏族少女在油画里哭泣，她遐想的远方就是空中忽忽忽飞来的刀子，图图沙的办公室总是比别人的乱，墙角堆着厚厚的烟头，茶杯也好久没洗了，杯子里一圈又一圈的茶锈，杯子外面有很多积垢，她一手搭在他肩上，头伏在他左脸边，他在一张便笺上写下一串阿拉伯数字："这是怀绍德手机号码。"

"啊哈，"她站在他面前，模仿小女孩那样拍手，这动作看起来一定像十八岁少女，"看来，讨厌她水力的不止我一个。"

"嗯，她没经验，很显然，你不觉得吗?"

水力像一颗微弱的星星，遭到千万颗陨石的猛砸，让她毁灭，或者永远消失，有人将一堆大便放在网上，引来无数苍蝇，他们扑上去，吸吮啊，吞咽啊，似乎从来没吃过这样的美味。水力孤零零地挺着纤弱的身躯，无法应对这突然发生的重大怪事，她被击翻在地，眼睁睁地，懵里懵懂地，猝不及防地看着眼前那些烂菜帮子，破玻璃片，还有砖头瓦片接连不断丢在她身上。

"这么多年了，"图图沙说，"我就再没见过这么热闹的场景。"

"是啊，最好再来一次文化革命，把我们讨厌的人都打倒。"

"见好就收吧，水力也很难翻身了。你把她居住的那个城市的帖吧也控制了?"

图图沙觉得洪丹的肩膀一下子绷紧了，在三四秒种的寂静后，洪丹说话了，"我只是让吧主把支持水力的帖子全部删掉。我只需要对水力不利的声音。"

"事后，人们都会知道是你做的。这个圈子太小了。"

"我家窑洞门前只有一棵树，一棵枣树，家里拴着一头牛，除此之外什么都没有，我再也不告诉你我是怎么从那个村子里走出来，可我告诉你，图图沙，我每走一步付出的代价都太沉重了。你明白吗？我得来的一切太昂贵了。现在你必须和我一起对付水力，要不，就赶紧从我被窝离开。"

他没有离开她的被窝，而是专心致志地看着她拿起一个小烟口袋，黑色的烟口袋，上面绣着一朵花。她吸烟的时候，他就摆弄着烟口袋拴着的绳结，一边敞开手臂安抚她的后背，她侧对着他，于是他不再注意她脸上的刻毒表情，而是全心欣赏她的背部。

面粉里肯定有东西，她的手在盆里划拉，但她什么也没找到。我，洪丹，是一个合格的母亲，勤勉而善良，日本女人什么样，我就是什么样。会做最美味的西红柿鸡蛋面条，会写作，会获奖，会挣钱养家，不是一个满脑子怪念头的妻子，对，如果别人问起来，我还会装模作样地瞪圆眼睛："水力？嗯，她的事我一点也不知道。"

门铃在响。洪丹把双手从面盆里拿出来，走到客厅，透过防盗门的猫眼隐约看到是安露红。对，就是她。她侧着脸，下颌骨有力地倾成一个斜角，像是听房内有没有人在，那是她很熟悉的一张脸。洪丹下意识地朝后退了一步，她两手沾满面粉，穿着松松垮垮的衣服，她想不发出任何声响，最好让外面的人以为她不在家，但是，安露红不经常来登门拜访，她一定是有什么事情。她正左右为难，安露红敲开对门邻居家，出来一个老人，用手指着洪丹家，示意安露红："有人在家。"

洪丹用一双沾满面粉的手打开门，让安露红正好看到，她，洪丹，正像一个普通女人一样，在给丈夫和儿子做面条，这有什么不好？

"洪丹，太好了，你在家。"安露红说："我正打算给你对门留张字条。"

"快进来吧。我刚才没听到门铃声，我正在厨房。"

安露红大步走进客厅，坐在沙发上，带着一种健康和硬朗的气息。以前图图沙说什么来着，说安露红缺乏女人味，不够媚，不够娇，在他眼里，就洪丹最有女人味啦。岁月最考验人，时间的河流冲刷着岸上的女人，唰唰唰，泥沙俱下，现在，安露红体格仍是那么健壮，脸庞宽宽的，显得那么豪爽，似乎这样的人，你永远也别担心她得抑郁症。

"我来是想通知你，后天有个颁奖笔会，十年优秀中篇小说回顾奖。"

"呀，这些活动，多让年轻人参加吧。我这么老了，应该多给年轻人机会，不是吗?"她抑制着激动，甚至比激动更强烈的感情，演戏式的耸耸肩，挑了挑眉头。

"哎，年轻人自然是少不了，但是你不去怎么行呢?"

"真的吗? 唔，怎么说呢，现在懂得我，爱我的人太少了，这个世界太现实了。"说着她激动起来，觉得十分委屈，泪水漫上眼眶。

安露红同情地看着她，看起来她就像一个内心充满悲哀的女人，为不复存在的红颜和好时光哀悼。"你丈夫不在家?"安露红左右环顾一番后，又说道:"你可以让你丈夫陪你一起去。"似乎他是她的随从一样。虽然很少有开笔会让带家属的，但洪丹可以例外，在图图沙当主编时，这潜规矩已经立下并实行了多次了。

"谢谢啊。"洪丹擦去眼泪，尽量用愉快的语气说。尽管她也不确定，自己的语气是不是够愉快。

这时，响起钥匙在锁空里转动的声音，洪丹惊喜地大叫:"他回来了。"

但回来的是儿子枣思，枣思，这名字是洪丹因为思念小时候窑洞前面种着的那棵红枣树而取的。枣思背着大书包推门进来，先冲进厨房，看到冷锅冷灶，生面粉冷嘲热讽待在面盆里，毫无成为热腾腾面条的迹象，哪里有什么所谓的西红柿鸡蛋面？倒是房间里面有蛋糕和饼干，那就是他的晚饭。他从厨房出来，洪丹一动不动地站着，枣思也不理会安露红，径直从她面前经过，回到自己房间，"砰"地关上房门。

"这孩子真没礼貌。"说完，洪丹神秘兮兮地拉起安露红的手，将她拉到厨房，把门关上。"你晚上留在这吃饭吧？我请你吃西红柿鸡蛋面条。怎么样？"

摆在料理台上的是一盆面粉，褐色的面盆周围洒了一圈面粉末，洪丹咧嘴一笑，她看着安露红的眼神很期待，就像她的强烈的食欲一样。十年前，洪丹极富野心，敢想敢为，不达目的不罢休。她一心想成为最了不起的女人，事实上她做到了。有谁像她那样一年时间内就迅速走红，这是文学圈，不是娱乐圈，像她那样走红的历史极其少见。这得归功于图图沙，谁都知道，他就爱做反常规的事，而洪丹的爆红，就是图图沙所有反常规操作中的一个代表作。此刻，她发福的身体站在厨房，端着一盆面，希望能做一顿像样的面条，正如她所说的，世界名卤，西红柿鸡蛋面。

洪丹看着安露红，安露红也目不转睛看着她，终于弄明白状况。"你是说，让我帮你做一顿西红柿鸡蛋面？"

"是不是，太麻烦你了？"

"哦，不，不麻烦。"

"谢谢你。"

"说哪去了？不就做顿面条。"

安露红看了看盆里的面粉，如果做一顿三个人吃的面条，那面显然多了。面粉袋就放在料理台右下方，她用一只碗，从盆里盛出两碗面，倒回面粉袋，"没问题。西红柿鸡蛋面。"她说。故意将话说得轻描淡写，不触动她那根神经。

"面粉里有东西，"洪丹重新坐回到圆凳子上，"不过，我已经把它找出来了。"

安露红疑虑地看了她一眼，很快用手在面粉里面翻找了一遍，什么也没有，她用刚才舀生面粉那只碗，伸到水龙头下接了一碗水，她熟练地一手往里边倒水，一手和面。不一会儿，生面粉变成一个个半湿半干的小面团，她又往里加了些水，不多不少，用力也轻重均匀，变成一个洁白柔韧的大面团。

"你最近在写什么？"安露红想，总得说点什么吧，别的也不好问，问写作可能更安全。曾几何时，洪丹大会小会的，几乎成为所有人围绕的焦点，最初她说话时，总爱惊讶地睁大眼睛，显出对别人的话有浓厚的兴趣，很多人对她那种佯装出来的样子表示反感。后来，她有了名气，就变成对别人都爱搭不理，但是现在，她像个邻居大婶一样站在一旁，一言不发看着安露红和面。

洪丹眨巴着眼，眨动的速度很缓慢，似乎一问这个话题，她就要沉入到写作情景当中脱不出来，于是，她演戏式地耸耸肩，"哦，我这人太爱写作，太爱写作了。并且，我出于对弱势群体的爱。"她的声音失去了往日的清脆和自信，带着一种从未有过的苦涩，"我想写一个农村女孩子，她出生的地方是穷乡僻壤，没有学校，没有一间像样的房子，为此，村支书曾带着干粮、白开水，去乡里，去县里，他要求不高，只希望能给他们村子盖一所小学，但是就这个要求，也没人答应他。"

安露红点点头，鼓励她说下去，她用擀面杖推着厚厚的面团，带着点向上用力的推劲，洪丹发现，面在她手下变得很听话，她让扁就扁，她让圆就圆。

"这个农村女孩子只上过三年学，哦，和我一样，"她笑了笑，耸耸肩，"十六岁，就离开村子去沿海地区打工，在歌厅里狠狠地干了三年，"洪丹碰了碰安露红的肩膀，提醒她注意下面

102

的故事，"她回到村里，自己出资建起了一所小学，还带来一个大老板，给她家和亲戚建了几栋小二层楼，一下子步入充满爱和财富的生活。"

安露红看着她，觉得她的表情有点可怕，"村里人就坦然接受了？"

"干吗不接受？"洪丹说，"村支书，乡政府，县政府办不到的事，她一个没什么文化的小女孩子全解决了。又盖学校又种树。用什么解决的，用她的身体。后来，乡亲们见到她恨不得个个给她磕头烧香。"

"盖学校，种树，也是用那些钱？"

"那些钱怎么啦？人民币不问出处。这世界只用成败论英雄。"

安露红笑着摇摇头。洪丹是个很泼辣的女人，处处要占上风，这没什么，但令她惊讶的是，洪丹那赤裸裸的身体功利主义，人人都知道，她吃过很多苦，这是否和她小时候吃过太多的苦有关？包括身体上的苦和生活上的苦。她很嫉妒那些年轻的，靠才华占据刊物主导位置的作者。只可惜，这些作者大都是无名小卒，在社交能力上也比较弱，他们有些甚至不敢给主编打电话，可怜的孩子们，就只有被洪丹一挤再挤，安露红当主编助理二十年，这些事情知道得多了。

安露红打开冰箱，还好，有鸡蛋和西红柿。切好的面条整整齐齐码放在案板上，刚才是图图沙，这会是洪丹，没准吴百合还等着她，这就是她的作用。她在家做了一辈子饭，在单位当了十几年助理，助理，就是帮助别人料理一切事情的意思，包括给洪丹做一顿面条。

"你切的面条真细。"洪丹说。

"这一辈子主要是做饭，还能干什么？又不能像你那样，写小说。"安露红把两只西红柿放在水龙头下冲洗干净，打好的鸡

103

蛋已经等在碗里，用筷子搅匀，在燃气灶上放上炒菜锅。

"油呢？"安露红问。

"什么？"

"炒菜的油。"

洪丹凝视着安露红，安露红也看着她，这一刻，她身上的作家气质和女性魅力几乎荡然无存，她就是一个说话慢半拍，连顿面条也做不了的胖女人。因为大势已去，对往日的风光念念不忘，企图卷土重来，再秀风采。如果明天她去到会场，人们肯定会说："这就是洪丹，她以前挺红的。"但决不会说："她以前写得挺好。"因为没有作品继续问世，不管她乐不乐意，这个圈子已经毫无疑问地将她打抛在脑后。安露红还能照顾别人，还能教育女儿娇娇，虽没有大红大紫过，但她活得很坦然，即使她老了，还有女儿外孙绕膝，并且，最重要的是，她能感觉到美好生活的存在。

抽油烟机是好太太牌的，往烧红的锅里倒上色拉油，把鸡蛋倒进去，冰箱制冷器不时发出一阵有节奏的嗡嗡声，另一个灶上，不锈钢锅里的水也开了，她对洪丹说："你把面条下进去。"

"什么？"洪丹呆呆地站着，眼睛一直没离开安露红，可一瞬间又变得不认识她，仿佛她是刚下火车的远方亲戚，由于好多年没见，所以看着很陌生。

安露红叹了口气，腾出手来把面条下进锅里，用筷子搅了搅。"你没去医院好好看看？"

洪丹犹豫着，像是在思忖着要不要对这个远方亲戚说实话，"嗯，大概有好久了，我老觉得有个东西在我脑子里面住着，她的声音我几乎听不见，可是她的确住在那儿。"

西红柿一定要炖得很烂，才能和鸡蛋味攒在一起，散发出扑鼻的香味，沸腾的锅里，白色面条上下翻滚，菜好了，面也好了，安露红终于有时间仔细安慰洪丹，"别担心，好好休息，别想太多的事。"安露红心里充满忧伤，洪丹，往日里那个争强好胜，惟恐别人争了她的先，抢了她的风头的话题女王，成了眼前这个神经兮兮，说话时嘴角攒着白沫的女人。

安露红低着头，将炒好的西红柿卤盛在一个细瓷盆里，洪丹眼神里有疑惑，不解，也有对远房亲戚的敬佩。

"别让我儿子知道，这面条是你做的。"

洪丹的话让安露红吃了一惊。有根面条从碗沿边溜出来，烫了她的手。她下意识地缩回手，点点头，挤出一丝笑容，然后，接着把锅里的面条全部捞出来，分别盛进两个中碗里。

"明天你直接去会场？"

"是的。"

"那好，你们赶紧趁热吃面吧，"她说："我走了。"

"好。"

安露红匆匆离开洪丹的厨房，洪丹在身后轻声说："我不送你啊。"关门声很轻。

这就是洪丹，这就是洪丹了。不管她愿不愿意，承不承认，不用看到眼泪，不用听到叹息，便知道她的病有多严重。安露红像逃离似的走下电梯，熟悉的噪声一下子将她包围，安露红拦了一辆车，夜晚的热浪让人感到疲惫，现在她除了回家，她哪儿也不想去。

洪丹郑重其事地用托盘托着两碗面条，走出厨房，红色的西红柿，黄色的鸡蛋，白色的面条，真是色香味美，再加上胖乎乎的蒜瓣，令人垂涎欲滴的香醋，墙上的时钟明确地告诉她，现在是晚上七点一分，新闻联播刚开始，一种久违的成功感袭满全身，这是她做的面条，世界名卤，西红柿鸡蛋面。丈夫怎么还没回来？好好地品尝妻子的手艺，儿子也不用吃蛋糕和饼干当晚饭。她走到儿子房间门口，这才发现，用一只手端托盘，一只手敲门有难度，不过也没关系，她打算只敲一下，然后轻轻喊一声，儿子就会开门。

"砰"，儿子一头冲出来，将托盘一股脑地撞在洪丹胸前，两碗面条分别在空中画了两个不同的弧形，飞出去，落地前和托盘一起发出"哗啦啦"的声音，他在她惊悸的神色中跑进了卫生间。

托盘。碎碗。西红柿鸡蛋面。

洪丹蹲下来，单膝跪在地上。她把托盘翻过来。盛醋的小壶是塑料的，歪在一旁，醋正汩汩地从壶嘴里淌出来。一只碗碎了，面条摊了一地，另一只碗沿磕了一只缺口，里面还有多半碗面。她眼睛四处踅摸，最后在门缝找到一瓣蒜。她把这些东西，一样一样捡起来，放在客厅的桌上，又在椅子上坐下来，红红黄黄的西红柿鸡蛋卤冒着扑鼻的香气，又细又长的面条还热乎着呢！

她想起前两个孩子。一个女儿一个儿子，虽说不在她身边，但在电话里对她彬彬有礼。她给他们寄钱，她记得的仍是他们小时候的样子，她还想起自己每到一处开会，都会给枣思打电话，自打她从文学研究所回来后，他就不跟她一起睡了。

枣思从卫生间出来。目不斜视，步履轻快，像没看到客厅里发生的一切，回到自己房间，再次关上门。把洪丹关在外面。

洪丹一个人坐在桌子前，把剩下的醋倒进碗里，用筷子在面碗里搅了搅，咬下一块瓣蒜，吃下两口面条。她一口一口地，慢条斯理地，孤独不堪地，吃掉碗里的西红柿鸡蛋面。

吴百合主编

宾馆服务员送了一束百合，还送来一只蓝色花瓶，瓶颈处有一绺绺变形的白色条纹，像细细的花粉从花萼间飞起。

她把百合花一支支插在瓶子里，觉得不满意，又从中拿出几支，重新插在瓶子里，退后几步，眯着眼仔细端详，这才将花瓶放在客房镜子前的桌上，就看到房间里有两束百合，镜子里一束，桌子上一束。她对这个创意很满意。编辑部小李说她什么？"花迷。"她是女人，名叫百合，又喜欢百合，喜欢花并不比喜欢打麻将更浪费时间，也不比其他事情更麻烦，花迷没什么不好。

门铃响了，安露红这么快就返回来了？也许是服务员，于是她打开门。

"百合。"门外站着的男人说。

楼道没有窗户，只有深红色地毯，还有深色的经脏耐洗的一切，所以光线很暗，唯一的光线从房间窗子射过来。吴百合握着门把手，把房间的光线挡在身后，使她一下子没认出来人是谁。

"请问……"

"我是王芒。"

"王所长，是你？"

吴百合打开门，又想起把门廊灯也打开，一时不知说什么好。她没想到王芒今晚会来看她，他们相识是很久以前的事，但见面却不是很多。这个圈里有很多这样的熟人或朋友，信件的交往多过于见面，但他们之间的了解不比经常见面的朋友少。

"百合，你好吗？"他声音没变，带着重重鼻音，似乎重感冒过后，引发了鼻炎。

十年过去了，王芒看上去变化不大，一米八的大个子，褐色的大脸膛，身材魁梧。他过去一直喜欢穿西装，现在，王芒当年威猛的架式没少，只是添了很多白发，并且，眼神里那种霸气突然消失了，多了几分是藏而不露的隐晦，今天穿了件浅灰色茄克衫，有点像正在厨房帮老伴剥葱剥蒜，接到个电话匆匆出门的样子。

他弯下腰，轻轻拥抱了她，这拥抱含着久别重逢，纯洁无瑕的友情。她站在他面前，有些感慨，王芒眼睛也潮湿了。王芒挺容易动感情的，喝了酒以后更是如此。据说他曾为水力抄袭的事泪流满面，不知那是谣传还是真的，因为她没有亲眼看到。

"来也不提前告诉我一声？我还是从会议组委会名单上知道的。"他走到窗前，坐到刚刚安露红坐过的地方，腰背挺得很直。

"我猜想明天开会能见到你。"

"你一点没变，还那么优雅美丽。"

"你也跟十多年前差不多。只是，白头发多了点。不过这没关系，显得更有风度。"

"知道你说的是假话，但听着还是很顺耳。"王芒的眼眶再一次湿润，声音有些哽咽。

"你来得正是时候，待会我们一起去吃晚饭。"百合说，"安露红刚走一会儿，她忙着筹备会议，她时间挺紧。"

"她去了哪里？准备会议晚餐？"

"似乎不是。晚餐安排好了，无外乎是那几个标准，好像是

108

要亲自去通知什么人。"吴百合说："有些重要人物，本市的，就得亲自通知。这样显得隆重些。哪个省的会议都是如此。"

曾为社科院文学研究所所长，王芒对时间的控制总是恰到好处。他打算晚饭前来看吴百合，算上等出租车，连中途塞车的时间也算进去了，行程精确到分，但惟独没算进去当他刚走进宾馆，见到的另一个人的背影，走入电梯的一刹那，他才想起来那人是谁。

"刚刚我见到怀绍德了。"王芒说。

"他来领那个奖。"

吴百合起身，重新插上电热壶，等水烧开，好把另一只杯子烫一遍，给王芒泡一杯茶。王芒没阻止她做这些，看着她有条不紊地接满一杯自来水，插到通着电壶的底座上。很快，水开了，她从底座上取出开水，走到洗手间，烫杯子，直到在干净的杯子里放上茶叶，倒满水。吴百合冷静地做这些，那些百合花，静静地在镜子里看着她。

"你喝水。"

"好。谢谢。"

正是接近傍晚时分，夜空中出现了凉爽的征兆，轻风从窗户钻进来，吹拂着桌子上的百合花，怀绍德是文学研究所第几期进修的？王芒一时想不起，但吴百合应当是很早的那期，说到底，文学研究所的文学短训班也和某中学某大学一样，满满当当坐着一教室的人，而出色的永远只有几个，或一个。

"我在想，水力那件事……这些年我常常会想起她。"

"都过去了……你也做了职责内的事。"吴百合不知道自己想表达什么，她没有指责王芒的意思，也没有明显向着水力，此刻，她把握着说话的分寸。

"我以为我是对的，但是事后发觉……"他抬起头，用褐色的眼珠子看着她，"我们当时都自认为是正确的。"

记忆这东西真是奇怪，你一生当中要做多少事情，有些小事情，就像忽略一只蚂蚁一样忽略掉，但是到头来，你发现它牢牢刻在你的脑子里，怎么赶都赶不掉。吴百合觉得，王芒老了。人只有在老了的时候才有忏悔之心。当时王芒说什么来着，让水力道歉，文学研究所就保留她的学籍，并由所领导出面平息事端。并且是为了顾全大局无条件承认。水力刚在博客里发表了一个声明，说要启动司法程序，过了一天，就发表公开道歉声明，第三天离开文学研究所。

王芒用手擦了擦眼睛，"我当时想保护水力来着，可是，怀绍德组织的网上攻势太强，他不断地拿火力对准文学研究所。

"您喝水，我自己带的茶叶。"吴百合把杯子往王芒跟前推了推。

"谢谢。水力和我女儿差不多年纪，一来到文学研究所，大家都很喜欢她，我也很喜欢她。正当很多人感觉到她的轻松、可爱的时候，噩梦出现，有人赶来给她制造伤痛和苦难，而在之前他们已准备充分，早已想好怎么干了，那就是赶走她的可爱，砸碎她的轻松，让她变得和他们一样沉重不堪。"他端起水杯，喝了一口吴百合带来的乌龙茶。"我起初很不解，她为什么不辩解，哪怕找点理由，让网上的舆论支持她一下？"

"她怎么说？"

"她不肯那样做。"

"这就是根源所在，很多人等着她说话，只要她开口说点什么，但是她不肯。雇个人整天坐在电脑前吵架，或是自己匿名亲自做，如果是我，也不屑用这种下三滥的手段。水力抄袭了，我很为她感到悲哀，但她也和那些人一样，站出来又吵又骂，会令我更加难过，更让我瞧不起。先不说还有很多人在默默支持她，为她鼓劲，就那些操作了这场恶搞的人，对，我现在仍然想这么说，是那些人操作了一场恶搞，否则一个抄袭事件绝不会弄成那么大动静。他们看似理直气壮，其实是底气不足，这就是他们想拼命地抹黑水力的原因，说明他们内心黑暗和自身的卑贱。"

王芒站起来，一下子把房间里的光线挡去很多，灯光下，他清楚地显出一个步入老年男人的相貌，国字脸，明显松弛的眼袋，像两个小围兜似的，杂草般的眉毛，惟有挺直的身板还记录着当年勇武的样子。他用手摸摸椅子的木质扶手，又打量着印花靠垫，代替茶几的小圆桌上铺着蜡染的桌布，嵌着镜子的写字桌上，摆放着一个十字绣的维吾尔族少女头像，深邃的眼睛，五官线条很分明，长长的睫毛，目光如水含情脉脉。

王芒自己给杯子里续满水，从吴百合身旁经过时，他闻到一种略带海水味的清香，这味道好过于任何人造的香水，王芒觉得。吴百合也有五十岁了，但是，她生就一种贵族式优雅，特别是她的身材，颀长而苗条，有一种硬朗但又不失性感的风韵，她整个人显得沉静而富有生气，她一直在这个圈内，既有一种内在的坚持，又有一种身在世外的淡薄。

"很难想象，真有十多年没见面了。"王芒再次说。

"是的。那段时间，每天通几次电话。"她指的那段时间，就是水力抄袭事件发生的时候。吴百合无从联系到水力，只能通过和王芒通话，了解她的情况。水力失踪后，她就再也没有打过王芒的电话，她觉得，不打更好。

"图图沙得了心衰，他现在身体状况很不好，我担心他明天不一定能来。"

"他那么壮的一个人，像头牛一样，怎么会得这种病？"

"他的腿，脑子，都没问题，估计就是年轻时抽烟太多，一天抽三四包，心力衰竭主要是因为肺部毛病引起的。"

"他精神怎么样？"

"不知道，我也好久没见到他。"他说，"在那件事情之前，我们的联系也不多。"

111

吴百合坐在床上，双手放在膝上，身后微微前倾，看着自己的鞋尖。

王芒觉得，吴百合真是个让人欣赏的女人，她的优点在于她什么都知道，但不饶舌。王芒坐回到椅子上。"后来，我仔细地看了那篇小说。"他一手拿着茶杯盖，吹去上面的茶叶，喝了一口，侧着头，用舌尖将茶叶梗顶出来，轻轻吐到一旁。"怀绍德说，水力是全抄他的小说，从逻辑上来说，水力再蠢，这可能吗？"

"逻辑不对的岂止这个？照逻辑说，图图沙应当支持水力。"吴百合说，"之前他口口声声说，水力是他一手扶持起来的。可是，最先给我打电话说水力抄袭的就是他。"

"当时我们所里都认为是水力抄袭了，魏克己当时坚决认为是这样。他说他了解怀绍德。"

"他跟你是这么说的？"

"是啊。"

"魏克己跟我可不是这么说的。"

"他怎么说？"

"魏克己跟一百个人有一百种说法。真不知道他到底是哪拨儿的。"吴百合将视线从自己的鞋尖挪开，眼前浮出魏克己用牙齿斜咬着烟斗，别人说话时他的上眼睑频频翕动，像每说一句话之前要动几十个心眼似的。"有一种人正不足，邪有余，遇到好事总能看到他跃跃欲试，真正实干时脚底抹油一溜了之。自以为聪明，殊不知他每天上演的就是一部虚头八脑哗众取宠的肥皂剧。"吴百合说，目光轻轻落在百合花上。

王芒心想，这就是吴百合，她总是这么冷静，其实她心里比别人清楚得多。她身上具有一种真诚和可以信赖的品质，所以任何人和她的相处和交流就变得很真实。

吴百合接着说，"魏克己在电话里和我却是这么说的，他说

'风格是最难近似的，从怀绍德有那么多证据，但始终不肯进入司法程序来看，很难断定，这是不是一次步调一致的策划。有一个方案，再通过暗中手段就可以万无一失，将这种种迹象复合在一起，不是没有可能。'"吴百合轻柔的语气让王芒特别惊讶，她从床头柜上拿起自己杯子，喝了口水，继续说道："水力抄袭事件发生后，我一遍又一遍阅读水力的小说，我固执地在她的文字中寻找抄袭的原因，我为她感到难过，她无疑罪不该死，但她只能挺着孤零零的身躯，懵头懵脑地承受着突然发生的咄咄怪事，头上，四周，忽忽啦啦全是令她瞠目结舌的口水。如果我看到的不是一个善良的水力，就是一个柔弱无助的孩子……"

令吴百合始料未及的是，王芒先是眼圈一红，眼泪就聚满眼眶，他双肘撑在膝上，弯下身子，捂着脸，泪水来得这样猝不及防，连他自己都始料未及，一向干练的吴百合，一时间手足无措。

她去洗手间拿来一条毛巾，递给王芒。

"谢谢。"他没有抬头，仍沉浸在伤感中。"怀绍德开始反复强调，什么都不要，只要水力给他道个歉。我也是为水力着想，当时满网络全是黑白颠倒的危言耸听，我真怕她承受不住。我说，孩子，别把得失看得那么重，道个歉没什么的。可是她道歉后，更大的风浪又来了，怀绍德又要我必须让水力离开文学研究所。必须。这时他的口气已不是恳求，完全是要胁。说，如果我不让水力离开文学研究所，一切后果由文学研究所自负！"

"有一句话，'正士发怒敬而息，劣者发怒敬更嗔，金银虽硬可熔化，狗粪熔化生臭气。'真正的君子即使暴跳如雷，只要对他尊敬就能平息怒气，而伪君子或者是小人发起脾气来，你越是对他恭敬忍让，他就越发上劲。就好比金银虽质地坚硬，但用火即可熔化，但臭狗屎用火点燃更臭不可闻。"吴百合说，"所以只能这么认为，怀绍德不但没他说的那么正直，而且恰恰

113

相反。"

王芒止住眼泪，用毛巾擦脸。"君子发怒那都是因为一些不公之事，只要对方诚心说明事情缘由，他的怒气不但渐渐平息，还会转怒为喜，对人倍加扶持。而伪君子得到一点小理就绝不饶人，你越对他表示道歉和友好，他反倒认为自己更了不起，心想，'哦，你怕我了？那我得趁此机会好好显示一下我的厉害，以后再没人敢惹我了。'"王芒说，"我问过水力，为什么事情刚发生的时候，不和怀绍德联系。后来我才知道，水力她不能说话，每说一句，都被怀绍德断章取义放在网上，大炒特炒。他巴不得水力不停地说点什么，就能越闹越凶。"

"是啊，怀绍德先生不是把自己所有的简历和笔名都放在网上供人瞻仰了吗？"吴百合笑着说，"把水力骂得狗屎不如，趁机炒作自己，有一句歌词：'我不当大哥已好多年，寂寞啊！'呵呵，好容易逮着一个吸引众人眼球的机会，不好好闹闹，怕错失良机！"

"你分析得没错。一开始生怕水力不道歉，口口声声说只要水力道个歉。水力道歉后，闹得愈发凶狠，有恃无恐，让所有报纸转载了水力的公开道歉，网上叫嚷，说，水力道歉不诚恳。"顿了顿，王芒又说，"怀绍德跟魏克已通过无数次电话，要跟她索要经济赔偿，我头一次听说，索要赔偿还有按小时算这么一说。那他给水力带来的伤害呢？用那些乱七八糟莫须有的臭大粪往人家女孩子头上想怎么浇就怎么浇。如果水力没来文学研究所进修，我没见过水力，也会不明不白听信他那些话，但是，认识水力但凡有点客观心态的人都知道，她是个非常善良，有才华，又很洁身自好的女孩子，他这样毁人家，是阴损，是缺德！一边明火执仗把人毁成那样，一边还想要钱要这个要那个，怀绍德这人忒不厚道，极其不厚道！"

王芒把毛巾团成一团，放在小圆桌上。"相比之下，水力一直很冷静。她提出离开文学研究所时，我问她有什么困难和要求，文学研究所尽量帮她解决。她说没有。还说谢谢，谢谢文学研究所对她的帮助……"王芒眼圈又红了，"我让魏克己在酒楼订了包间，派人去叫她，打算给她送行。水力听见是魏克己敲门，说她不吃饭。魏克己敲了五次，到最后一次的时候，她干脆不应答。魏克己只好吩咐门卫，如果看到水力离开，一定要打电话告诉他，我们想亲自送送她。哪怕送到车站或机场都行。但是，她趁门卫不注意，出了校门，到路边拦了一辆出租车，我和魏克己赶到时，早没有水力的踪影。"

吴百合走到门廊，拿起热水杯，走过去给王芒杯里续水，"换了我是水力，也不会让你们这些人送我。有幸来到文学研究所短期进修，好像这是个文学的圣殿，会保护一个热爱文学的女孩子的梦，好像四月的玉兰花开，闻着满园的玉兰花香，文学研究所就全是玉兰的纯洁。世上没有比这更幼稚的傻瓜了。"

见王芒无语，吴百合话锋一转，有意缓和刚才趋于紧张的气氛。多少年过去了，提起水力的事情还是让人沉重。

"你刚才说，图图沙老师现在的身体情况很不乐观？"

"国产药据说对他都不起效果，只好用进口的。价格昂贵是一个方面，你知道，洋人那些东西都很厉害，心衰是好转了，但神智时好时坏。"

"会不会是脑梗前兆，脑供血不足会引发一些神智上的问题。"

"好在图图沙以前的身体很好，换作别人，恐怕早不行了。"他说，"不过，这么说他是不是不大好？"

"没关系。我们能为他做点什么呢？"

"什么也做不了。我也想过，以后我成了那样，别人又能帮我什么呢，都是爱莫能助。以前我和女儿说，等我老了，别在我神志不清的时候，你再送我养老院，早点送我去，我还能在那下下棋，享受一下纯天然无污染的绿色阳光。可是，现在老了，根本不敢再提那茬，生怕真给送那大铁门里面去。咳，想当年我们能救助一个大活人，帮助一个年轻人的时候，都不愿意干，满脑子想着明哲保身，现在，我们对一个病入膏肓的人，反倒老想着为他做点什么，你说，人是不是都是假慈悲？"

吴百合没想到王芒会说这番话，眼前的王芒，表露出一种非理性很像父辈的感觉，是不是因为不当所长了，回归到一个普通人，才会有这样的感悟？人啊，为什么非要等到时间流逝殆尽，才能重拾泉水般清冽的美德？

王芒端起水杯，喝了一口水，"后来我曾多方打听水力的下落，真的，这事我从没跟别人说过。她就那样走了，有人还不善罢甘休，派人四处寻找她的下落。"

吴百合说："有一种误区表面上看不出来，正常推理的外表遮掩了一切，但是这个外表一旦撕破，一下子展现在舞台聚光灯下的，就是积聚已久的愤懑情绪和丑陋的假面具，人们就会把以前隐藏在内心深处的深仇大恨悉数表现出来。"

"没错，图图沙这个人……"王芒叹了口气，摇了摇头，"他是不是亲手扶持起水力，我不知道，但他的确亲手毁了水力，这一点毫无疑问。"

"是的。"吴百合说，"这一点毫无疑问。"

一时间两人无话，外面，天色整个儿黑了下来。

"说说你的近况吧，退下来后，一直在做什么？"是吴百合打破沉默。

"和所有老人一样，早上到公圆遛遛弯，白天养养鱼，种种花，女儿在国外，几次三番叫我们去，我们去干吗？在中国生活了多半辈子，别说去国外，就离开我住的那栋小区，也觉得像连根拔起。一把年纪了，还指望像小树苗一样，栽哪儿哪活？不可能了。就这么着吧！"

"没去客座一把教授，到处去讲讲学，宣扬宣扬中国文化，挣点儿讲课费？"

"还是清闲点多活几年吧，名利那东西，没完没了。"

"说得没错。"

"你呢，你在那座城市，一直挺好吧？"

"是的，我也有功利心，而且也不小，但有时候适可而止……"

这时，有人按门铃。

"肯定是安露红。"吴百合站起来，对王芒说。

王芒用手又抹了抹脸，平复了一下情绪，示意她可以开门。

进来的是一位年轻女孩子，长得细眉细眼。"请问是百合阿姨吗？我是安露红的女儿娇娇。"

"娇娇，你好，我是吴百合。"吴百合打量着她，以通俗意义上来看，她算不上漂亮，但透着一份灵巧秀气。"今天还和你妈妈说起你，怎么，学校放假了？"

"学校要开始短期社会实践，我先回来看看我妈妈。她让我请你去我们家吃晚饭。"娇娇看了一眼王芒，"这位伯伯也一起去。"

王芒挺了挺腰杆，"你知道我是谁啊，就叫我一起去？"

"我妈妈吩咐过了，说开这种会，很多新老朋友聚在一起，好不容易见一次面。还说不管房间里有谁在聊天，一定是来开会的叔叔阿姨，让我都一起请去。"

吴百合发现，娇娇的身材和长相都和安露红大相径庭，她定是长得随父亲，但是，她的伶牙俐齿不折不扣继承了安露红，听安露红说她大四了，可眼前的这位留着齐肩的碎发，更像是十九岁女孩子，一口学生腔，一脸孩子气。

"你去吧，你们女同胞好好聊聊，我回家了。"王芒说，"娇娇，我是王芒，也是你妈妈的朋友，回去代我问好。"

117

"一起去吧，我妈妈交待过的。如果她知道我放跑了一个她的好朋友，肯定不高兴。"

"我们明天还会见面，所以，她不会责怪你。"他向吴百合伸出手，"明天见。"

吴百合犹豫了一下，把手放在他的手掌里，待了一会，"说好一起吃饭的，"又对他说："一起去吧！露红不是外人。"

"不了，我刚想起来没带手机，担心有人找我。自从退下来后，手机就变成房间装饰品，经常出门忘带手机。所以，没准有人找呢。"

"怕老伴担心？"吴百合说，"用我手机打个电话不就成了。你半辈子在外喝酒，哪天不是深更半夜回去，怎么现在变得这么守纪律？"

"不敢不守纪律。老了，只有老伴收容我，得罪不起啊！"王芒说，"再见，小姑娘，记得替我问候你妈妈。"

"再见，王伯伯。有空一定去我家坐坐。"娇娇说，右嘴角的小酒窝一隐一现。

"本想让你请我吃一顿，看来，又给你省下了。"吴百合故意打趣。"现在单位不管报销了，你能消费得起吧？"

"哪里的话？明天我请你。以后你只要来，我都请你吃饭。"他说，眼圈又红了。

王芒离开吴百合的房间，没有要求和她一起下楼。想起当年洪丹坐在他办公室里哭诉，诉说水力在一个会议场合，不给她面子，不去给她敬酒，并且，离别的时候，没有像别人那样，去跟她拥抱告别。她说她这辈子还从未受过这样的气。从来没有。当年唱戏的时候也没有。她哭着哭着就浑身颤抖，泣不成声。他绕过电梯，沿着宾馆门廊走向楼梯，每层十二个台阶，他一共下了四十八个台阶。走出宾馆大门，走到大街上，一个穿白色运动服的年轻人正在路旁的小公园里吹口哨，一个学生模样的人在路边摆了一堆杂七杂八也挣不了几个钱的小零碎，有手机套，碳素笔，小茶杯，笔记本。

洪丹那时候还没到老得不能看，哭的样子也有看头，除了脸色发青，事实是，洪丹找了个茬，径直闯入水力的房间，对她兴师问罪，她原本以为凭着自己的年纪，凭着自己的气势能压过水力，没想到水力不急不恼，心平气和对她说，第一，她不敲门就闯进她房间，缺乏基本的礼貌和素质。第二，请她出去，并帮她带好门。

王芒打算步行一段，再坐车回去。上个星期，他还徒步爬了次山，站在山巅，想到年轻时的各种理想和心愿，包括很多危险的经历。

洪丹和水力过了几招，基本上都是自讨没趣，水力抄袭事件发生后，她可算是找着了报仇机会，她和怀绍德互相通气，你方唱罢我登场，人人都长着眼睛呐，这女人不愧是戏子出身，她的很多做法都很戏剧性，一家家给报社打电话，让他们腾出版面披露水力抄袭，再加上图图沙作证，硬把水力抄袭搞成一场"毁人不倦"的大事件。

一阵凉风袭来，让他通体舒服。看来，只有摆脱了很多身外的东西，例如名利，例如官职，才能感受一份毫无牵绊的愉悦和自由。王芒向阳光街十七号走去，经过十字路口时，他停下脚步，站在人流后面，让别人先过去。

女作家洪丹

六月的一天，阳光很充足，太阳圆圆的……

洪丹数了数，每节五个字，一共三节，总共十五个字，还没她刚才吃过的药粒数多。最近家里的环境不适宜写作，总觉得脑子昏昏沉沉，像在做梦一样，对面楼房的某户居民家，前些时候发生过火灾，一台电视机突然爆炸，把家里东西都熏得黑乎乎，现在还能看见烧得一条一条的窗帘，像破败的战旗挂在窗户上，凄苦不堪地随风飘起。因此，她认定，那家电视机爆炸，是让她的思维出现混乱的主要原因。

也许是过于沉湎在小说中的缘故，电话铃响了三遍，她才听到，那个声音似乎从遥远的地底下发出来的，洪丹费了好大劲才听清楚。

"我是怀绍德。"电话那头说。

洪丹闷声闷气地问，"什么？你是哪个报社的？"

今年她签了一部长篇小说，拿到几万元的预付稿酬，但是，到现在为止才写出十几个字，如果明天去开笔会，记者采访她，问她写作进度，她怎么回答？总得言之有物。她是担心被遗忘的女人，所以一直对记者殷勤有加，被采访的时候亮出自己女作家好母亲和妻子的招牌，私下里带记者逛商场购物，送他们健身卡，超市购物卡，还有高档的衣裙化妆品。据说，还和对方秘密协议，要求只许发表关于她勤奋写作，热爱和承担着责任的女人形象，以及报道家庭幸福之类的正面新闻。

"我是怀、绍、德，不是记者。"

"不是记者你打啥电话？影响我写作……"她想。不对，等等，怀绍德，这名字很熟。"哦，怀绍德，你现在在哪里？"

电话中说了一个地名。她好像知道，又好像不知道。这些不重要，重要的是，她现在有了一个堂而皇之的理由，暂时逃离这个沉闷无比的家，逃离梦呓，大哭，还有惊声尖叫，逃离电脑上那半死不活的十五个字。她签了两次约，第一次拿了首付的签约金，两年后，并没有按签约合同完成作品，但是作协很给她面子，他们不敢不给她面子。那回，有人想不给她上报一级作家，她就坐在他办公室地上又哭又闹，事后，还找来记者，说，如果不给她上报，就登报说他们作协欺负一个弱女子。所以，上次她没完成签约，作协还多发了她几千块钱作为奖励。这说明这世上没有公平，靠着吃老本，她仍然能够将前后左右的文学青年从有限的食槽前拱到一旁，看着他们无奈无助地退让，像忧伤、无助、破败的小水花，如果可能，她想把他们的水源断掉，藉着她各方面的关系，挖那些小娃娃们的墙脚轻而易举，由此可见，年龄是有道理的，不然也不会出现老江湖这个词。命运要是想对某人太好其他人大可不必太认真，你才付出多少？

她换上一件宽大的斜襟罩衫，一条长裙，一双高跟凉拖，往胳膊上套了几只手镯，一边是红色的，一边是绿色的，一共四个，耳环她也是喜欢夸张的式样，像圆圆的铜钱那种最好，她对着镜子左照右照，对这身打扮很满意，谁说她状态不好？她从刚才那个邀她出去的电话中，和这身打扮里得到快乐，接着，她走下楼，高跟凉拖踩在卵石地面上，有时候往左歪一下，有时候又往右歪一下，小区地面是专为老年人足底按摩设计的。

丈夫今天没有开车，他早上出门的时候说，他今天乘出租车上班。洪丹在楼下找到自家那辆蓝色夏利车，前些天刚下了一场雨，车子太脏了，可能就是由于这个原因，他才没有开车上班。她自信地坐在车里，慢慢驶出小区，不时从后视镜里看看来往的车辆。她把车子驶进右边的车道，缓缓跟在一辆黑色帕萨特后面，她是著名女作家洪丹，开着政府奖励她的车子，去见一个久违的朋友。丈夫出门前曾吩咐她，好好在家待着，但他自己想去哪就去哪儿。他回到家看到她不在，很有可能会大惊失色，他习惯了她坐在电脑前沉思，她打算晚饭前赶回家，免得浪费口舌跟他解释，她算了一下，她至少还有三个小时时间可以消耗。

市郊的一条公路上，一幢参照欧亚风格的建筑，外楼的主色调是浅粉色，荧白色的塑钢门窗，楼前有大片的草丛和绿地，楼群后是黄澄澄的日头。天已经不太蓝了，是赭青色，阳台是浅浅的咖啡色，且一律向外突出，从不远处望去，就像是一大块精美绝伦的雕花大蛋糕上，浇注了让人馋涎欲滴的巧克力。楼群后边正在施工，日方投资要在那里建磁悬浮铁路。远远地听到很尖利的女人的声音，像是在争吵和对骂。她把车子停在门口，铁栅门内还有假山，小花池，喷泉，二楼有个窗口探出一只脑袋，等她又走近十米，对她呼唤道："洪丹，洪老师。"

在这么偏僻的地方，那呼唤声显得十分单调。洪丹低下头，加快脚步走进楼梯口，楼道里十分安静，这所家庭式的旅馆是专为周末来郊外度假的人准备的，价格以钟点计算，这说明，怀绍德不想在市区或人多的场合和洪丹见面，因为洪丹是名女人，名作家，她太引人注目，太与众不同了。

二楼入口处就是服务台，一个女孩子正伏在吧台上打瞌睡，听到脚步声，她抬起头来看了她一眼，洪丹急忙低下头，这是不是有些太冒险？但是她还是清楚地看到服务台上的标价，那个价格并不经济，最近她手头比较拮据，用钱的地方比挣钱的地方多，她认为怀绍德完全可以约她在茶馆或咖啡馆见面，但是，她心里又觉得在这儿见面最合适，这地方的确十分清静，甚至，她在想，如果有人给报销，她情愿在这里待上几天，写那部似乎永远也无法完成的小说。

房门半开着，怀绍德斜躺在沙发上看电视，他一手撑着腮帮子，一手握着遥控器，电视里正在播放一部新加坡电视电视剧。

> 法官问："当事人，你还认得这个偷您汽车的人吗？"
> 当事人："法官大人，从他为自己发表的辩解来看，现在我连我自己是否有过汽车都没有把握了。"

怀绍德哈哈大笑，自言自语道："这台词太经典了。"

洪丹摘下没有镜框的圆镜片，"绍德，很高兴再次见到你。"

"哦，洪丹。"怀绍德从沙发上坐起来，如同正在接受闭路信号的天线，努力将眼前这个略显浮肿的胖女人，和十多年前笔会上那个特喜欢作秀的半老徐娘联系起来，不得不承认，她当时的确性感，有那么点不伦不类土洋结合的魅力，但今天看上去她很憔悴，她的脸上抹了厚厚的粉底，手腕上挎着一只绣花包包，尽管涂了深色口红，落日的黄光打在她脸上，而她又将这些黄色尽数吸收在皮肤里，手里拿着一副没有镜框的圆墨镜，哎呀妈呀，太像上世纪三十年代搞特工的人了。

"十多年了，你还是那么有风韵。"怀绍德口是心非。顺手关掉电视，从反光的电视荧光屏表面看到自己，高高腆起的小腹，就一只肥猫穿着白衬衫。

"但你可见老了，也胖了。"洪丹说。他的皮肤是黝黑色，相形之下，他身上的白衬衫就显得格外刺目，他蓄了胡子，眼神

是阴郁的灰褐色，

旅馆的内部正和外部相反，脏乎乎的地毯，显现出千人踩万人踏的疲惫感，沙发巾和床单都很脏，似乎住了无数旅客都没撤换过，再看看桌上电视机上的尘土，就不难理解这儿管理有多差，服务员有多懒。

"我给你带了本我的书来。"怀绍德从随身的包里取出一本书，灰色封皮，他郑重其事地在扉页上签上名字，从电视柜旁拉出一张椅子，放在沙发对面，中间隔着茶几，"请坐，洪丹老师。"

"哦，你又出书了，诗集?"她翻了几页，挑起眉毛，装作惊叹，"我也快要出书，一部长篇，写爱情的。"她又补充了一句，"写一个女人一生的爱情。"

这话说得通，因为洪丹活了半辈子了，在她这几十年当中，很难说有没有经历过真正的爱情，或是，有没有人真正爱过她，只有身体的交往，身体像牛一样被人征用或征用别人。从十一岁那年起，她就认识到身体的作用，那就是，像牛一样被抵押，被征用，被租借，她惊讶地发现女人的身体是如此多的功能，这便是她肆无忌惮藐视身体的开始。现在的丈夫是跟她同居得最久的，二十年。算是生活给她的补偿，因为她十一岁，身体就被同母异父的哥哥征用了。她当时跟着戏班子离开村子时，他连看都没看她一眼，更别说是来送她。作为交换，十七岁又跟着一个煤矿工人，为他生了一个儿子，那孩子她不能说不爱，而是那会子她连自己都顾不上爱。

洪丹坐在椅子上，把双脚叠起来。怀绍德注意到她穿着高跟凉拖，脚后跟上有粗白的厚皮。房间的百叶窗半开半闭，沙发前面有一个大理石茶几，表面很脏，也很久没擦过了，茶几下面放着一捆啤酒。

"我跟服务员说来点白酒，但她说，只有啤酒。"怀绍德抄

124

起一瓶啤酒，用牙齿把瓶盖咬开，"这房间没有一次性杯子，我们只能这么喝。"

洪丹表示同意，坐在椅子上，接过啤酒，把诗集放进手提袋里。

怀绍德伸过瓶子来，和洪丹碰了一下。

时间"咔嚓"一下，回到十年前。

在那段时间，他和这个脚皮厚白的女人灵犀相通，整整一个月时间打了几百次电话，起初他向水力开战的时候，还没想过要闹到什么程度，多亏她因势利导，深入浅出，一步步指导他。就像那回，她安排他跟文学研究所叫板，再加上她让网吧专门发起对水力的攻势，他就觉得一发不可收拾，停不下来了。她的帮助让他以为是天助，看着网上越闹越大，连他自己都心惊肉跳。说实话，那些污言秽语给了谁也受不了，奇怪的是，一直没听到水力疯掉的消息。

洪丹对着瓶嘴，喝了两大口，再看怀绍德，小半瓶酒下肚了，她又接连往嘴里灌了几口，这下和他瓶子里的酒差不多了。

"你是来领奖的？那篇小说？"洪丹问。

"你知道了？"

"当然，我明天也去开会。"她说，"要请十几家网络和媒体，这下你又风光了。"

怀绍德似乎很不屑，撇了一下嘴，"我可不像你，对这些很热衷，我是诗人，你是写小说的，我们还是有区别的，是吧？"

洪丹似乎没想到怀绍德会说这句话，停了一会儿，想清楚了才说道："那你干吗要写小说？还拼了命地要那篇小说的署名权？"

"不管我想不想当一个小说家，我写的东西我当然要据理力争，这有什么不对？"

"对不对的，这事只有你知道，当然，我也知道一点，但不

125

确切，也不重要，重要的是，那篇小说是谁的都可以，只要不是水力的。"她又喝了一口啤酒。

怀绍德把瓶底的啤酒一股脑倒进喉咙，似乎地球上再不会有啤酒喝了。又拿起一瓶用牙齿咬开，"很多人都知道你嫉妒水力，说了你也别不高兴，你做得太明显了，缺乏艺术，女人心计过多很容易衰老。不仅如此，大伙都知道你对很多东西也相当觊觎，那次我们一起去开笔会，酒桌上就有人说你的趣闻，你说，你是你们省作协主席，还说在你们作协，连司机买一桶汽油这样的小事，都得经过你签字才能报销哦。"

洪丹指着怀绍德鼻子："我讨厌男人说话时带着'哦'和'喔'的尾音，特别俗气，好像武士右手腕系着一根女里女气的花头绳。"

怀绍德不屑地又喝了一大口酒。"息怒，息怒，稍安毋躁。"他带着几分老友叙旧的惆怅，说："那都过去的事儿了，别忘了，我们是同一个战壕的战友，没有你洪姐，没有图老师力挺，我哪能获这个奖？所以，他们还说，你才是主编，图图沙是副主编。"

洪丹也喝光一瓶啤酒，把空瓶子放在地上，怀绍德又打开一瓶递给她，她喝了一口，用手揩去下巴上的酒滴，继续说话，像倒叙一个很久以前的故事。

"那你呢？你跟我，跟媒介和网络说，你写了一篇小说，放了很久，因为疏于功利，所以一直懒得发表。你这话不是前后矛盾？疏于功利，懒得发表，我当时怎么教你来着？我告诉你，你得这么说，说现在的刊物埋没人才，只重名不重才，就会在网上引起极大的同情。说你这篇小说表明，你是诗人中的小说家，小说家中的诗人，关键是，要在水力毫无反击能力的时候，你要让这个处境变成一个事件，一个结集网上所有火力埋伏和对付的事件。网络时代的好处，一件平平常常的小事，就可能引发一场群殴事件。凡事都有一个交叉点，一个通过无数人参与，混战，就有可能变成无法控制的试验，力量之大，爆发点之强，无人可能预料。比如虐猫事件，艳照门事件，还有，水力的抄袭事件。这说明当下集体感情的表达机会已经少之又少，和谐只反映在日报上。"

"你说得没错。"怀绍德频频点头，"我刚在网上发布了'水力抄袭'，你就撺掇图图沙以最熟悉水力小说的主编身份站出来证实水力抄袭，我们共同在水力抄袭的字眼前顿足叫骂，匿名跟帖，所以，才有那么多如出一辙跟帖追逐而来，重叠，嚎叫，鼓噪，让污水在水力身上淌成臭水沟，臭水沟里再加点火药，火药里再加上柴油，眼瞅着呼呼上蹿的火苗在空中发出剧烈的磨擦，一丈多高的篝火燃起来了。"

"一枚硬币大小的话题可以无限延伸，三个叠一摞，五个摞一层，每增加一分便扩大一块，比雨声还激烈，渐渐的，犹如火星碰撞，发出激烈的声响。在阳光背面，在树荫缝隙中，在世界的各个角落，无论干旱暴裂的沙地表面，还是草木茂盛的灌木丛中，无论是高寒地带，或是脏乎乎的下水沟，千百万个寄生虫，像千百万个鬼符般可恶的方块，对所有弯曲的东西，对所有波动的东西，对所有不可一世的东西，都怀有仇恨。"洪丹讨厌水力，极其讨厌，她终于聪明一世，糊涂一时，被怀绍德捉住把柄，这正是洪丹等候已久的机会。它来了，来得这样及时，这样美妙，这样彻底。

"战争永远没有结束，不是敌人宣布投降就结束了战争，不是大肆裁军就没有战争，战争在每个人的基因里，斗，斗，斗。我小时候在山上放羊，村里有家人在放羊时看到一个军绿色的铁家伙，有人就立马挨家挨户说，山上发现了一辆军用车辆，没准里面装满弹药。于是，村民们全部出动，连平日里窝在床上半瘫的老人也被搀扶着，一歪一扭跑到山上，大家拿着铁锹，绳子，扁担，大铁锁，对，还有拴牛的密厕，围着那铁家伙转了一圈，最后村支书提议，上水冲。人们又快速转回身去，挑水的挑水，拿盆的拿盆，照着那铁家伙，哗哗哗，我们村里常年缺水，人们连脸都舍不得洗，省下水喂牲口，喂羊，可那天都顾不得这些了，水花在天空中溅出一朵又一朵的圆弧。那年我九岁，高兴得浑身发抖。最后，村里壮年们齐心合力，把那铁家伙从山上推到山崖下边，只听到轰隆一声，那东西掉下去了，卷起几米高的灰尘，当晚，村里杀了几头羊，庆祝把这铁家伙弄到山崖下去，虽然，到现在，我也不知道那东西是什么。是什么不重要，这说明，人人心里都有一个假想敌，人人心里都有战争，都想着斗倒别人，自己心里就舒坦了。"

"没错。向上贴一个帖子，轰隆一声，引发一大片骂声，哎，什么叫现代战争，就是网络大战，你要是恨谁啊，讨厌谁啊，都能通过网络对他开战，战争，没有停歇的时候，有无纸化之战，有无弹药之战，有明战，有暗战，有枪战，有笔战……网络就是这样搞战争的，像虐死一只猫，把它的肚肚肠肠全踩出来，猫的眼珠子突在外面，流出一摊血，啊呀，问题是它还不知道是谁干的。"在怀绍德说话的时候，洪丹又喝了两瓶啤酒，其实她更喜欢喝白酒，白酒的辛辣是啤酒所不能比的，慢慢地抿一口，让它在舌头和牙齿之间停留，再递送到嗓子眼里，辛辣通过喉管占据了她的全身。怀绍德的话让她觉得很尽兴，她一直等待一场事件，打败水力无邪的目光，这目光一再刺伤她，充斥着平静的波涛声。她眼球中央，有两只天真的茸球，充满了节奏分明的跳动，她冲到她房间中对她怒吼，气势汹汹，她穿着一件湖蓝的舞蹈裤，一件淡绿色的舞蹈背心，紧贴着耳朵深处的NP5，这是洪丹第几次受挫？似乎她在她面前只有愚蠢，曾经无数次在别人身上实验过的招数在她这里全部受挫，居然，水力等她骂完，请她出去，平静地说："给我带上房间门。"

怀绍德脚下已经有了五六个啤酒瓶，他没法再保持正常坐姿,斜倒在沙发上,他想让自己口齿清楚,但已经很难做到。

"我最讨厌水力什么?"他眼睛望着电视机显示屏幕,他觉得,眼镜中心的瞄准点不在了,满是灰白色的雪花点,密密麻麻分布不均,他努力回忆起某些事,他点燃一根烟,费了好大劲才想起,他把自己写的诗,还有早年写的那些散文发给水力,请她帮自己多多推荐几家刊物,还发短信对她说:"可能的话,多给我开点稿费哦。"水力给他推荐了一家又一家,每次都给编辑写信说:"这位怀绍德先生,是很有才华的,如果可以,请多帮他开点稿费。"

"不知道这是不是水力对我疏远的开始,从那之后,她给我的邮件明显减少,但仍在给我推荐文章,那是一种高高在上的情绪,掺杂着与我不再平等的因素。我看到即将失去的她对我的敬意,我感到不安。"怀绍德又喝了一口啤酒,把对往事的回忆推向极致。"而在那之前,她一直是尊敬我的。"他站起来,掏出手机,走到洪丹身旁,给她看,似乎要说服她相信,"这是我一直保存的短信,一直保存着,你看看。"

水力的短信:那年纪能做我大婶的闯进我房间骂我,这还不算,她在酒桌上故意装疯卖傻号啕大哭,说我欺负她。

"我的回信:水力,那女人我见过,一个矫揉做作的风骚女人,人人都知道她是什么人,你不要理她。"

水力的短信:同行的作家提醒我做事情要小心谨慎,以后她还会随意找我茬。

"我的回信:水力,你太棒了。要知道,她又哭又闹,你不回应。她沉不住气了,闯进你房间。你有理有据,我相信,她以后再也不敢这样对你了。"

洪丹"忽"地从椅子上站起,"我闯进她房间大吵大闹,她都跟你说了?"

"我想,知道的未必是我一个。我还从别处听说过。这圈子很小。"

"当时你很同情她，觉得她很无辜？"

"事实上也的确是那样。你没理由闯进人家房间骂大街，我不是同情她，我只是说一个道理。"他说，"这样显得你很低级，人人都说你心眼小，太爱占上风，甚至图图沙都这么说你，他说：'洪丹小时候唱戏受尽欺辱，好不容易当了作家，就希望到哪儿都被人捧被人宠。'有个作家当时就说，有你图老师宠着捧着就够了，我们这些人就算了吧……"

"打住。打住。够了。够了。"她嚷道，使劲喘气，同时用手指着她的鼻子，"我骂大街？那你呢？什么狗屁诗人，在我看来，你就是一个锱铢必较的家庭主妇，一个洋洋得意的蠢货，装着有学问的样子，骨子里穷凶极恶，你是实实在在做学问吗？你不是，你明摆着不是。如果你是个做学问的人，就不会扯着嗓子在网上，在报纸上，对着媒体去抢那么一篇小说，水力不是很棒吗？真是很棒，怎么你那阵子，学问不做了，诗不写了，单位不去了，你才泼妇骂街似的满世界嚷嚷，你比窦娥冤，你比秋菊冤，你冤死了你，你满世界要说法，你怎么不去学孟姜女哭倒长城啊？站在长城上往下跳，找把杀猪刀往自己肚上捅，要不，买二斤棉花包住头，往卡车上撞？理直气壮地说什么你是为了肃整文坛风气，我——呸！风气就是你这种人搞坏的！不管你相信还是不相信，承认还是不承认，这正说明你的生命系统中，那种狼毒的基因，它一直存在于你的体内，从完整意义上来讲，它就是你身体的一部分，不然的话，你就不会和我在这里，这说明我们才是一样的人……"

怀绍德被这番话说得目瞪口呆，他不确定她的精神是否正常，因为他看到她脸色涨得通红，嘴角溢出白沫，眼里闪着恨恨的神情，"洪丹，洪姐，我叫你一声洪姐，你听我说，"他想办法让她冷静，他说道："洪姐，或许你说的有道理，你可以指责我，因为，你说的确实有道理，我这人体内是有狼毒，剧毒，我不知道这种毒什么时候发作。可能我最终会自杀，在旁人眼里，我日子过得很好，有老婆有儿子，家庭幸福，但是，我常常忧郁，忧心如焚，我的痛苦，你懂吗？"

十年了，洪丹想象不出哪件事比那事做得更愚蠢，她闯进水力房间时，水力卫生间泡着衣服，正坐在电脑前发邮件，门敞开着，站在门口看，水力的眼睛是不服输又让她不敢进一步造次的明亮，脸是平静的，显然她能控制自己的情绪，不会跑到任何人房间骂别人，可问题是，她洪丹就做不到。

短暂的沉默过后，洪丹斜着眼角看他，"说实话，那篇小说到底怎么回事？你这么精明，怎么会把没发表过的小说发给水力？"

这一次，轮到怀绍德侧着脑袋，用一副玩世不恭的神情看着洪丹，"这之间没有什么逻辑可言，真的，如果这里边错在我，那我的错是出自于自古以来动物界雄性对异性的征服欲和占领欲，这东西说起来会引伸到哲学的领域，但，又确实没逻辑可言，它就是这么回事，它发生了，可有趣的是，不是人人都有逻辑思维，网络不讲逻辑，有时候它就像一个怪胎，是一种无规律的意识，盲目，混乱，无序。而人们又离不开它，情愿受它指使，因为人类都会受到自己意识内疯狂细胞的支配。"

洪丹忽然一言不发了，因为，她听不懂怀绍德在说什么了，这年头做学问写诗不掌握点人们听不懂的公式，是不是就会遭到台下听众的贬斥？总之，这旅馆的房间跟外表很不同，甚至截然相反，外表华丽，内部却破烂不堪，网络是个好东西，酒也是个好东西。刹那间，他们俩把自己肚里肠里胃里的东西全部翻腾出来，那些只有他们彼此间才能说清楚道明白的共同经历，全部喷出来。

除了图图沙之外，她还没有跟哪个男人这样推心置腹，仿佛

131

共同掉在黑色染缸里，谁也不嫌弃谁，丈夫更像是个随从，他对她更接近接受关怀和好处的弟兄，他仰仗着她在外的光芒活着，其余的他看不到，虽然他们在一起吃饭睡觉，抚摸。黎明时他目送她拖着一只大箱子离家，数周后，他在日落的黄昏迎接她，在黑了灯的昏暝中，也不用彼此凝视，洪丹明白，他对她的端详只限于她风光无限的时候，他主要是存储她的光芒和财富，如果她还能赚取更多的话，那他对她是有爱的。所以，当他请求四十岁高龄的她再当一次产妇，她也只好应允，否则他可能就要离她而去。她不敢再离第四次婚，不是吗？得有个丈夫，总得有个丈夫，她才好一次次堂而皇之的笔会，彻夜不归。这就是一个口头女权主义者，其实她这一生除了向男人妥协，照自己意愿活着的时候并不多。

"不早了。"她说。

"我知道。"他说。

他轻轻搂着她的肩膀，说不上谁先谁后，也许是共同走到床前，窗帘还没拉上，黄昏的光线从那射进来，跳进眼帘的还有丢在地上的黑色斜襟衣，绣花包包，高跟凉拖，他的皮带，裤子，他俩不是什么恋人，连朋友都算不上，但是共同联袂过的战友，把对手逼死在角斗场上，而自己却大获全胜。旅馆窗外的喧杂声此起彼伏。

洪丹仰卧着，她那瘦弱得连走路都颤颤巍巍的母亲知不知道，十一岁，女儿洪丹才十一岁，身体就被第二任丈夫的儿子征用了。因为这个瘦小的女人，也得依赖丈夫的征用。异父异母的哥哥把她带到高粱地里，几米远的树桩上拴着自家那头牛，高粱是好东西，牛和人都能食用，这样他就可以不揍她，还煮高粱米给她吃，母亲那天中午有没有到过高粱地里？可是他们头顶的波动的高粱叶子会说话，还有耕牛也看到了，所以，这绝对成不了秘密。

母亲本来要给这一对儿女保密，可是村头老张家大儿子村西王家的大侄子，还有紧挨着刘家那拐腿孙子，正从自家地里出来，中午天很热，连树上的鸟儿也不肯露头，可那高粱地里露出的两只脑袋是谁的呢？直到有人来唤儿子回去吃晌午饭，才发现他们正围在一起观看高粱穗子。从一个小妞一步跨跃到一个人人指责的坏女人，就在一顿晌午饭的功夫，很多人看到她手里抓着他后背的高粱穗子，白瞎了那些碰坏的高粱米哦，够焖几顿干饭吃的。

高粱收获的时节，洪丹跟着戏班子走出高粱地，这回没人来围观了，甚至没一个人来送她，包括那个和她顶着高粱穗的哥哥，现在她已经想不起来他怎么处置那些被他们压断的高粱，只记得那个成为公共展览的晌午，未成熟的高粱米，撒了一地。

烟瘾上来了，洪丹为了克制自己，把两只脚叠在一起。

怀绍德也叠起双手，枕到脑后，手腕碰到洪丹的肩膀，这才发现，自己还没脱衬衫呢。这才想起她没给他脱衬衫的时间。这女人脱衣服的速度太快了。他刚把手放在她肩上，她就已经开始脱了。他盯着她的脚，光秃秃脚趾上涂着靛青色的指甲油。她的乳房像馅饼似的，又扁又圆地摊向两旁，再也挺不起来，她身上没有一处能挺起来了，哪儿都是松松垮垮，只剩下名声在外。真不知道十多年前，和她云雨过的人怎么想的，至少不像他看到的，她压根就不值得魂牵梦萦。他终于明白，她为什么总爱穿宽松肥大的衣服，因为她身体太宽松肥大，所以，她把黑色斜襟衣的第一道疙瘩纽扣往外挪了一指，露出一片肥厚的脖子，那是她最后的风尘。

阳光下，一阵轻快的脚步，一千二百支纱线纺成的白色短袜，一双生机无限的眼睛，像夜空中的星星，她美丽稚气的眼睛闪闪地，看了他一眼，先是有点惊讶，然后，所有的闪亮静止。

她伸出手臂从铁丝上取下白色短袜子，她孩子气的美，略带腼腆的羞怯好奇，身后，一袭浅浅的斜阳，静静照在她头发上，给她头发染上一层浅浅的金黄，究竟是什么原因，她能如此明媚？他的心仿佛被净化，变得像海绵那样又厚又软，但过后，又感到更加压抑，更觉得自惭形秽，无地自容。

"你觉得我这人怎么样？"他问。

"什么？"

"我是有狼毒的人。"

"什么毒？"

她看着他，一丝阴影也没有的那种眼神。当然，也没有热忱，她只是看着他而已。似乎觉得他的问题是那样可笑和没必要，因为他是什么样的人，她一点不关心。

他想将她的白色短袜，阳光的清香和脚上的清纯，都搂在怀里，品尝，舔舐。但是，她宁可孑然一身，坐在院子里孤孤单单地读书，散步，也不接招，不跟他互动，这种感觉把他的孤独延长了几个世纪。

他一直想抓住她的手，像拥抱整个星空，"不要轻视我。"

"什么？"她问。然后又说，"我没轻视你。"

而他，深味那是一张既无爱也无其他想法的表情，这像冰凌花一样单纯的女孩子，她的不设防，她的没有心计，她的甜蜜，她的柔媚，成了他致命的毒药，他的孽，他的罪。

"得不到的，就毁掉。"一种可怕与古怪的信念，一再在他的头脑里撕扯他，灰色阴郁的眼神，紧闭的双唇，稍一张嘴心中的痛苦就会向外奔涌。在永无尽头的黑夜，他用鞭子一遍遍抽打自己，然后在鲜血淋漓中为疯狂的内心寻找一个出口，因为爱着她所以伤害她，一边思念她一边毁掉她，像被毒咒附体，种种丧心病狂都因此而起。

阳光下，一千二百支纱线纺成的白色短袜，随风飘坠，灰色的影子狠狠踩在短袜子上，也把自己的灵魂一起拖进地狱。

怀绍德猛地睁开眼睛，洪丹正俯身看他。"你睡着了。"她说。

"哦，我，刚才做了一个梦。"他揉揉眼睛坐起来。

洪丹和怀绍德穿上衣服，一个坐在床边，一个重新坐回到沙发上。

"还有啤酒吗？"她问。

他拿起最后一瓶啤酒，用牙齿咬开盖子，递给她。现在，他觉得很失望，并且，连和她多说一句话都不愿意。

她喝了几口，把剩下的多半瓶给他。"我刚才，我是说，我肯定是喝多了。"

"嘘……"怀绍德说："别解释，这种事情，毫无逻辑可言。没有逻辑。"

"我们，是不是该去吃点饭啊？"

他点点头，表示同意。他比她小几岁？哦，应当是小三岁，今年也五十岁了，刚才她看到，他身体的脂肪比例大过肌肉，并且，很爱出汗，似乎身体很虚。他俩出了旅馆大门，沿马路一直往上走，这条路都是过往的车辆，行人很少，路边长着毫无规则的杂草，杂草尽处是起伏的丘陵，远远的地方，有一大片庄稼，紧贴着地面平摊开去。太阳很快就要落山了，只露了最后的一圈光晕在山顶上。几十米远的地方，果真有个饭店，一块硕大的招牌竖在马路边，上面写着：吃饭住宿。他俩并肩走着，都没有说话，似乎刚才已经把所有的话说尽了，把所有的事也做了，但同时他们也明白，所有的危险都已排除，

太阳打了个趔趄，终于隐到山背后去了，临走时带走了一半热度，凉风趁机从树梢和野草间扑打过来，这时，怀绍德深信，他已经无可质疑地打败了水力，他抢来的并非一篇小说，也并非一个十年度回顾奖，而是抢到一块高地，将树，田，人尽收眼底。他向前迈动双腿，发现饭店看着近在咫尺，是因为招牌做得

135

很大，实际上很远。他一门心思地朝那儿走着，傍晚的光线完全将他的步履虚化了，从背后看去，就像马路上的一个不起眼的阴影。

　　走到饭店门口，不见身边有洪丹的身影，他回过头，朝马路下方望去，一个穿黑色斜襟衣的女人，正慢吞吞地往上走，肥大的裙摆像块围布在她身体周围飘荡，就像刚从别人身上扒下来的，而且还是强迫的那种，最剽悍的，莫过于她戴着没有镜框的圆墨镜，没有一点知性的神韵，走路的样子，老气横秋的架势，哎呀妈呀，太像一个老大妈了，傍晚的天空布满云彩，她就像云彩下的一个小黑点，在沥青马路上拖拖拉拉地走着，终于，她走近了。

　　"干吗站着一动不动？"洪丹说。一副很咄咄逼人的表情，从骨子里散发出来一股子怨毒劲儿，既像是投资股票失败，又像是床头柜里的房产证被人偷去。"瞪着四白眼，跟尸体似的。"

　　"我是在看你。"怀绍德正色说，"你走不动了。该歇歇了。"

吴百合主编

八十五度的将沸水，温度刚刚好，倒入茶杯中的一瞬，茶叶羞涩地在杯子里四散奔逃，终于它们哪儿也不去了，只好将叶片松散开来，禁锢的香味扑鼻而来。

浓缩的茶，在水里，被泡涨得舒展开筋筋络络。

这包茶是精品中的精品，是历年来安露红在各个活动中，积攒的最好的茶叶，盛放在一元硬币大小的盒子里，一盒只能泡一杯。尽管吴百合是品茶行家，尽管她刚喝了两口，舌尖，还有湿乎乎的嘴唇，就已经抵挡不住，沁人的清香直蹿到她的喉咙，让她心神荡漾。

"早知道娇娇今天回来，我就把橱窗里那件粉色裙子买回来，给她当生日礼物。"安露红说，"可那孩子死犟死犟的，打小就不喜欢穿裙子，说什么，鞋跟越高，能力越小，裙子越短，智商越低。你说她这打哪学来的，一套一套，噎得我直瞪眼。"吴百合笑，安露红起身对吴百合说："你等会儿，我去给你拿点干果。"

吴百合没阻止她，不让安露红将她的热情发挥到淋漓尽致，她反倒会不高兴。

有个好客的母亲，必定有个爱热闹的女儿，娇娇的朋友来了，娇娇的房间没上门，挂着用一条条粉红色，绿色，蓝色珠子串起来的帘子，几个女孩子被帘子隐约挡着，但却挡不住里面传出的笑语。

"李要笑，我今天在酒吧见你未婚夫了，跟他在一起的那女的，身上至少带着十个男人的气息。"说话的是一位略显丰满但五官非常漂亮的女孩子。

"琦琦，别瞎猜，他们是工作关系。"叫李要笑的女孩子长得很纤秀，左眼角下有一枚痣，她穿得很素，但因为这枚痣的缘故，她秀气的眉眼间有种挡不住的风情，她两只手并在膝间，说话声轻轻，像一阵细雨打过芭蕉的叶面。

"嗨，"叫琦琦的把李要笑手里转动着的那杯茶抄过来，"咚"地放在自己面前，茶水溅了她自己一脸一嘴，她将粘在唇边的一枚茶叶"扑"地吐在一旁，满脸湿不叽叽地对她说："有话就说，老跟自己的手较什么劲？"

李要笑不吭声，娇娇看不过眼，坐在她旁边："琦琦，你说话能不能温柔点？"

琦琦放慢语气说："好好，我温柔点。李要笑，嗨，就因为你出生的时候左眼角长了一颗痣，你奶奶说这是颗泪痣，所以给你取名：李要笑，李要笑。听着，你现在更要笑，千万别难过，男人嘛，有几个钱的都这样，家里有个勤快的，身边有个发嗲的，远处有个想念的。我们家门口卖豆腐的还想包二奶呢。何况人家闫树升，玉树临风，旭日东升，文武双全，出得厨房，入得厅堂，纵横商场、情场近十年，早就是只老爱情鸟，"琦琦忽扇着两只胳膊作飞翔状，"太有本钱了。只能说明你，哦，说明你奶奶你爸爸眼光超一流的好，给你选的人够水准。再说了，你一副冰清玉洁的样子，你奶奶天天看着，你爸爸那么大的官压着，老实交待，是不是，人家想亲你抱你，遭到来自于你的强烈反抗然后才去外边找女人。"

李要笑急了，说："不是的，不是的。是他从来不碰我，他最多只摸摸我的脸。"

"哈。"琦琦大笑，笑完了说："你真可怜，你的脸有什么好摸的，一张多么苍白的小脸，苍白是天空的病，一个人过于追求完美，就是心理的病。你这样太纯洁了，让男人觉得乏味，就好像你的眉目间贴了一个标签，上写着，'我是一张白纸'，于是人家想，那你就空白着吧，因为现在的人都对自己没信心，所以宁愿去腌臜地方涂几笔。再说了，白纸似的人儿，并不比那些腌臜的地界儿有趣。"她将茶一饮而尽，说："你胸前的两处东西装了开关，闫树升当然不敢动，动了它们，就等于是触动了责任和义务的按钮，他现在还不想过早地担负一个女孩子的未来和责任，不管是名门还是草门，先预订在那里暂不去兑现，说白了你就一摆设。"

琦琦说着，哈下腰去，从地上摸什么？而她一站起来，全身就沐浴在一种澄净的光泽里。她穿着一件祖母绿的上衣，皮肤特别白，灯就在她身后，就像照着一条绿色的植物。

"我想成立一个女子风暴旅。"李要笑突然说。

"干吗？杀你前男友？把他从那个高丽棒子手中夺回来？"

"不是，是把所有贪官的钱抢了来，分给无家可归的老人和孩子。"

"哈。"她好像李要笑晕过去，摸着她的额头说，"今天不是国庆五一啊，精神病医院放假了？就你这小样儿，还反贪官呢。有本事你先反你爸，你爸就是一贪官，不然怎么给你开钢琴独奏会？"

"瞎说什么？有赞助商呢。"

"哈。莫笑死人。商人无利不起早，人家凭什么赞助你？这年头，神仙也喝酒，神仙也受贿，打麻将三缺一，就把嫦娥拉下水。"

"琦琦，你是我去过的迪厅中，穿得最老土的。"李要笑开始反攻，用手在自己腋下比划，"有胆量你把牛仔裙的衩开到这里。"

"那你得先穿一身比基尼。国际动物保护协会规定说，以后小白兔也得戴胸罩。"

李要笑扑过去，琦琦从沙发上一跃而起，"姐姐，我错了，我错了，我给你跳段艳舞，平复一下你受伤的心灵。"

说完，她嘴里喊着，"恰、恰、恰恰恰"，腰肢大幅度地扭摆，双手交替着划来划去，胸前两只鸽子被舞步激活，一会儿挤在一起耳鬓厮摩交头接耳，一会又分开来一左一右紧张地对峙。

"琦琦，我妈的朋友在外面喝茶呢。"说话的是娇娇。

"有茶喝，还有免费国标舞看，"琦琦露出腰上一圈白皙的肉，仿佛一截儿刚起好的面头，她冲客厅伸了一下头，对吴百合说，"阿姨，尽情看，不收你门票。"一把帘子在她手中刚刚打开，又"唰"地合上，珠子游来荡去，也像跳摇摆舞的小精灵。

女孩子的秘密是香甜的，一些看起来无关痛痒的话题，但却是一切快乐中最欢愉最违禁的。吴百合想到十八岁收的第一件礼物，是一条镶有金丝线的紫色围巾，再后来就有了鲜花和小镜子，项链藏在衣柜里，被妈妈翻出来，问她是谁送的，她谎称是送别人的，后来真把项链送别人了。她还收到过很多情书，写情书的是一位刚入伍的男生，那时候她非常快乐，有好多好多朋友，整天开心地笑着，脸色好得就像一屋子的鲜花，那种美好，只有年轻时候才能享受。

跳舞的珠帘仿佛一个窗口，打开吴百合的记忆。飘舞的三角梅，红红的，热烈的花瓣，这也是吴百合多少年来最喜爱的那个情景。关于他出生的地方，是遥远的北方之北，她只记得在她生日那天，他被另外一个亲戚带来，他个子不算太高，照北方人来讲，一米七五的个子不算太高，因为吴百合有一米七，五十公斤。他穿着一身军装，在一群牛仔裤和西服当中，单从那身军装来讲，已经算够出色，够能打动她了。

"你叫，吴百合？"

"是的。"

"你名字真好听。我叫武照军。"

"你名字也够响亮，每个字都跟打仗有关，又是武器，又是军队。还有探照灯。"

"我是部队大院长大的，我爷爷爸爸都是军人。"他说，"但是，从来没人像你这样，把我名字说出一串跟部队有关的事。"

"什么？"

"武器，军队，探照灯。"

他俩一同大笑。他夸她有文化。后来他们一起跳舞，大伙都在跳舞，围成一圈又一圈。

"现代军人还会打仗吗？"她问。

"当然会。"他说。

当时的吴百合是骄傲的，有一种男孩子式的骄傲，并且，她很美丽，但是，遇上另一个更像男孩子的人，她就变回成一个妩媚的女孩子了。

"起床号一响我们就得起床，男孩子只有当兵才能学会很多东西，如果学不会，别人就会笑话他，指导员的手像尺子一样，测量我们叠的被子，眼睛也像尺子，横过来竖过去，数我们的犯规行为。刚开始的时候，我们都很恨他。"

"这么说，现在不恨了？"吴百合问。

"不。我们应当感激他。"

第二天，他要回去了，特意来和她告别，她记得他抱了满满一篮子花，站在门口，说，"我这是第一次给女孩子送花。"

她可不是第一次收到花，但还是感动得说不出话。一枝茎杆有七八朵花的是惠兰，红色的是山茶花，小菊是带一丁点粉白的家伙，羞涩的，惹人垂怜的样子，娇艳的玫瑰和翠绿的绿莳萝从花篮中探出头，样子高挑的是兰草，形状宛若仙鹤独立的是极乐鸟花，最让人受不了的是藏在花丛中的那张卡，上面写着："你的微笑是你自己田园里的花，你的谈吐是你自己山上的松林萧萧。"

当然，他从不知道，自他走了以后，她每天都要急着往家里赶，去看那篮子花儿。她想了很多办法，想让它们多保鲜几天，因为只要它们盛开着，房间里就流动着甜丝丝的味道。上午太阳升起来的时候，她把它们放在房间里荫凉的地方，下午又抱起来，一边看着它们的笑脸，一边想着往哪放着最好。极乐鸟花的花期最长，一直开放了六十多天，不过，最终花儿还是一片一片枯萎了，后来，她想出一个妙招，把它们放在一只大桌子上，在桌上铺了一大块碎花布，桌子移到窗边通风透明的地方，这样，当花瓣离开花朵，就会在布子上自然风干。她去买来几只敞口瓶子，仔细收起干花瓣，同时收起的还有他从远方寄来的信——

"我收到你寄来的礼物，信中不着一字，只有一枚干花瓣，在一张洁白的信笺上低唱。在我看来，那仍是一朵破晓初绽的鲜花，允许我这只顽劣的蜜蜂，沉迷在金黄色的花蕊中。我沾着花粉的翅膀闪烁着灿烂的金光。在你五月女王的席宴上，找到我的席位，在那里，你轻轻弹唱，我的心便像冲破晨雾的曙光一样。"

时隔不久，他就上了前线。为了见到她，他走了好多路，然后就松开她的手，按原路返回。密林里的绿荫，以及脚下窸窣的树叶和草茎，可不是为恋爱的人准备的。他的脚走了好多路，有时踩到泥里，有时趟着河，但是他们一直不能停下来，因为一旦停下，敌人就可能张开扇形的包围圈，慢慢地，有条不紊地，把他们一个个灭掉。可是，水壶里早就没水了，鞋底也磨穿了，被汗打湿又被晒干，循环往复不知多少次了，又臭又酸，招来许多不明飞行物，除了苍蝇他能认得，别的那些东西都叫不上名字，据说有些还会钻到皮肤里吸血，直到吸得飞不动，自己的肚子胀破而死。不时响起的爆炸声是有人引爆了地雷，敌人把地雷埋到树杈上，石头缝里，甚至，路边的一个旧钢盔下面，稍不留声就铿锵作响，血肉横飞，那响声几乎成了一路伴随他们的军号声。他的脚陷在泥里，他低头去看，才知道那儿有颗地雷。

"葡萄干和水煮花生来了。"安露红说话时还有点气喘。她去了趟楼下的超市，她把几样干果放在茶几上，袋子里滚出几颗圆头圆脑的石榴。"吃个稀罕。卖水果的人说，这石榴挺甜的。"她的目光看着吴百合的脸，似乎从那儿看出什么秘密。

她把他的信一封封整齐地收好，用粉红缎带拦腰系着，再放进一个装过巧克力的盒子里，每次读着它们，甜蜜就悄悄地潜入她的心房：

"我的女王，我的爱。请骄傲地走进我的果园，坐在树荫下，从枝头上摘下熟透的石榴，让它们把甜蜜的负担卸在你的双唇上。让蝴蝶在你肩上飞舞，树叶在你头上摇晃，我的果园，我的新娘。"

"那道陡坡，再过去有一条路，"一位路过的村民指着远处说，"你沿着小树林一直走，树林开到哪你就到哪儿，然后，你就找到部队了。"

临行时一点打算也没有，她只是背着一个鼓鼓的旅行包，满脑子想着那北方男孩子的微笑，当然他打仗的地方不在北方，她承认自己的方位感不好，他生在神奇的北方之北，遥远的北方之北，辽阔的北方之北，但他从军的地方是南方，一个四季有雨的地方，几天前的一场暴雨差点引起山洪爆发。

"啊，我的女王，我戴上你给的锁链，是我心甘情愿这么做。像丛林里的百灵，即使身为歌中之王，也甘愿挨着美丽骄傲的百合花，在那甜蜜的不自由中栖息，并在浓情蜜意的深夜，温柔地为你歌唱。"

于是，她沿着小树林一直往上走，从野生的马兰花到盛开的紫菊。石斛兰消失时，她就奔向风信子，然后是向日葵和牵牛花，最后她跑到帝女花生长的地方，满山遍野的帝女花。他送了她一篮子花，可她要走这么远的路才能找那送花的人，从他走的那天起一直在找那些失踪的花儿。当她发现前面再也没有路，连陡坡也没有，更没有一片足音来指引她，她只好停下来，爬到最高的山坡上，倚着一棵树，在视线的全部范围搜索环绕在山脚下的点点金黄或是闪动的红色。他从未摸过她的手，也没有吻过她，然而，她却要走这么远的路，跋山涉水在簇簇花瓣指引下，去寻找他。

　　"就这样，静静躺着，天是湛蓝湛蓝的海，云是雪白雪白的帆，小草是顶天立地的绿衫，野花是我送给你的一地金黄。哦，轻轻闭上眼，我的心要起航了。"

　　"静静的五月，我为你热烈地开过，娇阳下黄杨的独影就是我。我听到了，你走近的足音，唤醒我沉睡的心，复苏时不再是，寂寞的一朵。"

　　安露红从厨房拿来几只盘子，把干果的袋子全部撕开，放在盘子里，一边说道："平时我们就这么吃，不往盘子里放，这是你来了，才瞎讲究。"葡萄干挺多，盘子盛不下。"水果也不能多吃，现在的人营养过剩，这个吃点，那个吃点，不留神糖高了，不留神胆固醇又高了。我以前也挺瘦，和你差不多，我做姑娘的时候，你别不信。后来，结了婚就开始胖了，真的，身材能保持成你这样，简直是奇迹。"

　　吴百合剥了颗花生放进嘴里，尽管她喝茶不喜欢吃东西，但她觉得盐水花生很好吃。在静静的欢喜中，又拈了一粒葡萄干，放进嘴里。

　　"明天中午来吃午饭。"安露红说。

　　"不用了，你觉得你还不够忙？"

"会场那边没什么事了。"

"我还不知道，什么时候会议不结束，什么时候不能算没事。"吴百合说。

"那你明天做什么？"

"去见个书商，他一直强烈要求要看看我刚完成的这部书稿。"

"靠得住吗？"

"几年前散文年会认识的。见见再说。"

娇娇的房间里，又传出阵阵欢声笑语。青春就是一朵极娇极嫩的花，因为遇到不同的爱，所以开出不同的花。无论多柔美，多娇艳，都要经历时间的风雨，从花开的一刻，直到变成一片秋叶。

"娇儿，你们能不能小点儿声？"安露红用水果刀，沿着石榴皮表面划了一圈，两手一掰，石榴从中间分开。又对吴百合说，"明天，你一回到宾馆就给我打电话。"

吴百合笑。"母爱泛滥。以为我是娇娇。担心我吃不上喝不上？"

"随你怎么说。现在你在我的地盘，就应当我尽地主之谊。回头等我去了你那儿，也允许你泛一次滥怎么样？"

"行。就这么说。"吴百合接过安露红递给她的半只石榴。石榴皮很贴实，得用指甲细细地抵住石榴皮的顶端，才不至于碰到石榴籽。

扒下紧裹的石榴皮，鲜红的石榴籽就像初生的世界，干净，新鲜。石榴籽的表面是胭脂色，里边包着透明的白籽。甘甜的汁水特别饱满。

只是，撕扯的声音让她觉得它一定很疼。

女作家洪丹

怀绍德打车回宾馆了。

洪丹看了一下表，比预计回家的时间晚了一个小时。这个下午过得很愉快，有多久没有这么畅快淋漓地说话喝酒了？自从遵照医嘱开始服用那些红红绿绿的药片，丈夫就不让她喝酒。但他自己呢，似乎天天都有应酬。她调转车头，其实喝点酒没什么不好，车里备有矿泉水，在目送怀绍德离开，发动车子之前，她用水吃了一包药。后天要去开会，她要保持精神状态稳定。现在，她精神的稳定是压倒一切的重要事情。

车子去往丈夫的妹妹家，她老公一直经营着一家建材公司，生意还可以，她是全职太太。丈夫和她是这么说的，"洪丹要写作，我有应酬或单位加班，就把儿子接到你这里吃饭。"她满口答应，她的孩子已经工作了，父母都去世，她只有这一个哥哥。

放在方向盘上的两只手，各戴了两枚戒指，还不算手腕上的手镯，她喜欢穿那种看不出身材的衣服，这么穿也不是因为真没身材，松松垮垮也是一种美。缺点是这种衣服大多颜色晦暗，黑灰，深咖，或是土黄，并且，衣服上随处可见像补丁似的点缀物，她轻轻叹了一口气，觉得自己身上的色彩太少了，所以要背一个花红柳绿的绣花包包，戴各种颜色的手镯耳环戒指，拿咸盐罐似的杯子喝水，想吸引人的眼球有那么多种方式。当有一天她看到水力穿着嫩苹果的颜色和红色舞蹈裤，仿佛动物看到婴儿的血，那一刻她宁可自己得目盲算了。

她把车靠边停下，一楼左手那间房子亮着灯，突然她觉得很怕见到丈夫妹妹和儿子，她有了一种想藏匿起来的情绪，要不，直接调转车头回家，坐到电脑前，等他们进来，惊喜地转动上身，装作一下午都没出门的样子。她关上车门，拿着车钥匙定定地站在黑暗中，望着那盏灯光，她刚刚和一个名叫怀绍德的诗人幽会过，在此之前他们也只见过一面，但是刚才，他们像久违的老友那样，喝酒吵架，像情人那样在床上翻滚，一时间洪丹呼吸有些急促，她不知道是药物的作用还是心理紧张。最后她还是决定，敲开那间有灯光的门，和孩子一起回家，这很容易，不是什么难事。

她深呼吸了一下，平摊出一脸笑容，如果那是笑的话。其实，在认识丈夫之前，包括和他结婚后，她都有很多秘密，有些时候是身不由己，有些时候是心甘情愿，她给自己找了个很好的理由：一切都是为了这个家。本着这个目的，做再糟糕的事情也情有可原。她是三个孩子的母亲，很快，她要为大儿子操办一场豪华婚礼，丈夫前妻的女儿嫁人，她也要送一笔丰厚的嫁妆，一个五十岁的女人，还能风流到哪儿去？她不是特意去见情人，应当说是为了消除某种危险，或是还一个愿，这个愿望就是，让十年前水力那件事情，永远永远不为人知地消失，消失。

她刚上一个台阶，楼道里的感应灯一下子亮了，把她吓了一跳，然后，她平息了一下自己，站在门口，整理了一下衣服，敲了两下门，然后才按门铃。白色门铃中央有个红色圆点，看上去就像某个小动物的眼睛。

丈夫的妹妹栓风拉开门，她长得很壮实，虽然全职在家，但她身上毫无养尊处优的贵夫人气质，她的眼圈周围总是颜色暗沉，似乎睡眠不足带来的永久倦意。她穿着一身肥大的家居衣，光脚穿着拖鞋，手里拿着一块抹布，厨房里传来高压锅冒气的"呲呲"声。

"洪丹。"她从来都是直呼其名，不叫她嫂子。"我刚才还说，待会我开车送枣思回去。"

洪丹走进房间，见儿子坐在电脑跟前，正在打游戏。"怎么，枣思他爸没来？"

"他爸去学校接的他，然后把他送我这儿，说是要在这里吃晚饭，我排骨都炖上了，他又接了一个电话，就匆匆走了。"回头对侄儿说："枣思，你妈来了。这下好了，我刚才还担心饭做多了，我们仨人吃，正好。"

所以说，生活远比小说更像小说，只是她现在越来越心力不逮，写不出现实的小说，仍然在古老的乡村记忆中徘徊，所以，她一直有一种惶恐，担心自己有一天真写不下去，真正到了山穷水尽，无法靠文学荣誉自己，她和栓凤便没有了任何不同。

儿子枣思坐在电脑前，对母亲的到来没有表现出任何反应。洪丹想起小时候他可不是这样，那会儿他和她很亲，她生了他八个月就出外开笔会，为此，她把她妈妈从那个小村子里接来，专门照顾他。虽然那时候人们看到刚坐起月子，开笔会时还带着吸奶器按时吸奶，有人表示赞赏，有人说她"坐月子会情人，宁伤身体不伤感情"。她对此漠然一笑，心想，快五十岁的人了，什么没见过，还怕这些闲言碎语？虽说和儿子聚少离多，但她每到一处，晚上在他睡前都要打电话给他。这阵子儿子对她疏淡，看出来他对她不再满意。

洪丹刚坐下，栓凤给她端来一杯水，说："马上吃饭，排骨再炖一会儿。"

"谢谢。"

"你最近怎样？听说在赶一个新稿子。"她坐在洪丹对面，

148

眼睛里显出深深的关切。"你要注意身体，我看你脸色不大好……"

枣思突然抓起书包，"我要回家。"他说。不理会两个女人的情绪，打开门就跑了出去。

"哎，枣思……"洪丹喊道，在他从自己面前经过时，还伸出手徒劳地想抓住他。

"这孩子今天来了一直闷着头不说话。"丈夫的妹妹走到门口，眼睛看着外面，对洪丹说。

"那，就这样吧，我赶紧去追他。"洪丹也抓起手提袋。袋子很沉，她想起那里边放着一本书，怀绍德刚出的诗集。

"你们不在这儿吃饭了？"

"不吃了。改天我请你到我们家。"洪丹头也不回走下台阶，好在是一楼，枣思也没跑远，就站在车门前，脸朝着另一个方向，似乎怒气冲冲的样子。

洪丹上车给他打开车门，他坐在后排座上，以前，他都是坐副驾驶座位。"你这孩子，"洪丹发动着车辆，熟练地倒车，回头看着儿子："枣儿，今天怎么了，学校发生了什么事情？"

"没有。"

"那你为什么不高兴？"

"哪有那么多高兴的事？"

他今天太反常了，最近好像一下子长大了几岁，说话也都是用干脆的句子，洪丹把车子停在路边，回过身去，用手摸摸他的头，自从他断奶之后，就将他扔给姥姥和爸爸，一个大字不识，一个又很纵容他，她要写作，有无数的笔会要参加，要把那些稍纵即逝的的光芒反复供人观赏，儿子别扭地从母亲手下把头绕开，脸上凝聚着他这个年纪少有的沉重。

"你想吃什么？德克士，麦当劳？"

"我想回家。"

"你还没吃东西，刚才在姑姑家……"

"我们自己家没有饭吃吗？怎么不是在姑姑家就是在外面吃？"他突然大声吼道，眼泪夺眶而出。

她重新启动车子，平稳地行驶在靠左边的车道里，但她的心里在想着怎么回答儿子，有一段时间，她早晚都要站在窗口，不是眺望远处的田野，因为两栋青灰色的楼挡住视线，她站在打开的窗户前，头朝下，四处寻找水力的身影。有时看到她在文学研究所楼前漫不经心地走来走去，有时看到她在美丽的玉兰花丛中漫游，她随心所欲走向食堂，一帮子人嘻嘻哈哈，在她的笑声中，楼下有了热闹的风景，树叶笑得太响了，才让她听不到隐约传来的歌声。

> 那是树林里花儿纷飞
> 那是树林里花儿纷飞
> 你说我太傻，人生本匆忙
> 花儿身上插，挥挥衣袖吧

开始堵车了，入夜的街道两旁华灯四射，街灯将路边的花草照得闪闪发亮，树木倒显得神情肃穆，她从反光镜里看了一眼儿子，他似乎也正看着她，等着她给他一个明确的回答。

她要怎么跟他说呢，说她精神时好时坏？每天一边咒骂一边写着写不完的东西。她在文学研究所时经常唱歌，唱戏，唱流行歌曲，唱既不是戏也不是流行歌曲的混合物，但是，她的周围从未产生过那种树叶子沙沙响的热浪。

时时刻刻独占鳌头的心思占据着她的脑子，使得她对别人的歌声都无动于衷，赶她走，把她撵到别处，把空间腾出来让她占据着，她唱呀唱呀一直唱，唱什么不重要，重要的是让别人再也别记得她，别再记着她，那个叫水力的人。

有些笔会本可以不参加，但她不断地向外跑，跑，跑。冲，冲，冲。放着八个月大的枣思没奶吃也在所不惜，拿着吸奶器去开会也没关系，拖着一只大皮箱辗转各个笔会，直到变成路上的一个云影、一个老妇人也在所不惜。只要不被人遗忘。她只想一直、一直被人记着。

> 你说我太傻，人生本匆忙
> 花儿身上插，挥挥衣袖吧
> 呵，我不想历尽沧桑
> 陶醉梦里紧抓不放陪我好吗

好像往她的眼里撒毒药，再给她耳朵里点镪水，这些歌声，水力的笑，她笑容里那种勃勃生机，赤足在地上跳蹋踏舞，她不抹指甲油，不戴手链，甚至，连口红都不抹，没有谁比她更不像女孩子，每天都要打开房门清扫卫生，擦桌椅，太精力充沛，"砰"，像关闭某种令人心烦意乱的图像，洪丹关闭了窗门。

"你爸爸的工资不算高，"她终于找到一个切入点，"如果单靠他的工资，不能让你读那么好的学校。"

"其实我们不需要很多钱就能生活。"他说，"那是你的借口。"他用一种她从未听过的语气和她说话，似乎对她有很多不满。"我很多同学的妈妈，她们只有一份普普通通的工作，有的就像姑姑那样，天天待在家里，但他们每天回去有热乎乎的现成饭吃，并且，他们的母亲神经都很正常。"

洪丹大吃一惊，她为儿子的说法大吃一惊，曾经儿子一直以她为荣，但那是小时候。现在，他正在建立自己的世界观，这世界观中包括洪丹的所作所为，问题不在于她还能不能为他做一顿像样的西红柿鸡蛋面，而在于他似乎正在一天天看清她，他的话里表现出一种狂乱，是的，他正用自己的复眼观察别人的家庭，

151

同时也观察自己的母亲，他一定想说，她不是为了什么养家糊口，也不是因为父亲工资不高，而是为着她的某种需要才去受那些所谓的苦，但是，他的语言系统不很完善，他无法明晰地表达他的内心，所以才显得怪异。

后来她在饭桌上哭闹，去了所长办公室，直到躺在图图沙的床上，她仍然觉得她有理由这么做，为怀绍德助纣为虐更让她由衷地惊喜，否则她就会时刻耽溺于水力的明亮和水力的笑声里不能自拔，如果不把她灭掉，自己就会疯掉。

"我所做的一切都是为了这个家，为了你，宝贝儿。"洪丹说，事实本来如此，她那些委屈，那些辛酸，要怎么才能说得清？她觉得理直气壮，可她握着方向盘的手在抖，她努力克制着自己，别对儿子发火，不能发火，否则他最后对她的一丝尊敬也会化为乌有。

"妈妈，你真的是好作家吗？"他继续问，眼睛仍看着窗外，似乎那有他感兴趣的风景。

洪丹一个急刹车，好险，差点和前面的车追尾。她警觉地看着儿子，这才觉得，自己深处混乱情绪中的时候，或者酒醉后，肯定当着儿子说了什么，语言这种东西，最不可靠，太难以信任了，它存在于你的大脑中，存在于你的记忆里，就是为了时时刻刻提醒你，在你清醒的时候提醒你不要乱说话，在你错乱的时候，它又莫名其妙冲出来，随时随地变成一个几何图形，以线形的笔在一张纸上画一个星座图，一切的清醒或混乱的思维都围绕这个星座运作，时间能埋葬一切记忆，但是总有一些记忆点，始终存在，若非如此，怀绍德干吗要见她？可见他也是无法逃窜，如同洗涤后留下的泡沫，你说它归于地下水，你说它被阳光化解吸收，但是它还是留下一个蓝色印迹，非但没有消失，相反在太阳下渐渐加深烙印。

"丁悬，我来，是和你说件事。"

洪丹第一眼看到丁悬，就觉得他像生病很久，但一直未能痊愈的人，一天到晚昏昏欲睡。当她知道他床边抽屉里，有一塑料袋白色粉末时，更加友好地为他守口如瓶。在她的床头，不也有一袋子不为人知的旱烟叶子？

"嗯。"他对她的到来有些迟钝的困惑，那玩艺掏空了他的脑子，他努力克服某种不良记忆，或使劲想记起点什么。

她盯着他的脸，她知道作为瘾君子，早已没有作品问世，此时最需要什么。"我认为你现在有个机会，让人们再次注意起你。"

他看着她。他刚吸完那东西，有种头晕目眩，有种愉悦的朦胧，也使他感觉不太敏锐，他得花几分钟才能明白她每句话的意思。

"我认为我们应当共同对付一个人，水力。"她继续说。

"她怎么了？"他说，"抄袭？你没有过？有人也说你的大部分小说，是打从你们当地小剧种改编过来。确切来讲，你算编剧，而不是作家。"

"那都是讹传。"洪丹大声说。过了一会儿，她又压低嗓门，"我们今天不谈这个，我是为你着想，你可以通过这件事，再次引起关注。别告诉我说你无所谓。来这里短期培训的人，哪个不做梦都想着夺人眼球大红大紫？"

他抱膝坐在床上，像女人那样，十个手指无力垂下。"嗯，也许你说得有道理。"

"想想看，现在什么事情还能让你利用？除了水力抄袭？兄弟，听你洪丹姐的话，别错过这机会。"

"没错。这主意挺好。"他咧嘴笑了，搁在膝盖上的手也挪了位置，移到她肩上。

"灭了大熊猫，咱都是国宝。"她说。

"到了。到了。"儿子枣思猛地用手拍她的肩膀，"再往前开

153

又得往回倒。"

洪丹猛地打转方向盘，努力克制脑子里那些图像的发作，丁悬后来又得了一种什么病？怕冷怕热惧光畏寒，尤其怕夜里听到敲门声，离开文学研究所就直接进医院了。她发现儿子在审视她，带着质疑的眼光。她是洪丹，著名女作家，并将一直，甚至更加著名下去，她决定按时服药，无论她做了什么，无论如何苦不堪言，她都不让他知道。

车停在自家楼下，洪丹让儿子先下车，顺便给她一个微笑，但那微笑在夜幕下变了形，显得怪模怪样，楼上的房间开着灯，洪丹的双手离开方向盘，关上车门，尽量用正常女人那样声调，说："儿子，你爸爸已经回来了。"

安露红女士

　　"娇娇。"安露红送走吴百合，推开女儿房门，里边空无一人。"这孩子，又跑哪去了？"

　　房间很乱，桌上地上都有瓜子皮果壳，她们把一本书当果壳箱，安露红摇了摇头，其实女儿让她感到骄傲，但是当着女儿的面，装出一副对她总是不很满意的样子。自从水力的事情之后，她打定主意，女儿做什么职业都可以，惟独不能干写作这一行，想想水力的遭遇，天知道她现在在哪儿，过着怎样的日子，缺不缺钱，嫁人没有，或者，幸不幸福？会不会成为一个性格孤僻，再也不会绽开嘴巴大笑的人，有一天没一天地过日子？

　　"妈，我把同学送走了。"娇娇突然站在安露红身后，搂着她的肩膀说。

　　"我送你百合阿姨怎么没见你？"表情既愉快又难过。

　　"你们坐的电梯，我们走的楼梯。不是一趟线儿。"

　　"都快嫁人的人了。"安露红说，"卫生间暖气片上，你以前用的那块毛巾，用来当抹桌布了，明天一早把你房间打扫干净，别什么都等着妈帮你做。"

　　"我知道，妈。不用你帮我。"她拍拍安露红的脸，"少操点心。"

安露红坐到沙发上，剥开一只盐水花生，"我担心你图图沙大叔没法参加会议。"

娇娇莞尔一笑，她抱住安露红的肩，随她一起坐在沙发上，她左手无名指上戴上了婚戒，但样子还是像个高中生。安露红想起自己二十岁那年，就被人当成二十九岁，娇娇长得太面嫩。安露红剥了一小堆花生，自己并不吃，是给女儿娇娇剥的。每次筹备会议之前都有些紧张，但这次更胜过任何一次。她担心会出事，一些意想不到的节外生枝，这可是她全部工作和辛苦的失败和否定。唉，人越到老了，越对工作上的事情看得更重，生怕一件事失误，留下一生的败笔，安露红觉得自己就是这么浅薄。

"不会有事。"娇娇说。"有女儿在，我罩着你。放心，肯定不会有事。"

安露红觉得女儿的确长大了，可以帮母亲分担困扰，一直以来，她都是女儿的支柱，是女儿的主心骨，现在，到了女儿帮助母亲的时候了，这一天是怎么到来的，似乎她呀呀学语也就不久前的事。

"娇娇，你那个朋友，琦琦，人怎么样？"

"琦琦人很好，她是我们这帮人当中，最有才华，最讲义气，最果断的。"

"她比你大一岁？"

"嗯，不是。"娇娇嘴里嚼着花生，说话含混不清，"她和我同岁，但比我早一年上学，所以，提前踏入社会。她聪明着呢。"

"我怎么看着她总是愣头愣脑的。"

"人家那是粗中有细。"娇娇数着手指，对安露红说："你说说，她开车，跳舞，骑马，射箭，什么都会，还会踢足球，脑子不好的人，能学会这么多东西？放古代，那活脱脱就是一花木兰，是要当将军的料。"

"那现代呢？"

"现代？"娇娇瞪大眼睛，对安露红的问题很不满似的，"现在人家也不弱啊，白天是公司业务部经理，穿着套装，高跟鞋，得得得，那叫一个牛逼，夜里，人家是夜总会 DJ，闲得没事，还写写诗歌散文，连我都崇拜她了。"

"娇娇……"

"打住，打住，别说我朋友坏话，有素质的母亲都不说女儿朋友的坏话。"

知母者莫若女。这招挺灵，安露红没接着往下说，她想说什么来着，也没什么，写诗歌散文的也不是女儿娇娇，这就可以了。

娇娇房间的手机响了，她跑进去接电话，接完电话，猫下腰在地上东瞅西找，不一会，她从房间走出来，手心里多了一枚亮晶晶的东西。"琦琦的鼻环，她刚才跳舞时掉了。"

"好好的鼻子上挂个东西，不疼吗？"

"那是卡上去的，又不用打洞，"娇娇放在自己鼻子给安露红看，"很漂亮，不是吗？"

"我没说不好看。"安露红想。那孩子就适合浑身镶银，就是披满头树叶，也会让人觉得是披着星星。"我是说，同样的装饰，就不适合你。"

"琦琦的打扮不是人人都能来一遍，我才不会东施效颦。"她站在那儿，一副要出去的样子。

"你现在要送去？天太晚了，明天吧。"安露红面露不悦。

"她就在外面等着。"

说话间，有人敲门，娇娇打开门，进来的正是琦琦。她对安露红说："阿姨，我想了想，不用让娇娇下楼了，我自己上楼来取，顺便再跟您打个招呼，刚才没和您道别不是吗？"

安露红的不悦一下子烟消云散，娇娇说得没错，琦琦是很精很会来事的女孩子，说话总是那么得体，和娇娇比，她是老练了些，但是那也不是什么缺点，这个年头，走到工作岗位，都是强者生存，谁管你是不是妈妈的心肝宝贝。哪像安露红那个年代，女人大多是弱者，那都是老皇历，老装蒙娜丽莎的时代早过去了。

"来，琦琦，过来坐一会儿，这有石榴，花生，还有饮料。"

"谢谢阿姨。"琦琦不客气地坐下来，接过安露红递过来的饮料，她额头长得很漂亮，虽然看上去有些丰满，但举止一点都不笨，没有丝毫的俗气。

娇娇用一张面巾纸包着鼻环，"别再丢了啊，再丢我可没处找了。"她说，"幸好我妈妈今天累了，没奋不顾身冲进去给我打扫房间，要不，早不知道到哪个垃圾桶里。"

"实在找不到就不要了。"

尽管她们的对话很轻松自如，听着也没什么问题。可是安露红还是有些忧心忡忡，她觉得琦琦似乎知道好多事情，好像她会把女儿带坏似的，但话又说回来，做母亲的，她又了解女儿多少呢？除了那一头方便面发卷。她在大学这四年的生活，她未必清楚。就像她决不会料到，她是他们那个班上第一个结婚嫁人。这样也好，嫁了人，当妈的就省心了，当然，会有另外的问题接踵而至。

她把一颗石榴籽放进嘴里，顺手拍打了拍打落在膝盖上的花生皮，标志着对女儿的管束告一段落。

"明天有个婚纱店开业酬宾，就在我们写字楼附近，我带你去看看？"琦琦喝了几口饮料，开始对付茶几上的一小堆花生仁，一只接一只，放嘴里送，那是安露红给女儿娇娇剥的。

"真的？太好了。"娇娇喜形于色，"我就不打算租婚纱穿，我婆婆说，一辈子就这一次，租什么租，买。租来的婚纱，不知多少人穿过了，味道也很难闻，你穿我也穿，颜色都黑灰了。"

听听，安露红心里很不高兴，毫无疑问，娇娇很会讨公婆欢心，安露红成功地教育出一个乖巧的女儿，拱手送给别人，瞧她这会子，左一个我婆婆，右一个我老公，将来准是个好媳妇，好母亲。可她呢，失去一个好女儿。她辛勤地喂养她，哗，她就给了别人。

"我看见一套粉色的婚纱特别适合你。"

"粉色？都穿白色的。"

"唔，"琦琦急着否定娇娇的想法，被饮料呛了一口，用手在脸前挥了一下手，"你穿粉色最好看，身材娇小，模样又乖，穿白色的人太多了。"

安露红不由自主地点点头。

娇娇又问："是今年的新款吗？"

"应该是。刚挂在橱窗里没几天。我天天打那儿路过。"

娇娇兴奋地坐在琦琦身旁，"啊，快给我形容一下，什么样式？"

"嗯，领子是中式高领，无袖，胸前有一串小花儿，像铃兰花那样一直围到背后，一排扣子从背后扣到腰部。"

"娇娇脖子长，胳膊又细，穿低领的不好看。"安露红说。

"说的是啊，所以我觉得那婚纱就像为娇娇量身定做的。"琦琦说。

"不要那种后边鼓鼓的，"安露红又说，"跟只翘尾鸡似的。"

"那是裙撑。现在的裙撑是活的，不想要的话，可以拿掉，然后裙摆就自然地下垂。"

"太好了。婚纱有目标了，还得配衣服和鞋子。"娇娇盯着她的脸，"好琦琦，你有时间吗？陪我一起去。"

"嗯，"琦琦沉吟了一会儿，"明天上午没有，要开业务会，后天我可以早点脱身，你等我电话。"

"那好，逛完了我请你吃饭。想吃什么，我请客。"然后问安露红，"妈，可以吗？"

"这个傻瓜，小傻瓜，"安露红心想，巴不得下周就结婚，明天就结婚，让新郎的手卡着她的小腰，她亲亲热热地管人家的妈叫妈，还"妈，可以吗"？不可以还能怎样，又不是泸沽湖，又不能倒插门，谁还能拽着你的婚纱不撒手？

紧接着，她又赶紧校正情绪，女儿是嫁人，婆婆和未来丈夫对她恩爱有加，这是好事，干吗一腔怒火？

"娇儿，明天妈给你个银行卡，别用人家的钱，现在不是时候。"

"阿姨，你这话就不对了，买婚纱当然是用老公的钱。"琦琦说，眼睛看着娇娇，并拢五指做了个砍的手势，"现在不宰他，更待何时？"

"就是，妈，他给我钱了，这次回来，就是让我看婚纱，你不用担心。"

唉，安露红心里长叹一声，说了归齐，把女儿教养得这么好，就是提前给别人做了件合合适适的贴身小棉袄。

"阿姨，我该回去了。谢谢饮料和花生。您休息吧。"

"我送你。"娇娇挽着琦琦的胳膊，一脸想快些送她出去，好再说几句女孩子们的体己话的表情。安露红看着女儿的背影，穿着淡黄色短袖 T 恤，她就要飞走了，从安露红的庇护下飞到另一个林子里，一方面安露红觉得骤然失落，另一方面，她觉得女儿真是长大了，孩子大了，做母亲的只能祝福他们。

"阿姨再见。"琦琦回头说。

"再见。"安露红说。顺便欣赏着琦琦更健康的背影和浑圆的肩部，琦琦穿着牛仔布裙，绿色上衣，丰满的背影打动了安露红。她几乎被一种熟悉的感觉裹挟住，一种奇妙的感受，多年前，她也是这样看着水力，似乎水力是她另一个女儿，一直寄养在别处，而她找到了她，最终又不知她身在何处。

"我很快回来，就到楼下。"娇娇说。随手把防盗门轻轻关上。

吴百合主编

　　吴百合回到宾馆，脑子就像一面多棱镜，在这面镜子的全景视角里，既留着安露红家的温馨晚餐，也留着王芒的痛哭流涕，百合花仍在花瓶中，花瓶在镜子里，镜子凝视着吴百合，似有无尽的言语藏在其中。

　　安露红越长越年轻，她那年轻时不被看好的四方脸，被称作有点男子气，缺乏女人味，现在经过了时间的考验，皮肤变成健康的棕红色，眼角嘴角都干净整洁，已经步入五十岁的她，皮下结缔组织依然紧密地连接在一起，没有断裂松弛的迹象，她以前眼睛大而没有表情。现如今，因为显得干练而充满吸引力，有的人注定不老，这是旁人没办法的事情。

　　然而，王芒像一堵曾经结实的土墙，印满衰老的痕迹，他赤红的脸膛消失了，肤色消瘦罩上一层清灰，仿佛一位曾经的老将军，风风火火从一辆绿色吉普车上跳下来，大声说："一连整装，二连休息待命，三连把守要道，四连准备出击。"而现在，脱下军装后，英武气骤然全无，只剩下一个苍老的父亲模样的男人，小心翼翼敲着女儿的房间门说："早点睡觉。哎，你们这些年轻人，晚上不睡，早上不起。"

　　她从包里取出睡衣，走到卫生间换上，如果用瘦不见骨形容女人的一种美，吴百合就是如此，她一直都没胖过，但也不是纤瘦到让人怜悯，她四肢比例恰到好处，就像黑白电影里那些中世纪的美人，她的某种静默神情总是带有少女特征，尽管她从不当众撒娇，从不故意强调自己的女人味，但所有见过她的人一致认为，她柔中有刚，温良内敛并且善解人意。

打开床头灯，拿出自己写的长篇小说书稿，选了个舒服的姿势，躺在床上，写一个容貌绝美，贵族出身的女英雄会不会费力不讨好？

他耸着肩，她把脑袋靠在他的肩上，走进上海戈登路口的西伯利亚皮货店，时间是 1939 年 12 月 21 日上午，冬日的光线是黯淡的，店门外的人行色匆匆，两个日本女人并肩走了过去，木屐把冻得硬邦邦的街道踩着吱吱嘎嘎，她依偎着他，假装对一件裘皮大衣爱不释手，宛若欣赏上天为她准备的礼物，她相信自己能成功，这一刻她等了很久。忽然，丁默村掏出一大沓钞票，撒向空中，在钞票还没落地时，他已经冲出店堂，冲出楼去，埋伏在门外的中统杀手，他们的枪高举着，竟像抵御寒风似的，子弹全数打在车身的防弹钢板上，溅出一颗颗火星，特务头子像鲤鱼入水似的，一下子扑进防弹汽车，车子绝尘而去。

三鲜馅饺子的味道从胃里泛起，同时泛起的还有在安露红家吃晚饭时的满足和幸福。她将手机关掉之前看了一下时间，现在是零点十一分，街道上一扫白天的热闹，月亮像一弯刚剪下的指甲，银蓝色的星星从很远的地方照下来，照在房间里，虽然远在千里之外，但是，有安露红的晚餐，有王芒的眼泪，有这部手稿，这个晚上似乎并不缺什么，吴百合让自己尽量平静，尽量消除恋床症，说服自己这张床和自己家那张并没有多大的不同，和平年代，世界上所有的房间都没有大的不同，能在这里安生地睡一觉，然后明天起来该做什么做什么，还有什么让你不满意，不满足？

162

脑子里还是毫无睡意，今早上她五点就起床了，先到编辑部去安排了这几天的工作，然后坐了几个小时的汽车，她觉得疲倦，但并不想睡。她已经变得不喜欢开笔会了，非常地不喜欢，除了恋床症，倒时差，换水土这些只有女人才有的问题，另一个问题是她懒得在会上讲话，所以，基本上能推的笔会都推掉，但是这次，她为什么来呢？就因为那篇获奖的小说和水力有点关系？

吴百合下床，倒了一杯水，她感觉今夜可能要失眠，每当出差她都带着帮助睡眠的药粒，但她不打算吃药。在安露红家喝了酒，又喝了茶，不能再服药了，不能让胃过于受罪。她倚靠在窗前，双后抓着毛茸茸的睡衣领。白天的街道是盲目的，入夜后反而变得清醒，很多看不清但实实在在的景象显现出来，如路灯下的阴影，彻夜不眠的小飞虫，以及路面上的裂纹，还有电线杆周围的光晕。

唯一的动静来自于拾荒的老人，他趁着夜深人静，沿街察看路边的垃圾桶，用一只铁钩子把垃圾翻得哗哗响，垃圾袋是可以回收的，但里面装满令人作呕的手纸，老人慢吞吞地将捆成死扣的垃圾袋用力揪开，将手纸倒回垃圾桶，把塑料袋小心地收进自己带来的编织袋中。他两颊塌陷到骨头里，手指关节弯曲得很厉害，枯枝般似的，一直在抖，吴百合心中陡然涌起一阵心酸，这心酸使得她想冲下楼去。

由于节省能源，宾馆的电梯夜间停止运行，她从楼梯走下，一楼的总台空无一人，她用不大不小的声音呼唤，"服务员，服务员。"

过了一会儿，离总台最近的房间门打开了，一个女孩子探出头来，睡意蒙眬地问她："请问您需要点什么？"

"我想买几瓶饮料，方便面，对，还有面包，能吃的东西都行。"

服务员看了一下墙上的挂钟，又返回房间，稍顷，手里拿着一圈钥匙，慢慢吞吞走到吧台，打开那儿的玻璃柜台，当她把吴百合所需的食物都放在柜台上时，补充了一句："早上七点就开早餐了。"言外之意，她夜间无须吃这么多东西。

吴百合抱着一堆吃的，谢过女孩子，还得请她多做一件事，打开宾馆大门。她把眼睛睁得大大的，瞌睡虫全飞了，问她："你要出去？大半夜的？"

"很抱歉，我就出去一下，十分钟就回。"吴百合不想多解释，也解释不清。她出了宾馆，站在空空荡荡的街上辨认了一下方向，必须绕到自己住的房间窗下的位置，才能找到那位老人，她围着宾馆楼下转了两圈，认为自己方位感没有出错，确认了并排放着三个垃圾桶，都不同程度地显示出刚被翻找过垃圾的痕迹，但是，老人已经离开那里了。

抱着一袋东西，站在深夜无人的街头，眼泪几乎要涌出来，一种莫名的忧伤，毫无来由，或许她整个一天都想流泪，为旅途的疲劳，为安露红的晚餐，为王芒的泪水，为极度疲倦无法入睡，为即将出版的书稿，为刚才那个衣食无着的老人，还有，为水力。

她想，穿着睡衣下楼又有什么关系？夜半三更，谁会看到她，谁会在意她穿着什么衣服？如果不是换去睡衣用了几分钟，如果下楼时不那么慢条斯理玩优雅，跑几步，如果她加大嗓门喊一声，吧台女孩子也能很快出来，在她走出来的时候，如果她加重语气让她快点打开柜台，如果这其中节省五分钟，她就有可能将怀中的大堆食物交到拾荒老人手中……如果，如果她当时不那么胆小犹豫，就可以直接联系到水力，问她："需要什么帮助？"或者鼓励她："水力，你要挺住。"再或者，给她提供一些更实际的支持。但是，跟所有同情她但爱莫能助的人一样，她在岸上，怕打湿自己，怕连累自己，他们也弱不禁风，他们也要设法

164

自保，只能把她交给命运交给她自己。"这事不关我们的事，再说她自己有错，自己的错误自己扛，历来都是这样。"

在一盏盏寂寥的街灯下，吴百合像一个凝固的光圈，她慢慢转身，看着街道尽头，没有任何人影，惟有悠悠的岑寂，弯月像一片刚剪下来的指甲，俯视夜晚所有景象，俯视夜晚千百万人家，俯视夜晚千百万窗口。

"您在找什么人？"

服务员站在吴百合身后，脚下趿着拖鞋，眼睛盯着她问。她一定觉得她很奇怪。

"我，没有。"她将怀里的吃的一股脑全塞给她，"这些吃的，全部都给你。"

服务员"忽"地脸红了，把东西往她怀里推："不，我不要。"又说："宾馆有规定，不许要顾客东西。"话是这么说，但是她带着刚才没有的柔情看着她，仿佛几个小时前，她们已经很熟识了。

吴百合回到房间，又洗了个脸，往脸上拍上洁肤水，回到床上，继续翻阅自己的书稿——

"你为什么要刺杀我？"汉奸头子丁默村问。

"因为你是大汉奸特务。"

"可是，我对你那么好。"

"可你帮着日本人侵害了所有的中国人。"

"你认个错。"他摸了摸下巴，"我仍然想放你一条生路。"

"不可能。"她声音大得把身后的特务都吓了一跳。

"你还这么年轻。"

"不用说了。"

她的身体是那么柔美修长，就在刚才，她从门外进来，脸上带着和往常一样愉悦动人的微笑，整个人以一种令人吃惊的优雅靠近他，与此同时，她像魔术师那样，变出一支勃朗宁小手枪，

165

一眨眼的功夫她把枪指向他的头，那支枪带着她贴身的体温，拿在她手里，像火烧一样。

接着，提早埋伏在大汉奸身旁的特务冲出来，当她的手被紧紧挟持住时，考虑的不是自身安危，而遗憾的是，她没有亲手击毙他。

在阴森恐怖的牢房中，这位贵胄出身的姑娘，被关押了两个多月。寂静持续着。汪精卫的老婆意识到，必须由她来打破沉默。

"郑苹茹，我对你的做法真是感到吃惊。如果你写个悔过书，也许，我能帮助你。"

"你和你的丈夫一样差劲。"严刑拷打之后，她连坐起来都很艰难，只能将两只拳头攥得紧紧。

"你父亲已经病重。难道你不想在他跟前尽孝？要知道，你可是他最心爱的女儿。"

她微微转过身，对着铁窗外那棵凄凉的小树，爱。她心里的爱太多了，但对国家的爱强过一切的时候，最好的办法，就是一点点舍弃对他们的爱。父母亲，还有家人，他们都有不肯折服的脊梁，如果有一天她被胡乱塞进收尸袋，她还会有一份爱留给他们，因为她没有给他们丢脸。日伪政府提出让父亲郑钺在伪政府中任职，可保女儿不死，但遭断然拒绝。"我们不能逃避，一个中国人对于国家的责任。"母亲尽管爱女心切，却从未劝过父亲一句。

"你说的自新生活就是跟你们一样，嫁个汉奸，当汉奸太太，或者自己就替日本人做事，当个女汉奸？"她懒得去记起，多少大汉奸的老婆来劝降。"你愿意待在这儿，就待在这儿，但你最好闭上你的嘴。监狱里的耗子很多。"大汉奸的老婆用手帕捂着鼻子，仓皇离去。

牢门"砰"地打开，然后，荒凉的土冈上最初一丝绿意，

166

和绝望的铅灰最后一次看到，她没带围巾，身上是一件灰色外套，她绝美的容颜裹着一袭早春的寒风，黝黑的眼睛望向天空，似有飞机机翼掠过天空。

"苹茹，我会去找你。我会陪着你。你想跳舞就跳舞，我会接着你，姑娘，在我心里，你永远也走不远，我会搂着你的腰，保证你不孤单。有时候生命是我们最不需要的东西，特别是当国家有难的时候，你在那儿，一直在那儿等着我。"他说这样的话的时候，眼睛一直看着她年轻美丽，光彩照人的脸，他是多么爱她啊。

路灯下的小飞虫，不知疲倦地飞呀飞，彻夜不肯合拢它们的眼睛。吴百合听到，卫生间有些漏水的水龙头发出清脆的"滴答"声，四年后，她的未婚夫在衡山与日军激战中被敌机击落，许多目击者说，他并没有从空中向地下坠去，而是像一只水鸟，在云雾接应下，随一缕青烟直升天际，星空连接成一条索道，以便让天使般美丽的女孩子，和他手牵手一同归去。

吴百合掀开棉被，抱着膝盖，出了一会神，一个被她推敲过十几遍的场景。"帮帮忙，不要打我的脸，把我弄得干净点。"她对刽子手说，话音优雅却咄咄逼人，她最后一次仰望长空的那个瞬间，一袭黑衣的鸟抵达，刽子手分辨不出她脸上是微笑还是哀伤，她最后一个念头是："汉勋，你看看我，你看看我，你的小姑娘是不是依然美丽？"

女作家洪丹

"你去哪里了?"听到开门声,丈夫从里边打开门,剃得光光的脑门上,奔拉下几颗汗珠,被灯光照得明晃晃的。"我打你电话,你没带手机不说,居然调成震动,我怎么打都是无人接听。"他手里拿着她的手机朝她摇晃,"后来,我在你枕头边找到它。"

"哦,下午的时候我为了写作,把手机调成震动,但声音还是很响,农信彩信,天气预报,养鱼喂虾,防晒措施,嗡嗡嗡,吵得我头皮发麻,我想关机,但是我接到一个电话,就出去了。"洪丹说了一大串。

他依然恼着脸说:"那你出去之前至少也该给我打个电话。"说完他又觉得,这样要求一个病人,似乎有点太过分了。

"当时走得有点急。"洪丹说。

"今天周五,我把孩子接到他姑姑家,就给家里打电话,电话手机都没人接,我把他放在那里,就到处去找,能去的地方都去了。"

"他姑姑说你有应酬。"

"那你认为我该怎么说?说你不见了?"

"我没事,只是出去见个朋友,你不必大惊小怪的。这很

168

正常。"

"很正常?"他伸手指着客厅餐桌上那些药瓶子,"你现在要按时吃药,否则你怎么完成你的写作?"

"我带了药的。"

"可是安心静养对你来说也很重要,"他凑到她嘴边闻了闻,"你还喝了酒,我却走遍了小区所有的地方,甚至附近商场,你现在这种情况,居然还敢开车,我就不该把车放在楼下。"

"我真的是去见一个老朋友,况且,我今天状况很好,后天我还要去开一个重要的颁奖会。"

"正因为你还要开会,因为你以后要开很多会,所以你现在必须好好吃药,休息,还有写作……"他突然不说话了,因为他这时才发现,儿子一直坐在客厅椅子上看着他俩。他眼神里有一种令人胆寒的什么,刹那间洪丹和丈夫一下子陷入沉默,两人吵架的样子像支离破碎的影像,刻在枣思眼睛里。

"我还没有吃饭。"他说,"你们吵够了谁去给我做饭。"

儿子靠着椅子,椅子靠着冰冷的白墙,小眼睛里竟然透出狡黠冷漠的光,父亲带着敏感,突然觉得这眼神是如此熟悉,一种东西爆裂开了,一种纷乱的真实,他无法说出这种感觉,儿子眼神里的某种东西使他生气,深深地触动了他,他担心一旦这种感觉被证实,那他早就是已被人耻笑了一千遍的傻瓜。

妻子是著名女作家洪丹,先是被异父异母的哥哥在高粱地里开发,后又被煤矿工人启蒙,然后被一个个诸如图图沙之类的主编照应着,即使嫁作他妇,依然和很多人脱不了暧昧关系,其中有记者,私营业主,以前就有人在酒醉后,对他说,"你的帽子早就是绿的了,最后,你老婆得让你内衣,内裤,鞋子,袜子,甚至手机钱包都变成绿才算大功告成。"

他感到一种强烈的破灭感。他,一个大男人,是多么委琐,卑小,他刚才分明闻到她身上有股子味道,好像是羊骚味,又好像是别的味，但可以肯定的是，绝对不是他的味儿。因为绿帽子的事，他和她离过一次婚，到民政局办理了离婚手续，后来，经不住她的眼泪，经不住她软磨硬泡，又和她复婚，条件是，她好好和他过日子，并且，再为他生个孩子。她一把眼泪一把鼻涕答应了，四十岁高龄又当了一次产妇。难不成，生过孩子后，拿着和他合伙养的儿子枣思作掩护，更堂而皇之地给他生产绿帽，由零售改为批发？由小型生产改为大规模制造？由地下变成公开？正好他又喜欢把头剃得光光，一根头发也不剩，于是她就假装爱护他，一顶接一顶往他头上扣绿帽子。

现在最担心的是，糊里糊涂为别人养儿子，身体里流着别人的血管他叫"爸"。他以为生了枣思就拴住洪丹的脚，绑住她洪丹的心，当然，也拴住她挣的稿费和获得的奖金，还为合理占用她挣来的房子和车子，而一个男人的悲哀也在于此。他走进厨房，掩好门，点燃一支烟的同时也打开煤气灶，望着呼呼上蹿的火苗，也不知道，自己算不算是个男人。做饭的时候顺便想想，如果，今天下午，洪丹就又给他戴了一顶绿帽子，究竟应当搁在锅里煮了还是冷藏在冰箱里？

洪丹回到房间脱掉衣服，换上一件稍微轻便点的。十多年前，她急着要找个老公，找个能给她在报刊上发点小散文小诗歌的也行啊，正好他就撞枪口上了。这男的看着五大三粗，其实迷迷瞪瞪，又没啥魄力，仗着他老子以前有一官半职，混成一个小小的编辑部主任，就封顶了。洪丹发挥了把他哄得团团转的本领，她需要一个打掩护的，一个丈夫，一个家庭，她承受着争名夺利的双倍压力和性的竞争，性对她而言就是武器弹药，如同面条和蒜瓣，在任何需要的时候，她毫不犹豫速战速决，然后，把各种品牌各种式样的绿帽子连同获奖证书和奖金稿费，一同发到丈夫手里，再赏他爬上身子睡一觉，完事后，把存折上多出来的数字给他看一眼，弄得这小眼睛大光头个头一米七八的男人幸福无比，四处炫耀老婆洪丹的魅力，还屁颠屁颠儿跟着她去开她的研讨会，坐在台上呜里哇啦大赞洪丹的会议组织者和主办人就是图图沙。台下的人相视而笑，心照不宣，掩口不语，饶有兴致地看这三人上演着一出此地无银三百两的闹剧。至于图图沙为什么总是给洪丹开研讨会，不知道。她生孩子之前挺着大肚子他就给她开过一次，刚坐起月子揣着吸奶器他又给她开一次。至于开研讨会的二十万块钱是洪丹怎么弄来的，不知道。至于什么时候什么地方什么场合她还会给丈夫戴顶样式新潮的绿帽子？不知道。大约在冬季，大约在一年四季。

儿子枣思回房间写作业，把房间门从里边紧锁，丈夫进了厨房，窗外的天已经完全黑了，洪丹打开电脑，下定决心，无论如何今晚也要写一段像样的文字，寻回在文学里被满足的种种欲望，哪怕整夜不睡。可是不管她心里怎么渴望，页面上还是那十五个字，她的脸离电脑很近，鼻孔的呵气像光圈一样聚到显示器上。真是邪门，自从灭掉水力后，仅存不多的灵气也从她指尖消失殆尽。

丈夫以为生了孩子就拴住她，其实是作茧自缚，反倒拴住他自己。生了枣思后，她想去哪儿就去哪儿，甚至不用给他打招呼，到了机场候机室发个短信就行。现在，就在刚才，他居然敢对她大呼小叫，就因为她有了病？"哗"，往日的风光一下子截止？同时截止的还包括她在这个家的地位？她不认这个理，她还要往外走，不屈不挠，力争上游，奋不顾身。今天，怀绍德邀请她，就是个好兆头。说明她洪丹不会被人遗忘。

今天回来的时候她看到，小区花园的花朵正在衰败，种花的工人为了消除不好看的景象，正把它们连根拔掉，而周围的爬山虎蓬蓬勃勃，她对它的繁荣感到震惊，爬山虎迅速地爬满人家的墙头，把整个小区都罩得郁郁葱葱，而花朵却腐败枯萎，即使有夜晚的灯光星光也不能挽救这情景。洪丹觉得头晕，而且口干舌燥，十年前，她被称为乡土女作家，事实上，记忆中的乡村早离她远去。现在的乡村是什么样，如何能得知？曾经她尝试写城市题材，但明眼人一看，就是用一种顾左右而言他，模棱两可的方式转述出来，仿佛烫着头发演古装戏，完全没有她讲的那个驴子的故事有趣。戏过三场无人看，而驴子的故事，已经被她说了上百遍，现在她还没有彻底过气，因为仰仗着她在文联还有一个虚位，还有人请她去开笔会。哦，该死的笔会，诱人的笔会，有时候觉得没完没了，能一直风光无限地开下去，有时候觉得它会戛然而止。像车轴突然断裂在暴雨泥泞的山路。她有深深的戏子情结，人一旦有了某种情结，就根深蒂固，很难破除，少年的硬伤在她记忆中挥之不去，她在台上从未唱过主角，从来没有，但是她把文学当戏台，她希望一直能唱主角，一直唱下去，曲终人不散。任何人，一旦希望一生被众星捧月，就无法接受大幕落下的那一刻，无法停止寻找那种微妙的幻影，她没办法重归寂静，无论年老还是年轻。

她从桌上拿来烟袋，在烟袋里按满一锅烟叶，抽烟叶不同在于抽一支烟，而是等同于十支香烟吸进唇间，如此一来，就在同样的时间，获取了别人分时段才能吸取的味道，她抽旱烟的样子谈不上美，她知道这一点。所以，从来不在别人面前吸这东西，只有在图图沙面前没有秘密，抽旱烟也是他们关系中她表现得最直露的一面，无论她涂了多么鲜艳的口红，他都认为她与众不同。他们相互知道对方心里最肮脏的想法，她那篇小说叫什么标题来着？图图沙舍着老脸一连给她推荐了八家刊物，可气的是，其中一位主编逢人便说，图图沙怎样连夜给他打电话，要他无论如何也把这篇稿子选一下，这位主编坚持说他是内部刊物，就不选吧。这怎么行，当时图图沙就生气了，在电话中大发脾气。主编想了想，觉得图图沙这辈子似乎就这一件事求过他，而且是强烈要求，这个面子不给不合适。

图图沙知道，洪丹只有一个心愿，这目的很明确，就是不管通过什么方式，也要被人认同。倘若她不选择文学，选择了其他行业也是同样，都是找一个平台，把自己先放上去，直到站在被众人都发现的位置上，为此让她付出什么代价都愿意。这种心态使她有了一种奋不顾身的勇敢，勇往直前的勇气，但也很可惜，她谈不上爱文学，"把自己的真实生活和作品完全剥离开，这样的写作势必要走向穷途末路，"这话是哪个评论家说的？他还说："洪丹无疑于就是一个讲故事的人，没文化的姥姥和婆婆都会给小孙子讲故事，但进入到写作就产生了一种虚假感，期期艾艾，力不从心，作文和做秀是两回事，写作和操作是两回事，她的功夫在文学之外，简而言之，她在文学之外巧妙地运用了'自我'但在文学之中她根本没有把'自我'糅进去，这好比在酒桌上聊天，她很有风情，但是文学对作者的要求是很苛刻的，至少必须有一点，从内心出发，为内心而写。"

　　真他妈的放屁！洪丹冷笑，她吸完最后一口烟，在铜烟缸里磕了磕烟袋锅，将它放回原处，后天的笔会要让她发言，她打算这么说："中国汉字四四方方，做人也要正正派派。当一个作家，尤其是女作家，要大爱，大善，大悲悯……"说话跟写文章一样，一旦开了好头，接下来就顺畅了，"我洪丹走到今天，全凭的都是做人。一开始写作凭的是才气，再往下走凭的就是做人。"她声音变得清脆，像朗诵似的，一个句子一个句子地往出吐，相互之间毫不粘连，对，就是这种感觉，继续。

　　"作为一个女人，我也不想拖着一个大箱子跑来跑去，我不想在家相夫教子？可是我有三个孩子要养活，我不想干巴巴地活着，有时候我也在想，文学究竟是成就了我，还是害了我，我是说，嗯，女人要同情女人，女作家要联起手来，不要用那种男性的标准和男人的眼光看女作家，我们是姐妹，要互相扶持，互相爱护。你们比我年轻，凡是比我年轻的女作家，我都会像母鸡爱护小鸡一样爱护你们，一根筷子很容易折断，但十根筷子就有力量。姐妹们，文学是上天赐给我的福，我希望它能一直赐给我福，让我踏实地走下去。"

只听见"嗡嗡嗡"，她眼前开始迷蒙，不是个人，而是一个绿色幽灵，在黑暗中出现，又归于黑暗；"嗡嗡嗡"，台下众人都在交头接耳，不知是为她的发言赞叹，还是表示疑问。洪丹打算穿一件乡土味很浓的宽松布长裙，外套驼色针织衣，脚上是厚底布鞋。她坐在台上，对着下面倾耳聆听的人。

"我小的时候，学习不大好，确切地说，是数学不大好，但是有人预言我以后命会很好。"她有点咳嗽，的确，下午喝啤酒喝得太多了。她清了清嗓子，面对着台下黑压压的人，重又回到往日那种被追捧的狂热当中，她鼓励大伙提问题，互动是最好的老师，她伸手指了指最前排一位年轻女孩，微笑着问她："你有什么问题？"

"您认识水力吗？"女孩子问。她身材丰满，五官比例很美，闪闪发亮的眼影，盈动欲滴的水晶唇彩，短而鬈曲的头发上压了一顶红色贝雷帽。

"水力，嗯，我想想，我得想想……"

"想起来了吗？"

"哦，好像是认识，有这么一个人。"

"那您能给我们讲讲她吗？"

"什么……"

"讲讲水力。"台下有很多人随声附和。

"这个……"她好像很艰难地回忆，"水力，是一位年轻作家吗？"

"对。"

"哦，她写过什么作品，我是说……"

会场一下变成一个战场，突然一下子，台下坐着黑压压的敌

174

人，洪丹坐在台上，犹如身处一个孤立的境地，从台上到台下不足二十米，突然，她的脑子静止不动了，是她，对，她明白了，话语权还在她这里。

"你们说水力，丑陋的抄袭者水力。对，就是那种大饼脸，经常穿白色上衣或黑色裙子。"洪丹的记忆在复苏，照片上，水力对着镜头微笑，头微微地倾向左侧，带着一种幻镜似的笑容，淡蓝色背景和白色衣领的花边，燃起洪丹千万朵嫉妒的火焰，她盯着电脑，直勾勾地盯着她那只大眼睛，她，轻而易举地通往文学的神奇，将洪丹推到可有可无的路边，她担心她从此以后不再是洪丹，也不再是一个被众人敬仰的女作家，而是像日渐下坠的灰尘，一个不再被人记起，也不再被人重视的灰尘，别的不说，就说眼下，台下坐着的那些人，都渴望着坐到台上，吸引众人眼球，渴望着出现在各大选刊的头条，或畅销书的榜首：

王小非：销量突破十万册
张小帅：获年度飞轮奖
刘小红：获网络最佳诗人称号
钱小江：发表随笔一千万字
黄小平：作品被翻译成十国文字
李小圣：刚从德国签售归来
胡小利：创作的小说被命名为他所出生的城市名

洪丹出着虚汗，可心里一直觉得很冷，无论在看得见的排行榜上，还是看不见的明里暗处，在每个城市每个彻夜不眠的窗口，多少作者都将自己的文字投入到电脑中，似乎有个看不见摸不着但结结实实存在的熔炉，任何人文字投进去都要经过一次冶炼，审核，判定，最终凸显在众人眼膜内的只是少数，只有少数的无名点可以化为冲天的光束。

"哦，水力啊，她只是一个卑鄙的抄袭者。"她不厌其烦地要说服台下的众人。只字不提如何跟网络结成一体，跟图图沙结成一体，跟叫嚣呐喊结成一体，跟恶语谩骂般的子弹结成一体，射向水力。洪丹控制了网络和帖吧，只发布对水力不利的消息，怀绍德则通过关系，对水力所有居住过的城市，和有可能前往的地方的报纸都进行报道。目的有三：一，让她彻底地滚出这个圈子；二，让她再也没脸见人；三，让水力变成木头人，不许说话不许动，只能以静止不动的姿态接受惩罚。

洪丹接着说："十年前，如果你们去网上搜索，随处可以看到《水力伸出黑手抄袭我小说》的文章，"黄色的台灯变成一个话筒，白色墙壁则在不断地扩大，往四周延伸，"她二十几岁了，喜欢别人称她为'小孩儿'，她妈生她就生了那么长时间？"洪丹恨不得把她的亲人朋友兄弟姊妹全都放到网上去，跟着她一起受难。她两只眼角往下瞥搜肠刮肚翻检她的劣迹，"她的初恋男友下落不明，她一直没再恋爱？显得她多有眼光，多么对感情忠诚，就像一面反光镜，因为我，不瞒大家说，我结了三次婚，养活着三个孩子。"她停顿了一下，对着台下的人冷笑，墙壁把她的声音传到玻璃窗上去，"现在我脏，我老了吗？不，我受够了，受够了你们这些虚伪的小人，花言巧语的伪君子，我和你一样，大哥，你创造了我，我创造了小说，我们分享着相互评价，以此为乐事，我的大哥，就像相同的染色体，把我们塑造成同一类型，老弟啊，我们大大方方靠拢在一起，相互取暖，彼此扶持，对，就是这样，这就是我今天的发言，你们对我的发言满意吗？如果满意就请鼓掌，谢谢大家！"

丈夫带医生到客厅坐着去了，医生面前的茶冒着热气，丈夫给他取来烟，"真不好意思，这么晚了还把您找来，打扰您周末休息。"医生摆了摆手，表示他不吸烟。丈夫就把茶递给到他手中，"这几天她一直很稳定，今天下午她还出去了一趟，说是去会一个老朋友。"

"会朋友，然后呢?"医生问。他有四十岁? 要不就是三十九岁，穿灰色带条纹的衬衫，衣领非常挺括，一看就是经常穿着手洗衬衫的男人，他的胡子不是用剃刀剃得干干净净，而是用剪子精心修剪过，带着点毛茸茸的质感，人称美髯公的那种男人，还有，他说话声音真好听，像播音员一样。

"然后我到处找不到她，心里非常着急，你说她现在这个情况，居然开着车出去，我真怕她出什么事。"丈夫看了看医生，又说，"回来，我们吵了几句。"他顿了顿，似乎在寻找合适的措辞，"她现在需要住院吗?"

"依我看，她的病不算是最重的，哦，抱歉，我的意思是说，抑郁症分很多种，她这种类似间歇性妄想症，她精神的某一个层面出现断裂，但是没有语言或记忆刺激到这个层面，她就能表现得和常人一样，除非，有人特意触碰到这个断层，她就会有异常反应。"

"问题是，我今天并没有说什么，只是说我很担心……"

"或许别人提到什么? 有这种可能。反反复复讲述一个故事，从病人的个体需求看，她需要这种倾诉。"

"你要知道，她可是著名作家。如果不是这病，她还要写多少好作品?"

"作为一名医生，我的结论恰恰相反。不是写作使她得了抑郁症，而是写作使她的病情潜伏期延长了。若不是当作家，她的病早该发作了，并且，是以其它更暴烈的方式。"

"你的意思我不明白。"

"我认为，写作让她减轻了内心的恶意，对别人的不满找到一个堂而皇之的途径，变成作家，披着这层高雅的外衣，还能得到许多实际利益，恕我直言，但病人终归是病人，迟早会发病。"

"有人说我的小说脏，说我总在人物的内心和意识之外游离。"她突然从房间里走出来，朝医生走去，俯在他的耳边，他目光和蔼，温柔，洪丹早记不起谁还对她有过这种表情，除了在图图沙那里，她从没被人当小孩子哄过，小孩子，多么诱人而奢侈的称呼，而水力，她总是轻而易举被称为"孩子"。在文学研究所的时候，她亲眼看到很多人给她买东西吃，还有好多是她不想要的，但他们好说歹说要她收下，就像大人们把糖果塞满她的嘴。她轻声对医生说："你真年轻，我喜欢你衬衫的颜色，这是什么颜色，深咖，浅灰，我给你买了一把剃须刀，进口的，还有一条名牌领带，您知道我想要什么对吧？你看你，这是什么表情，你们这些男人怎么都一个样，几乎我送每个男人礼物你们反应都是千篇一律，这世上到底谁在做戏？"在灯光下，她有些老了，但仍然有女人味，她把手放在他的脖子上，对他说："来吧，凡是我的朋友，都将有所获取。"电视里女子十二乐坊正在唱一首名叫《半个月亮爬上来》的歌曲，关于一个四十多岁女人身体的薄弱环节，图图沙和另外一些人都知道。"你喜欢文学吗？"她朝医生倾斜着身体，面带嘲讽，"但你要记着，千万别朝我的位置上挤，你可以跟在我身后，像马屁精一样跟在我身后，我会想法分一杯残羹给你，我给你介绍女朋友，拿着大红包去参加你的婚礼，或者，我给你的乡下亲戚找工作，我很善良，也很热心，面对各类错综复杂的人，我都会帮助他们。但是，我不希望你有才华，否则的话事情就变成另外一个样子，你不要学水力，我就看不惯她那个样子，看不惯她穿着湖蓝色舞蹈裤，淡绿色舞蹈背心，耳朵上塞着 MP5 的样子，看不惯她写的'树是海蓝色的，太阳戴着银项圈挂在天上'。这句子多么幼稚不成熟，狗屁！树要么是绿色的，要么是灰色，太阳是红色的，红彤彤的……图图沙在电话里急急忙忙地说：'洪丹，水力投给我一篇小说，呀，写得特别好，我把它先压在我这里，既不说发，也不说不发，只说我还没来得及看，洪丹，你赶紧写，写一篇好的，我给你先发个头条。'他还说：'只要我图图沙当一天编辑，就不能让水力压过你的风头。'结果怎么着，水力把所有的稿子拿到其他刊物上发，百发百中。"她双手在胸前抓挠了几下，那儿被汗水打湿了，继续说，"那一次，我去参加一个领奖会，很多人都夸她年轻，小说写得好，把我晾在边上，她眼睛朝我瞟过来，她在微笑，她居然对着我微笑，就连走路，说话的时候她都在笑。我被激怒了，我不喜欢她总表现得开开心心。第二天上午，她房间开着门，大开着门，然后我就进去了，她当时正在洗衣服，从卫生间探出头来，笑吟吟地对我说：'洪丹姐，你来了，随便坐啊，我马上就好。'"

"我站在敞开的门口，阴着脸，因为我一夜没睡，就想着对她说这几句话，我说：'你差不多就算了！'她惊讶地问我：'你在说什么，发生了什么事，你这话什么意思？'看她的模样，一点也不害怕，我想了一晚上的表情和语气她并不害怕，我又说：'你差不多就算了！'我这话含义很深，深到我自己也不明白它表达的东西有多少，是让她差不多就算了，不写了，还是差不多就算了，别再让我觉得恐慌，另外，是让她差不多就退出我的视线，还是消失在这个文学圈之外？总之，意思多种多样，每一样意思都有。她当时手里拎着一件衣服，是一件镶着蕾丝花边的胭脂扣白衬衫，衬衫还没来得及拧干，湿泠泠地往地上滴水，很快那儿就聚了一汪小水圈，她的声音带着水汽，她不那么容易害怕，尤其我发现她并不怕我，她眨了眨眼睛，两个毛茸茸的晶体相互碰撞，她说：'你伤害我了。我不喜欢你，不喜欢你，但我从未伤害过你，你不止一次伤害我，我都知道的。'后来她请我出去，还说：'请你帮我带上门。'"

她说："我一直当你是个孩子。但是你一直让我不舒服。"她率先往她身上丢石头，丢垃圾袋，丢果皮手纸，丢一切可以丢的东西，她要让她从此变成一个肮脏的人，人人唾弃的人，再不

179

是以前那个水汪汪、明亮亮的水力，让那口井成为她永久蒙难的标志。她找来一块巨大的石头，狠命朝井底扔去，力气之大，连她自己都吃惊了，似乎那石头砸碎了她自己的脑壳，蜷缩在床上猛烈地抽搐。

洪丹一身盗汗，猛地坐起，头像被人重击后一般沉重。窗外的黝黑潮湿，丈夫瞪着狐疑的三角眼，看着她，表情就像刚从水底冒出那么惊悸。他喜欢把胡子和头发全部铲除，光光的头，像五十瓦的节能电灯。

医生什么时候离开的？他和丈夫把她弄到床上，一个人端着她的头，一个人拿着药粒，往她嘴里放，丈夫喂她水的时候，把她胸前的衣服都弄湿了，现在还是潮湿的一片，医生说："以后尽量不让她喝酒，酒对药物有抗衡作用。"又说："今天加大了药的剂量，待会半夜她会感觉口渴，明天一早你给我打个电话，如果情况继续加重就考虑住院。"他们就给她湿漉漉的胸前盖上毛毯，丈夫说，"她很怕热，总是出虚汗，盖毛巾被就可以。"但医生说有些单薄，所以，他打开衣柜，从柜子最上层取下一条毛毯，给她盖上。

"怎么不脱衣服就睡下了？跟你说过多少次，不脱衣服睡不踏实。"洪丹清晰地说："我口渴，给我倒杯水。"

吴百合主编

一个穿戴整齐的年轻女子被推上刑场。

跟随她的还有二十三年的好时光，那些盛开着的花记载着她的光艳，就在不久前，人们还看到，她赤脚站在人群中央，裙子拎到腿肚子上，光滑的地板看见她跃动的剪影，她美丽的头发随着音乐左右顾盼。

吴百合将手里的杯子放在桌上。

"咽泅，给百合主编杯子续水。"蒋方头对助手说道。

蒋方头的女助手，一个过于瘦小的中年女人，头发枯黄稀少，脸有些浮肿，眼神像瞌睡懵懂似的，吴百合觉得很奇怪，印象中的文化公司的女助手，不是年轻貌美，就是气质出众，有特别好的口才和见面熟的能力，但是这位女助手，少言寡语，并且，吊着个脸，像别人欠着她什么似的。

"之前你发给我的电子文本我打印了一份，先看了一遍。"蒋方头人如其名，整个人都是又矮又胖，他穿了一件白色短袖衬衫，粗短的胳膊，说话的时候，左嘴角向上倾斜，两眼透着生意人的精明。

"你电话里很急切，说最好面谈一次。"吴百合说，"正好我来这里开个会。"

吴百合发现公司并不大，至少没有蒋方头在电话里说的那样，颇具规模。有一男一女在外面电脑前忙碌，刚才倒茶的女人转来转去，一会儿绕到饮水机前倒杯水，一会儿又到蒋方头身后的桌子上取份什么稿件，蒋方头脸上毫无表情。在多年前的一个散文年会上，吴百合认识了蒋方头，他以前写过一些乡土散文，后来嫌写作不挣钱，找人投资开了这家文化公司，广告做得挺大，据说做了不少自费书后，想提高产业质量，所以，最近都和名人约稿，以期出些付稿酬、又能进入正规发行渠道的书。

"小说写得不错。"蒋方头说。

他在电话中热情洋溢，似乎立马要出版这本书，一刻也等不及，但是此刻他的表情很漠然，好像全然忘记是他一天三遍电话，追着赶着要出吴百合的书，要面谈，一切好商量，倒像是她来投稿，请求他出版似的。

"你觉得还需要改动吗？"吴百合问。

"那倒没必要。"他端起自己的杯子喝了一大口水，"老实说，名家的文章肯定比业余作者水准高，但是，现在市场很怪异，它不认什么名家不名家。"

"那你是什么意思呢？"吴百合说。

蒋方头只是低头喝水，他似乎刚从一个极度缺水的地方跑回来，那儿有战乱，还有沙漠，大早晨的，他一连喝了四杯水，有那么渴吗？每次他喝完水，那个名字很怪，长相也很怪的助手就会过来给他再倒，像掐着时间似的。助手眼睛从不看吴百合，只盯着蒋方头，她穿着一件黄色的薄纱上衣，露出里面的海绵文胸，从她干瘦的身材来看，文胸下面就是一马平川的胸腔肋骨。蒋方头衣服整洁，但一脸青灰色，后脑勺的头发胡乱向一边翘起，他应该是不到四十岁，但看上去有四十多岁，不是面相老，而是整个状态，之前网上有传言说他骗了很多无名作者的钱，借出丛书、自费书为名到处赚钱，又说他不过就是个写作写不下

182

去，又靠挣作者钱发家的暴发户，还说有人要状告他，跟他索赔，吴百合都不大相信，她觉得，一个写出那么纯朴的乡土散文的人，不会如此不着道。

"我曾想过，先找个导演，看你的小说能不能改成电视剧。"蒋方头说，又开始呼噜呼噜喝水。

"改电视剧？听着挺有诱惑力。"吴百合说。

"你这小说写得倒是挺有意思。"蒋方头说。"不过，"他咧咧嘴，"我有个想法，一位抗战时期国民党中统方面的间谍，年轻美貌，似乎，写她正面的东西太多。"他指着手中的茶杯，"就好比一个人，只写一面是单调的，也显得不真实，如果也写另一面，像这个杯子，哦不，这个人就立体了，你说呢？"

"能再说得具体点吗？"吴百合问。

"比如说，再来点床上戏，这很简单，很容易嘛，你书中有一段，当时的日本首相近卫文麿的儿子近卫文隆对她一见钟情，很多国民党高层要员都围着她石榴裙转，这里就大有文章可作，还不说凭着她母亲的关系，她结识了大批日军高级将领。"

"她父亲是高级检察官，非常正直，母亲是日本人，在她父亲留学日本时与之相识到相爱，抗战爆发后，她的父亲带着一家人毅然回到中国。回国后，父亲朝九晚五出门上班，办了很多当时棘手的案子，晚上回家则闭门谢客，母亲更名为郑华君，教导子女报国雪耻。"

阳光直射到吴百合脸上，她看见蒋方头听了这番话，脸上一副踌躇的样子。

"你的意思，让她和他们每个人都有肉体关系？"

"为何不可呢？"

吴百合轻轻笑了起来。"她身出名门，不是烟花柳巷的妓女，否则她就不会有那么多能够吸引当时的高层政界要员和日本王室的品质：智慧，美丽，才学，名望，并且，她最令人敬重的特性是：有骨气。你认为她是因为胡乱和人上床而骄傲吗？我敢打赌，绝对不是。"

"我们不是为市场需要吗？"蒋方头表情有点尴尬，"当然，你可以再考虑考虑，适当加点戏，也别一点也没有。贵族怎么啦，贵族也是人，也得吃喝拉撒睡。她是美女，不是仙女。"

吴百合差点失手掉了杯子。而蒋方头微笑着。您像很多大字不识，围在录像厅外等着看劣质录像片的人，她本想这样说他几句，但她忍住了。一个贵族的姑娘，在日军侵华期间，她的父亲说，国难当头，我们应当回国，为国家尽匹夫之责。于是他们漂洋过海回来了。女儿牺牲后，父亲一病不起，在悲愤中病逝。他的小儿子，一位优秀的飞行员，也是在对日空战中英勇战死。

"小说都是虚构的，我倒是觉得，写成张爱玲《色·戒》那样更吸引人眼球。"

"二十三岁的郑苹茹用自己的鲜血和宝贵的生命告诉所有人，美女也有烈胆忠心。"吴百合说，"张爱玲是怀疑主义者，她连自己都质疑，一辈子只为情所困。李安对王佳芝的爱国动机更是没什么兴趣，有的只是比体操竞技难度更高更长的七分钟情戏。李大导演说，大家不过都是造物主拨弄的棋子，身不由己，也不过都是戏中人，被迫扮演着命运分配的角色，不知终场铃声，何时响起。由此可见，张爱玲把自己嫁接到王佳芝身上，李安又把王佳芝嫁接到自己身上，但愿《色·戒》原著和电影都是演绎导演和作者自己，和我写的郑苹茹没有关系。"

吴百合就是被她的绝色美丽和无双的勇敢打动，她想写下她闪闪发光的二十三岁生命，国难当头，多少人沦为汉奸，多少人沦落他乡，多少人只是沉默，而这个十九岁时玉照上了当时最负盛名的《良友》画报封面，一举惊艳海内的郑苹茹和她的全家，却来到死亡和交通不便，以及生命时刻存在危险的国土，抗战结束后，郑苹茹的母亲将一纸诉状递到首都高等法院，要求将残害女儿的大汉奸绳之以法。

　　说话间，外间桌上的电话铃响了几次，蒋方头的女助手过去接电话，在电话里清晰地说，大概要筹备一个什么笔会，参加者需交三篇稿子和五千块钱，似乎对方认为收费太高，她在电话中问："那你能不能包销我们一部分书啊？"

　　"导演的事情我帮你找，我手里认识好多导演，包括张艺谋。"蒋方头说。沉吟了片刻，走过去把门关上。"有个事情，"他说，看着吴百合的表情，"我们正在筹备一个散文年会，要请一些刊物主编来坐阵，如果，您能来的话，这个长篇小说的出版、改编都毫无问题。"

　　"我？坐阵？"吴百合问。

　　"如果你答应当我们的评委，我们会在网络报刊公布的评委名单上注明，您是著名的主编，这对作者是很有说服力的。您知道，现在的文化公司不好做，靠做丛书只能维持温饱，我们想生存下去，只有不断地举办笔会，年会。"

　　吴百合笑了笑。

　　"怎么样，答应了？"蒋方头从桌上厚厚的一沓中挑出大约有十几篇稿子，"你把这些稿子看一下，写个评语，哦，大致看一下就行，不用太认真，然后，等开会那天您最好来一趟，坐在主席台上，这样更有说服力，我们会给好一些的稿子颁奖，有证书，还有奖金。"

　　"那你颁奖的依据是什么？"

　　"哪有什么依据，有的人多给一千元，我们就给他颁一个奖，这种东西，又不用国务院审批。"

　　蒋方头咧嘴一笑，可吴百合觉得他不仅长得怪异，笑得也很难看，她想起他前段时间一天三个电话催着要她稿子，原来目的在于让她当评委，稿子只是诱饵。现在当个文化商人也能脱贫，只是可怜了那些不明真相的文学爱好者，花钱上当不说，把一腔对文学的热忱喂到狼嘴里。

"我一个人当评委有什么用？"

"当然不是你一个人，我们要请十几个评委，有 XXX 导演，有 NNN 编辑，有 YYY 出版社助理。"蒋方头掰着指头数出一串人名，吴百合一个也没听说过。

"你真了不起，能请到这么多人？"

"嗨，有钱能使鬼推磨，什么主编啊名导，哪个不想挣钱？"

"那，能否请问一下，我的阅稿费和出场费是多少？"

"有三千的，也有四千的。"他说："您是美女主编，给您开得高一些，五千。不包括吃住。"

吴百合笑。

"唉，你别嫌少，我一年三四个笔会，算起来，你也不少挣钱，再说，我不是还要给你出书吗？"他说："不过，你这个稿子得改，现在人们爱看暴力，凶杀，色情，哦对，同性恋也行。"

"嗯，我倒觉得，你才真应该写小说，开文化公司也屈才了。"

"嗨，先挣钱呗，以前我写散文的时候，哪次投稿不是哈着那些编辑啊主编什么的，现在，我一个电话，他们就来了，奔什么，当然不是奔我的散文，奔钱呗。现在，我可是能指挥得动主编的人，搞写作只能看他们的眼色活着。"

吴百合环顾了一下他的办公室，这地方太偏僻了，她打车就倒腾了几个来回，但是，就是这间小小的文化公司，正在筹备一个所谓很大型的散文年会，请了一批所谓很有名的导演编辑，当然还有主编，吴百合觉得，最荒诞的是，这里的员工和老总都长相怪异，这种怪异又与一个所谓的年会联系在一起，就像那位女助手，给人的感觉不是精明，不是利落，而是一脸奸相和鬼鬼祟祟。

"你只需把小说改好，注意我说的那几点，改剧本的事情就不用你操心，等开完年会，我会找人改编。版税和相应的稿费，都是你六我四。"

"哦？"

"你要对自己有信心。真的，小说还是写得不错的。"蒋方头用居高临下的口气说。

"那我，先谢谢你？"

"不用，我们互相帮助，我也需要你头上的牌子，要知道，你这美女主编往我这评委席上一坐，那可是响当当不用花钱的广告。"

"我现在又觉得，你的确适合做生意。你太精明了。"

蒋方头自得地笑笑，说，"精明谈不上，但实不相瞒，这儿有多少文化公司，每年开起无数，又倒闭无数，像能干到我这种地步的，真不是自夸，算是不错的。"

"我在想，你写散文的时候很纯朴，很干净，现在，我是说，成熟老练了很多。"

蒋方头摇了摇头，说："我写散文那会子，还有个单位，后来，单位倒闭了，我就到处给杂志社当编辑，你知道，都是打工，活不少干，钱不多挣，写作越写越穷，只有精神的高贵有什么用，还不是要靠物质支撑？那时候我挣到一笔稿费高兴好几天，现在，每天几万块甚至十几万块地出出进进，也麻木了。"

"我这个小说，我是说，改成你说的那样，未必就有人看。"

"你要对自己有信心。哦，不，应该是，你现在这样改成剧本没多少人看，但是，好好按我说的改，就有人看了。"他用手背在手稿上弹了一下，"你看，从头至尾也没有一场做爱的描写，这怎么行？"

"我说了，我写的是一位贵族女英雄，不是金大班的最后一夜。"

"都是旧上海滩的女人是吧？很多作者来信来电话，问我怎么样才能把小说写得好看，把剧本写得吸引观众眼球，在什么细节故事上下功夫，这只是一方面，关键是要有好看的镜头。否则细节刻画再生动，故事再有趣，还是不成功。这是大众审美倾向问题。"

"你认为这小说有改的必要？"

"说实话，这也就是看在你的面子上，否则我不愿意下这功夫。"蒋方头再次摇了摇头，似乎对吴百合的稿子左右为难。

她想起他在电话中说的那些话："真是出手不凡，这稿子看得我热血沸腾，写旧上海的故事多了，都是美女加奢靡，灯红酒绿，但是出身望门的贵族美女英雄，只此一个人，也只有你吴百合写来最像那么回事，真是荡气回肠，这对当下的写作以及文学作品能产生一定冲击，是我近期看到的最上乘佳作，一是故事典型，二是她所拥有的高贵气质，再就是她高雅名声又承载着抗日女英雄的称号，如果能够出版，让许许多多读者有机会一睹一位真正贵族的美貌和英姿。"现在他却一个劲唉声叹气，好像是她主动找上门来，拿了一篇多烂的稿子让他过目，吴百合出版过几部长篇，主编并不能代表作品的水平，但是，吴百合相信，自己的稿子没那么糟糕。

"嗯，"蒋方头站起来，把手压在那沓稿子上，急于让吴百合接下，如同接下一个负担，良心的负担，他要求她每篇稿子都浮皮潦草看一遍，关键是要说好，不能说不好，说好，才能收到三千到五千不等的审稿费，一个人头按最少三千算，一百个人多少钱？除去会务费和所谓的评委费，净赚多少钱？一年不用多，开上三个这样的笔会，就是一笔不少的进项，不暴发等什么？问题还不止开三个笔会。

吴百合接过稿子，翻了翻稿子后面的个人简介，"来参加会议的都是年轻人？"

"那可不一定。"蒋方头有些得意地说："上到七十八岁的，下到十九岁的，近到本市近郊的，远到美国芝加哥华人，都是参会作者。"

吴百合喝完杯里的最后一口茶水，蒋方头根本就没仔细看她的稿子，从一开始，他就是醉翁之意不在酒，不过是看上她著名主编的名头，说什么稿子很好，要面谈一次。谈什么？不是谈稿子，而是谈给他拉大旗，作虎皮，可怜就可怜了那些中外文学老中青三代人，有的不远万里，跑到这里来开这个什么美其名曰"中外年度散文年会"，还眼巴巴地等着什么著名评委给评点文章，如果他们知道，这些文章的评语都是暗箱操作，花钱买的，对他们的写作并无益处，并且，他们自己付上车费路费还要付出几千块钱审稿费，得来的都是些虚名，一些无益于在文学上进步和发展的虚荣，会怎么想？

她看到蒋方头由于利欲熏心变得发青的面色，他那因写过散文而富有幻想的大脑现在已经变得肠肥脑满，满脑子赚钱的生意经，而且赚的都是那些有高贵的文学梦想的人的钱，她担心他最后得会被人告上法庭。

"谢谢你的茶。"吴百合站起身来，将那一沓稿件恭敬地放回到桌上，在蒋方头惊讶的目光中，对他说："我不能接受做您评委的邀请。"她让自己保持平静和镇定，不能失态，然后，走出门去。

蒋方头没出来送，她大步走出门的时候，他还愣愣地站在办公室座椅旁，这样最好，吴百合心想，送不送吧，反正以后也不会再见面了

刽子手们把郑苹茹推到一个新挖好的土坑前，她的脖子弯下去，似乎在丈量那个坑的大小，下巴摩擦到呢子大衣里镶花边的衣领，她的举止，是常常出席上流社会，喝香槟，说很多种外语那样的女孩子才能有的模样，雷丝花边的白色帽子得歪戴着，端着鸡尾酒跟人随便点头，如果谁想亲吻她，也只能隔着一副精致

189

的白纱手套，即使被关了押了两个月，皮肤仍然是细嫩的，连一丝皱纹也没有。

还有时间，吴百合想去一趟书店。她打了个车，一路上，沿途的一切都闪着光，同时也显得躁动不安，每幢高楼都在发光，随处可见由美貌动人的明星形象代言广告，她很欣慰五十岁的人了，还能有面对看稿费、出场费不动声色的高贵，尽管这个世界很现实。她的意思是，允许别人现实，也允许自己保留一点不现实，阻碍她的是血液里的那点自尊，遗传基因是可怕的，终于在几十年后，大学老师的母亲和不肯为名利屈尊纡贵的父亲，可以为女儿吴百合击掌喝彩了。他们俩人的基因和教育成果双丰收，吴百合，将要成为同龄人当中，最后一个女贵族，精神贵族，因为，她并不是很有钱。有时候，财富的积累和知识的积累都不难，难的是奠定骨子里的高贵，所以，也不管蒋方头能挣多少钱，都是内心的粗鄙在作怪，在解决了住房解决了一切物质奢侈品之后，最终还是解决不了内心的粗鄙和卑贱，骨子里的高贵是无法靠暂时的矫情替代的。

出租车大约行驶了半小时后，到了书店门前。她乘电梯上了二楼，蹲在书架前，手推车放在身后，舒适安静的气氛立刻让她情绪平缓。作为一位著名的女主编，她同样也是一名写作者，到了这个年纪，她已经不去思索到底是文学选择了自己，还是自己选择了文学这么弱智的问题，万事万物，只有寻得内心的安宁才是最重要。一位女学生模样的低垂着头，眼镜快要碰到书的页面上，吴百合认为自己不是因为写作写得好，而是觉得写作是一种比其他方式更好的消遣，生活的过程本身就是消遣，而写作能使这消遣的过程变得精致，正如怀着浓厚的兴趣观察周围的生活，观察别人的心灵本性，观察每一个人的心灵和别人之间都隔着一扇门板，我们为什么不相同？

一个小女孩儿在书店的方块地上跑来跑去，柔嫩的，不堪重负的双脚一滑，她栽倒在反光的地板上，声音凄厉地大哭起来。

"你是谁带来的孩子?"书店工作人员压抑着声音，轻轻问她。

"我是我爸带来的孩子。"小女孩子停止了哭泣，回答她。

人们被她孩子气的回答逗乐了。这时，一个瘦高个子，留着长头发的男人走过来，把孩子抱起。

吴百合的手飞快地掠过一本本书上，落在刘醒龙三个字上，书皮是暗淡的橙黄色，上面有一些凸起来的花纹，封二的照片上，他用胳膊撑着下巴，让一段话留在人们的视线里。"人对美好生活的向往，是内心藏而不露的高贵之心在作怪，但这种高贵是必须同骨子里的高贵，有人打着高贵的幌子，却不放过任何蝇头小利，为一己私欲就恨不得置人于死地，当一种东西无法得到时，百般无理的抹黑与诋毁就开始了。既然自己得不到，别人也就休想独自占有，这种流氓无赖者心态所带来的恶果，屡屡出现在世界历史上……"

"说得好，真精辟。"这段话占据了她的大脑。"在台湾的国民党，输了高雄市长的选举。党主席马英九遭到铺天盖地的批评，绝大多数人指责他，在高雄拼选举，不肯使用下三滥的招数。我很为这样的指责悲哀。为了获得一张横行天下的卑鄙通行证，宁肯身陷卑鄙的泥潭，这样马英九将会在历史的选举中输得更惨。卑鄙者貌似肆无忌惮，其实是惶惶不可终日。这也是陈水扁等一些人，拼命想抹黑马英九的真实心理。在高贵者面前，任何卑鄙者都明白自身的卑贱……所以，站在文学的立场上，总在自诩的李敖先生虽然会读书，却实在算不上是一个好读书人。"

吴百合走到收银台前，掏出钱包，收银员的眼睛又大又黑，但是眼睛里毫无表情，吴百合拿到书，装起钱包，不忘对她说:"谢谢。"所有的收银员都一个样子，不会微笑，或者忘记了如何微笑，这年头，即便是职业性的微笑，也不容易看到，除非买一张飞机票，到高空去观赏。

"可是人群中最好的、心肠最热的，并不总是最勇敢的。"就像真理永远只掌握在少数人手中一样，吴百合抱着几本书，它们的印刷质量都不错，价格也不错，不算太便宜。假如卢梭还能够回到社交界，义正辞严地当面痛斥那帮龌龊小人的丑恶行径和勾当，也许就没法拥有他最后的十篇遐想了。他说："每当我回到自我之中，我就觉得他们很值得同情，也许我之所以能这么想还包含有骄傲的成分在里面，我觉得自己不屑去恨他们。"灵魂的安宁就这样展现出来了，无论是被磕破嘴唇之后，还是患严重的肾脏疾病，世俗方面受到的损失超量被补回来，她离开书店，想顺便给安露红或者娇娇买点礼物，听安露红说，娇娇快过生日了。

吴百合从来对生日没什么概念，过不过都是要过，时间像流水账一样，只能往前，不能后退。但是，她很喜欢娇娇，似乎这样的女孩子，大人总是不想让她太过失望，她想到安露红那种含而不露的真正幸福感，满足感，她永远不会去探寻生活的意义，灵魂和内心，但她一直会活得实在，充实。

在街边一角看到一家小花店，花迷的感觉又涌上心来，吴百合给自己的解释是，她不吸烟，也很少喝酒，不会打麻将，早也过了蹦迪的年纪，就是喜欢买点鲜花，还有，家里的小摆设，小点缀什么的，大多也值不了几个钱。路边，小贩们冒着中午的大太阳，站在水果车旁，将纸牌子插在水果车边，上面写出着：荔枝十元钱一堆。芒果三块半一只，十块钱三只。

十字路口的两尊雕像，毫无畏惧地注视着前方，他们的表情让人为之怦然心动。马路上人来车往，这其中有受过挫折或遭遇过惊吓的人，也或许有一生好运的人，但是，大多数的人，他们都遇到过各种各样的问题，要知道，无论有钱人还是穷人，健康人还是生病的人，如果不是热爱自己的家人，热爱自己所追求的事业，有什么理由在这世上苟活，有什么理由苦苦生存？

卖水果的小贩，穿着露脚趾的布鞋，青筋毕现的一双手饱含人世的辛苦，荔枝在阳光下闪着暗红色的微光，熟透的芒果散发出诱人的清香，吴百合挑了五个外形饱满的芒果，放在鼻子下闻了闻，香味很正，表面也很光滑，没有斑点，再看芒果的根部，很清爽。

人能活多久啊，把大部分精力都耗费在适度又安全的幸福中，麻木和呆滞就会趁虚而入，腐蚀坚强的灵魂，再无探索的乐趣，只能把他变成一个庸常的文人了。夜夜把酒言欢，日日笙歌叙旧，即使再有慧根的人也要滑往心智不清的边缘了，再才思敏捷的人，如果停止了思考，也就离愚蠢不远了。

吴百合站在路边，刚要伸手打车，眼睛一下子睁圆了。她看到马路对面有家花店。花店内光线有些昏暗，但有各色鲜花点缀其间，使这小花店显得意想不到的完美。地上摆放着盆栽式的花，有百合，丁香，茉莉，冷藏柜里则放着用来打包的鲜花，一束束的娇艳欲滴。吴百合推开花店的玻璃门，一位高个子女孩子，从鲜花中抬起头。

"您好。请问您需要点什么花，是送亲人还是送朋友？"

"我只要一束百合。"她说。想起很小的时候，母亲总带着她到公园，指着那一朵朵白色的花朵说，"那就是你的名字，百合。"

卖花的女孩子弯腰俯身在鲜花丛中，从冷藏柜里仔细挑选了几支湿漉漉似乎还滴着水的百合，用粉色透明塑料纸包好。"买这么东西，您住得远吗？"

她看了看自己，抱着一捧百合，又拎着一袋书，还有水果，好像是不用上班的居家妇人，发了购物瘾。

卖花的女孩子说，"我帮您打个车吧。"

"谢谢，我自己可以。"她说。她推开花店的门，百合花瓣像丝缎一样脆弱，叶片上沾着水珠，茎叶挺拔地向上延伸，温润的香味贴着她的下巴，绿色的茎杆令她想到母亲。

"露红，我是百合，你在哪里？"当她走到她楼下时，这才想起，怎么没给安露红打个电话，没准她现在还在会场呢。

"我在家。快中午了，娇娇在家，我再忙也尽量回家做午饭。"

"太好了。我在楼下，马上上去。"

吴百合怀里抱着两捧花，手里拎着一袋水果，满头大汗，安露红把门打开，"快进来。"她的手扶在她的肘上，轻轻把她拉进门，她身后，娇娇鸟儿似的迎出来，"百合阿姨。"

安露红把鲜花接过去，娇娇接过装书的塑料袋。吴百合将水果一股脑放在茶几上，东西太多，百合花正好压在一盒燕麦片和餐巾纸上，家的感觉一下子把她笼罩起来，大清早在蒋方头那里积攒的不快已经烟消云散。

安露红女士

　　安露红今天要接图图沙去参加颁奖笔会。

　　向日葵紧紧吸着阳光，安露红的母爱也在女儿出嫁前更显膨胀。她几乎一有时间就回到家里，给娇娇做饭，变着花样，天天不重复，心里一边骂自己贱，一边钻在厨房披挂着满头汗水满身油烟。而女儿则像一个脾胃虚弱的人，有一口没一口地品尝着，咀嚼到一半又忙着给准新郎发短信。即使如此安露红也无话好说，照例劈劈啪啪地剁饺子馅，要不就是炖各种汤。剩下的时间还要检阅她买回来的结婚物品，准新郎下周过来，一同来的还有亲家母，一大早，安露红起床，坐在女儿床头语重心长，教她怎么做个好儿媳，又教她怎么才能像大人那样说话。娇娇半梦半醒，把头从枕头上挪到安露红大腿上，"妈，你跟我一块出嫁得了。"

　　"去，去。"安露红把她的头推回到枕头上，然后又抱过来搁自己腿上，如同那是个皮球似的，娘儿俩有一搭没一搭地在那又说了一会儿话，直到看着时间不早了，才赶紧去做早饭，她给女儿现烤了两只新鲜的面包，特意多放了葡萄干，花生豆，瓜子仁，还有鸡蛋，恨不得把她当小时候重新带大一遍似的。

　　娇娇对母亲的溺爱坦然自若，想想如果她一直这样对自己，

195

那可是个麻烦。因为她不想让安露红太累，但一想到反正快要嫁人了，当婆婆的谁也不会像安露红那样宠她，所以，尽情享受着这样的甜蜜，母亲对她有点依赖，现在，她对她就像狂热的孩子似的想讨女儿的欢心。

时间有些耽搁了，因为安露红的母爱，她把娇娇的午饭也准备好了，丈夫这周在单位给人赶做账目，税务局要检查，所以这几天都不回来。她把泡了一夜的海带放在鸡汤里，然后打开火再炖一会儿，娇娇继续躺着，她感觉鸡汤的香味像羽毛一样在她鼻孔那儿抓挠，但她仍不想动，安露红做完了一切，掀开珠帘，女儿一只娇嫩的手放在毛巾被子外边，离手很近的地方，是她的宝贝手机，上面拴着两只红色绒线球。

"娇，差不多该起床了。别待会儿琦琦给你打电话，你还猫在床上。"

"哦……"

"午饭在锅里。你跟琦琦买完婚纱，还是回家来吃。街上的东西不卫生。"

"哦……"她睁眼看了一下安露红，勉强抑制住某种想法：她们就愿意在街上吃。

安露红叹叹气，关上门走了。下楼才发现，时间来不及了，只好打个车去接图图沙。

安露红一直没来得及，也没时间联系到图图沙的爱人，今天她一定得记着，朝他要一个电话，或者，要他两个女儿当中任何一个人的电话都可以。无论如何，他是她们的父亲，她们有义务赡养他。真奇怪她们怎么对自己的父亲一点感情都没有呢？安露红为此恼火。

楼下停着一辆救护车，车门正对着图图沙家的单元门，安露红心里"咚"的一下，她几乎是跑上楼，图图沙家的防盗门和木门都敞开着，屋里站了好些人。

图图沙正被人弄到一个担架上，胳膊上，鼻子里都插着管子，有人举着输液瓶，他躺在担架上，整个人显出比那天安露红看到的更瘦弱，萎小，和神经质的样子。

"小安，你来了。"他说。他被一群人摆弄着，塌陷得失相的脸上也没显出任何惊讶的表情，歪着头躺在担架上，更像觉得有趣一样。

"等等，"安露红阻止人们往外抬他，"等等，谁告诉我，这是怎么啦？发生什么事？"

"是我打电话给他们的，"图图沙抢先说："我打了110，我终于可以出去了。"

举着输液瓶的小伙子说："他摔了一跤，现在不能动，初步诊断，可能跌坏了髋骨。"

这时安露红才发现，图图沙穿着线裤，戴着眼镜躺在担架上，一只脚露出被子外，瘦伶伶的青灰色，表情喜滋滋的，安露红甚至怀疑他是故意跌了一跤，好让这么多人来救助他。

"怎么会这样？"安露红说，"怎么会这样？说得好好的今天接你去开会。你怎么这么不小心。"

"我没有不小心。"图图沙说。担架出门时被卡住了，有人把防盗门加宽的那部分打开，但是，插销生绣了，担架只能斜着往出抬，但是图图沙的身体差点滑到地上，"把他抱出去，然后再把担架拿出去。"一个瘦高个子很像衣服架的医生说。

"不行。"这建议立刻遭到反对，"现在不确定他身体的其他部位也受伤，万一不小心加重他伤势怎么办？"矮壮的医生果断地说："找家伙，把门卸掉。"

"不是吧老大，"举输液瓶的小伙子反对说，"拆了门再装上，得多大的工程啊，啥时才能把他弄到医院去？"

图图沙躺在担架上，饶有兴致听着他们的对话，既不发表任何意见，也不着急的样子，他的头发乱七八糟地贴在枕头上，一条缝似的灰眼珠子转来转去，似乎在进行一个好玩的游戏，而这游戏的主角是他，大家都在为他操心受累，他觉得太好玩太有趣了。

"今天早上我吃了药，感觉脑子特别清醒，喘得不那么厉害了。"图图沙对安露红说。担架放在走廊的地上，一帮人在拆防盗门，安露红心想，什么事也不经念叨，上回刚想着设法给他换个防盗门，这不，门就先被拆了。她听见有人自言自语说："拆了别安了，这门安不上了，老化了，就跟人似的，能不能回来还不一定呢！"

"我打开衣柜找那身西服，"图图沙说，"但是柜门太紧了，我打不开，结果脚下一滑，我就摔倒了。"

这话让安露红懊悔不迭，似乎她才是让图图沙遭此一劫的罪魁祸首，她一大早干吗了？六点钟就起床了，围着娇娇转悠，坐在她床头说话，给她做早餐，做完早餐还不够，又给她做好午餐，瞅她那带搭不理的样儿，还不定吃不吃。你费劲巴拉给她炖鸡汤，她觉得还不如地摊上的一碗小吃好，她早来一会儿，图图沙也不至于跌这一跤。

"你打不开就别打，我来了会帮你找。那天我怎么说来着，我帮你整理。你急什么急？"安露红身板高大，蹲不下，仍旧站着，弯下腰和地上的图图沙说话。

"我想出去见人，还想把自己打扮一下，弄得利索点，我好久没开会了，这事我不说瞎话，我可是一下子吃了两份药，才让自己不喘的。"

"药能那样吃吗？"安露红掉下泪来。"一下吃两份那就成毒药了。"

"别哭小安，我还没死呢。"图图沙安慰她，"不过是摔坏了……哦，髋骨，医生说，这没什么，换一个人造的，更结实，几个月就好。"

安露红知道，图图沙体质很虚弱，手上割破一道口，伤口也会很难愈合。换髋骨，哪有那么快好？她眼泪止不住往下淌，她想让自己平静点，别让那帮小伙子看笑话，但还是忍不住，她觉得就像面临生离死别，她比任何人都担心，图图沙这次去了医院，回不回得到这个家，这个灰尘满地，除了没有人气，只有药味的家还两说呢。她还担心以后跟别人说起来，是因为开这个会，因为他要打开柜子取那套灰西装，才摔倒，至少，她昨天来的时候，他还能从床上自己挪到椅子上，这下子，他有可能瘫痪在床，她脑子里有个声音在说，也有可能真的再也回不了这个家。

图图沙脸部抽搐了一下。"再忍一忍。"安露红说，开线的被角露出发黄的棉花，一股霉味、汗味、药味钻进鼻孔，他身体一动不动，只有脑袋和眼珠子是活动的，直勾勾盯着安露红。深度近视眼红红的，小眼睛在镜片下一眨，又一眨，似乎对眼前发生的一切也充满疑问。

"我愿意去医院。"他说，"病房里还有其他人，还有人聊天，说话，是吧？跟开颁奖会差不多热闹。可在家里，苦闷死了，一个人坐着，从床上挪到椅子上，再挪到床上，呀，可苦闷死了。"

"都是我不好。我应该常来陪你说说话。"安露红又哽咽了。

"你不要哭小安，这不是你能解决的问题。"他说，"医药费没问题是吧？单位会管我的。"

"当然，我会回去跟他们说。你放心。"

"我做了亏心事，现在，报应来了。真的，我年轻时候也不信这个，但是最近，我总在想，为什么我的生活会变成这样？想想那些没什么钱的人，还有，平平淡淡一辈子的人，但是，都有儿孙照顾，人最后活成什么样不是别人给你定的，是自己造成的，这就是造化，对吧？"

"你想得太多了，别这么想。你挺成功的。"

"成功？哦，对，我是挺成功的。我最近总听见一个声音，在我耳边，她叫我，图老师。"

"可能是药物作用。要不就是你睡眠不好。"

防盗门拆下来了，瘦高个子的小伙子蛮细心，他没把它放在楼梯过道，而是横倒，放在房间走廊，他们轻松地把担架抬了出去，把木门锁上。安露红跟着担架，护着图图沙，并时刻提醒他们下楼转弯时"小心"。

"太好了，这感觉跟坐飞机一样。"图图沙说，"你能给我老婆打个电话吗？"

"没问题，你不说我也会这么做。我还会打电话把你那些丫头们一个一个都叫回来，如果她们不来，我亲自去请她们。"

"谢谢你，小安。你真是个好人。"

"别这么说。这是我应该做的。我对你太忽略了。不然你也不会这样。"

"嗯，他们都到齐了？我猜想，他们现在已经坐在会场了。洪丹，怀绍德，哦，我多想见见他们。"

"我知道。如果你等我来接你，给你找西服，就不会这样。你性子太急了。"

担架出了楼道门，司机把车后门打开。

"啊，今天天气真好，小安，空气也很好。"

"是。"安露红对抬担架的人说："小伙子们，稍微停一下，先别把他放进去，让他多呼吸一下新鲜空气，看看今天的阳光，不会耽搁你们太多时间，就十分钟，好吗？"

他们听话地停下，把担架的一头放在车尾，另一头，由两个人抬着。图图沙躺在上面，看着天空，"今天真是好天气，天高云淡，望断南飞雁。"

"明天会议一结束我就去医院看你。你要好好听医生的话。"

200

"好的。"他说，"洪丹会去看我吗？"

"也许吧！我会告诉她。"

"不，不会，她那人挺自私的。她谁都不爱，只爱名利，这我清楚，她挺没心肝的。"

"别这么说。"

"人以群分，对不对，我们俩都一样，都没什么心肝。我刚才说什么，总听见一个声音，她叫我，图老师。可是我生生地毁了她。她希望我帮助她来着，她说，图老师，你对我的小说最了解，你能证明这小说是我写的。我记得很清楚，小说里的很多话，只有水力才写得出来，但是，我硬说不是她写的，我还做了什么，故意套她的话，再把她短信转发给怀绍德，激怒怀绍德更严重地对付她。你想想看，我是怎么对她的，我那时怎么了？"

"别想这些了。想这些还有什么用，现在，你安心养病，养伤。我会去医院看你，大家都会去看你。"

"我那年六十岁，活过了大半辈子，却用我一辈子积攒的恶来对付一个年轻姑娘，我是挺恶的，对吧？"

"不是。"

"我跟怀绍德，两个男人，再加上洪丹，加起来也有一百几十岁了吧，我们共同联手对付一个姑娘。"图图沙咧嘴一笑，"我不仅不帮她，还给怀绍德支了很多招，很多。因为我了解水力，知道怎样对付她，你也知道，是吧？"

"不，我不太清楚。"

"小安，天底下没有比你心肠最热、最好的人。你是个好女人，这么说是不是很肉麻？"

"不是，图老师，你别说了。"

"老天有眼的，小安，人别太过分了。如果我能倒回去二十年，我一定对自己说，人别太过分了，不然，永远会良心不安。身体上的痛苦不算什么，真不算什么。"图图沙眼睛依然看着天上那朵云，"我昨天梦到郑达夕，他脸色灰白站在我面前，脸色灰白，然后，他就面朝下直挺挺倒下，就倒在我脚旁。"

"别说了。别再说了。"

"郑达夕有心梗，不能喝酒，大伙都知道，我也知道，可是，那晚来了几个朋友，我愣是把他叫上，叫他撑面子，他是著名作家，有他在场，我就有面子。他很给面子，那晚喝了很多酒。"图图沙突然大张着嘴，大口大口地喘息，"忽啦，忽啦，"他的舌头卷起抵着口腔的上方，似乎有一口气顶在那，怎么也出不来，如果可能，安露红真想把他的舌头拿掉，好让他呼吸通畅一点，停了一会儿，他又说，"第二天，他下楼去买烧饼吃，对了，他那段时间正在写一个长篇电视连续剧，医生说他，少喝酒，少熬夜，但是，导演催得太紧，他太红了，他的剧本，炙手可热，可是，他拿着五个烧饼，付了钱，刚转过身，就直挺挺倒在烧饼摊旁。"

"求求你不要往下说了。"安露红泣不成声。郑达夕也是她的朋友和同事，那次饭桌上，他第一次谈到他的病，心脏不大好，又遭遇过一次车祸，但医生说他只要戒烟戒酒，再注意睡眠就没什么问题。烟他是不抽了，酒也喝得极少，除了那一次。

图图沙目光灰暗，神情惊愕，肯定在回忆什么，像有个什么东西突然被拖入眼睛，嘴巴微微张开，最近，他总是梦到一条蛇，翻着肚皮死在毒太阳地里，太阳把蛇晒脱了皮，它的毒牙和毒汁都不见了，只剩下一副臭皮囊，皮囊化成灰散落在他的头上和身体周围，他甚至听到蛇皮粉末在空气中旋转的声音，他瑟瑟发抖，颤栗着，没办法摆脱恐惧。

"……郑达夕，如果不是我那一晚叫他去喝酒，他还能再写二十年也不一定。他是多有才华的人……后来人们都说我害死了他……说我是杀人犯，是可恶的凶手……"

一定还有很多画面，在他身体极度虚弱之时，从他忽而清醒忽而模糊的大脑中涌出，从不满中产生的愤恨，从嫉妒中生出的邪恶，从某种要求得不到时表现出的卑鄙，以为别人都看不到这些，而现在突然觉得，就像台上的小丑，一直被人们洞察得明白无误，看得清清楚楚。

"图老师——"安露红大叫一声。

图图沙的脸色一下子转成青紫，几乎窒息的模样，似乎他那薄薄的肺叶和脆弱的心脏，连最后一口氧气也穿不过。

"他说的话太多了。"瘦高个医生麻利地将氧气给他插上，摸他的脉搏，"情况不好。快。"担架"哗"地塞进车厢，就像推上一格抽屉一样利落，矮壮的医生双手叠在图图沙胸前，给他做心脏按压，图图沙闭着眼睛，似乎对发生在自己身体上的这一切毫不知晓，安露红无比惊讶地看着他，无法相信一分钟前还在滔滔不绝跟他说话的那个人，一下子就成了这样，她目不转睛地看着医生在他胸口处的每一次按压，希望图图沙能醒过来，长长的吁一口气，侧着脸，用他那些发问式的语气，对安露红说："刚才一口气没上来，吓着你了？"

但是，图图沙仍然闭着眼，现在，医生在他的上方，拼命挤压他的胸腔，而他，悄无声息，这使安露红觉得，刚才他那番话是她自己想出来的一样。

"醒来啊图图沙。"安露红流着泪，在心里说，"你的张狂呢，你的不可一世呢？现在有人骑在你身上，拼命拾掇你，你赶紧睁开眼啊图图沙，你不会这么窝囊的，你告诉我，你什么也不怕，谁也奈何你不得。"

车子开动了，周围聚集了很多人，后来者踮起脚尖，想看个究竟，他们看一个不起眼的瘦老头平放在车上，被一堆破布似的东西盖着，光着两只脚，歪着脖子和脑袋，年轻的医生在他身上做各种动作，车门关上之前，安露红还能看到一个给人测量血压，一个继续做心脏按压，还有一个举着输液瓶，他们的表情是平静的，是见惯了垂危病人的平淡，安露红紧跟着救护车跑了几步，顾不上路边有好些人看着她，当中不少是认识她的单位人的家属，让他们看热闹去吧，安露红边跑边淌眼泪，周围的空气在她的跑动中向四下散裂开来，风把她今早吹好的发型也弄乱了，她依然觉得图图沙的病危与她有关，如果她今天早来一个小时，他没准现在应该坐在会场的主席台上。

救护车拖着图图沙往市中心医院开去，安露红心里潜入无法驱逐的心痛，她脑子里老是想着图图沙大口喘气的样子，两条骨瘦如柴的胳膊耷在两旁，青灰色的瘦腿，穿着线裤，赤脚躺在担架上，那条线裤已经脱线了，她原本想着，等开完会给他买身质地不错的睡衣，再买双绒拖鞋，虽然他整天在家，也得穿得整齐点，可是，还没等她忙完，他就被送上救护车了。

有的人一旦离开工作岗位，"呼"，所有人都离他而去，见面连招呼都懒得打，图图沙就属于这种。安露红的眼泪又涌出来，心想如果他那时候稍微与人为善，不过于强势，至少现在有些邻居会过来向他问候一下。她跑了半条街，直到发现自己根本跟不上救护车，只好徒劳地弯着腰，在路边喘息。她手扶着膝盖，慢慢蹲下，抹泪的时候，她发现手上有股消毒水和酒精味掺杂在一起的味道，不知那是图图沙的味道，还是无数个病人混合的味道。她站起来，边哭边沿着马路朝前走着。她不敢想象他会直接被拖入停尸房，冻得浑身发青，硬邦邦赤条条地躺在那儿。她多么希望他能参加这次颁奖会，哪怕只参加一半，让他讲几句话，讲几句能表明他心迹的话，她认为，那些话说出来对他的病有好处，他希望水力原谅他？如果他真这么说了，没准他就奇迹般地康复了。

渐渐地，她的眼泪止住了，但呼吸却急促起来，她伸手拦了一辆出租车，上车的同时掏出手机拨了一个号，对着里面说："娇儿，你在哪儿？"

电话里说："正在吃早饭，琦琦也在。"又问，"妈，怎么了，我听着你说话声儿不对……"

"你图图沙大叔住院了，"停顿了一会儿，又说："娇儿，妈坐着出租车，十分钟后到咱家楼下，你把桌上那瓶哮喘药，赶紧送到楼下来。"

女作家洪丹

通过一扇大门，洪丹走进会场，立刻被一种久违的、深沉的寂静所包围，会场上方挂着红色横幅，主席台下放着绿色盆栽，椅子上罩着白色背套，每张桌子上都放着一只茶杯，杯里已经放好茶叶，服务员正在挨个倒水，桌上的果盘里有葡萄、李子、苹果、香蕉、冬枣，她感觉自己对这种环境非常熟悉，看一万遍也不厌倦，地上铺着红地毯，人走上去悄无声息。

凡参加会议的人都在报到处，领到一个草绿色的小袋子，里边有会议议程和这次获奖小说的打印文本。另外，女士的袋子里有一瓶深红色的香水，男士则是一件衬衫。洪丹环顾左右，没见到安露红，也没见到图图沙，据说他近来在家养病，洪丹不愿去看他，原因是她相信医学的力量比自己的大，即使是她自己，也是靠着那些药物，才能来到会场。

昨晚丈夫花了一些时间帮她染头发，并且，医生也为她调整了药物的剂量，尽可能让她今天出席会议时状态正常，但是他很认真地对她说："这样用药也只能偶尔为之，不能常用，否则的话，病情再加重，就很难用药了。"

洪丹觉得自己打扮得光彩照人，花布裙摆恰到好处地遮掩了她发福的小腿肚，颈间的项链和手链有些笨重，脚上则是一双老年人喜欢穿的厚底软布面的鞋子，身上散发着浓烈的香水味，香水有个很俗气的名字：毒药。

怀绍德的腮帮子刮成铁青色，洪丹走过去，闻到他身上那种味道：羊骚味和汗味，发胶的味道则来自他旁边坐着的魏克己，他把为数不多的头发弄成一根根地向后，贴在脑袋上，叼着烟嘴，和怀绍德似乎正起劲地聊着什么。

"你们早就到了？"洪丹瞬间堆出一脸笑，朝怀绍德点点头，又隔着他，向魏克己伸出手。

魏克己脸上装着很吃惊的样子，叼着烟嘴跟她握手。"洪丹，好久不见好久不见，听说你最近又升官了，好像是什么，文联主席是吧？"不等她回答，又对怀绍德说："书记处书记还有文联副主席，女工委员，三八红旗手，社区计生办副主任，妇救会长。"他噼里啪啦说了一连串头衔。

"瞧你，"洪丹轻轻抽出手，笑着说，"干脆把我打成右派得了。"

"出口成金，出口成金。"魏克己又对怀绍德说道："洪丹有很多至理名言，十年前她最爱说的一句话是：真想再发动一次文化革命。"

洪丹故意不和怀绍德说话，显得跟他很不熟的样子，只把话题丢给魏克己，而对怀绍德连嘴都不张，在外人看来，她特别有男人缘，似乎男人们都喜欢她。事实上，洪丹不仅不爱男人，谁都不爱，就拿眼前这两个来说，魏克己有着众所周知的两面三刀，十年前他就是那样，当着洪丹的面，夸她漂亮，有才华，像刚才那样，把她有的没有的头衔说上一溜。但背着她，就说她一把年纪了，不服老，不怕丢丑，用身体跑奖，脱光衣服在男人床上写作。

怀绍德呢，别看他现在穿着白衬衫，戴着眼镜，煞有介事的样子，不过是假充斯文。她在小旅馆和他滚在一起的时候，就闻到他身上有一种血腥的味道，这种男人，倘若侵犯了他的利益，那绝对得和你拼个你死我活，男女老幼都不放过。

但是，当吴百合向她走来的时候，她脑子里闪现出无数种表情，因为她本身和吴百合的距离，也因为她不愿意此时有人跟她抢风头，她脑子呆滞了一会儿。

"洪丹，你好。"吴百合先向她伸出右手。

轮上洪丹短促地"噢"了一声，装着刚看到她，从座位上站起来，"吴主编，见到你太高兴了。"

"百合。"魏克己站起来，紧随她后面又握住吴百合的手。"刚才我打眼一看，谁能有这么正的微笑呢，除了你吴百合。"

洪丹趁机斜眼打量吴百合，一条黑色长裤，一件白色衬衫，与年龄不相称的苗条身材。心想魏克己你什么意思？就她吴百合笑得正？难道别人都是邪笑？

"百合，能见到你真高兴。"魏克己无视洪丹的不悦，或许他就是说给她听。"瞧瞧，多么高贵，本世纪最后一位文坛贵族，恰似一幅丹青水墨画，给无序的文坛带来清新脱俗之风，难怪人送你绰号，香水百合。"他对洪丹说："前些天，我刚在书店买了一本百合的长篇著作，我一看日期，前年写的，再看评论，评价她的作品如同她本人，优美明朗。"

洪丹最大的隐痛，到现在为止，她还没出版过一部长篇小说。

"两位女士，见到你们真高兴啊。"说话的是王芒，和魏克己一样，他也是先把手伸给了吴百合。

"王所长，您也来了？"洪丹说，假装惊讶地瞪圆眼睛，她娘在世的时候就说过，她这表情太过风尘了。

王芒握住洪丹的手，端详着她，"看来，是发福了一些，不过还好，怎么样，最近又写什么名篇巨著了？"

洪丹电脑里扔着好几篇半成品，随便拎出来一说，就能头头是道，但写的时候就不是这样了，"最近，噢，"她耸耸肩，故作娇羞状，"我在写一个中篇小说……"

魏克己掏出一支烟递给王芒，"王所长，您最近身体怎么样？"

洪丹发现，魏克己不失时机，一会儿问王芒，"最近都忙些什么？"一会儿又对吴百合说，"我买的那本书，你得给我签个名。"而最令人困惑的，怀绍德像瘟鸡似的，半天不说话，终于，魏克己把烟给王芒点燃的时候，他才傲慢地，故意一字一顿地说，"王所长，您好。"

"你好。"王芒神色隐晦地直视着他，充满疑问，他清楚地记得，怀绍德当年是怎样在网上又叫又嚷，攻击他领导下的文学研究所来着。他现在一副文质彬彬的样子，可他当年在网上真能闹腾，那些下笔精巧、构思缜密的证据，真是不同凡响。

"你好哇，百合主编。"谁都知道，吴百合同情水力，怀绍德不可能不知道，他喝醉了似的说，"百合，吴百合，我觉得你的名字和你的身份不相称，"他回头问魏克己，"你们觉得呢？"

看看，好戏来了，洪丹在旁边冷冷看着。刚才，就在吴百合出现的时候，她就期望这一幕早点翻过去。她最讨厌吴百合在场时，人们不拿她洪丹当话题的中心，只围绕着吴百合，似乎当一个主编就是强大辉煌的，而她洪丹只是个小角色。

"哦，这名字我叫了几十年了，也没觉出哪儿不对。原因是我母亲最喜欢这种花，坚持要取这个名字给我，因此，"她对怀绍德说，"我就叫百合。"

"对对。这名字挺好。挺好。"魏克己说，"百合，吴百合，名如其花，花如其人，人如其名，名如其文，我觉得再恰当不过。"魏克己念诗似的连说了一大串。

"嗯，"怀绍德讪讪地说，"我只是觉得，你的名字应当与文学史上一位重要名人相同才对。百合，花花草草，不是太轻浮了吗?"

洪丹她耸了耸肩,假装同情地看着她,饶有兴致地想看看吴百合怎么回答。又看了看魏克己,盯着他说话时剧烈活动的下颌骨,看他叼着仿象牙烟嘴,怎么再想出一首打油诗来替吴百合解围。如同观察一条变色龙,那里随时能变出别人需要的话。

会场上人来人往,每个桌上都有座位牌,人们一边找自己的名字一边忙着和熟人打招呼。

"喂。"一位叫道,"王所长来了?"

王芒伸出右手,放在耳朵旁,摇晃,致意。"你好。"

那人看到自己的座位,刚要走过去,又绽开一脸笑,"吴百合主编,"他说,"真是越来越漂亮。刚才我一下子没认出来您。"

吴百合也对他招招手,笑着说,"你好。"

"我带了几本书,待会儿,散会时我拿给您。"

"好。先谢谢了。"

"不用谢。看了多提意见啊。上月刚出版的。"

一位穿深色西装的男子走过来,胸前挂着会场工作人员的标志。"请问哪位是吴百合主编和王芒所长?"他长着一副四方脸,嘴却特别小,看上去,像实习生画的肖像,四周向外扩散,而局部又过于紧凑。"会议马上就要开始了,请二位上主席台就座。"

"我们马上就去。"王芒对他说。

"对不起,先失陪了。"吴百合对魏克己说。

"好好。你们赶紧就座。"魏克己忙着和吴百合挥手,又和王芒握手,怀绍德一句话不说,走向前排靠右的位置,按照会议安排,准备领奖的人,都坐在那儿。他同样在躲避洪丹,担心别人看出什么。洪丹则斜眼看着魏克己,认为在她的凝视下,他的头脑是会变得清晰的。

"别这样看着我。"魏克己落座,仿象牙烟嘴里的烟什么时

210

候灭了，他重新用打火机点燃，收起笑脸，低声对洪丹说，"我刚才是为你打圆场。"

"为我圆场？哦，是吗？"

"当然。咱谁跟谁啊。我魏克己，永远救兄弟于水火中。"他低声说，"我担心你太尴尬。真的，有点太明显了。别人一眼就能看出，你妒忌吴百合。"

洪丹感到四肢冰冷，像悬浮在冷气流中，魏克己是在提醒她，还是告诉她，别人都不在场时，你洪丹算一盘菜，可吴百合是主编，她能给我魏克己发稿子，你洪丹能吗？她也想提醒魏克己，他的自我感觉良好，他的自以为人缘好，在别人看来，恰恰是油滑，不可靠，谎言的迹象。如果他把这些玩弄心机察言观色用在写作上，至少要比现在好，起码不用到处逢迎巴结别人，拍着马屁，连一个名字也要编一首打油诗，没有人告诉他，是胡吃海塞满世界喝酒使他变得迟钝了，哪还有什么才华？剩下的日子他也只能靠吃老本，靠着继续喝酒走关系才能维持，靠着作协，靠着文学研究所，靠着他多年拼酒得来的恩泽，他做梦都想能以文章和才华盖天下，可人们都在背后笑着说："不可能。魏克己？他绝无这种可能了。"

"那我得谢谢你啊！"洪丹说，抑制住心里的不快，重新换上矫情的语气，"怎么样，在报社干得好吗？"

魏克己抽着烟，却不看她，"我这人，你还不知道？到哪儿都可以，忠于组织，忠于文学，勤勤恳恳，跟老黄牛似的。"

"能给我发篇稿子吗？"

"谁的？你写的？"

"是一篇评论，早先别人给我写的一篇评论。"洪丹说。那时候她正当红的时候，随便发一篇小说都会让几个人同时给她写评论，直到评论家评得没话可说。

"发过的？"

"好几年过去了，可以重发。再说，你的报纸又没发过。"

魏克己沉默着没回答，镇定地吸着烟嘴。

她能感觉到他不乐意给她发评论，但洪丹有的就是黏乎乎的蜘蛛网对苍蝇的缠磨劲儿，想当年，她曾把一个评论家逼得连换两个手机号。"你不是晚报副刊部主任吗？"

"等你有了新东西，好吧？"

"新东西，老东西，它都是我的东西，不是吗？你是冲我洪丹，又不在乎是新的，还是老的。"

"请问您是魏克己先生吗？"仍然是那个穿深色西装的男子，胸前挂着会场工作人员的标志，弯下腰压低声音问魏克己。

"对。对。我是。"

"请您跟我来一下。有人找。"

"唉，好好。"魏克己迫不及待地站起来，差点碰翻座位牌，临走时向洪丹摆摆手，作为回答。

洪丹觉得，刚刚抓住魏克己的尾巴，正待进一步深入解决，就被他从手边滑脱了。他很快走到会场后边，肯定不再回来坐到她身旁了。她又成了孤家寡人，这个圈子就这么薄情，越是把情啊爱呀真诚呀放在嘴边的人越不可信，文人嘛，所有情感都纸质化了，拿到现实中，就几页纸的分量。就说吴百合吧，有一天不当主编，凭洪丹的经验而论，还有几个人肯搭理她？没有永远的太阳，帕瓦罗蒂早死了。

尽管洪丹写了三十年，再把五十年来遇到的男人都琢磨了个遍，但准确了解的也就只有图图沙。唱戏前，唱戏后，以及十八九岁就开始写作的时候，那时只要在报纸上发表个豆腐块大小的散文，对她当时来讲也是个奇迹。在经历过晕眩，饥饿，疲倦，或者被掠夺，为一顿高粱米饭和异父异母的哥哥躺在高粱秸里，白天赶路，晚上给那些台上的主角守夜，等着他们下台，端上第一杯水，把小说和身体一起给图图沙，还有别的什么人，就像奔

212

着前方那个衣食不愁的比萨斜塔，腋下夹着炸药包，匍匐，卧倒，站起，前进。只有八个月，她待在家里，因为生了枣思，八个月后的第二天就往外跑，都说写作是最安静的职业，但轮到洪丹，这章程就改了。

所以，她洪丹吃了多少苦才走到今天，凭什么水力一上来就夺她锋芒？她开心地写，开心地笑，似乎写作是一种消遣，真他妈的。她的光芒，她的才华，连同她的MP5，都令她觉得如芒在背。一个把写作当成不费吹灰之力的人出现了，然后她就再也没有开心过。水力一路高歌猛进，洪丹除了在背后说她坏话，甚至闯进她房间骂她，又不能把她逼到黑手党那去。而恰恰在这时候，怀绍德出现了，抄袭事件，没有比这更好的机会了，"水力抄袭"，世界上有这么好的词组吗？等水力犯错可不容易。所以，当怀绍德走上台去领奖的时候，她把手掌都拍麻了。

会议开始了，那恼人的影子没来骚扰洪丹。所以洪丹清楚地看到，怀绍德迈着方步走上台，就像进入本该他进入的领地，他朝主席台鞠了一躬，朝前跨步，接受了那小小的、忧伤的、沉重的、充满故事的证书，又转回身，手拿奖杯和证书朝台下的人致意。文学的信念：坏东西会自然消亡，全人类都在奔着美好前行。白日梦比现实更让人激动。

等怀绍德领完奖刚坐到位置上，洪丹的短信就到了。

"祝贺你。终于如愿以偿。"

怀绍德回头看了看她，皱了下眉头，然后又扭回头去，没回短信。

"怎么，不高兴？你不是一直在盼望得这个奖？"洪丹又发去一条。

"谢谢！"

"接下来打算怎么办？"洪丹穷追不舍，"再开个新闻发布会吧？"

"我不明白你干吗非和我摽在一起？"他回短信，"我们的合作结束了。你为什么非抓着我不放，抓着那事不放，这我就搞不懂了。"

洪丹有些生气，盯着他背影。"谁抓着你不放？你得了奖就觉得万事大吉了？水力找你算后账怎么办？你得一直保持上风，始终先下手为强。"

"你打算让我一辈子就只做这一件事？别的什么也不干了？就把全部精力放在对付这件事情上？"

"那你干吗要拿这个奖呢？不是我，不是图图沙给你重新发了这篇小说，你能拿到这个奖？既然你把自己说得那么高尚，要我是你，现在就把奖扔出去。丢掉。这才能显示你的个性呢。"

怀绍德起身离开座位，怀里抱着获奖证书，生怕它飞走。

洪丹接着也离开会场，她走出大厅，前后左右巡视了一圈，没看到怀绍德的影子，她坐在大厅的沙发上，心想，好吧，你会来找我的。外面的太阳变成绿蓝色，她脑子里晃过一个绿色的身影，她看着她，像个贪婪的女人那样看着她，浑似回到文学研究所进修的那些个晚上，她不知怎么进到她的房间，睡在她的床上。在昏暗的光线里，她穿着绿色上衣，披着头发。

"她很可恨。"她说。

洪丹一下子从床上坐起来。

绿衣女人拉住她的手，用这种方式表示对她的友好。在黎明到来之前，她一直在她身旁。

"你干吗自杀？"洪丹想凑近看看她，却发现她戴着很大的茶墨镜。

她笑了笑。说，"跟你一样。"

"跟我一样？"

"她有双好手。那双手能写出漂亮文章，"她说，"一下子我就发现了。我猜想，十指尖尖的人肯定能写出好文章，那双手准

214

保让她成功。"她说，"那个水力姑娘说起话来没遮没拦，但写文章时就不那样，我敢肯定你和我一样恨她。"

"说下去。"洪丹不仅看到，而且感受到绿影子嘴角的残忍。她之所以到处作怪，还不是因为放不下。那年她四十岁，在文学研究所进修时从四楼跳下去，现在洪丹住着的正是她当年跳楼的房间。洪丹明白了，也感受到了，绿衣女人借助她，来满足她曾经的失败。她的乐趣就是在死后仍然想达到生前的愿望，于是，她找到洪丹，独角戏变成双簧。

"我帮你一起除掉她。"绿衣女人说。

"谁？"

"水力。"

昨晚医生给她配的药效果不错。谨遵医嘱，她躲回房间又吃了一包药，抽了一袋烟叶，换上一件低领的黑布罩衫，戴上用珠子串成的项链和夸张的手镯，如果能把自己打扮成一棵树，有树枝和树叶，再长满开过了劲的藤萝花，才能在午餐会上吸引所有人眼球。

已经到午餐会时间了。洪丹一点也不饿。她费劲巴拉地打扮了一通，光是被人看着就能当饭吃。那是吴百合的模样，穿着简单的白色圆领上衣，黑色裤子，鱼吃了一半，青菜几乎没动，烤整鸡和红烧猪手的骨头堆在盘子里，吴百合吃着炒西芹，旁边坐着魏克己，跟屁虫似的盯着她，他眼睛穿透吴百合的皮肤，却不肯正眼瞧上洪丹一眼。因为洪丹也不正眼瞧他。眼睛在往喝酒的人漫游。她得找到一个人，她现在只关心他喝醉后会不会出卖她。

魏克己叼着仿象牙烟嘴，眼睛几乎是一眨不眨地盯着吴百合，脸上又出现了那种触电似的迷恋，"有一种女人可以永远不老，优雅一生。"

吴百合吃完西芹，盛了小半碗米饭，似乎对魏克己兴致勃勃的评点熟视无睹。"女人衰老如同飞机失事，全部坠毁基本上是唯一的命运，在飞机的剧烈颠簸中，整个机舱内都在尖叫哭喊，其实，一切都失控了，我们做什么都没有用，唯一能控制的就是优雅。"

"说得太好，太好了。"魏克己举起酒杯。

"谢谢。"吴百合也拿起杯子，直截了当跟他碰了一下。

"哦，洪丹，快过来，这有个位置。"她把一堆东西拿到自己膝盖上，她的包，还有会议组委会发的纪念品，伸长胳膊指着旁边那张空位子。

瞧瞧，还有比吴百合更能哗众取宠的？她以为她是谁，不就是一个女主编？

"百合，克己，"洪丹答应着，作出喜出望外的表情，"怀绍德去哪里了？他获了奖，我得向他敬杯酒。"

"刚才还在这里，没准喝多了，也没准，下午要开讨论会，他回去准备他的发言稿。"魏克己回答她。

他没有请洪丹坐在吴百合身旁，也没有问她在哪个桌上吃饭，甚至，连面前的酒杯都懒得端起来，敬她一下。因为她洪丹现在没有用了。至少没有吴百合有用。任何人在魏克己这儿只分作有用和没用两种。他无视洪丹的离去，一门心思讨好吴百合，给她讲他的新散文集，讲从十八岁那年起，文学在他心中就成了扑不灭的熊熊烈火。他使劲说着，斜叼着烟嘴，口水顺着仿象牙烟嘴流到嘴角。

魏克己的话提醒洪丹，下午还有个文学讲座。洪丹在他滔滔不绝诉说中离开餐厅，走下台阶，回到对面住宿的宾馆。中午十二点半，阳光非常炽热，丈夫给她起草了发言稿，一共一页半，用四号字打印，他以前给领导当过八年秘书，他挺擅长这个。以前有人说丈夫是吃软饭的，和这样的老婆一起生活压力挺大，可现实是，吃硬饭他根本消化不了。他最近经常夜归，在外喝酒，他说因为洪丹生病，他要开始他以前半滞涩状态的外交。这话是什么意思？她大势已去，养活不了一家老小了？现在洪丹不写才几天，他就惶惶不可终日，像是天要塌下来一样，整天惦记着汽油要涨价，儿子枣思学习成绩不好，以后没准也得高价念大学。

中途回房间吃药抽烟耽搁了时间，刚才，她到餐厅的时候，主桌上的人已经走了，她花了很多功夫穿戴在身上的东西，只能留到下午的文学讨论会上给他们看。午餐没什么可吃的，别看满桌子燃烧的色彩，都入不了她的肠胃，她经常在午餐会后悄悄跑到路边大排档，要一大碗面条，外加两颗蒜瓣。小的时候，要等到过年才能吃到一碗面条，还是杂面的，半夜打嗝还能闻到面条的香味。

"哗"，她拉上窗帘，把一大堆好阳光也挡在窗户外边，镜子里，洪丹坐在床头，低着头把发言稿平摊在手上。"我们能够欢聚在这里，聚集一堂，要感谢文学，感谢文学给予我们这么好的机会，使我们在这里认识，这是上天给我们的福，真的，我希望上天继续赐给我福分，让我踏实地走下去。"

她想散会后多待一会儿，把这个发言稿留给记者，直到明天，报纸上会看到这篇发言稿。说实话，她从来不喜欢参加不是给她自己颁奖的会议，从来没有由衷地祝贺过任何人，从来没有。但是这次，怀绍德领奖的那一刻，就像他向公众宣布"水力抄袭"时，她为他做什么都愿意。这愿最终还是还给他了，在那家小旅馆的破床上。当水力被打落牙齿无法申辩时，她就认定，怀绍德是她的挚友是她的神。现在，十年过去了，水力杳无音信，关于那件网络毁灭的事件，也成了永远的谜团，再无任何人愿意费力去破解了，她感觉褪下了一件束缚她令她喘不过气的铁甲，从那刻起，再也没有一个叫水力的姑娘碍她眼了，她将在所有的笔会上出尽风头，然而她很快发现，灭了水力之后，她也没写出任何一篇堪称文学作品的小说。

门"砰"地反锁上。没有风。也没有人动它。一个微弱的绿光，在她周围摇晃，洪丹拿不准谁站在那儿。

"是你吧？"

"不是。"

"不是那是什么？"

"是你自己的影子啊！"

"出来吧！"

"你来找我。"

"出来。"洪丹从床边站起来，发言稿"稀里哗啦"掉在地上。

影子大笑。洪丹觉得有只手拍着她的肩膀。"哎呀，你还看这个啊。"她说，"有我在，不用发言稿。"

宾馆用的是遮光窗帘，屋里光线太暗了。洪丹眯着眼睛，从写字桌、沙发，还有另一张床之间寻找绿影子。

"出来吧！"她说着，并不打算去拉开窗帘，绿影子在她眼前晃动，她总是看不清她的模样。

洪丹伸出手，她不想得罪她，也不愿流露出那毛毛虫般爬满脊背的恐慌。她两只手矬摸着，慢慢摸到门，门反锁着，门后挂着她的绣花包包，最近她的视力急速下降，老花加近视。然后，没有听到一丝脚步声，她站在她眼前，戴着她的手镯，挎着她的绣花包包，朝她咧嘴笑着。

洪丹有些不高兴了。"不要老跟我捉迷藏。"

"怎么了？"她仰面躺在床上，头枕着双手，翘起一只脚。

洪丹把地上的发言稿捡起来，可是，越捡越多，不是两页纸，而是厚厚的一摞。这时，她突然从床上坐起来。

"别捡了。"她晃了晃镯子。洪丹低头一看，手腕是空的。

"为什么？"

"有我呢。我会替你说。"她弯下身子，变成一个绿影子那样薄，那样小，弯成一道弧形缩进绣花包包。绣花包包像吹气似的，一呼一吸。一吸一呼。

"你在那儿？"

"是。"她声音小得几乎听不到，"不论走到哪，你只需背着我就行了。"

洪丹走过去，使劲摸了摸包包。

绣花包包发出细微的呻吟。

会议的作品讨论会，改在三楼的小会议室举行。被指定的主要发言人，怀绍德，洪丹，王芒，图图沙。图图沙一直没露面，安露红刚从门外进来，她怎么啦？一脸疲惫不堪的样子，上午开会和中午酒会都没看到她，一左一右跟着两位年轻姑娘，左边那个长得很娇小，右边那个身材丰满，五官比例很美，闪闪发亮的眼影，盈动欲滴的水晶唇彩，短而鬈曲的头发上压了一顶红色贝雷帽，洪丹觉得似乎在哪见过她，但一时又想不起来。安露红坐在右边的最后一排，她用手指放在嘴唇上示意安静，两个女孩子就坐在她身旁，红色贝雷帽打开桌上的一个文件袋，抽出一沓文稿，饶有兴趣地翻看着，娇小的女孩儿盯着正在说话的那个人，只听见"嗡嗡嗡"，怀绍德把文学讨论会变成他个人讲座。

"我小时候家里很穷，我是个放羊娃出身……一个放羊的孩子能到县城念书，在我们那个小村子里，大伙奔走相告不已，但这个幸福时刻很快就过去了，到了县城的班上，我总觉得同学老师都对我视而不见。我一次次制造事端，为了引起他们的注意，想让自己变成一个英雄式的人物让同桌女生崇拜，巧妙地让她出丑，让她和我等同起来。课间休息时，我坐在自己桌前，等班里最漂亮的女生经过时，突然伸出脚去，把她绊个嘴啃地，那一刻我觉得，她既然如此颜面扫地，以后就无法再瞧不起我了。但是，那女生很快转了学。"

洪丹断定，为了这个发言，怀绍德一定准备了很久。小时候，他趁羊儿吃草时，拼命拉扯一只小羊羔的腿，揪它的耳朵和尾巴，因为他特别喜欢这只小羊羔，所以要想方设法折磨它，直到它奄奄一息，他就大笑一阵，再对这只雪白的羊羔极尽宠爱。他的另一个爱好，是像迷恋噩梦一样想狠狠地被揍。村里有个无父无母的孤儿，等他被称为"赖皮"时已经有十三岁，那时他十一岁，如果哪天寻衅被揍一顿，这一天就过得特别开心。赖皮长他两岁，吃百家饭长大，在野地里睡觉，又高他一头，有人问起，他就自豪地说，天是他的爹，地是他的娘，过会儿又变成，天当他的被子，地当他的床。起初为了激怒他，总是他先动手。而赖皮轻易一挥手，就能让他少一颗牙，鼻子出血，或者，下巴青肿。

他喜欢闻到血腥的气味，每当鼻子或身体的哪个部位出血时，他都用舌头一点点舔干净，同时，一种莫名的忧伤夹杂着愉悦传遍全身，一个声音在心里宣称："我是混蛋的失败者，对，离世界末日最近。"这声音给了他回味无穷的感觉，"坏人。坏家伙。贱骨头。"被揍得最惨的一次，倒在草地上一个下午，醒来后周围一片漆黑，以为自己在地狱里，已经死了。

他站在那里。

"姓怀的，又来找打？"后来，他明白了他的用意，竟觉得揍他是件非常无聊的事情。

他站在那里。

"去去。老子还饿着呢，没力气揍你。"

怀绍德只好照他肚子给了一拳，抛砖引玉。但是他没理会这一拳头，扬长而去。

他失望地站在那里。望着他远去的背影，视他为了不起的人物，甚至觉得他无父无母也是福分。

怀绍德前臂支在桌上，稍微停顿了一下，继续侃侃而谈。

"很多人觉得文学是唯一能进入别人内心的办法，就是在精

220

神领域可以达到别人物质层面，直到完整地和别人灵魂深处进行对接，也许你们会觉得遗憾，我有一个新的论点可以告诉你们，文学是精神病人从事的学科。要知道，嗯，真正的大师都有极端的严重的精神问题，有的整个家族都有精神病史，其本人也常处于抑郁、神经崩溃离析的状态，我专门作过这方面的研究，但是，精神病人也不似常人想象的那么痛苦，他活在自身的世界……我还尝试过研究每位女作家的心理，研究她们每个人写每篇小说的心理，特别是年轻漂亮的女作家……"

红色贝雷帽垂下脑袋，又抬起头，眼睛停在怀绍德脸上。

"文学说到底，就是一个精神病患者观察世界的眼光，以及他与这个世界的纠缠。你们想想，一个常年思考人生和常年坐在书本前的人，早在静默思考变得神经兮兮，他有很多恐惧，怕被人遗忘不再被人注意，为了遮人耳目，他谎称自己是在做学问，研究人类，或研究世界。然后，渐渐地，他拼凑出一个自孩童时期就最为害怕的世界，对贫穷的恐惧，对不被重视的恐慌，他变得愈来愈自卑，事实上这种自卑又以极度扭曲的自我膨胀表现出来……"

红色贝雷帽侧过头询问安露红什么，她脸色苍白地回答她。看样子，她对怀绍德的讲话产生了浓厚兴趣。

"对于每个写作者来说，最喜欢的是夜晚，也最怕夜晚来临，就像酷爱毒品的人一样，因为夜晚能让写作者逃离嘈杂，进入安宁，但同时，夜里又是最忧郁、最难过的时刻。日子难过天天过。"他说："难过之路就是理想之路，就是沉醉于功利之路。"这话在洪丹脑子里产生了类似回音壁的效果，"我每晚的时间都这样打发，我有一块空地，企图在地里种点什么，让它从早到晚都有阳光，在地里，我种上什么就收什么。但问题是，我根本不愿意动手，我只想梦游种地，梦游得到很多果实，夜晚教会我梦游的方法，就像多年缠绵于病榻的人，我只习惯于梦想。太阳出来，我的梦游也就结束了。太阳烧毁了我的一切，我夜晚种在空地上的小树苗，我的葵花。"他口音很重，越说越快，越来越口齿不清，"太阳下，一切都无处躲避。先生女士们，我们都认为自己富有才华，但我们没做过任何有益的事情，我们像等待恋情一样等待夜晚，又像讨厌旧情人一样等待黎明，我们是才华横溢被忽略的人？是假装拥抱牵手后又互相仇视得血糊糊的同类？自己下结论吧，先生女士们。"

会场的左后角突然坍塌下一块，一块松动的墙皮，引起一阵轻微的骚动。"噢，"怀绍德像得到某种启发，激动不已："看看你自己的模样吧，某个时刻自以为是，可是，一块脱落的墙皮也使你惶惶不安。这块松动的墙皮，它是用水泥和石灰抹上去的，它跟我们的诗一样，跟我们的文字一样，随时松动滑落，随时被清洁工扫到垃圾桶里，明天，或者后天，装修工人又会在那里重新抹上，抹得跟原来没掉下来一样……"

洪丹被怀绍德说的话的话绕得晕头涨脑。"嗡嗡嗡"，一个绿影子围着她，怀绍德离着她至少有十几个座位远，"嗡嗡嗡"，有个声音对着她耳朵低语，使她再也无法听懂怀绍德的话，只看见他嘴唇不停地翕动，却无论如何都听不清他在说什么。不过也没关系，因为她洪丹还没发言呢，还没照着丈夫给他起草的发言稿念一遍，她微笑着，她脸上出现了一个更为迷惑的绿影子。

安露红脸色愈来愈苍白，娇小的姑娘静静坐在她身边，红色贝雷帽的姑娘肩膀松弛地抵在桌上，手里拿着一支笔不停地转着，一丝疑惑的表情从她漂亮的五官掠过，或许，她从来没有听过这样的讲话，于是，她站了起来。

"我的名字叫琦琦，平时也写一些诗歌和散文，发表在我自己的个人网页上，我觉得文章是从心里流出来的一股清泉，再流回到心里，滋养我的血液，所以，我对你刚才说的那番演讲完全不懂，请问，你是精神病患者吗？"

他端起面前的一杯茶水，喝了一口，"这个，我没研究过，我研究的都是别人。"

"能否谈谈您是怎么克服心理障碍，克服你刚才说的那些阴暗，写出这么美的一篇小说？"

怀绍德手一抖，水洒在衣服上。

"你小说写得太美了，"她继续说，"我只是想知道，你怎么创作出一个至善至美的女人？我自己也写散文，我写文章的时候，是为了达到某种自我的精神袒露，每个个体都有差异，内心状态，精神境界，文化基础都不一样，简单地说，不管何种情况，一个内心被奇异夸大的人，不可能写出空灵舒缓的文章……你当时是在一种什么情况下，写出这样一篇小说，给我说说你的创作谈好吗？"

这位年轻姑娘脑子清醒到他无法想象的地步，她穿着紫粉色上衣，海蓝色短裙，仿佛刚从一个七叶树铺成的长廊里走来，她的打扮很另类，但谁也不能否认两个字：好看。

怀绍德左倾斜着身子，他的手放在桌子下，撑在腿上，一副随时要逃走的样子。"时间过去很久了，再说，我写小说是偶尔为之，没什么创作经验可谈。很抱歉。"

"怎么会忘记呢？"红色贝雷帽又重复问道，"如果你写过很多小说，有可能会忘记，如果这是篇蹩脚的小说，你也许会忘记，就如同一位画家，一生就画了一幅画，即使有一天他双目失明，整日陷入黑暗中，他也无法忘记那幅画，每一根线条，每一笔着色，每一步构思，即使凭着记忆，也能把那幅画再临摹一遍。"

怀绍德无言以对。尽管大伙眼巴巴望着他，他刚才还侃侃而谈，但是现在，他就像是班上最差的那位学生，连这么简单的问题都回答不上来。他头上开始冒汗，表情酷似洪丹从那样的梦中汗湿津津地醒来。

她拿发言稿时摸到她。她藏在那里。在她绣花包包里。一吸一鼓。一鼓一吸。蠢蠢欲动。"我接着刚才怀先生的话说几句。"洪丹忍不住站起来，大声说，一下子把人们的目光吸引过来，"中国汉字方方正正，做人也要方方正正。当一个作家，尤其是女作家，要大爱，大善，大悲悯……我洪丹走到今天，全凭的都是做人。一开始写作凭的是才气，再往下走凭的就是做人。姑娘，我可以作证，那篇小说是怀绍德写的。我凭我的人格保证。"如果这个会无限延长，她的发言就很有可能会被掐掉，怀绍德已经弹尽粮绝，趁此机会借题发挥一下没什么不好。

　　"他写的小说，干吗要你用人格保证？"红色贝雷帽眨着睫毛，很不解地问："我没说小说不是他写的，我只是让他谈一下创作心得。这小说是他个人经历？是在什么状况下完成？嗯，我只觉得，可他刚才讲了那么多，家族精神病啊，文学史啊，都和这篇小说无关啊！"

　　"我告诉你，有大量的依据可以证实，那篇小说是怀先生写的。写作就是写作，不一定要有心理历程可言，也不一定要有创作过程可谈。"

　　"那这位大妈的意思是，一个作家的作品是通过一些证据产生的，十年二十年后，只剩下证据，而根本忘记了自己是为什么而写，怎样写的？"女孩子反问她。

　　"我可以作证，是怀绍德写的，就是他写的。"洪丹向女孩子座位前走过去，"我是说，嗯，女人要同情女人，女作家要联起手来，不要用那种男性的标准和男人的眼光看女作家，我们是姐妹，要互相扶持，互相爱护，你们比我年轻，凡是比我年轻的女作家，我都会像母鸡爱护小鸡一样爱护你们，一根筷子很容易折断，但十根筷子就有力量，姐妹们，文学是上天赐给我的福，我希望它能一直赐给我福，让我踏实地走下去。"

　　会场"嗡嗡嗡"，响成一片，众人都在交头接耳，一个绿色

224

幽灵，在黑暗中出现，又归于黑暗，"嗡嗡嗡"，台下众人都在交头接耳，不知为她的发言赞叹，还是表示疑问。洪丹穿着乡土味很浓的宽松布长裙，外套驼色针织衣，脚上是厚底布鞋。她离开座位，桌上的发言稿掉在地上，身后有人帮她捡起来，但她已经不需要了。她走到红色贝雷帽桌子前，身体僵硬，看着她，继续她的发言——

"作为一个女人，我不想在家相夫教子？我也不想拖着一个大箱子跑来跑去，可是我有三个孩子要养活，我不想干巴巴地活着，有时候我也在想，文学究竟是成就了我，还是害了我。我小的时候，学习不大好，确切地说，是数学不大好，但是有人预言我以后命会很好。后来，为了用文学荣誉自己，为了得到更丰厚的物质和人们更多的赏识，我们拼命地写，先是逃离开众人的视线，然后又渴望拿着这些东西，让那些最初我们逃离的人，欣赏，检验。有人说写得糟，有人说写得赖，只有少数的人，极少数的人能看懂，我们一生都在这种焦虑中活着，一生。有人说我的小说脏，有人说我的小说没有风格，说我把别人的小剧本剽窃了改成自己的小说，还说，我的小说是整个杂志社编辑的功劳，是集体智慧的结晶……说我的'小说剧本'写得单薄而过于概念化，仿若站在舞台上朗诵独白，让人难以感同身受。"沿着这种思路，她愈加澎湃激昂，"说我的笔触'总是游离于人物的意识之外，一遇到复杂的内心矛盾，总是结结巴巴，力不从心'。更有甚者，说我纯粹是戏子，乡下婆娘，没文化。"

"我开始害怕，开始怀疑，惧怕某一天我再也写不出一个字，我感觉到所有的人都在讥笑我，看穿了我，我的小说在改编了很多现成的戏剧故事后，再也不会创新，常常，我坐在电脑前，一再抱着最后一线希望，希望上苍赐给我福，让我继续写下去。"她顿了顿，觉得这句很熟，"但是，我得到的是更加多的越来越多的质疑，他们皱起眉，问我小说为什么没有美感，没有大视

225

角，说我已经写到头，我小说中重复出现的驴，沙漠边缘扭曲疯狂的一对女人，独眼的男人和独腿的女人，女匪，战争和死亡的情景，这些都会被人看出破绽，被人说得一无是处，被人撕下来糊墙，当引火纸，当旧书卖掉，包括我的荣耀，我胸前的项链，我的绣花包包，我花枝招展的模样，我被人敬仰被人追捧被人宠爱的画面，都将离我远去……"

像为了验证什么似的，洪丹使劲朝她脸上看着，端详着，红色贝雷帽下，是一张无比细腻的脸，蓝绿色眼影，精致的五官，没有一丝皱纹的脖颈上，戴着一条细细的项链，她胸前的线条很好看，丝毫没有下坠的迹象，她讨厌她耳朵上当啷着的那两只红辣椒，就差把头发拉直，剪短，耳朵上挂个MP5，她压低声音，对她说。

"那次笔会结束后你为什么不欢送我，不和我拥抱，我走进你房间骂你，我期望你骂我，然后就跟我一样了。你知道，我一看到你就觉得喘不过气，我出门的时候正碰上你出来，你在我前面地上走着，耳朵上塞着MP5，我在你身后，闻到一股青果的味道，我不喜欢这味道，我不喜欢在午餐时看到你，所以就干脆不去吃饭，你的餐盘里有冬菇炒青菜，还有汤和水果，我连你吃的东西都讨厌，从你身后经过时，我真想将你的盘子连你一块掀翻……"洪丹因愤怒而滔滔不绝，记忆的小车带着她，"嚓嚓嚓"，回到往昔，回到浓浓的愁肠恐惧中，在旱烟叶的烟雾中，她置身于一抹绿蓝色的光晕之下，那空灵的颜色就是她最幽暗的梦魇，水力刚吃完饭，就被一帮人簇拥着走出饭堂，他们把自己的那只苹果给她，她手里一下子拿了几只苹果，有两只骨骨碌碌地滚落在地上，惹来一串苹果花似的笑。在旁边的一片小树林，玉兰花刚刚开放，洪丹发现谁都不理她，没有一片花瓣在她手上，她就像一片被丢在粉红和洁白后面的一个黑暗，褴褛的形象，而那不断散发出芳痕的女孩子名叫水力。

226

魏克己大张着嘴，叼着仿象牙烟嘴而不是烟，因为烟早燃尽了，烟灰散落一桌子，王芒坐在台上，身体显得很僵硬，她眼睛四处搜索怀绍德，可他匆匆走出会场，他好像边走边挠自己的头，显示他心情的复杂。穿制服的工作人员，一边示意大家鼓掌，一边朝她过来，低声劝说她回到座位上。他凭什么管她，还有安露红，不停地拽着红色贝雷帽的衣角，示意她"别说了，别再说了"。

　　那一天，怀绍德看到两个影子在说话，还以为自己眼花了，急匆匆溜下台阶，留下洪丹在那里表演。很少有作家像洪丹那样，直言不讳。包括他怀绍德在内，每个作家都有一本难念的经。他们不仅仅得写作，还担负着背离内心写作的重任。得有两副心脏两个大脑两个灵魂才行。假装有教养的面孔下沉睡着蛇，像嚼着槟榔的血红牙床。洪丹的坦诚在于，她越是花力气说服人们，自己有多么大爱，多么大善，多么四四方方，越是耗尽自己向人们证明某种不容置疑的东西，说明她体内就越纷乱，越阴暗。就像藏在丛林里的毒蘑菇，日夜生长，处处蔓延，直到毒死每一个走近它的人。残忍，愚蠢，甚至比人们想象到的所有坏人更坏，连他都对她在这种状态下还敢大喊正正派派而震惊。

　　后来会议是怎么结束的，发言稿被谁拿去了？洪丹一直沉溺于那种一吐为快的奇妙愉悦中，说真话是这么容易，一旦开了头，说出心里的某种东西，就会发现人们平日里是多么言不由衷，甚至虚假。一个绿影子掠过脑海，她还没来得及把她捉住，她就溜出会场上空，蹿到窗户外面，拖着一道倏忽即逝的捉摸不定的暗光，一点点暗淡，又一点点归于空气，归于虚无，归于深不可测的黑暗。不可否定，她的说话，声音，和语调，可以弥补洪丹言辞的不足。然而，她又总是把自己弄成先知，她的全部努力就是把自己和洪丹合二为一，告诉别人她的真实情况，她的失败——

"除了我再也写不出任何作品，我存在着忠实自我内心的极大困难。我是说，我的灵魂，和我的内心，绝不会和我所处的生活保持一致。其实是截然相反。比如说，人们都以为安静是一个作家最基本的品质，但是，我是多么的狂躁不堪，即使年老体弱也无法呆在家里。我总是以爱情甜美的夫妻忠贞的面目出现，可是正与此相反的是，婚姻，只是我为了蒙蔽人而建立的纽带，一个形式上的纽带，真不如将它扯断算了……"

她觉得大脑白花花的一片，就像忽然天降大雪，雪花全部飘落在她的脑子里。会场，人，桌椅，鲜花，全都不见了，只剩下白茫茫，冷飕飕的一片，冰凉的雪像刀片刮在她身上，它唤起了小时候和驴同睡一屋的情景，那些食不果腹的情景，唤起了小小年纪跟着小剧团走村串巷的情景，那些忍饥挨饿的情景。然后，白色的雪片骤然变幻，像三维动画似的由大到小，又由小到大，在舞台表演领域里，在红色绚丽的灯光下，她认为自己以各种姿态出现都是耀眼生辉，她演的一个魔女，跪至菩萨前，拼命撒娇献媚，卖弄风情，施展所有媚功和诡术，菩萨垂眉合眼，入深禅定，不为所动。她不肯善罢甘休，重新运用幻术，做出种种妖艳惑众的样子，发出矫揉造作的声音，以求更进一步诳乱菩萨。

菩萨见她如此下作，觉得她实在可怜，就对她说，"你前生略有些造化，今世方为人身，虽有几分姿色，但世事无常，一切都充满变数，且你心术不正，也枉为人。"言罢手一指，她变成肤色黯淡、满面皱纹、形体枯瘦干瘪、眼睛呆滞无神的龙钟老妪。

"她醒了。"

"她变化实在是太大了。"她听见有人说。

她全身如瘫痪了一般，被绑在一个固定的实体上，她用尽全身力气，终于绳索断裂，整个剧场的灯一下子全亮了——一张白色的床，散发着消毒液和来历不明味道的枕头被褥，头上聚满穿

228

白大褂的人。

戴眼镜男人朝她弯下身子，凝视她的脸，他的衣领非常挺括，一看就是经常穿着手洗衬衫的那种男人，他的胡子不是用剃刀剃得干干净净的那种，而是用剪子精心修剪过，带着点毛茸茸的质感，还有，他说话声音真好听，像播音员一样。

"你睡得好吗？"

"我怎么在这里？"

两名护士走进来，一个手里面端着各种医疗器械，往她左手腕扎上液体，另一个，将一只体温计塞到她腋下，等她们做完这一切，他说，"这是医院。你别怕，我刚刚给你丈夫打了电话，他正在去你们单位的路上，让他们雇人陪护你，如果不行，医院也有专业陪侍。"

他跟两名护士一起走出去，走到门口时，忽然说，"和你一起来的绿衣女人，眨眼就不见了。又来一个戴眼镜的女人，也眨眼就不见了。"他摇摇头，将病房门在他身后轻轻带上。

"绿衣女人？戴眼镜的？"

绿影子

542 住着一个绿衣女人的鬼魂。把水力抄袭事件闹大的就是我。惟恐文学研究所不乱的也是我。所以，洪丹走进这所房子时，我已肯定我们是一路货，她一手腕的叮叮当当，我喜欢那声音，我躲在她耳环里寻找最佳融合，我的脸和她越来越近，越来越像，我一伸手就能摸到她，比那些男人更近距离地摸到她。

我是洪丹。绿衣女人是我。

我发出呻吟，手镯贴着咸盐罐子，把牙齿和眼珠子放进去，再盖上盖子，指甲在笑纹里，划出一道又一道冷血的痕印。我脸上堆着魅笑，装着和人亲近，用水洗脏自己。然后，一样一样地，拿出藏在绣花包包里的东西，先是胳膊，然后是腿，还有五脏，六腑，最后是下水。再一处处敲开衣柜的门，逐个放进去。到头来，我自己也不明白，为什么永远在黑暗的泥地里缩成一团。

经常跟男人幽会搞得她疲惫不堪，她是活着不要身体的女人，我是没身体还活着。她是没心的碎片。我是没心的影子。除了找她融合我还能找谁？想想看。我没有脸。她喜欢脏。她睡着的时候，我看着她，我知道那就是我的脸。她早晨洗脸时，我就伏在她水池的光斑里，莹莹地看着她。她对着镜子抹口红，我就在里面。她笑的时候我也在笑，她哭的时候我也在哭，听我说，这事不能赖我。我喜欢她的绣花包包。喜欢她在脖子上手上的叮铃当啷，她裤子上有股味，她用装咸盐的罐子喝水简直太像爷们了。她为了那点流汤的名声什么都肯干。我和她在一起，读男人的脸，揣摸他们的心思。我们合二为一。

她说，这个世界对她太好了，唯一不好的就是出现一个水力。她盯着她跳舞。眼睛一眨不眨。看看是不是普通地随便地扭一扭。结果不是。那舞蹈像是真正的，柔曼地，有规律地，随着节奏一起一伏。第一次她闯进她房间骂她。第二次她在饭桌上当着众人的面儿哭诉，说她欺负我。还有一次打了整晚的电话，煽动所有认识那丫头的人，把非难责骂丢给她。她问我有什么办法可以揉掉眼里这颗沙子，拔掉这根刺，我们想到一处去了。我知道，水力就是太阳下的那张脸，那是我失去的。就是那大笑。洪丹说，让她在瓢泼大雨中，变成碎片。我说，要不，让她跳楼？像我一样。

我从542房间往下纵身一跃，一道弧形"咚"地栽在地上，比功夫片还功夫。我为什么跳楼？说起来真难受，我听信了那家伙的话，把稿费由他领了买烟抽，尽管如此，他还觉得不够，说一个女作家要听从身体的召唤，并且要深爱他。那个房间，密不透风，他给我讲关于文学如何走进心灵和身体的时候，我考虑的是他把我穿在身上的衣服糟践了，我孩子他爸会跟我打架。到了床上之后，他给我讲他的故事，就是弄乱过很多女作者的衣服，又不让人家回去跟丈夫说的故事，像狼入羊窝，嘴嘴不空。

后来我再投稿给别的刊物，可他们说我的小说，一塌糊涂。还问我，以前发表过作品吗？我把我发表的小说给他们看，他们说不相信那是我写的。而这个时候，我的丈夫，他也来拷问我，那篇小说让他感到耻辱。他像个清醒了的傻瓜一样痛苦。原因是人们都在纷纷议论，说女人写的第一个爱情故事一定是自己的心路历程。他从我发表了小说的兴奋中冷静下来，切菜的时候用菜刀把案板剁得"咔咔"响，把那菜墩子都快剁碎了，豆腐沫溅到墙壁上，他说他老婆为了发表一篇小说，被人吃豆腐，他却戴着绿帽子欢欣鼓舞。

他斜着眼睛看我，说，"就你，我跟你做了十几年夫妻，你几斤几两我清清楚楚，惟独不清楚自己头上的绿帽子是深绿还是浅绿？"我真是欲哭无泪。如果我承认那小说不是我写的，小说的人物原型不是我，我们的婚姻就没事了。可也等于承认我连发表一篇小说的能力和才华都没有。为了这篇小说，我稿费也送礼了，还搭上让文学如何走进心灵和身体那破事。

知妻莫若夫。他说的没错。有什么比我写作时，有个女孩子高高在上鸟瞰我，让我更难受的呢？正当我写一篇小说之前，我就必须迎接来自于她的挑战。正是她，搅乱我的自信，分散我的精神，让我恨不得杀了她！在我眼中她是比较年轻而幸运的，而我只是假装有同情心，假装有才华，假装善良，假装家庭幸福人生美好，其实我在写作上的困难，只要看我每周染一次白发就能知道。我每天都把自己耗干，最重要的，她比她纯洁。也就是说，每当我写一篇小说，就想好了轻轻走到某个男人身后，把嘴巴俯在他耳边，温柔地，献媚地，低声下气地，给他敬酒，向他说好话，最终再用上女人那些最原始的伎俩。并且，我也想这样操纵她，让她仿照我的模样，这样，她就再不会为自己单单是个写作的女孩子，无背景无靠山而看不起我了。她也不用为了生计发愁总想着放弃写作另谋生路了。我感觉到我用带着腥臊味的阴影想笼罩她，没想到，她跳起来朝我搁来，没搁到我的脸，就端了我肚子一脚，我为我自己找的理由就是，我得掐死她，一门心思把她那颗只热爱写作的心挖出来，然后，我接着温柔献媚，接着低声下气，把文学当成撒谎的高超技术活，把文坛搞成她的色情圈名利场。就在我以为我把她打倒的同时，她重新回到高处继续对我战斗，她终于发现与我搏击也是她写作的一部分，是她人生的一部分，她毫不畏惧，再也不怕，也不闪躲，为了不让她变成我，跑步，瑜伽，跆拳道，她样样有一套，她用一生的时间提防我，她说，她若不战胜我，担心她会变成我！

灾难仍在进行，丈夫只要一迈进房间就把房子变一次样，床单上了桌子，椅子四脚朝天，玻璃杯骨碌到墙角，桌上完整的纸变成雪花般的碎屑飞舞到地板上。最严重的一次，邻居家听见电脑显示器落地的爆炸声。我心中的不安倒比痛苦少了，我的眼睛是干的，他对我的侮辱又招致了外人对我的侮辱，他们争相传阅我那篇爱情小说，从中读取我外遇偷情的密码，一起衷心地同情我丈夫，让我活在恐惧、谴责与恶意交错中，以前和睦团结的家庭濒临破碎，几乎整个县城的人都骂我是"荡妇"，盼着我遭报应，怂恿丈夫和我离婚，当有好事者把我写的小说当真事，绘声绘色讲给我婆婆听的时候，她"嗷"的一声，头朝后仰，当场晕过去。

我该说什么呢？我倒是想说呢，小说不是我写的，这样的话，就证明故事的女主人公不是我，那外遇的也不是我。如果说是我写的，除了满足了我的发表欲，也证明了那是我偷情的实据。在我左右为难中家庭的灾难愈演愈烈，丈夫说他不会提出离婚，但人人都知道他经常和另一个女人出双入对，并且，人们还凭着对他的同情认为他这么做，是我罪有应得。正好有个进修的好机会，我在直觉的指引下来到文学研究所。我以为我来到文学的圣地，却发现大部分人和我差不多。干草和树叶差不多。很多人对自己期望太高了，可谁也不愿意承认。我听到走廊里传来熟悉的脚步声，以为自己听错了，那走在小县城的脚步声如同一场急促的大火，大火急风暴雨地对着人们说：那绝对不是胡言乱语，而是有证有据的指责，那声音的方向就是奔我而来，但听众却不只是我。整个文学研究所的门都打开，这使得丈夫的声音变成一种永恒的声响。

他举起拳头，但始终没敲我的门。因为他不是为敲我的门而来。让所有人知道我是为了发表一篇小说而不惜给男人戴绿帽子，也把自己搞得臭臭的女人，这就是他希望得到的回报。为此再买一张返程的车票也值得。用他的理解，我自己出卖了自己。出卖的不止和别的男人外遇接吻，还有别的什么。他的大叫大嚷收到很好的效果，他住在附近旅馆里，一周来了六次，他平常一周才上五天班，这标志着他死活咽不下这口气，后来人们就都知道了，文学研究所的人都在私底下诡秘地嘟嘟嚷嚷，说这女人只发表过一篇小说，写的就是自己的真事，结果被丈夫抓着不放。有人说，我不如干脆说，那小说不是我写的就得了。

文学研究所进修的不愧是作家，他们把丈夫的每次来访都说成是"讲故事"，说，那讲故事的男人又来了。我就发表了一篇小说，非难和悲惨的命运就接踵而来，十二年路上携手的日子和洒满阳光的生活戛然而止，除了留下一篇没有稿费的小说，一切都像梦。而一次再次的投稿失败，更让我觉得，我的文学之路就像行进在一条结冰的小河上，我以为我有足够的能力走过冰河，刚在河上迈开步子，就摔得丢了雪橇又折断骨头。我的心脏在冰冷的日光中凝成惨白的霜冻。

没人看见我从楼上跳下去。

"咚"的一声。在我身体落地之后，各种碎片和信息重新回到我身体中。我拍拍身上的土站起来，我的绿衣没有破，我的茶墨镜还戴在鼻子上，我摸了摸披肩发，我的头还在，只是有人打电话通知我的丈夫，"你老婆跳楼自杀了。"

我又回到楼上，房间里的一切都是我跳楼前的样子，镜子里我看不到自己的眉眼，看不到我的鼻子，看不到我的嘴，只看到一个茶墨镜，和一个虚空的绿色影子，人们相信，是我丈夫逼死了我。到了现在，充满争议的我的死因已过去了，当洪丹按满一袋烟叶，或者和那些个不同的男人在床上倾情谈话时，她看到我冷漠的眼神。她的眼神同样冷漠。独自一人变成俩。

"新学员都来了。"她说。

"来一拨，走一拨。"我回答。

"来，抽袋烟？"她把烟锅递给我。我接过来。

"如果你活着，你会怎么做？"她指的是对待水力。

"我比你更恨她。"我说，"她凭什么想在哪发稿子就在哪发？凭什么？"

"我们所采用的色诱，利诱，她都不做。"

"那她就更可恨了。比可恨更可恶。"

"所以说，不公平。"她说。

"那就设法让这事公平。"我说。

"把水力抄袭事件闹得大大的。"她说。

"越大越好？"我问。

"越大越好。"她说。

"好，我再去找些小鬼帮忙。"

洪丹抽完一袋烟，脱光衣服，躺在床上。我拆下一只胳膊，然后是另一只，接下来是腿，然后是脚。我把自己一截一截拆下来，我记得那天跳到楼下，成为四分五裂，我不知道自己身体分别在何处，哪部分是脑袋，哪部分是手或者腿，觉得自己就是从高空中坠下的一个物件，撞击在地面，变成碎块，变冷，变碎，变薄，然后我立刻起来了，再次回到那所房间。没有听到敲门声，洪丹来了。她打开门，坐在我身上，我们就合二为一了。我拒绝承认自己没才华。就像她拒绝承认自己骨子里的疲惫。"那丫头夺走了我梦想拥有的一切。"黑暗中，我把拆下来的四肢一样一样放进绣花包包。

"谁？"洪丹突然坐了起来。

她喝水的蝎纹罐子比饭碗还大。我弯下身，拔下牙齿放在里面。一颗接一颗。只有牙齿。没有血。

"什么声音?"

我缩成一个影子,捏着她的手镯,一直不松开。

"是谁在那儿?"

满手腕当里唧当。我是洪丹。绿衣女人是我。

戴眼镜的影子

　　我是戴眼镜的影子。水力是那跳舞的女孩儿。

　　她掀开粉色雏菊的被窝，懵里懵懂地揉眼睛，这时候整个文学研究所都在睡觉，睡得死沉死沉的。但她已经醒来。把 MP5 挂在晨曦里，又把小雏菊的被窝随便一卷推在墙角。她跳舞前，已经准备好对我微笑了。

　　我看到她的目光飘向我，我低声告诉她，对门的女人心如蛇蝎，她听不到。她满耳朵音乐，踏着音乐的光斑舞蹈。我告诉她，她可不能像我一样。我必须告诉她，日夜蜷缩在一个无人的地方是多么寂寞。她又开始微笑。她没听见我说话。音乐声太大。我想到她的音乐声中告诉她。可我进不去。她跳舞的时候我想告诉她。可我试了几次，总做不到。

　　她洗衣服的时候我想告诉她。可是水流哗哗哗迷了我的眼睛，我告诉她三次，一次是她跳舞的时候，一次是她洗衣服，还有一次，她跑到楼下晾晒被子，她一直微笑，哼着歌儿，却听不到我的说话。最后一次，是在她午睡时，我试着坐在她床边，她醒来，这次没有微笑，然后她就对我说话。

　　你是不是那个把自己挂在绳子上的人？

　　是。

你住在哪里？

随便哪里。

你没地方可去？你饿吗？我能帮你什么？

水力。

你很像我中学的语文老师。你的脸和她很像。

我没有到过那里。我不叫那个名字。

你一定很孤独，我能为你做些什么？

离开这里。尽早离开这里。

为什么？

还记得上次你在窗户边差点闪下去吗？那东西从后边推你。

我以为自己没站稳。

不。那东西推你。她想带你走。

我没对她做过什么。

你不戴耳环，也不戴手镯。

是，那又怎么样？

你赶紧离开。离开文学研究所。越快越好。

为什么？

你给我跳舞。爱笑的女孩儿。

你见过我跳舞？

你不知道，你一直是我的秘密伙伴。在无声的早晨，给我跳舞。我怎么把你的笑脸画出来？你看不见我，我听得见你的呼吸。

他们为什么害我？

因为你挡了她的道。

我没有。

听我的，及早离开这里。

告诉我你的名字。

提防她。对门那女的。

水力，你以前见过我吗？肯定没有。所以你才说，我像你的中学语文老师。很多年前，我用一根绳子把自己挂在四楼大会议室里。我选择文学研究所当成最后的荒凉之家。我来，是为了提醒你，死亡不能解决什么。也不能遗忘什么。

我必须告诉你，他们可不是仅仅想借一件事情来惩罚你，她是想要了你的命。你挺下来了。我不如你。我当时除了哭什么也不会干，我正巧听见你对门的女人在向那姓怀的男人发短信，你记得吗？你站在窗户前赶苍蝇，有人想把你推下去，我紧跑慢赶，但苍蝇还是先我一步到了。那女人太狠毒，太残忍了。她说，灭掉水力。她为了这个目的，把自己的私处交给一个又一个男人，让那长着一个厚嘴唇，说话有重重鼻音戴着罐头瓶底一样眼镜的男人，一次次用手测量她的屁股，他们想把你的前路后路来路去路都堵死，但就是没想到老天不让灭你。她知道什么，这世上不是她想灭掉谁就能灭掉的。

我活着的时候不知道，如果我知道的话肯定不会自杀。自杀的鬼魂，每逢戌、亥日，完全像临死一样痛苦。一切痛苦的情景，照原来的样子，再出现一次，如果自杀的鬼魂敛心收藏，自我超度，以善形待人，那么门神灶神会重新考虑他们的功过。我想帮助你。水力。帮助你就是帮助我自己。我第一个知道，一场风暴就要来了。她奶奶的，你怎么就鬼迷心窍就奔文学研究所来了。满口假牙的男人厚着脸皮高声聒噪，装海量，装豪爽，把满口的酒吐在饭碗里。痛风合上他的眼睛，大冬天还流着鲜红的鼻浆。戴着最厚最厚眼镜的那个男人，谁不给他敬酒他就奔拉个脸子，恨不得用竹筷子把酒杯戳穿。他旁边的女人，又扭又唱的，走哪都背着一个绣花包包，耳朵上手腕上都戴满东西，走一步发出三声马勺磕粪桶边儿的声响。

那个女人，一副暴发户的模样，即使穿着香奈尔时装，也像穿着餐馆的大格子桌布做的衣裳，就差胳膊肘上挎只卖菜的圆篮子，沿街叫卖："小白菜啊，地里黄啊，我是卖菜的作家，我篮子里全是大白菜一样的小说，大白菜是蔬菜之王啊……"她奶奶的，我怎么鬼迷心窍就奔文学研究所来了？我见到的那些人，白天像麻雀一样活着，叽叽喳喳，多了不起似的，一会飘浮在讲台上胡说八道，一会儿落在酒桌后面大咽大嚼，假牙丢在大海和青草边缘，叼象牙烟嘴那男的，一边哭一边朗诵，服务员第三次上菜时，不由得啧啧赞叹说，"不愧是作家，你把我们饭店的菜单念得真好。"他吸吸鼻子，"我在朗诵我的散文。"

我拨开窗户插销，讨厌的圆篮子又去沿街叫卖了："我是作家，我是著名作家，我来给你们讲讲文学，大白菜荤吃素炒都合适，既能炖排骨又能烧豆腐……"她换了一件从另一家饭店找来的餐桌布做成的衣裳，上面挂了个名牌叫做卡尔皮丹。那个吸毒的，一天到晚蜷缩在房间，缩在床上，同样缩着的还有他的腿和脚，他嘴里气味芳香可是那味道不是他本身散发的，他吃那个东西，阳光落山了可他还起不了床。他紧闭着眼睛，有一回我藏在他的电脑里上了三回网，他醒来以后就惊呆了。他睡得死沉死沉，电脑却显示他用自己的密码登录，整夜都在上网。他的眼睛形状倒是很漂亮，但是一吸那玩艺他就变得很丑，吸完了又好了，研讨会的时候他说得头头是道，两眼放光，口若悬河，跟说单口相声似的。

真是丢死人了。我花十块钱买来一根晾衣绳，毅然把自己挂上去。勇敢完了只剩得窝囊。伪文学。以及伪男人。这两样要了我的命。其实这两样我到死都没整明白。他爱文学。我爱文学的同时爱他。他把文学纸质化，也把爱情纸质化，而我却把文学把爱情都鲜血化生命化疼痛化玉石俱焚化。现在想来，我是真诚的傻瓜，他是精明的小丑。他怎么说来着，为了文学，能付出一切。可问题是他把他爱的诗歌卖了。换了汽车和房子，像个新文化商人那样，耀武扬威，到处谈文学，至此，文学又从纸质化堕

240

落到口水化。骨头呢？他作为男人的骨头和文人的骨头都化啦。化啦。化成粪便流入下水道了。天哪，羞煞我了！所以我赶紧找根绳子把自己挂在上面。不想跟着这些人再丢人败兴了。求老天饶恕这可怜的拿文学换钱换地位的男人吧。也饶恕我这可怜的为伪文学伪男人献上宝贵青春和身体的女人吧。

他又来了。我说的是我以前爱过的那个男的。坐在讲台上唾沫横飞谈诗歌，谈底层诗歌。我的天王老子啊，我是唯一能识破他的人。如果给他安一对纸糊的翅膀，他还真以为他是会飞的九头鸟。忽啦啦，忽啦啦，他说的还是老一套，我们应当从身体里爱文学，诗歌，我们永远的爱。不就是用诗歌换房子和车子的人嘛，如同摇着尾巴取悦主人的狗。

底下坐着的人像默哀似的，各怀心思。吸毒的，唱戏的，要把式的，卖菜的集聚一堂谈文学，那真难受。谁也看不见谁在想什么，各人琢磨各人的，你方唱罢我登场，前赴后继，鱼贯而上。文学什么时候用来大谈特谈，成为说唱艺术，谁发明的啊？继四大发明之后的第五大发明？这帮人都是贪占文学的光的贪婪鬼，比我还像鬼的鬼。我是阴间的人。他们是阳间的鬼。这些人在各地的文联，在各单位，都顶着一官半职，你争我夺，打着文学和作家的旗号招摇过市，那位自称每天写五千字的男人，早上写窗外的天气，上午写今天阴晴不定，下午或许下雨可能不下雨，洗手时先开水龙头还是把手伸出去，眺望一下天空的颜色是深蓝还是浅灰，后来实在没写的他就琢磨洪丹的手镯，干脆跑到她房间里去看，一看就是一宿，最后还是没看出她手镯的颜色，也许是深红，也许是黄色和绿色，现在，他再也不用眺望窗外的颜色了，想想看，下次就写她为什么用可以腌渍酱菜的罐子喝水吧！

关于生和死，鬼和人的看法不一样，鬼有比人更好的鬼，人有比鬼更恶的人。那个女人。洪丹。她的心被大风掏空了。外面在下雨她在男人身下摇晃，好长时间，我从男人背上看见她的脖子和手，只到他离开她才合上眼睛。由于睡眠不足，又爱演哭戏，她眼睛红红的。她一天洗一次脸却总是忘记洗心。早晨她戴项链，出门时从不忘记戴耳环，戴手镯。可她总忘记带心。

水力，你差一点，差一点，就被绿衣女人推下楼去。他们还想让你成为另一个我。一直一直，我待在文学研究所里。时间不往前走也不往后退，永远是现在。我没有亲人，连他们也记不起我。一直一直，我希望在来的人当中找一个类似亲人的人。你是那跳舞的女孩儿。就着黄昏的光，在孤寂了很久之后，第一个听到你走上楼梯。你美丽的眼睛，像看空气一样看我。没有一丝恶意。一丝也没有。你每天打开窗户，那时候我躲在柜子里，你换下被单蹲在卫生间里清洗，你把被子拿到楼下绳子上晾晒的时候，我就在那儿躺了一会儿。我尽量不打扰你。

只要你待在文学研究所，围绕你的莫须有的话题就会一直延续下去。吸毒的那个，他早不想待下去了，想想吧，他每天下午才起床，晚上才吃早饭，有时候根本不吃，只吸食那东西就够了。这样的人，让他在文学研究所听课，不等于要他命？种菜的那个婶妪，她写的东西就是一长串的流水账，早上蹲在地里看菜苗，中午看见菜苗长大一截，就欢欣雀跃，如果想起什么有灵性的东西，宁愿是村头的狗也想不起会飞的小蜜蜂。听我的话，水力，远离文学研究所，远离这帮狼子野心的人。你从没跑到讲台上讲文学。你想写的时候，文学就从你心里流出来了。所以你必须要离开。因为你无法在这里合并同类项。没什么的。离开这帮自私自利、自欺欺人、自顾不暇的人吧。无论如何，你高贵、美丽的部分不能穿过薄薄的玻璃窗，纵身跃下。

你第一个到文学研究所，那个黄昏好静，你眼神好暖。你第一个离开文学研究所。你走出大门的时候，我真想把我的头放在你肩上，要不是怕你难受，我会那么做。我看见你没哭，你只是在院子里的玉兰花树下停留了一会。

四月微风暗吹。

隔着花雨，隔着重重的流转与流转。

我是戴眼镜的影子。

金爷爷和福利院的人

　　福利院的面积只有一个普通学校的三分之一大，阅览室聚满了人，除了躺在床上起不来的，几乎全到了。今天下象棋的那间也空了，棋子孤零零呆在棋盘上，棋手们都围着金爷爷，好让他手里那个鞋盒子快些满起来。

　　这是 2009 年 5 月的一天，一扇扇窗户打开着，阳光灿烂，金爷爷站在阅览室正中央，因为他站得高，所以，占尽了房间里最多的光线，在"救助水力"的纸盒子里，花花绿绿的钞票已有半盒子高。他像检阅部队似的冲其中一个说："老贺头，你的钱留着吧。你那份我替你出。"

　　老贺头表情很惨淡，但是异常坚决地把十元钱投进盒子里，蹒跚着离去。其他往盒子里投过钱的人有的坐到回廊里，早晨，太阳还没全晒过来，回廊那里挺凉爽，冬天这里又可以遮风避寒。福利院的工作人员正往院子里的铁丝上晾晒衣裳，几个学龄前孩子眨着眼睛，把一只手放在嘴里，不解地看着金爷爷手中的纸盒子，因为他们没什么新奇的东西可以看。他们不知道，金爷爷要带着这纸盒子里钱，去找那帮肇事者，用钱买通他们，让他们再闹腾。

　　他们一定是想要钱的。不就是钱吗？有钱能使鬼推磨。可金爷爷实在不想动用福利院这帮子老朋友们的零用钱，那是他们从牙缝里抠出来的。那个是水力给他洗过衣服的，那个是水力把家里的新毛巾拿来给他用的，他把福利院发的毛巾包东西用了，还有老贺头，他是双目失明的老人，上回，外孙女生病，他执意要去看，趁工作人员午睡悄悄离开，走到十字路口，正茫然不知往哪走，被水力碰到，一直送他到外孙女住的医院，又等着他，把他送回福利院。

很多人说，从来没见过在福利院举行婚礼，翟爷爷和吴奶奶在福利院结为夫妻。在这个地方，这把年纪结婚，挺不容易。水力看出来了，她跑去和院长提议，"能不能给他们办个仪式？哪怕很简单的也好。"她买来一些红红绿绿的剪纸，从会议室的一个墙角挂到另一面墙角，四面墙都挂满后，中间就显出一朵很鲜艳的花。她送了新娘和新郎一人一件新衣服，头发也是她给他们染的，整个福利院的人都参加了婚礼，院里出钱买了雅客奶糖订了巧克力蛋糕。直到第二天，人们嘴里还是甜丝丝的。

水力说，在福利院，她可真是上有老，下有小。彻底满足了一把家长欲。"贺大爷，周奶奶，小毛弟，紫娟婶婶和方芳大娘，翟爷爷和吴奶奶……"

但是这个大家庭能为她做什么？一家子老弱病残，这么说一点也不过分。她去文学研究所进修之前，也没来和大家告个别，她说，她这辈子，最怕分别的场面。最怕看人掉眼泪。这个大家庭的人们几乎都不上网，不知道什么抄袭不抄袭，他们只知道，在动画片中看到的魔鬼和天使的游戏，通常都是魔鬼提前进入获胜局，他不允许天使主宰自己的行为，从游戏的开始，程序就是这么设置的。他强迫她背负坏名声，艰辛地在困境中前行。从表面上看，似乎这是她咎由自取，可实际上，一如绑在田地中当靶子的稻草人游戏，人们只要站在指定位置，对着她瞄准，百分之一百能将她击中。

"水力犯了什么错?"大伙都围着金爷爷问。

"说是抄了别人的一篇文章。"

"哦。那应该不是什么大事,对吧?不是什么大不了的。"

"可从那人不依不饶、喊打喊杀的阵势看,似乎把水力拉出去毙了都不解气。"

"我们给水力捐点钱,买通那帮人别闹了。"

"对啊,我们捐钱。"

"嗯,这是个办法。"金爷爷说,"钱不论多少,是个福分,我们不是为水力捐钱,是要为她积福,让她躲过这场灾难。"

"你见到她了。我是说,水力那孩子,她怎么样?"

"没有哭。她没掉泪。汗塌塌地躺在床上,脸色苍白,人瘦了一圈,但没掉一滴泪。"

"那帮害他的人,他们不是很高兴吗?"

"害人的人业力、烦恼都很深重,无福无德,本来善根就薄,再去挖空心思害人,福气更是会越来越少,慧根也越来越远离。"金爷爷边整理那面额大小不一的钱币,一边给大伙解释说,"有才华正直的人,必然会遇到一帮劣人违缘。劣人心中原本生长着茂密的嫉恨,火焰非常旺盛,他们往往不妒恨比自己不如的人,但一看到具足无量才华和功德福报的人,邪火上升,屏蔽了清气,直到这火焰把自己烧得坐卧不安,这种时候,诽谤加害、恐吓挖苦的小鬼小魔纷纷前来助阵,疯狂地对佛子发起猛烈人身攻击,强迫其改行或迁往别处。"

"那怎么办呢?我是说水力。"贺大爷给金爷爷的一番话,说得非懂似懂。干脆直奔主题。

"我这么跟你说吧,凡是靠一技成名的人,都是天地灵气所钟,我们都应当爱惜保全。不但不爱惜保全,还口出恶语嫉妒诽谤,必永断慧根。"金爷爷说。

"那就是他们好过不了?"

"当然,"金爷爷看到一枚硬币,上面被涂上红色,仔细地用手指擦拭干净。"如同一个病人,他骂人的时候他好过吗?是他先难受,先不好过,才骂别人,损别人。是可怜的病人。"

　　"可怜的病人。"

　　"是很可怜。每个人来到这个世间,都有自己的造化和原罪。用恶劣的行为阻止别人前行,不仅要消掉自己的造化和福分,还要在原罪上罪加一等。"

　　金爷爷把擦干净的硬币和募捐来的钱收集到一起,回家从衣柜里拿出另一个红布包,和残废军人证放在一起的,是一张定期存折。多年来,金爷爷一直有个疑问,学问把一个个年纪已长到成人的男子汉变回小孩子,他们总是被一己私利折磨得没个人样子,那网上叫喊得最凶的人,都是成年人,禽流感有多长时间的潜伏期,如果把这一沓子钱丢给他,能否治得了他那疯喊疯骂的病?广告上说,现在的人不是缺锌,就是缺钙,别看一大街的人白白胖胖的,都是亚健康,离真正的健康远着呢!至少这个男人缺爱,如果他像诗里写的那样,热爱人类,热爱这个我们赖以生存的世界,那他就不会对一个年轻女子大打出手,恶语相向,即使没病,不缺这缺那,也绝不是一个合格的成人,一个男子汉,善良、宽厚、辽阔的胸怀他绝对没有。

　　愚蠢的人还不懂得慈悲和宽宏善良的重要,对待敌人恨不得一掌掐死,殊不知,机关算尽去害人,对自己的德行和智力都是极大的损伤,这业力迟迟早早会报应到他们本人,或下一代身上。所以,从因果方面来讲,赢与输,都没有什么实质的意义,所谓的"冤冤相报何时了"就是这个道理。有句俗语:"饮食越多越好,敌人越少越好。"智者首先会熄灭自己的嗔心、怒火来平息种种纷争,即使遇到刚强难化的怨敌,也能以悲心容忍他们,以善德和慈悯来感化他们,最终以慈悲心化解摄伏一切怨敌。

火车在飞奔，可金爷爷嫌它开得太慢。路边有棵树，树干小得连株玉米都不及，于是有人折下树枝去当柴烧，或者，被小孩子拿在手里当棍子用，那也是一棵树，但早就没有树的样子。到达一所小车站时，天空下起了小雨，金爷爷又一路打听，他只想着快些到达目的地。一位好心的人给他画了个详细路线图，他拿着这张纸，一张他从电话号码本上撕下的小纸片，边缘有不规则的痕迹。他在路边摊档吃了一笼包子和一碗粥，把一张整钱给了摊主，换回一沓零钱，五十的十块的都有，顺手把残废军人证也拿出来，揣进衣袋，旁边那家正在压豆浆，乳白色的豆浆从石磨里挤出，照着路线图，再加上鼻子下的一张嘴，金爷爷没走多少冤枉路。都说人一过六十，能远行的就只有想象和心，自己在七十九岁高龄，还能坐火车穿越几个省，他觉得自己相当成功。

一共有十六个台阶，还要上一个水泥搭成的斜坡，他看到怀绍德单位的招牌就挂在楼的一侧，有两位中年妇女站在楼下说话，说的是难懂的当地方言，但是，当他们面对金爷爷时，立刻换成鼻音很重的普通话。

"能问一下有位叫怀绍德的诗人是在这里工作吗？"

穿黑裙子花衣服的女人先回答了他，"就在上面三楼。"

但是另一个有些胖，肤色白一些的高个子女人立马补充道："他不在。半小时前刚走，说是，哦，今天家里有事。"又问，"大爷，你找他什么事？你从哪来的？是他亲戚？"

"哦。我有事想请教他。"

金爷爷跟他们要了怀绍德的家庭住址，那住址很怪，是个叫什么路什么耳朵的街上，反正是和一种凶猛的动物有关。指路的女人说，"这儿到那里打车只需要五分钟，如果要走的话，可能就要半个小时。"金爷爷觉得自己还没到动不动就打车的地步，金爷爷的爸爸，七十岁时还经常挑着一担茶水到墟上去，免费给那些赶集口渴的人喝，日头走得很慢，他像日头一样总想着把自

248

己生活中多余的部分赠给别人。他去世的时候九十八岁，耳不聋眼不花。金爷爷瘦瘦小小的，很多人都觉得他不可思议，离休前身为统计局长，住着单位二十年前分的老式楼房，没有电梯，每天爬楼梯回到顶楼，房间还是没有装修过的水泥地，白粉墙，门也不是防盗门，居然是笨拙的木门，外面插插销的。常常有人见他手揣在衣袋里自己徒步走着去办事，他出门能不坐车就不坐车，尽管理解的人越来越少，少到绝迹绝种，但他还是坚持中午吃食堂，"人这辈子有食堂吃就不错了。"金爷爷对生活有一个不变的准则，那就是福不能享尽，享尽就没有福了，苦可以受尽，受尽就没有苦了。

眼前出现指路的女人说的窄窄的街道，和一栋棕褐色楼房，仔细对照了单元门的号码，就是这儿了。金爷爷夹紧包包，走进单元门，楼梯围栏生出铁锈，褪色的门窗也是灰褐色的，走到三楼他歇了一回，又到四楼又歇了一回，直到五楼，半掩的门内传出一个声音，既不是哭泣声也不是唱歌的声音，而是一种稚嫩的童音。

　　小白兔，白又白，
　　两只耳朵竖起来；
　　不能跑来不能跳，
　　只能乖乖把家待。

顺着这声音，金爷爷推开门，于是就看到他了。

一个男孩站在窗户下的一张凳子上，正向玻璃外张望，他有十一二岁？或者年纪更大或者更小一些。怀里抱着一个玩具兔子，他眼睛很大，脑袋也很大，与之不相称的是细细的脖子和瘦弱的身体。

看到金爷爷，他并没显示出害怕，他从凳子上下来，轻轻地，一屁股坐在那只不高不矮的小板凳上，似乎他一直都习惯这两个姿势。不是站着朝外面观望，就是坐着等待。

"你姓什么？"金爷爷朝他蹲下来。

"姓怀。"

"你一个人在家？"

"我爸爸刚出去。"

"你为什么不去上学？"

"我生病。"

"什么病，能告诉老爷爷不……"

这时，金爷爷身后传来一位中年男人的声音："您好。"

金爷爷回头，首先注意到男人眼神，与众不同的阴郁眼神，藏在一副无框眼镜片里。

"我在路口接您，没想到，您自己找来了。"他说，用食指推了推眼镜，"这边请。"

金爷爷跟随他，将那小孩儿独自留在小板凳上，他和他怀中的小白兔。

走过一条短短的过道，经过厕所和厨房，还有一扇紧紧关着的门，来到的这间比刚才那间大许多，没有阳台，墙面用白瓷粉刷过，一整面墙那么宽的书柜，每一层都摆满书，摆不下的几本，横躺在书架最上方，紧靠窗户的书桌旁，一台打印机放在那里，长方形，白色的，墙上没有一幅画，而是挂着一系列动物的头骨，逐一展示着空洞眼窝和尖利牙齿。

"您请坐。我就是怀绍德，哦，我给您儿子发去过我的照片。"他穿着一件灰色的旧茄克，眼神里有一种古怪的神情，窗帘是半遮上的，书柜最上层陈列着几本获奖证书，证书旁边是一只鹿头标本，以及几盒光盘。

金爷爷没说话，默默坐下。

"情况我都和您儿子详细说过，刚才，您也看到了，先天性

250

心脏病，医生说，现在做手术危险系数太大，但是，我希望能及早治疗，让他像其他小朋友那样，想玩就玩，想跑就跑。所以，我一直在想，看看中医上有什么保守疗法，老天保佑，在网上看到您开设的'先天性心脏病中保守疗法诊所'，您儿子说，通常您都不坐诊，所以，我就一直在跟他预约，请您上门来看一下。"他吸了一口气，停顿了几秒。

"哦。"金爷爷表情凝重起来。

"他还这么小，我每次送他去学校，我送他走进校门口，看着他，他也回头，用他的眼睛看我，就在那一刻，那个时候，我的心就莫名地痛，在体育课上，或课间操，他的心脏会不会突然停止跳动……我担心放学就见不到他。"他眼圈红了，摘下眼镜，用手去揉眼角。

金爷爷把手里的包放在膝上，就是那种普通的黑色皮包，皮质还不错，只是样式有些老，拉开皮包拉链，金爷爷大惊失色，皮包里空空如也。包的底部什么时候被人用刀子划开，留下一个整齐的裂口。钱，那些钱，就是从划开的地方不翼而飞。

他回想起一路上，是在吃包子的摊档，还是在火车上，抑或是……

"别人家的父母盼什么？考重点，出国，成龙成凤，而我，我的要求非常低微，只要他能像别的小朋友那样，想怎么跑就怎么跑，想怎么笑就怎么笑。"他重新戴上眼镜，"只要能治好他的病，让我做什么都可以。做任何事情。"

金爷爷心情沉重地把拉链重新拉好，就像它一直完好无损的那样，他不心疼那些钱，相信福利院的那些人也会这么想，既然拿着这些钱来这里，就没想把它带回去。只有一种解释，怀绍德不该得这笔钱。

"老先生，开个价儿吧，我会按最高的出诊费付您。"

金爷爷起身走到书柜前，看到一连串他不熟悉的人名，后来他能记起的一些，大都是"斯"字辈了——陀思妥耶夫斯基，施特劳斯，托尔斯泰，马尔克斯，博尔赫斯，车尔尼雪夫斯基，《战争赌徒山本五十六》，《基度山伯爵》，《莎士比亚》，《无事生非》，《王位继承人》，《我不是教你诈》，《祸起萧墙》，《恶魔情人》，《我就要动你的奶酪》等等，这些书金爷爷没读过，有些连听都没听说过，它们骄傲地在书柜上，昂首挺胸，似乎为展示主人读过这么多书，至少存有这么多书，足够自信地提醒来者，书已经和他合二为一。如同白墙壁和暗黄色瓷砖成为一体。

怀绍德正用审视的目光打量他，"你喜欢看人物传记？随便挑吧，我这里有很多书，如果你想看的话，我阳台上还有。"金爷爷摇摇头，隔壁房间又传来背儿歌的声音，任何一个孩子这样圈养着都是很难健康的。

"说吧，你到底要多少钱？要多少钱我都给。只要能治好我儿子的病，做什么我都愿意。"

第三格书柜最中间，怀绍德的集子摆放在最显眼的位置，鲁迅先生说过："读死书是害己，一开口就害人。"满腹经纶，品德差劲的人是头顶珠宝的毒蛇，毒蛇在珠宝内里藏着剧毒，先巧舌如簧，巧立名目，巧言令色，以学问迷惑人，趁人不备，不停地向四周喷射毒气，所以，凡是接触到它的人都会惨遭毒害。口中却伪善说出利益他人之语，这种怨毒是很难制服的。

书读得多，品行也好的人，好比珍珠的光，宝物的气，由无数微小晶粒的结合体藏于体内，从这个人的眼神、微笑以及身体的各个部位、各个方向对别人产生出一系列透射、折射和反射，形成了一片层层叠叠的光，即使相貌平凡也会成为人群当中最迷人、最夺人眼球的那一个。

书桌上有现成的信笺，一支笔，它就放在信笺旁边，似乎它们是孪生的，金爷爷受到它们的鼓舞，弓下腰，拿起笔，很快写下半张纸，递给怀绍德。

"药方?"怀绍德从沙发上站起,欣喜地接过去,只看了一眼,脸色陡变。"你是谁?不是医生?这是什么?"

　　"想治好你儿子的病,你先服下中药两味。"

　　"两味?什么意思?"

　　"两味,在中药术语里,意思就是'两种'。"

　　"哪两味?"

　　"你不是说,为治好孩子的病,什么都肯做?"

　　"做什么?"

　　"先做个好人,再做些好事。"

　　"好人?好事?"

金爷爷和怀绍德

以我七十九岁的高龄，很多人都叫我一声金爷爷。

清朝末年有位老员外名叫赵德芳，家门富足，人丁兴旺，三个儿子都娶了媳妇，日子过得很好。在他六十大寿那天，儿子儿媳都来给他拜寿，他对他们说："孩儿们啊，咱家现在家大业大，丰衣足食，但想起当初，不瞒你们说，我是以一杆空心秤起家，才挣下了现在的家业。我用空心秤买卖棉花，买棉花时，二十两算一斤，卖给人家，一斤成了十四两，卖棉花的人赔了老本，气得一病不起，最后得伤寒而亡。另有一个卖药材的，也被我用这杆秤算计死了。如今咱家衣食无忧，以后再不用这杆空心秤，今天趁我六十大寿，我决定把这秤砸了，你们以后都好好做人，好生过日子。"

老员外砸了秤，本想让一家人从此安享太平日子，谁知没多久，大儿子突得暴病而死，大儿媳很快也改嫁到别处。他刚把大儿子的丧事料理完，一家人还没从痛苦中醒过神，二儿子又无疾而终，二儿媳回了娘家。二儿子尸骨未寒，第三个儿子也得病死了，只因三儿媳刚有身孕，所以没能改嫁，留在赵家待产。这接二连三死了三个儿子，使赵员外伤心欲绝，心想，我用空心秤害人的时候，日子过得好好的，儿孙满堂，现在我砸了秤，原本要好生做人，却连丧三子，真想问问这老天是怎么想的？难道真是祸害活千年，好人不长命？

时间过去几个月，三儿子的遗腹子就要降生，又遇到儿媳难产，三天三夜也生不出孩子，赵员外已被三个儿子的去世击溃，心想可能这回，大人孩子都保不住了。正在他万念俱灰时，一个和尚路过门口，停在门外化缘，遭到管家的拒绝。他说，"师父啊，你还是去别处化缘，我们家连遭不测，三少奶奶正在难产，老爷说，从此再不做善事，也不施舍给外人。"

和尚说，"我正是为你家三少奶奶解除危厄而来，你速速禀呈你家老爷，我有法子让她顺利生产。"

管家大惊，飞也似的跑去告诉老爷，老爷正急火攻心，赶紧请来和尚。和尚取出一副草药，命人速速给三少奶奶服下，不一会儿，一个男婴顺利降生。

赵德芳喜出望外，赶紧命家人大摆宴席，盛情款待和尚，饭席间，老员外神情黯然对和尚说："我年轻时靠着一杆黑心秤起家，尚能全家太平，几个月前，我看家人和睦美满，财富丰盈，于是将秤砸了，想从此乐善布施，谁知，砸了秤之后，我三个儿子接连抱病而亡，两个儿媳也走了，今天若不是遇到你，没准这三儿媳和孙子的命也不能保全，从此我家就绝后了。我不明白，行善为什么遭恶报，行恶反能好好活着？"

和尚哈哈大笑，对他说："你害死的那个棉花商人，投胎转世成为你的二儿子，是专为给你败家而来。你算计死的那个药材商人，就投作你的大儿子，他也是来损耗你，而不是旺你。你的三儿子是你所有缺德的总和，等着要给你闯下滔天大祸，让你在贫病中孤苦老死。就因为你砸了黑心秤，老天见你有心向善，所以把这三个让你晚年倒大霉的儿子都收走。"

赵德芳听了，冷汗涔涔。"原来是这样，可是，我现在得了一个孙子，他可也是为了来损我耗我的？"和尚说，"这个孙子

255

将来是为了给你养老送终，孝顺你，并且会为你积德显贵，改换门庭。"和尚又说："老员外，万事皆有定数，秤也有标准，你知道秤为什么定为十六两?"赵员外说："愿闻其详。"和尚说："秤定为十六两，代表着北斗七星，南斗六星，外加福、禄、寿三星，你每少给人一两，就损自己一星，你的黑心秤给别人越少，你的福禄寿一直在减，你想想，你损了多少德?"

离休后，我尝试了很多方法，给福利院体弱多病、孤独忧郁的人心灵抚慰，我用《玉历宝钞》上的这个典故告诉他们，我们所能得到的恩赐，就是我们看到的，如果你看不到，那你就得不到。

怀绍德一直不说话，我只听见自己的声音，以及那个房间骤然停下的儿歌变成短促的惊呼。仍然是经过一条短短的过道，经过厨房卫生间和一扇紧紧关闭的门，板凳摔在一旁，怀绍德的儿子向后倒去，小脸煞白在地上翻滚，同时撕抓自己的喉咙，怀绍德大喊着，"别动。"小板凳被他踢出老远，他扑向他，这时他已经蜷作一团。

我抱起孩子的背，拿开他的小白兔，手在他胸前摩挲着，让他呼吸畅通。

怀绍德飞快地给孩子嘴里塞了一粒药，就像变戏法似的，后来我知道药粒时刻揣在怀绍德衣袋里。怀绍德把孩子抱上床，用手背蹭去孩子嘴角的白沫，又拽过被子给孩子盖在身上。

"他经常这样。"他坐在床边，痛苦地垂着头，"因为担心他随时都会犯病，我每天都提心吊胆，我和她妈，现在都患有严重的神经衰弱。"

那孩子睫毛很长，头虚弱地歪在枕头上，刚才被指甲划出的红印子清晰地留在细脖子上。为了避免他过度活动，他父亲为他买了一个自动床，早上醒来的时候，一摁按钮就能坐起。还给他做了个特制的板凳，让他站在窗户前的时候，头正好高出窗户一头半。板凳随着他的个头增长可以升降，不过，他长高的速度缓慢，随便跌一跤对他都是致命的。在学校，只有被大伙称为"笨"的同学，才遭到老师责罚，不完成作业的同学会被揍，他连被揍和被作业本丢到头上的可能都没有，一看到他，一想到他脆弱的心脏，再大火气的老师都忍着怒气，"站教室后边。"体育课上，成绩不达标的也会遭到体育老师的耳光，那个满脸青春痘的体育老师很爱揍人，但也只能在上课开始的时候，就对他说，"你，站那边去。"小小年纪，他的生活就只剩站。站到父亲像梦一样从外边溜回来，站到把楼周围的景色都琢磨了几遍，对面七楼有个东西，黑黑的衣服，脸很白，两只粉爪子蠕动着，像一只狗，但又不像，因为它的头是往楼下瞅的，所以怎么都看不清脸，他决定看清楚那到底是什么，经过长时间的观察，最终发现，那是一个至少有八十岁的老太太，人瘦小得像七八岁的孩子，脸白得吓人，可能是得了某种病，两只手又是粉色的，她站在窗前，跟窗台一样高，可能没踩凳子吧，她也很闷，腿脚不利索，所以只能站在窗台往下瞅，而他，是因为一颗心脏和别人不一样，所以，连苍蝇飞过头顶也能让他站一下午。

每晚睡着的时候，两手死死搂着那只小白兔，那是他唯一的玩伴。

他给我讲为了给儿子治病，他写得有多卖力。出诗集，给人写评论，等他爬上自动起降床后，给他讲故事。因为他的病，他需要很多很多爱，很多很多钱。想想看，血浓于水，父子情深。

"那你也不能对她下那么大的狠手。她什么时候得罪你的，你们连面都没见过？"

怀绍德皱着眉头，没说话。

"必须那样吗？"

"有些东西，赶不上，就撞上。如果她对我狠点儿，现在我就能理直气壮问你这话。"

"这就是你的逻辑。你找她的茬，因为她不伤害你，也不提防你，更不会泼妇骂街似的揭你的丑。"

"她对你说了什么？"

"没有。"

"什么都没说？"

"你表达得很好，你在网上发布的那些东西，很好，你掌握的东西真多啊。"

怀绍德起身，在屋里踱步，然后，又坐回原处，窗外，没有太阳的天空灰蒙蒙的，我看到他皮肤上有个黑影，他使劲摇了摇头，摇晃那黑影，"她为什么一句话不说，拒绝和我对话，似乎我是腐烂可憎的面目，给我打个电话，哪怕说一句，说一声央求的话，向我告饶。她不制止我，眼睁睁看着它发生，然而我那停不下的愤怒说，噢，这是一个好机会，于是我又加了把劲，可我一加劲，似乎真就停不了，干脆让全世界都知道算了。我奇怪的是她为什么不崩溃？为什么那么理智？倒显得我像个傻瓜……够了，够了，别再问了，我不想在儿子睡觉时说这些，我不记得了，什么也不记得，我有很多事情要忙，很多事情，我得去买菜，做饭，看书，写诗，照顾儿子，我不记得了。"

可他的大脑却不这么想，记忆满载着那件事，满载着他的疯狂，就是不想给她留下一点余地，一点余地也不留。没空没功夫？主要是不具备一颗柔软的心和一双柔软的手，让他摸着良心回想一下，坦诚地说说到底为什么要发给她那素材？别人都发狂了，一切都失控了，那该是多么辉煌的一刻，亲自发动的一场网络战争，他们，好多妄言的人，无能的人，臭不可闻，脏兮兮的狗屎，疙疙瘩瘩的臭味从他们手缝中挤出，由他们心里挤出，既然成为不了水力，就拼命涂脏她，使劲搞臭她，多么开心！他儿子躺在床上，像玩具小白兔一样躺在床上，不能像真正的小白兔那样蹦蹦跳跳，这是多么疯狂的恶作剧和恶搞都无法改变的。

怀绍德坐下，两手放在膝盖上摩挲着，"起初我给她发短信，说，素材是我给你的，意思很明显，我和她一起享有著作权。头一天过去，她没声没息。第二天，第三天，可还是不给我回信。后来我想，她不想和我共享著作权，再后来，她也没为自己申辩，我给她回短信，说，好吧，你这是自己断自己的路。"

他所说的只不过是个开头，是真实事件中的一小部分。水力对面临的危险一点预知都没有，一直停留在安全的世界里，她相信给她素材的男人，而她一旦不做声，他就变得没有止境。逼她加倍偿还。还要伤害。还要玷污。还要谩骂。

"国家一再强调国泰民安，以和谐为本，看看网上，你引发的那些骇人听闻的言论，像一面面镜子，投射出的是内心缺乏礼赞、缺乏温润滋养的成年人。你借用网络实施文化暴力，不仅与国法相悖，与佛法相悖，与己与人与社会，都百害无一益。"我有些口渴，怀绍德没有给我倒水，我只好干着嗓子，说下去："况且，以毁灭的方式不能彻底灭除怨敌，因为冤冤相报无始终，只有根治自己的嗔恨心，以慈悲心化解矛盾，才能让人发自内心地信服和崇敬。任何事情都不能做绝，不可欺人太甚，否则可能引来毁灭性的反击。俗话说：利剑割体疮犹合，恶语伤人恨难消。你每结的一个怨敌都有亲人朋友，你没有智慧化解怨怼，势必造成对方的亲朋好友直接参与，使更多人成为你的怨敌，一代一代传下去，子子孙孙无穷尽矣。再加上因果不虚，你的怨敌会越来越多，你和你的后人，都会在腹背受敌中胆战心惊地过日子。"

怀绍德又站起来踱步，在我面前来回走动，屋内昏暗的光线，一会儿被挡在他身后，一会儿又自行散开。

我咽了一口唾液，"以前，某个村落有个不好的习俗，人们喜欢看打架斗殴，称获胜的一方：'英雄。了不起。敢用刀子捅向对方的腹部。'直到今天，好斗狠求勇的恶俗仍未断绝，致使邻村的姑娘都不愿嫁到这里，方圆几十里的小伙子，都怕娶这村子的悍女为妻。有位法师来到这个地方，看到这种风气，告诫人们，其实，真正的英雄不以战胜对方的肉体而自傲，以匹夫之勇来惩治对方，只是蠢人的做法。聪明人，要以能力学识慈悲之心来化干戈为玉帛，引导人们去除恶劣的风气，以婆婆之心化解冤仇，使逞强斗勇之地变为清净和谐的净土。"我说，"既然，你自认为是一个强者，一个熟读百书的人，为什么不用能力去处理这件事情，而是用莽夫的方法去对付一个女孩子呢？那就是你的男子气概？事情还没解决，自己先生出许多嗔恨之心，何谈'相逢一笑泯恩仇'？况且，世事无常，你是否想到，有一天别人会用你摧毁水力的方式对你？"

怀绍德无语，重新坐下，在那张单人床边，手在膝盖上摩挲着，昏暗的光线遮住他的脸，从我这个距离，看不清他眼珠子，只看到两只白眼仁，和一个影子坐在床脚。

有段时间怀绍德先生异常兴奋，沉浸在打败水力的胜利中，不仅结束了发表不了小说的境况，还有编辑主动约稿，他忙不迭地找出以前的旧稿子，稿子顺利发表，地方上给他开了研讨会，从不知名的诗人变身为小说家，可惜没多久，人们开始鄙夷他，认为他不过是靠毁灭别人名誉来达到自己出名、发表小说的目的，包括那些曾经帮他出损招、一起对付水力的亲友，也纷纷与他反目。这正好印证了一句佛理：万法无常，敌可成友，友可成敌，所以亲怨都不是一定的。

窗外飘进炖羊肉的味道，已经到了做晚饭时间。怀绍德一条腿支在床上，一只手撑着下巴，在妻子下班前，他得一直守在床前，把脸搁在黑暗中。儿子睡得很熟，可惜他脆弱的心脏有杂音，就像裹着纱布吹口琴，发不出正常音色。

"你能给我倒杯水吗？"我问。

怀绍德慢慢抬起蜷缩的背，似乎还没完全到来的黑夜确已将他吞没。过了几分钟，他才说："哦，可以。"

我看到一个暗影走到桌边，我听见水流进杯子。

"给您。"他说。

我调整着眼睛的焦距，除了他的两只眼镜片，像两片冰块飘浮在黑暗中，我几乎什么也看不清。我向他伸出手掌，我只能凭感觉去接水杯，只听见"砰"的一声，热水溅洒到我的脚面。

这就是我给怀绍德先生开的药引子：

> 杯子扑落地，响声明沥沥；
> 虚空粉碎也，狂心当下熄。

——自《虚云和尚年谱》

你拿什么拯救我

他从房间的这头跑到那头，绕过书桌，穿越客厅，再从窗户跑到门边，我坐在沙发上，看着他从我身后跑过去，又从背后转到脸前。他一会儿把手高举过头顶，一会儿在身体两侧摆动，要不就抓着耳朵，笑着，一边跑一边大口喘气，然而一直没停下来，也没发生窒息。

我去找了他们的校长，班主任，体育老师，告诉他们以后我儿子所有课都能上，学校的任何活动都应当有他一份。他们听了大惊失色，一副将信将疑的样子。唉，连我也不能相信，儿子能跑能跳了，他的妈妈每天跑几回菜市场，一定要把以前缺的营养都给他补回来。他以前很多东西不能吃。病治好后，眼看着就长了个子，脸上有了红扑扑的颜色，别的家长怕自己家孩子得多动症，但是我最喜欢看他跑上跳下，一口气从一楼爬到楼上，谁都拦不住。

儿子食量很好，而我，看着他大口大口吞咽就比自己吃饭还香。我看着他把碗里的饭都吃光，伸着碗对他妈妈说，"还要。"似乎他从一个很饥饿的地方回来。在他病没有治好前，很少有胃口好的时候。这种时刻太幸福了，我一手抵着腮帮，目光交织在他睫毛下的那双眼睛上。

262

他真漂亮。他的头发不多，发质稀软，但我想，以后可以变得浓密。他的个子比较小，每次我抱着他的时候，就是抱着一堆单薄的骨架，我不敢用力，生怕不小心将他捏碎了。但，今后这也不是问题了，看他每顿能吃三碗饭就知道。他的小胳膊，小肩膀，小脸蛋，都在我目光里溶化，我没喝酒吃饭就已经酒醉饭饱了。我思绪游离在饭桌之上，生怕他吃着饭，突然浑身抽搐，双眼一闭，口吐白沫，朝后倒去。当然，这种事情没再发生——以后再也不会发生了。

恍惚中，一只手伸到我面前，黑黑的眼睛深处，透出来的分明是健康的光亮

"爸爸，我想要一对羽毛球拍。"儿子大声说。

这么好的要求，只要他愿意，除了地球，什么羽毛球足球排球乒乓球我都愿意给他买。

"乖儿子，听我说，篮球都没问题，只是，医生说你还要恢复一段时间，才能做这些运动。"我心里已经答应了，但还是要提醒他一下，"你不记得金爷爷是怎么嘱咐你了么？他的话你可要听。"

他用一只手去挠另一只手背，说他记得那个瘦瘦的爷爷说的话，还记得他被他背在身上去找医生，那个医生是他的老战友，曾经在缺医少药的战场上，救活过无数濒临死亡的战士。除此而外，他印象最深的，就是金爷爷经常给他讲故事，奇怪的是，那些连老师都不会讲的故事，金爷爷讲来娓娓动听。只是，他在他病床前教他背《因缘品》的时候，我听得后背阵阵发紧："不怨而兴怨，不谤而造业，愚迷受轮回，今世及后世，先自作漏业，然后害他人，彼此相兴害，如鸟堕罗网，破他还自破，冤家遇冤家，毁他还自毁，嗔他还自嗔。"

"什么是往生恶业？"儿子当时这样问金爷爷。说实话，这问题我也想问。金爷爷说，"人都是有往生业力的，有恶业，有

福业。完全有恶业的人是没有的，因为今生能生做人，说明都有慧根，但是，要不断地做好事，往生恶业才能消除。"

"爸爸你有往生恶业吗？"儿子问我。

"我生下来就有病，是不是爸爸的往生恶业？"儿子又问。

我沉默着，儿子换另一只手挠手，医生说，最近他胃口大开，吃的东西太多，偶尔会出现食物过敏症状，但是不用担心，慢慢就会缓解的。

"是不是爸爸做好人，做好事，我今后才能健康幸福？"儿子再问。

"哦。"我说。既不对儿子的话反驳，也不表态。后来，金爷爷似乎只管给我儿子找医生，看病，只字不提那件事。仿佛他就是为了救我儿子而来了。就在等着那位医生给别人看病的时候，他认真地给我儿子讲故事，拿出水壶给他水喝，他给他买苹果和香蕉，他注视我儿子的目光，哦，我敢打赌，连他亲爷爷也未曾那样。

床上，儿子蹦来跳去，把被褥散得满床都是。他把床当蹦极，被褥当蹦极的垫子，跳着，气喘吁吁，被枕巾缠住脚踝，挣脱出来，继续跳。嘴里数着："十二，十三，十四。"

我坐在沙发上，笑着，拍手给他鼓劲。

有个健康的儿子是如此幸福。儿子以前小脸苍白着，很少有笑容，嘴巴紧闭着，像关闭很大的难言之隐，除非吃饭喝水的时候才张开。现在他浑身上下都散发着开朗活泼的气息，有个健康的儿子比什么都幸福。但就是在几个月之前，他还动不动踩翻凳子，忽然朝后仰去，滚落在地板上，脉搏时有时无。瞧现在，他从地板上跳到床上，又从床上跳上沙发。

"想不想报个游泳班或者田径队？"我问他。

"我们学校没有游泳池，只有跑步的操场。"他的手扶在我肩膀上，继续上蹿下跳，沙发弹簧发出"咯吱咯吱"的声音。

"少年宫有游泳班，还有拳击、摔跤什么的。"

"爸爸你来追我。"他从沙发上蹦跶下去，只穿着袜子，在地板上跑来跑去。

"好，我来了。"我也从沙发上一蹦而起。多久没有这种感觉了，好像回到小时候。我摸到儿子的小肩膀，又故意滑脱，他高兴地在客厅里绕了一圈又一圈，一边跑，一边大声笑着，间或有几声小咳嗽，那是因为他过于开心了。他的开心感染了我，我和他像一大一小两只兔子，追来追去，跑来跑去。

"我投降。"我跌坐在沙发上，双手高举过头，上气不接下气地说，"你赢了，爸爸跑不动了。"

"嗨，老怀。"这是儿子自喊我爸爸之后，第一次用调侃的语气称呼我。我欣喜他拥有这样的幽默，因为他的病好了，所以有了这种能力。"嗨，老怀，"这一声几乎要把我的眼泪喊落地。甚至我没反应过来，他怎么会一下子这么聪明自信，但愿他永远别想起，以前我是怎么小心翼翼地抱着他来着，那时连看着他睡觉，对于我来说都是一件痛苦的事情。我多想告诉他，他在床上、沙发上、地上漫无边际乱跳乱跑时，我是怎样的心境？在我眼里比刘翔跨栏，比任何最优美的舞蹈大师都带劲。我暗自希望，但愿他每天早晨起来，先冲着我的耳边中气十足地来一句："嗨，老怀，起床了。"晚上临睡前再来一句："晚安。老怀。"如果你曾有个病孩子，你不知道他何时发病，何时昏迷，何时醒来，你就完全能明白我此时的心情。

老怀把小怀举过头顶，玩文字接龙游戏，篡改了很多成语，好让约定俗成的东西变得新奇，这世上没有什么是不能篡改的，我们一起唱跑调的歌，就像磁带被水泡了又放在录音机里发出的声音，要多难听有多难听，但是，要多开心有多开心。歌声中我给他洗了澡，澡盆里的水温逐渐冷却，我抱出来的一个暖烘烘香喷喷的身体。我用毛巾被紧裹着抱紧他，他可真香啊，我深深地把香气吸进我的鼻孔里。以后再没有人说他是个病孩子，至多说他瘦弱，但这根本不是问题。

热了冰箱里的饭菜，我们俩坐到桌前大嚼大咽。剩青菜的滋味，剩牛肉的滋味，还有蒜苗的滋味，以前他妈妈连哄带骗才能让他吃上几口，现在他想吃几顿就吃几顿。得多给他买些甜食，花生蛋糕，鲜奶面包，巧克力饼干，他妈妈建议买只烤箱，我看可行。直到我的小怀吃饱喝足，哈欠连连，可不是？他这一个下午的运动量，抵得上生病那时候几个月的消耗。给他盖上被子，我坐在他床前，仍旧得练习反复告诉自己，他现在是个健康的小孩子，不会再犯病了。

"老怀，给我讲个故事。"

"从前有座山，山里有座庙，庙里有个和尚……"

"哎呀，又是这个。"儿子拿脚蹬我，"真没文化。你讲的故事比金爷爷讲的差远了。"他睫毛一忽闪一忽闪，"嗯，我给你讲一个。"

于是他就讲了起来。"从前有个国王的公主，名叫善光。善光生得聪明美丽，深得国王和王后宠爱，连宫里的大臣仆人都喜欢她。有一天，国王对公主说，你生在我们这个帝王家多么幸运啊，你的所有福气都是老爸我赐给你的。王后赶紧对公主说，还不快过来谢谢父王。接连说了三遍，公主都没有上前去拜谢。国王不高兴了，说，都说你聪明，我怎么觉得你今天愚钝不开窍啊？公主说，父王，并非女儿愚钝，而是我觉得您说得不对。每个人生来就带有自己的业力，我身为公主，享受荣华富贵，不是父王的功劳，而是我往昔善业的福报。国王听了特别生气，下令把公主赶出城去，说，我倒要看看你的福报！公主就这样分文未带离开皇宫。"

我不必回忆也能记得，这个故事的下半场是：公主刚一出宫门就遇到一个乞丐，乞丐把公主当成流浪的孩子，看她可怜，说，"我有一个破窑洞，可以避风遮雨，我带你去。"公主来到破窑洞，见乞丐虽然穷，但心肠挺好，于是对他说，"我们俩都无依无靠，不如我嫁给你吧？"乞丐说，"既然如此，我们就把这破窑洞整理得像点样子，我才能娶你啊！"就在俩人打扫破窑洞时，发现地底下埋着很多财宝，于是他们用这些财宝重建了房子。新建的房子比皇宫里她住的房子还漂亮，又雇了很多奴婢，公主过上比以往还幸福的生活。

什么都不必多说了。金爷爷是想告诉我，"善恶之报，如影随形，三世因果，循环不失。"我甚至不必解释，他全明白。我可以忘掉水力在我的摧毁下是怎么挺下来的。忘掉我给她发过的那些甜言蜜语，忘掉她说我很正直的话。忘掉我为了将"水力抄袭"永远钉在耻辱柱上，故意写了一篇文章，给洪丹大唱赞歌，目的是联合她消灭水力。她当时高兴得在电话里直拍巴掌，是她的耳环触到话筒了吧？发出一阵杂音。"我一定会帮你。"她说，"我对怀绍德先生，力挺不怠。"我可以忘掉，我作下的蘖改变了水力的生活。反正我打算把这一切都忘得干干净净，因为我的儿子病刚好，他就躺在我的眼前，给我讲故事，我以前恨水力，现在不恨了，因为她的原因，金爷爷来找我，因为金爷爷，我儿子的病好了，所以说，我一直都是对的。这就是我的公式。我儿子病好了。这比什么都重要。而不想去探究，由于我的所作所为连带的恶性效应，把水力伤得有多重。

"老怀，我先睡了。"

"别说话了，快睡。"

"妈妈回来你替我说晚安。"

"没问题。"

他刚把眼睛闭上，我就哭了。坐在他的床边，攥着他的小手，眼泪毫无顾忌地流了满脸。就像他小时候昏迷跌倒时，碰掉一颗乳牙，嘴肿得老高，就像他长大一点时，看见楼下的小朋友们玩得欢天喜地，而他站在窗户内像生了根似的。我恨不能替他承受他的痛。我恨不得上班时把他绑在自己裤腰带上。恨不得晚上睡觉睁一只眼，闭一只眼。我担心一眼不见，哪天他睡得再也醒不过来。每次我看着他，我心里都很痛。生怕有一天他会离开我，化成一缕青烟，融进墙上的照片里。

眼泪流进嘴里，又咸又甜，我狠狠捏着自己大腿，证实这不是梦。

儿子已进入梦中，发出有节奏的好听的鼻息。

窗外，夜幕和着我的热泪一同降临。

在梦里，有个地方

在梦里，有个地方，
隐约听见有人唱着一首歌。
已经忘了这首歌，
它到底在说些什么，
月很美，夜很凉，花儿很香。

乔沐阳轻轻地走上白色楼梯，窗户上放着很多盆花，茉莉，绣球，太阳花，厨房就在楼梯正对着的地方，灶台上整齐地摆放着油盐酱醋瓶，擦拭得纤尘不染的灶台和窗台上开得妖娆丰美的花儿交相辉映，花长得太好，开得太茂盛，以致于花盆显得很狭小，拥挤，餐桌上放着一根跳绳，桌下还有一只足球，楼梯的这一边是用沙发围出来的客厅，一只博古架上摆放着从各个地方淘换来的泥人，绢花，雕塑，还有几瓶不同颜色的高档酒。

无论到了哪个国家，他都记得，水力背朝门坐着的时候，喜欢把一只脚塞进椅子里，八年过去了，他离开的时间和她开始写小说的时间正好一样，站在阳光下的走廊里，他喉里有一种东西堵着，说不出话，但是眼睛里却有液体夺眶而出，他记得当初总爱说她："野丫头，你把脚放在椅子上的样子太不斯文了。"她却说，"我侄女和你的看法正好相反，她说，我这样子酷毙了。"

房间还是那种格局，连家具摆放的样子也一点没变样，打开门先看到阳台，一张白色的椅子就在那放着，她坐在椅子上，脸朝着阳台外面，是外面有什么景致吸引了她，还是她就一直喜欢这么坐着？他猜想是后者。窗帘是一棵棕榈树，树下是一汪碧湾，岸旁长满绿草，让整个房间显得湿漉漉绿盈盈的，外面，阳台上摆放着一盆盆花，有些花只有茂盛的绿叶，有些正开着红色的花，花雨般围满阳台边缘，他知道这一定是嫂子摆放的，目的是让小姑子的眼睛有东西可瞧，否则，一天到晚让眼睛对着阳台该多枯燥？

还是那台天蓝色的电脑桌，只不过，电脑可能很久没有打开过了，鼠标垫也一定闲置了很久，有人说她自杀了，在某年某月某一天，还有人说，她一蹶不振，都不是那么肯定，总之都是"她完了，再也写不了了"，如果这之前，他还觉得有什么愧于她，甚至想过今生今世都不再见她，只把她珍存在记忆中的话，那一刻他决定，他得回来了。

透明的阳光无法过滤记忆，也不能将往事化作尘埃飘浮在空气中，正像他在小区门口听说的那样。

"有人把水力抄袭的传单都贴到小区里来了，你说。我们这样的老人家，又不管人家抄袭不抄袭的事情，"邻居李伯伯说，"他们那些人要做什么，明摆着就是让她把脸丢尽，心太恶毒了。"

"我看到贴传单那个人了，还是什么校医，长得又丑又笨，我看她当兽医更合适。"

"她哪儿配当兽医？现在人家里养的宠物都金枝玉叶似的，比人还金贵，遇上个感冒发烧，给这么恶毒的人抱在怀里打针，没被高烧烧坏，也得给她那母夜叉样子吓垮。"

"我们才不管那些，水力是我们大家的孩子，对吧，那孩子可仁义了。"

"她前边贴，我后边就撕掉，撕不掉的，就拿水冲，以前，水力那孩子没少打扫小区卫生，从楼道口扫到门卫那里。"

"那天在街上还看到贴传单那女人，四十多岁，酒糟鼻，长得忒难看了。"

"她见人就说水力的坏话，反正就是那些，意思是水力抄袭，但她还没抄。怕是抄了也没人搭理她。"

"后来她又来过一次，像小商小贩雇来贴广告的，拿着胶水和打印好的纸张，我叫来社区的工作人员，我们一起阻止她，她瞪着牛一样的眼睛，对我说什么，她在做正事。我真想上去给她一嘴巴子。"

"是海陆空大战，有人网上闹，这是海；有人在报纸上闹，这是空；楼道声里贴小传单是搞地下工作的。我跟你说吧，贴传单的女的，我儿子就在她工作的学校上学，他们单位都知道她到处贴小传单，她还在网上骂水力，一个长得五大三粗的女人，四十多岁的人了，还梳着冒充小朋友的童花头，她名声一直不好。"

"他妈的，疯了，都疯了。"

"谁说不是？不管怎么样，我跟水力的嫂子说，你要好好待那孩子，让她早点恢复那个精灵可爱的模样。我就爱听她叫我，赵奶奶。她每次见我都夸我，不是说我头发理得年轻，就说我衣服穿得好看。我还不知道，她是哄我开心。"

"我们都想去骂那伙狗娘养的。"

"让他们自己骂吧，就像过了气的歌星自己在台上载歌载舞下死力地卖唱，咱在台下就是不给他挥舞荧光棒，不和他互动，累死他。"

"水力的朋友们还在她家沙发上过夜，为的是怕她想不开。其实，她只是喜欢坐着，既没有寻短见，甚至也没有哭。"

"真了不起。她明白一切。那帮人是傻瓜。"

"这么说，她没让我们失望。"

"是的。是的。"水力的朋友说，"他们希望她出来吵骂，然后他们就更热闹了，再加上有人希望看到这热闹，因为她不肯这么做，所以那些人更加拼命地自己在那里吵骂。"

"我为她骄傲。这是个多么好的姑娘。"

这时，他们才想起，眼前这个年轻男子他们没见过，他长得很帅气，眼睛小小的，但是很帅气，穿着淡蓝色的衬衫，下摆塞进一条西服裤子里，像是刚从远方来的那样，风尘仆仆。

"你是谁啊？记者，还是水力的朋友？"

"哦对了，还有很多记者找水力来着，但都让她嫂子挡了，说水力不在家。"

然后他们就散开了，脸上带着云淡风清的笑。他笑不起来，如果亲眼目睹了那场对水力来讲可谓灭顶的灾难，他是绝对轻松不了的。

他在酒杯饭桌子间看完那张报纸，马上又去到网上搜索，那个男人，站在板凳上，唱着难听的高调，此刻，他理解她了，可是太迟了。那一颗跳动着热爱别人的心，一张讲道理的嘴，都没作用了。他打算，无论如何要找到她，不是谴责她的愚蠢和笨拙，而是选择一种方式安慰她。

网上的攻击和谩骂无法无天，有一只黑手，也许是两只，更有可能是十只，铺天盖地打压着她，点煤油灯时，会发现火舌总是焚烧满含油脂的灯芯，而且越烧越欢，因为含油的灯芯特别易燃，正如善良的人最容易遭受劣者的欺凌，愚笨的劣者会特别地对他们加以欺凌，火只会焚烧饱含油脂的灯芯，但如果是其他一些不易燃烧的东西，如石头、水、铁或是不含油脂的灯芯等，火焰是不会去焚烧的，即便去烧，也不可能盛燃。因为他们与劣者同出一脉，见行一致，臭味相投。

他觉得胸闷气短，不得已，他在路边的椅子上坐下来，歇了一会，站起来往前走，一直走到一条将城市隔成两排的河边，被河水冲过的河滩上，留下一堆鱼鳖烂虾，瀑布怎么阻挡都是下流的，他忍不住大声骂道："这些人算什么？谁告诉我，他们都算是什么东西？"

夜幕降临，他又挪到河边的石阶上坐下，仍然觉得没有力气，他想搞清楚这世界上的人都怎么了，不是说金钱使人肮脏，难道文学也使人下流？那些人误解她，打击她，诽谤她，污蔑她，辜负她，现在他想让她明白，还有他在。于是，他从河边的石阶上站起来，直接去了机场，下机后直奔汽车站，不顾旅途劳顿，穿越了报纸和小区的那些声浪，一路走向她，直到敲响那道熟悉的门。

"谁啊？"

不是她的声音，但他知道那声音是发自谁。他的心一下子安静下来，疲惫不堪靠在墙上，心里说："嫂子，是我。乔沐阳。"

他一进门，就看到她瘦了，但眼神很镇定，当她认出他就是水力的初恋男友，把他让进门。她眼含善意，并没有他想象中的警惕和责难，似乎觉得他能这个时候来，真的很好。

"你好，乔沐阳先生。"

"你这是，要出门去？"他见她穿着上班的套装。

她说不是，她刚下班回家，刚要做饭，想起咸盐没有了，正打算去买一包。因为水力的缘故，她每天都要提早回家，他问她，水力精神怎么样？她说比人们想象的要好得多，但问题是，有关精神层面的东西，她又是作家，谁知道怎么才是好，怎么才是不好。"总之，她非常坚强。给了别人，早垮了。"他没有说，"她垮不了，她不会垮，因为，我一直在为她祈祷，我的天使一直在保护她。"

"琦琦还好吗？那漂亮无比的小丫头。"

"她中午在她姥姥家吃饭，那儿离学校近。"

然后她就出去了，因为她知道他更多的话想留给水力，她想说他来得真好，来得很是时候，当初他不声不响离开，她也曾暗暗抱怨过，但事情过去很久了，现在，他能回来看她，没有比这更让人感动的。

　　他走上楼，拉开门。速度缓慢得有八年那么长，动作轻柔得足以打动一只蚂蚁。一种蓝色的寂静穿透他的心，一直从她坐着的白色椅子穿过来，光线打从阳台射进来，桌上，有束紫罗兰，房间上方吊着千纸鹤和幸运星，房顶中央垂下一串绿色的纸风铃。他开门带进来的风使这些东西都骚动起来，她并不回头，也不想看看是谁进到她的房间，墙上有一幅波斯猫的工艺画，灵异似的朝他眨眼。

　　她穿着一件苹果绿长裙，在他记忆中，她很少穿裙子，很少。他目光落在她的床上，床的一方紧挨着写字桌，桌子紧靠着床，那似乎就是她日夜最喜欢待的两个地方，一直没变过。在床的对面，有一张布艺沙发，紫色小花的沙发罩垂在地上，她的房间少了些杂乱，但是多了些什么，比如说寂静的蓝色的光还是什么？

　　书柜和写字桌之间的角落，码放着报纸和杂志，说不上很整齐，因为它的主人疏于整理它们，都是暂时不用，放不进书柜，但又不忍心丢掉的。日光下，他想象不出她是怎样一言不发度过那段最暗淡的日子，想不出欲望让那些人变疯变狂，他们想用污言秽语将她淹没，淹得连衣服都不剩。事后，海浪退下去，留下一沙滩的臭鱼烂虾，他读着那些东西，一边倒吸凉气，一边怒火填膺，但是，他也得感激他们，因为他又被送回到他曾经身属的大海故乡。

　　他站在她身后，轻轻咳嗽一声，他惊奇地发现，她对身后的任何声响都无动于衷。

　　"山风溪水，袅袅炊烟，热汤木桌缺了谁，不要笑我梦得太

274

美，梦里等着你来陪。"他声音从胸腔里发出，低沉浑厚。"山风溪水，袅袅炊烟，热汤木桌别喝醉，就算醉，有了我，更陶醉。"

水力半躺在白色椅子上，长到脖子的头发像某种植物的根须，在椅子背上散开，眼睛看着阳台，自从有了这阳台，房间就太亮了，太亮了，所以，她没法从哪儿把视线挪开。

"你说我太傻，人生本匆忙。花儿身上插，挥挥衣袖吧呵，我不想要历尽沧桑，"他继续唱道，"陶醉梦里紧抓不放陪我好吗？"

他站在她椅子后面。"水力。"

她没有回转头。

"水力。"

她看着她，看了一会儿，什么也没说，又去看阳台的花儿和阳光。

她的手搭在椅子扶手上，穿的既像晨褛又像睡袍的苹果绿纱裙。他知道，这个女孩子有太多太多的东西让人体会。他想起她每周给他写一封信，他常常想起一个文学女孩子写给他的那些信，青涩稚嫩，作为一个商人无法描绘的与生意和锱铢必较无关的文字，她才是我的老师，我耳根清净的老师，告诉我做人的丰富深情。我是一介生意人，一个商人，而她是一盒珍珠粉，上火时就着温水吞下，让我清气上升，浊气下降，我是一个人，然后才是一个生意人，赚钱是我的职业，而不是我的目的。她在八年前就说出这样的话，这话很平常，但从未有人对我说过，没人知道，没人能领会，有这样一个女孩子做恋人太好了，如果，她还愿意做我的恋人的话。

他挥手拍了一下椅背，眼泪止不住地从她心里，从他眼里，从他脸上淌下来，像河水一样淌下来，席卷着沿途的落叶，裹挟着鱼儿。从莫须有的抄袭事件爆发到现在，她几乎没怎么哭过，尽管很多人等着她当众掉泪，号啕大哭，跪地求饶，但她始终不肯。此刻，他忽然想好好地哭一哭。先哭她不该收到那破素材，再哭她点灯熬油写成的小说，哭他们一哄而上疯狂的掠夺，烧杀抢光之后还要赶尽杀绝。干吗把那破邮件发给她？网络病毒怎么不把它半路吞掉？一个细节，一个细节地哭，可那些东西能哭明白吗？除非让他们把恶作尽，把今生做绝，张开发臭的嘴，让葛根刺瞎双眼，爬回祖上的破窑，和牛为伴。敲碎尸骨横在血道上，与狼共舞。再打开门，走进去，把门紧紧锁上。直到一股浓烟升起，仿佛他们从未离开过，也不需要一块墓石。而且他们跳动在体内的心脏，从来也不是人的。

水力抬头看着他，自打他走进这个房间，她就没看他的眼睛，加州的紫外线不是很强吗？他的皮肤依然白皙，只是额头和双眉间有了皱纹，他走进这所房间就是为了替她哭？以前他说什么来着，"遇事多动脑子，别动不动就哭。"可是现在，他在她面前，除了哭就是哭，除了哭就会哭。谁说眼泪是最好的清洗剂？八年的光阴，那些为爱、为文学付出的心血，如同阳台外一寸一寸挪走的光线，如何能哭得过来，哭得清楚？

仿佛清风吹进敞开的窗子，又像泉水经过太阳偏移而凉下来的绿色林荫，乔沐阳在水力面前蹲下来，他下巴的棱角，真实的脸庞，浑厚的嗓音，弓起的后背旁，期待的眼神和勇往直前的力量，他带来的种种可能性，他代表着一种古老的关爱还有神圣的东西，这使他有资格和权利走进这房间替她哭，替她回忆、推敲、再回忆——人们不知道的那些事情，那些最真实的来龙去脉，那些靠吵闹无法诉说清楚的事实，总有一天会大白于天下。

他盯着她的眼睛，想到的是她在众人怒骂中铁一样的骨脊，金子般的高贵，她是怎样避口不提，不问他，也从没因为他的突然离去而说他一个"不"字，那连篇累牍都在诋毁她的文字，轮番在各个地方转载刊发，但却在不经意间透露了一个内容，在她心里，没有什么因老总挟裹财产而受牵连的男友，他就是他，她只记得他对她的好，对她的爱，只有水力才会这样，义无反顾爱一个人，爱一样事情，她是那么纯粹，不同凡响，有骨气。

"水力，还记得我们看过的那个电影吗?"他说，"影片中的那个女人，每次发怒时总是揪断自己的珍珠项链，珍珠像沙粒一样滚落一地。每次都是。一次又一次。其实，她每次揪断项链时，都牢牢抓住其中一颗，只有这颗珍珠是价值连城，其余那些都是赝品。所以，只要保住这一颗，很快她又能拥有一串珍珠项链。"

"你就是那颗珍珠，只要有你在，我还能帮你串起一串珍珠项链。"他紧紧握着她的手。握得紧紧。"水力，知道吗? 你才是最珍贵的。"

他看着她，抱起蜷成一团的绿衣，企图让她绽开唇边的笑纹，再将她的裙裾覆满阳台，铺成青草漫漫的绿地。

那是树林里花儿纷飞

真奇怪,水力从来不穿绿色裙子,那既像晨褛又像睡袍的苹果绿纱裙。直到电话铃声把他惊醒,乔沐阳才发现,自己抱着苹果绿的靠垫在沙发睡了一夜。

事情的开头好像是,他打了无数个电话寻找水力的下落,然后,就在沙发上睡着了。持续的电话铃声吵醒他,秘书跑进来,站在桌子前接电话。

"本来想让你到客房好好睡,但是,看你睡得那么香,不忍心吵醒你。"秘书说。

他坐起来,他捶揉着双肩。"生平头一回,做这么长的梦。"

"胳膊麻了?"

"怎么不是?"他把身上的毛巾被掀到一旁,捋了捋头发,看着他。秘书一副欲言又止的样子。

"说吧。"

"所有的消息都和报纸上一样,水力公开道歉后,去向不明。"

"我知道了。"乔沐阳觉得后背很疼,手臂麻木,他匆匆洗漱完,心里暗自思忖道:看来只有我去找她。一劳永逸。他走出洗手间,秘书已经把早餐放在茶几上,叠起毛巾被,把绿色沙发靠垫放回原处，然后，绕到办公桌前，先把昨天看过的报纸收起，再把歪到一边的电话机摆正，放好，轻手轻脚，有条不紊，看过的文件放在办公桌右上角，没看的摆在桌子正中，像是一种无声的提醒。直到他把桌子擦干净后，微笑着，退出去了。

乔沐阳狼吞虎咽地吃完早餐，因为专心想心事，吃了些什么也不知道。

等到向秘书交待完一些事，又接了几个国际长途，拎着一只简单的公文包离开公司时，已经是大晌午了。他离开时，既没有带秘书，也没有发现这一天和往日有何不同。

车轮飞快地奔向高速路，乔沐阳再次被那些自以为已经忘记的往事激动。

事实上，八年过去，他也不再多想当初自己为什么离开她，没留下只言片语，他先去了新加坡，又到了马来西亚，后来去到美国，他没拿那些钱，老总跑了，一是他觉得耻辱，二是他觉得浑身长嘴也说不清。后来，老总的儿子犯事了，才又把他老子牵扯出来，老子承认了挪用巨额公款。而那时，他已经在美国一家跨国公司任职三年。他没想到回来，他打算在那干点什么，一万个旅美华人中，一半开餐馆，剩下的还有做清洁、运输、盖房子等工作，很少的一部分跻身于高层，非常少。半数人回国了，这时，一个昔日有生意来往的美国人把他带到加州，他又在那里做了一年，先是做一年内勤，然后专门分管中国陶瓷进口这一块，算是干回他的本行。他负责把一些以次充好的日用陶瓷拣出来，按照比较低的价格分类，有时候他感到有些耻辱，国人还在做这些事情，但是他尽量减轻他们损失，用最折衷的办法，因为那是他的同胞。

在加州苦打苦拼了三年之后，他终于注册了一家自己的公司，公司里雇用的全是中国人，仍然做老本行中国陶瓷生意，这时候，他才终于结束了打工生涯，自由支配时间才成为可能。他有能力自行做主，常常回国洽谈生意，为的是和这方土地保持亲近，他把佛山产的工业陶瓷，以及汕头的日用陶瓷，以更合适的价格打入加州。不同的是，以前他是在自己的本土向东南亚以及美国日本出口，而现在，反倒是从美国引进中国陶瓷。地球是圆，历史是圆，流行是圆，而人的命运，却也是由圆构成，这谈不上奇妙，因为圆周率里自有不为人知的辛酸过程。

金融危机席卷了世界各地，他扭转了营销方式，把思路放在生活用陶瓷这一块，并且尽量储存商机，低价从国内购入生活用陶瓷，在那个只有几百人的小厂里，那些工人对他致以最高的礼仪，他每拉走一箱货，他们的生活费就有了保证。接着他又去了佛山，去寻找他昔日的合作伙伴，把他们库存的一些商品以平价购买，装满几个货柜后，他们就去找地方喝酒叙旧。酒友中有人刚买了一张当天的报纸，只因那上面有彩票中奖的号码。就这样，奇迹出现了，他看到上面有个熟悉的名字，他从他手中拿过报纸，八年后，他又找到了水力。

乔沐阳把车停在小区外面，站在阳光下的门外，他的喉咙发涩，他的心怦怦乱跳，想起她的笑容，明晰如初。

回来了。这次是真的。不是做梦。八年过去，又来到这里。独门独户的十所房子紧紧挨在一起，像白色积木式地排成扇形。每所房子有四节台阶，第一所房子门前放着一捆芥兰菜，一只黄色塑料凳；第二所房子门前放着一只旋转式拖把，包装箱还没拆开；第三所房子门前，一个女孩子正在那儿嚼泡泡糖，眼睛瞅着自家门，有位老人关上防盗门，奔小女孩子而来。第四所门前，窗外上着防盗护栏，里边安着白色百叶窗，乔沐阳只看到窗前摆着两盆花，一盆圆叶子，一盆是略带椭圆的叶子，叶子中间开着白心和红心的花朵。老人牵起小女孩的手，站在自家房门口，朝乔沐阳咧开嘴巴，笑到一半就僵住了，因为她得明白自己打算和谁打招呼。

乔沐阳抑制着紧张去敲那扇门，心里咚咚跳，他的另一只手放在裤兜里，手里紧紧捏着一把钥匙，都捏出汗了。

带着女孩子的老人走近他，一直紧盯着他的手，从他身边走过去。他先是轻轻地敲门，然后又加重力量，最后，他干脆用力砸起门来。很显然，房间里没人。白色楼梯就横在一楼客厅中央，水力常常从那上去，回到自己房间。厨房还在一楼刚进门的地方，灶台上方安着一只多功能抽油烟机，楼梯下方，是一只博古架和一圈沙发，甚至连电视机，也没有挪过一丝一毫的位置，然而，那扇门始终没朝他打开。他背朝着门坐下，很想哭，现在他不再紧张见到水力或是她的家人，而是忧伤见不到她。他站起身，走到窗下，朝里边望去，但是，窗户上着防盗护栏，他什么也看不到。这时，有人在他身后大声咳嗽了一声，他转回头，额头差点碰到一张苍老的脸，她身旁的小女孩子不见了，脸上多了一副比他更困惑的表情："咦，看你这样子，不像个贼呀。"

乔沐阳哭笑不得。他现在是华裔美籍老总，总部设在加州，在中国还有几个代理处，对于他的重新发迹，人人都报以尊敬的赞颂。在一次去阿肯色州的旅途中，他通过朋友买下一幢靠海的别墅，掀过了破碎的希望和无法克服的困难，重拾的不仅财富，还有慈善和魅力。比如那回，他雇用的中国花工的儿子闯了祸，多亏了他的鼎力相助，后来，花工和他的妻子就负责帮他看管房子，同时也照顾他的饮食起居。没事的时候就和他聊天，"多好的人啊，赶紧找个女主人回来才是。"他们觉得，他的钱足够了，他的人格也足够了，不够的是他得带回一个姑娘，把抽屉里珍藏的那枚戒指套在她无名指上。问他究竟想要什么样的女孩儿，他笑而不答，回忆起自己丢失的宝藏，嫌他贫穷的他不要，黄眼金发的他不要，贪图他钱财的他不要，只想弄张绿卡的他不要。花儿谢了总会再开，照上帝的意愿，总得给他安排一个不太差的。

吃了闭门羹，乔沐阳回到车子里，离开八年了，他根本不知道水力都有哪些朋友，他们分布在什么地方，他对此一无所知。她是否还在这个城市，或者去了另外的地方？在这种时候，如果她不在家，那她该去哪儿呢？在此之前，他辗转新加坡，马来西亚，以及美国人的那家公司拼命生存的时候，觉得自己的命运已失去控制，控制他的是一伙美国佬或者其他什么国籍的上司，他比白人挣的钱少，比他们付出多，这说起来也是耻辱，但生存的愿望压倒一切。有位国人同胞，拿着在国内挣的上千万在美国开公司，被骗后宣告破产，靠在码头当装卸工维持生活。说起来就让人痛心，他甚至连买回国机票的钱都没有，但又拒绝别人帮助，说他哪儿也不去，立誓要把在美国丢掉的钱再从美国找回来。人们被深深地触动，只顾啧啧惋惜，如果人生是个圆，那他的圆又从哪一天再找回漂亮的那笔尾线？

无论水力还想不想成为他的恋人，他都要把她找到。她等了他很多年，而现在，生活来向他索要账单了。不是水力要，而是生活要他偿还。他甚至可以把这种看不见的债务一直延续下去，如果他把这番话对水力说，她肯定这样回答，"你不欠我什么。什么都不欠。"而事实上，账单就是一扇紧闭着的门，比如刚才那位苍老的脸，此时又探到车门外面，示意他把车门摇下，并且，她还叫了个比她稍微年轻的老太太作伴。

"你哪来的？找谁？"老人指了指旁边那位稍微年轻的老太太，又拍拍自己的胸，"我们俩是今天值勤的。"

他把车窗摇到最低，"我找水力，她还在这儿住吗？"

"找水力？你是谁？"她们相互对视了一眼，不说知道，也不说不知道，脸上的表情让乔沐阳想起电影上，在村口一针一针纳鞋底的老大娘，一问三不知，眨眼功夫，一个麻利地扳倒消息树，一个三步一小跑、两步一快走地去通知正在开会的党员干部，"快，小鬼子进村了。"

乔沐阳递上自己的身份证。

"身份证不能说明问题。"

"那你怎么才能告诉我，水力在哪儿？"

"你有水力的联系方式吗？要不，你现在给她打个电话？"

乔沐阳不由从鼻子里发出"嗤"的一声，"我有她联系方式，还会在这里问您？"

"那你说说，既然你是水力的朋友，她长什么样？"

"个子有这么高，不胖，也不瘦，喜欢笑，眼睛亮亮的。"

有很多小区的人打车子前经过，他们围过来了，看着乔沐阳，互相窃窃私语，嘀嘀咕咕，就是没人回答他的问题。小区后边的空地上，有人吹起哨子，"光明小区歌舞团开始排练了。"吹哨子的人说，"快来集合。"于是，人们纷纷朝她奔去。

"青年舞蹈队在左，中老年合唱队在右，童声伴唱在前边。"说完，又有一帮小孩子跑向她。空地不远，是一片茂盛的树林。

乔沐阳想，今天这是什么日子啊，这么热闹？还没等他想明白，歌舞声把车窗玻璃都震颤了。

起初有点乱，舞蹈开始了，合唱没跟上，童声领唱又慢了半拍，几遍下来，有的人在笑，有的人生气地指责对方，害自己白卖力，有的人则要去上厕所。又排练了一阵，终于，他看出这歌舞团的阵势了。

"在梦里，"天籁般的童声领唱："有个地方，红叶森林的牧场，隐约听见有人唱着一首歌，已经忘了这首歌，它到底在说些什么。月很美，夜很凉，花儿很香。"

柔美的女声伴唱："那是树林里花儿纷飞。那是树林里花儿纷飞。"

众人齐声合唱："山风溪水袅袅炊烟，热汤木桌缺了谁，鸟叫啁啾，莺声燕语，何苦惹是是非非，山风溪水袅袅炊烟，热汤木桌别喝醉，就算醉，有了我，更陶醉。"

伴舞的人手持绸扇，个个风摆杨柳，舞姿完美，足以和伴唱

283

相匹配："山风溪水袅袅炊烟，热汤木桌缺了谁，不要笑我梦得太美，梦里等着你来陪，山风溪水袅袅炊烟，热汤木桌别喝醉，就算醉，有了我，更陶醉。你说我太傻，人生本匆忙，花儿身上插，挥挥衣袖吧，啊，我不想历尽沧桑，陶醉梦里紧抓不放，陪我好吗？"

白裙白鞋，黑色上衣胸前有星星和月牙的图案，甩动着短发在人群后面一闪而过，乔沐阳的一张脸像拧开了煤气开关，一下子亮了起来，他将车退回去，一直退到树林边，飞快地下车，用力关上车门。

一只蓝色小鸟从树梢飞向树枝，在树叶间穿行。

"水力。"他大声喊道。

她不止一次讲起，如何在小区后边的树林子里，听溪水唱歌，看鱼儿嬉戏，溪水和鱼儿也如何看一个短发女子，如玉的裙裾和嫩绿的羊齿草一同倒映在溪水里。

一排排杨树和柳树，以及柏树，松树，有的树干粗壮，有的只有小孩子胳膊般粗细，棵棵昂首看着蓝天，在阳光下，显出深绿，浅绿，甚至是蓝绿的色彩。她告诉过他，树林里有一块磨得光光的大青石，既可以当桌子，又可以坐在上面，每当小溪解冻时，她第一个跑到那儿，在"喀嚓，喀嚓"像嚼冰块的脆响中，蹲在地上，去看溪水的如何波动，变化，扩展它的领域，春天的时候，卷曲的花瓣和半透明的茎杆，像被一种薄纱遮住，模糊不清，直到夏天，草长高了，一片片，一簇簇粉红，淡黄，紫，绿，燃烧着跳进她的视野，显示着大自然是多么慷慨——白天有灿烂的日头，晚上有盘子一样硕大的月亮；秋天的星星带着热烈金黄，开过了期的花儿，只剩下繁盛的绿黄色叶子，而有些花儿刚刚结出青色的小果实，星光下，树林里有一种成熟的烤锅巴的味道，悦耳的虫吟和树叶舒展筋络的声音，让人的心灵也不知不觉放松，沉静下来……从她给他的信中，他一点点了解了她的世界她的喜好。

黑衣白裙在轻风里飘舞，从小茉莉跑向盛放的鸢尾花，还有野猕猴桃，山樱桃，几种鸟儿发出的不同声音，缓缓下降，再从花瓣和树叶中穿出，和溪水合在一起，溪水又倒映着树上的小鸟，他耳朵眼睛都不够用，如果不是那儿的确有块石头，磨得又平又光滑，似乎还能弹起皮球，会以为自己飘浮在五彩缤纷、清香扑鼻的云雾中。

他蹲下来，脱下鞋子，倒出里边的细石子，重新穿上鞋，系牢鞋带，"骆驼"牌户外登山鞋，结实的鞋带穿过六对鞋眼，足够他从三月找到六月，再从六月找到九月。

"喂，请你停一下。"他跳起来，眼眶随即湿润。尽量让自己从眼花缭乱中清醒，他得弄明白，前面那个女子，和梦中的是不是同一个人？

她似乎没听到他的话，和树林里那些甜丝丝的花瓣一样，除了追随着溪水和阳光，对之外的事情完全不管不顾。

他竭力不让闪动在粉红和粉绿间的黑白从视线里消失，那到底是不是水力？如果不是，他该说什么？

在花儿环绕的小溪上游，他看见她脱掉鞋子，走进水中，白色的裙子提到膝盖上，小溪旁，绿草茵茵，花儿怒放，他认得其中一种花叫做红胸鸟，被偶尔漫上来的溪水洗净了花蕊，风很轻，云很淡，天特别蓝，树特别绿，阳光疯狂地照进小树林，翠鸟在枝头唱得清冽缠绵，即使是没盛开的花，也嘟起小嘴，吐出清香的蓓蕾。

乔沐阳也脱掉鞋子，踏入近旁的水中。一步一步，慢慢地，靠近她。过了一会儿，她把目光从脚下移开，去看水里的什么地方。

一条鱼儿顺着溪水缓缓游动，在水流转弯的地方，停了一下，它游过去了，紧跟着还有几条鱼儿，一条小鱼被卡在石缝里，拼命挣扎。她蹲下来，头朝下弯曲着，用手掌，轻轻地，连同一掬水，把小鱼儿从石缝里捧出来，重新送回到溪水中，它很快追上前面的鱼儿，快活地朝她甩甩尾巴。

她站起来，裙摆一下子浸到溪水中，在水里展开，溪水的颜色变成透明的白。

醒在梦里看到光

　　水力从床上坐起，拉开窗帘，跳进来一屋子被水洗过的好阳光。鸟儿箭矢般地从一棵树射向另一枝头，飞溅起一阵狂风暴雨似的鸟鸣，这和她昨夜梦到的完全不同。在梦里，一名陌生男子，借给她一辆加重自行车，很老式的那种，车轮钢圈上锈迹斑驳，平白无故借给她一辆破自行车干吗？说实话只有在梦里，水力才会昏了头，骑那么破旧的自行车，独自一人行进在大雨滂沱中。车子载着她趟过臭水沟，涉过下水道，那条路真烂呐，下坡时她才发现自行车根本没有车闸，虎口捏到的地方是空的，车子和人都失控了，猛地朝下俯冲。

　　后来车子不见了，水力手上多了一把伞，可是伞根本不管用，仿佛全世界的雨都下在她身上。终于走到人流密集的市区，过来一个男的，满大街那么多人，他只一路尾随着她，为了甩掉他，她只好在街上绕了一大圈儿，这时，伞不见了，她想起有个朋友就住在附近，拿出手机想给他打个电话，可是手机也出问题了，打了半天字，短信上只出现一个字："昼。"

　　雨水轻柔地留在树叶上，小草它吸饱了雨水，现在又饱饮阳光，草根蹿高了一截，可以见到天日了。一只喜鹊跃上比较高的枝桠，自告奋勇地领唱，生怕别的鸟比它唱得响亮，也有些叶子，抵不住昨夜风狂雨骤，落在地上香消玉殒了，溅了一地的淡棕色，叶子的血液原来是淡棕色的呀！

字典上说，"昼"是"大白天"。水力忽然想到，借给她一辆老旧自行车的是怀绍德，后来那尾随而来的人，也像他的模样，为了很好地解析这个梦，有必要回忆一些事情，虽然那些事和这种梦境关系不大，但却有某种微妙的内在线索，那么，就从这里开始吧——

怀绍德先生对我非常关心。我感冒痊愈后，首先听到他在电话里唱歌念诗给我听。他把很多的文学理念编成短信，发在我手机上。他让我给他寄我的每一篇小说，包括没完成的废稿。他给我寄他们当地土特产的时候，我原本打算不要的，但是他一定要我收下，说送给关注我扶持我的编辑。我把那份价格昂贵的土特产转送给了图图沙老师。怀绍德先生说这样做就对了。图图沙老师对我帮助很大。我的中篇处女作是图图沙老师主编的刊物发的，他请一位著名评论家写了一篇评论，和我的小说一起发表在头条的位置。小说发表后，先后被两家选刊选载，又被报纸网络连载，他把我当成他发现的文学新秀，毫不吝啬对我的鼓励、赞美。怀绍德先生告诉我说，图图沙主编是个机会主义者，他对年轻作者的提携，永远高不过他对自己荣耀的追逐，他给自己披上一件漂亮的外衣：提携新人！其实他把扶持过的作家当成替他"打粮食的"，说："谁给我打的粮食多，我就对谁好！"

这倒是真的，图图沙主编喜欢公开炫耀、游说他给哪位作者又举办了一次作品研讨会，哪位作者怎样地在他扶持下，像戏子一样大红大紫。怀绍德先生对我说，要对图图沙老师施以重礼，他们经常有机会见面，所以了解图图沙主编比我多。图图沙老师对我很好，多年前，我向他第一次投稿时，他说过一句话，"对一位主编来说，最好的礼物就是作者给我的作品，一篇好稿子胜过无数贵重礼品。你信吗？"说实话，我当时是信的，非常信。

288

而我，除了写小说，一无长物，能遇到他这么无私的主编，我是多么幸运！怀绍德先生说那些话是骗小孩子的。他告诉我图主编爱才，也爱财。最好两者兼据，才更合他意。他还说图图沙老师喜欢女作者，那些尽人皆知的绯闻，肯定图图沙主编是个多情的人。我不想要绯闻，我想证明女孩子好好写作是能在这行生存下去的。我理应能够做到这点。可我知道，无论我怎么洁身自好，总有些不实的传言在我身后。很多人可会编排人呐，只要他们乐意。他们可以编出比自己小说中更像真的传言，但是清者自清，如果我要是把小说中的故事当成我的人生，我妈妈非杀了我不可！我写小说的时候就像做梦。没有见过的无法想象的事情纷纷涌到梦中，就像电波插入脑子里，那里出现很多花花绿绿的信号，不把它写下太遗憾了。但，小说就是小说，我从没把它当做我自己的生活。生活中我不会当众邀宠，不会扭捏作态。那次笔会，UU女作家和我同住一房间，晚上我正在看电视，她光着身子就从卫生间出来了，手里拿着她的乳罩睡裤，那一刻我受到严重惊吓。UU作家是想让我看看她的身体吧？可我也是女的呀。我觉得脱衣服或者换内衣这种事，只能在卫生间里完成。小说可以拿给所有人看，身体可是自己的。

说实话我不敢跟UU这样的女作家交朋友。我把我的朋友范围限定在小时候长大的那帮人里。怀绍德先生我虽然没见过面，但我过生日的时候他给我寄来漂亮衣服和毛毛熊。那次是和朋友一起去取的，她抱着一个盒子，我抱着一个盒子，引得路人朝我们注目。我到家的时候，怀绍德先生的短信就跟来了。之后，他寄来一盒名贵的茶叶，还给我寄来一套名贵化妆品。那段时间，在出诗集漫长的等待中，搞得他焦躁不安，我安慰怀绍德先生，让他别担心，肯定能出版。可是我哥让我当心点。他说，那只毛毛熊是进口的名版精品，限量在大都市发行，一个城市才几只。像中小城市根本没有资格上这种货。我哥哥不让我收别人的东西，他说我搞形式主义要吃大亏。我警告他别咒我！东西都是寄来的，又退不回去。让我退回去这多不好。事实证明我哥哥是"毒舌"。

怀绍德先生给我发来他的文章让我读，让我帮他推荐到我认识的刊物，让我提意见，我说，"别总把你的文章发给我，读的东西太多我会犯迷糊，万一不留神把你的话用我作品里怎么办？"他轻描淡写地说，"这有什么？朋友嘛，只要对你有用你就用。"五月，他给我寄来翡翠项链的时候，我正在门廊里插花。

水力意识到她正穿越一处花园，心底的某种东西开始燃烧，在永久地驱逐走噩梦之前，首先，要一段一段剥离它，分解它，清洗它，再拿到阳光下晒干。一点一点做这些。与此同时，狼狗正在远处抬眼望着她，然后从土里刨出一块骨头，用两只前爪捧着，专心地啃。她转身回到房间，紧紧跟随她的是一束光线。宽敞的院落，她的影子被拉长放大，最后在门槛儿那缩紧和融化。水龙头流出的水冰凉，像是常年在深井里积蓄的清冽，托架上的镜子，检视了水力刷牙洗脸。她把昨晚淋湿的衣服洗净，拿到院子里的铁丝上晾晒。阳光穿过树叶，穿透衣服，如同照见许多隐匿的情节，那些无形地在时间里行走、漫步的往事，在一瞬间亮出。

怀绍德先生每天给我短信。告诉我读什么书，怎么读。毛毛熊憨态可掬地在床上看着我，眯着眼睛，没有恶意。我觉得它一点恶意也没有。我手上扎了一根刺，他就发短信告诉我，怎么把那根刺挑出来，涂上药膏，别让它发炎化脓。我滑雪扭伤了脚，他特意去咨询了一个著名骨科医生，每天通过电子邮件告诉我如何做脚部康复。他给我寄来毛毛熊土特产和化妆品衣服的时候，我说必须给你钱，他坚决不要。他说还打算给我寄钱呢！他几次都问我缺不缺钱花。可是我怎么能用他的钱？坚决不行。然后他又说，需要的时候一定跟他说。

他发给我那个素材的时候，特意打来电话问我说那个爱情故事是不是很好？我说是的。然后他说那你把它写成个小说吧。问题就出在这里，出在我，我可以收下毛毛熊，可以收下化妆品，收下茶叶土特产，可就是不该收下素材！我真是收礼物收顺手了。他一共发给我几次素材？记不得了。仿佛一个从林中归来的大方人，篮子里装了一些未经筛选的东西，有杂草，树枝，草稞，送给我，让我洗洗拣拣，没准里面能发现名贵药材。

他发来的素材有个标题《冬夜里的最后嘶鸣》，我觉得这标题不好，糁得慌。小说完成后，我把第一稿发给怀绍德先生，又想了两个标题发去，让他帮忙选一个。我用他给我的素材写小说，发表时是不是该署上他的名呢？看着床上那眯眯眼的毛毛熊，我完全没有这种概念。最后一个字写完，我就困得不行了。倒头大睡，睡得怎么也醒不了。

如果我知道，用了那个素材我就成了可怕的抄袭者，我说什么也不用那个素材。有人不断以"怀绍德亲友"之名发短信和电子邮件，谩骂我敲诈我，又要著作权又要钱，到现在我也不确定，是不是怀绍德先生指使的？尤其当我收到境外非法组织的恐吓短信，的确被吓着了！我百思不得其解，怀绍德先生是那么正直善良的人，怎么会勾结上境外的非法组织？

呀，这是我人生当中最不寻常的时刻，我意识到这件事情背后的事情，我遭受到空前绝后的强烈震撼，我公开道歉，怀绍德先生怎么说我怎么认，有人通过关系控制了网络，把我照片经过处理后，故意把我丑化妖魔化，把支持我的帖子删除掉，雇了人每天在网上攻击我，我这才明白，虽然我严格地确定了自己的交友范围，但只要我不是活在深山老林里，就一定得和人发生联系。那在网上乱叫乱骂的人，一定有太多痛苦和压力，找到一个发泄口，就一股脑把积攒的毒素倾倒在我身上。那么，我是如何对待这些让我失望的人的呢？

我没有动口，也没有动手，佛的慈悲发生了作用。金爷爷说，"在寂静的森林中，住着一位菩萨化现的犀牛，性情很忠厚，附近林子里的一群猴子每天都来欺负犀牛，肆无忌惮，但犀牛从不反抗，听之任之。过了很久，住在树林里的一个夜神看在眼里，恨在心里忍无可忍，便来对犀牛说：'这群可恶的猴子天天害您，您怎么不反击呢？'但犀牛却说：'它们很可怜，常被凶猛的动物欺负，活得卑微弱小，才会有这样的举动。'夜神听后，十分佩服，遂悄然隐去。"

这一定不是怀绍德先生的本意吧，风暴中有人又把这件事改了道儿，就因为别人说我还是个"孩子"，洪丹女士就撒开了在网上大骂，"她都多大了，还孩子？！"L在网上发表了一篇文章支持我，她跑到她博客里留言，骂得特别难听，L和网站的网管认识，当时一个电话就查出来，那条留言是来自哪里，她在网上反复诽谤我，到处撺掇人加入诽谤的阵营，听说我要提前离开文学研究所，她兴高采烈奔走相告，请人吃饭，饭后，在一楼大厅里举行了个小型的联欢晚会。那晚，她闹腾到零点，后来，有同学实在睡不着了，打电话让保安去制止，她才散去。还有图图沙主编，明明知道我身陷困局，不拉我一把，反倒要找来一根竹篙，更加用力地把我推进河里。他不止一次在公开场合说，"水力这次算彻底毁了！"言语间不无得意。

后来我才知道，得罪了洪丹女士就得罪了图图沙主编。洪丹女士说，"我和图图沙是穿一条裤子的！"我对洪丹女士做了些幼稚的事情，当时，在我心中，完全是觉得好玩、有趣，而不是恶意。那次笔会，我跟 UU 同住一房间，UU 作家说话很风趣，她轻描淡写地说道："等着瞧吧，每次笔会，只要有洪丹女士，都会惹发一场风流事件。""真的呀？"我当时这么问她。她说，"我也是听别人都这么说的。"这话很快就传遍了，更让我惊叹的，明明我是听 UU 说的，可从 UU 嘴里说出来，非说是听我说

292

的。第二天，洪丹女士专程跑到图图沙主编那儿，我不知道，她为什么那么喜欢向图图沙主编告我的状？图图沙主编也有意思，他没有当面指出我的不对，而是满世界损我，他们俩一唱一和，把我糟蹋了个面目全非，恨不得一夜之间把我变成个人人喊打的坏东西。在那之后的很长一段时间内，至少有半年吧，图图沙主编所到之处，都把洪丹对我的不满随意散布，给我造成极大、极坏的影响。洪丹女士让图图沙主编不发我的稿子，我只好投到省外的刊物去。所有的稿子都编发了，大都是头条，可能因为这个，也使得她不高兴。

　　我比洪丹女士小近二十岁，气质上也格格不入，相同的语言特别少，所以，我一向对她敬而远之。在文学研究所共同进修的前期，她拿着一两只苹果来敲我的门，但说实话，我不敢想象，吃了她的东西，她又会想出什么样的花招来加罪于我，所以，我把她送我的苹果转脸就送给别人。她当着 WF 的面，夸我小说写得好，人人都知道，WF 特别自傲，眼睛里一点也容不得别人，最讨厌有人在他面前，说别人小说写得好，她非要把我吹捧一番，语言虚假，这显然是故意的，WF 当下脸色就很难看，说，"来文学研究所进修的人，谁小说写得不好？！"并且，自那以后，他一直反感我，一见了我就把头抬得很高。

　　到文学研究所进修的第二周，聚会，酒足饭饱，要每人表演个节目，不能重复。有人唱歌，有人朗诵诗，有人跳舞，轮到我的时候，基本上所有的才艺都让他们展示过了，似乎能展现的就是我的模仿能力，我学过素描，就是在瞬间捕捉到模特最有特点的表情，坐在我旁边的 YY 说，"你现在模仿我，看像不像。"我当即模仿她一个很妩媚的表情，惟妙惟肖，全部人开心地笑作一团。游戏停不下来了，他们要我把在座的所有人，都模仿一遍，惹得他们一次次捧腹大笑，最后，有人提议，"你模仿一下洪丹。"唉，说实话，我模仿洪丹女士的时候，内心是天真无邪的，我只是童心大发，过后就把这事忘了。况且我并没有丑化她，而仅仅是模仿她本人的样子。

几天后，王芒所长给全体学员找来十位著名主编、作家、评论家，目的是让他们作为导师。拜师会开始前，五十多名学员的名字写在小纸条上，放在一起，递到主席台上，导师们抓到谁，谁就是他带的学生。有位导师因故没来，王所长让我走到主席台上，代他抓阄，当晚，她在饭桌上号啕大哭，当着十多个学员的面儿，说我欺负她，就为王芒所长没让她走到主席台上，代那位导师抓阄，她就气成那样，觉得我夺了她的风头。

天地良心，我真没抢她风头的意思！我的座位在第一排，离主席台近，王芒所长就叫我上去，代那位导师抓阄。不管怎样，我吸取教训，从那之后，在文学研究所，只要有她在的场合，我尽量不去，如果必须是全体学员出现的场合，我也从不走到台前唱歌或是大声说话，在我看来，只要让她风头出够了，心里痛快了，她就不找我麻烦。嗨，没想到，即使是这样，她还是恨我。她恨我的最主要原因是我比她年轻，发表的作品数量也很多。有天上午，我正开着门洗衣服，她进来的时候，我虽然很惊讶但仍然满脸笑容地说："是洪丹姐呀，快请坐，我正洗衣服……"谁知我话没说完，她就说什么："你差不多就算了。"这话把我说得一头雾水，再看她一脸凶巴巴的样子，我问："什么差不多，我不懂你的意思。"她咬着牙，从牙缝里一个字一个字往外挤："你差不多就算了。否则我对你不客气。"是写得差不多就算了，还是别的？再说了，她什么时候对我客气过呀？我收起笑容，"我不懂你说的意思，如果你不跟我说清楚是怎么回事，那么我告诉你，你伤害我了。"我当时特别生气，但是我仍然没对洪丹女士做任何事情，像那次，她和我一起参加完一个笔会，跑到图图沙那儿告我状那样，我一样选择了忍。

寂天菩萨这样称赞怨敌："世间乞者众，忍缘敌害稀。若不外施怨，必无为害者。"善良的人有一颗慈悲的心，善待一切人，视众生为父母，所以这样的人很少有仇人，也不会有报应。但为了圆满忍辱的修行，菩萨欢喜怨敌做违害自己的事情，因为仇人的加害，能增长我们的福德和造化。"故敌极难得，如宝现贫舍；能助菩提行，故当喜自敌。敌我共成忍，故此安忍果，首当奉献彼，因敌是忍缘。"

如果时间可以倒流，我把我和洪丹见面的所有情景再重新来一次，比如：我和 UU 住同一房间时，我只睡觉或者唱歌，UU 若提到洪丹这两个字，我绝不回应；我在洪丹女士离开时和她拥抱，送上几句祝福和告别的话语；我不把她给我的苹果转身就送人，小组聚会时，我把全桌子的人表情、举止都模仿一遍，说什么也不该模仿她，她就会对我好吗？有偈语这样说："劣者有时变善良，此为即是伪装相，玻璃涂上珠宝色，遇见水即露本相。"

我离开文学研究所进修班后，被舅舅接到义山度假村，我把注意力集中在新的世界里，集中到可以享受拥有的一切事情上，我与度假村的每一个人，与那儿狗，鸡，鸭，每一朵花，每一株小草交上了朋友。当我绕过小溪，穿越树林，在中午最炎热的十二点钟，顶着烈日在菜地里摘菜的时候，我内心的快乐是那么甜蜜，那么光亮。我又认识了很多朋友，怀绍德先生，我想给你寄点东西来着，用马皮做的笔筒你一定没见过。萨如拉送我两个，我寄给你一个吧？毕竟你给我寄过很多礼物，直到你觉得把那件事忘了。我是说，人能活多久啊，别老想着它。有一句老话，"千秋万岁名，寂寞身后事"，我相信，你一定比我更深有体悟。

那天萨如拉给我讲了个故事，我问她，"可以写在小说里吗？"她说，"绝对没问题。"度假村的每个人都争着给我讲故事，我写不过来，就用录音笔录下了，他们高兴得不得了。他们说一定要把他们讲给我的事情写成小说啊。他们真是太好了。萨如拉说，"水力，你不要做其他事情，只是好好写小说。"其实

295

我多么羡慕她。她非常能干。所有度假村的人都是这么认为的。她和我结成姐妹，所以她有更多机会和我聊天。她还说她要见见怀绍德先生，问问你当初是怎么想的？当然她会私下见你，不会去网上宣布，还说要是光明磊落你就不该那么做。我说，"可能怀绍德先生当时气急了吧？"可萨如拉说，"气成什么样也不该那么做。别说是个男人了，是个人都不该那么做。"她还说，"人们不了解事情真相，不分青红皂白，老天可什么都知道。"我说，"先错的是我，我怎么会用别人的素材呢？我对怀绍德先生太信任，太放心了。"萨如拉说，"他就不该把素材给你！"我说，"你不知道，怀绍德先生对我真的很好，虽然没有见过面，可是他特别希望我当一个好作家。"萨如拉说，"他给你再多礼物，也不能抵消他给你带来的伤害和灾难。"

打雷的夜里我会做噩梦，萨如拉彻夜开着手机，只要我害怕，她立即过来陪我。她问，"你以前打雷下雨会害怕吗？"我说不怕。我从一岁开始就自己睡觉，从来没觉得害怕。但是最近这段时间，胆子特别小。萨如拉说，"还是的啊。这就是你这位怀绍德先生引发的这件事，在你心上留下的阴影，且散不了呢！"她说，"不过没关系，你还有我，我们大家，都会保护你的。"她还说，"别忘了，你是水力。水，力万物而不争，因其不争，所以天下万物莫能与其争。水，居低位而不卑，百折向东，历万难而不挠。"瞧，这位蒙古族女孩儿把汉语语言掌握运用得多好。我要一直写，因为只有这样，我才能对得起萨如拉，对得起那些人给我讲的一个个像传说似的故事。

保持内心和言行的洁净，只有这样，恶行才无孔可入，这是我到达义山度假村之后，在树丛和花间得到的思考。我的院落后面有一大片草场，有一天，我在绿草的边缘，靠近月牙形小溪的地方，挖了一个很大的深坑，栽入一棵小树，把挖出的土填进去，浇上水，这事完全是我一个人干的，没让人帮忙，所以，用了一个上午时间，树的名字叫"水力"。我没有把小树周围的花草拔掉，我希望他们一起成长，因为，花草是不会挡小树的道的，它不会。就像云彩也不会挡太阳的道，小树苗一天天长大，每棵树有它的位置，小树的叶子就是我。

电视机开着，著名的日本光头小和尚指着自己的脑门子说，"一休哥，到这里，就到这里吧。"水力关上电视，在树叶的摇曳中锁上院门，白画家正在他自己院子里，抓紧时间画画。太阳像只大火球，不管从哪个角度，院落里的花草都是饱蘸了纯天然的颜色，深绿，浅红，桃粉，雪白，所以，他每天都在研究颜色，看被水洗过的树叶是深绿，还是棕绿，花朵早上还是荧粉，下午就变成嫩黄。他画画的时候背有点驼，头发披在衣领上。他还有个爱好，就是把自己当电影放映员，观众也只有他一个。把窗帘全部放下，所有的光线挡在室外，只留下放映机射在屏幕上的光，还有悦耳的嘤嘤声，他最喜欢放那些老掉牙的黑白片，最好胶片上有深刻的划痕，像裂开的掌纹，又像屏幕上时时下着大雨一样。

水力看到画布上几乎什么都没有，一片漆黑，在这片枯燥的漆黑中，只从右上方跳出一团亮光，像掌纹那样的亮光，白画家正在画下掌纹搏动的形状，他退后几步，倾斜着头，双眼眯成一条细缝，炙热的风向四周扩展，将一团漆黑吹起道道波纹，亮光颤抖，落下一粒粒既像是碎屑又像是细胞核之类的东西，又像水滴进木炭里，扬起的细碎尘灰。

"白画家，您在画什么？"热乎乎的阳光，正在迅速滤干净雨水的清凉，白画家点燃一支烟，一手抽烟，一手拿画笔，他的手指比一般人偏长，他把光线置于明暗点的交接处，白色纹络朝周围延伸，如同无数只手臂吸纳着天外来物和异类的入侵，水力发现世界就是一块画布，没有一块景区不能微缩，像芸芸众生无所不在地微缩在一张纸上，像地图那样精确地微缩在一块画布上。

尘埃相互摩擦，发出噼里啪啦的静电撞击声，一个刺耳的类似电流的声音从灰色中升起，将光线团团围住，以致于光线变成白色和黑色相交的颗粒，一种难以估量的气流使光线变得模糊，慢慢沉入土和淤泥，只剩下微弱的一丝声音，爬上电线杆的最高处，接着，白画家又在电线杆上，画下一个像桔子一样的灯泡。

光线是橙黄色的，离光线很近的地方，一望无际的黑色，像透明的玻璃天花板那样，发出宁静的声响，既透明，又清凉。在这样庞大的空灵中，人因渺小而暴怒，窒息，因为，每个人都不值一提，如果想走得更远，必须重新被母亲的子宫塑造，重新回到婴儿时期，只有在那样的幽暗懵懂中，才能呈现元初的粉红。

"告诉我，究竟是掌纹，还是尘埃，引领这无邪的迷失，照见元色？"水力问。

白画家没有回答她。白画家只管画画，不管回答问题。不过，形形色色的尘埃提醒她：最为坚硬的，不是尘埃。她问：为什么？掌纹说：你需要看着，你需要创造。石头被水洗过以后，也许成沙粒，也许成粉末，尘埃都是这么来的。你要喜欢毛毛虫、枯叶、碎头发，掌纹说：你要喜欢夜宴散尽后的每一粒残茶剩饭，就是它们变成尘埃的，别想推托。你要给每一片碎头发、枯叶、毛毛虫、尘埃起一个优美的名字，这是你迷失的最好理由。

一个梦魇渐渐远了，一团阴影被连根拔去，光线被白画家固定在画布上，白画家把光线晾干，把画布揭下，而水力仍然待在院子里，守着一堆鲜艳夺目的油画颜料，满院子明晃晃的阳光将她的身影投在地上，只看见一切的纷扰、迷障像来自地底的尘埃，在光线下乱舞。

水洗的月亮

　　一滴水的声音，从很高很高的地方飘落下来，把我的耳朵从梦中叫醒。我起身下床，站在窗前。远处，山和山相连着，就像是一种亘古的沉默，眼前，灯光四下里浮动，很快那响声就变得急促起来，从至高无上的地方一路倾泻而下，"噼里啪啦"地打在地上，窗户上，房顶上。

　　午夜，世声都睡去了，于是这雨声就有一种不可阻挠的疾风的力量，冲洗着每一条路的褶皱，揉搓净每一道坡梁的污垢，仿佛一种悖论，撇开人们对于中秋赏月习惯的絮絮叨叨，而是声色俱厉地告诉你一种完全不同的景象。

　　雨越下越大，仿佛一只巨手，积蓄了很大的力量，左手一扇，"哗哗哗"一片雨帘罩在房顶，右手一挥，"唰唰唰"，一片雨幕落在院墙上。路灯下，一个雨点聚集起一个小小的坑窝，另一个雨点又匍匐上来，一个接一个地落地，重叠，分布，跳动，像来自上天的精灵，在暗夜里高歌，起舞。

　　早上，朋友给我发来了祝福短信，说："水力，今天是中秋，你要很愉快很愉快地过节哦！晚上一定去看头上那一轮明月。那不仅是一种美好与希望的象征，也有我对你美美的祝愿……"我抬起头，天空是阴暗的，一整天都是这样。直到傍晚，夜空中，连一颗星星都找不到，我给朋友回短信说，"今天阴天，这个中秋节我看不到月亮。"

天有不测风云，月有阴晴圆缺是无疑的了。然而，人的命运也是如此，同天气一样，都是某种不可知的因果。想想，中秋节为什么非要看到月亮呢？不看月亮，这一天难道就不是八月十五？再想想，那么多无端地，从各个地方冲杀出来，恨我骂我的人，哪一个我是认识的？哪一个有过一面之交，哪一个有过深仇大恨的？

想来想去，无非是大家都喜欢一样东西，一样有关于文字，再引伸为文学的东西。就因为共同喜欢的这种东西，就因为在与这种文字的交结中，有人思索得多，有人思索得少。且不说我们能仰仗这文字多少，就凭大家都是因着来到这世上有所思索，对文字有所眷爱，就不肯给其他的人，另外的人一些栖身之所，以为文字的世界似乎就方寸之小，所以，想要画地为牢，圈着一方，或霸着一方？

有人说，把我驱逐出文坛。有人威胁我。有人辱骂我。有人逼迫我。有人诽谤我。甚至有人命令我："不许再写了！"

恨我的人们啊，我只能对你们说，写作，从来都不是我个人的选择。从来都不是。很多的事情，从表面上来看，都是人自己在选择，而实际上不是的。如果每个人都能选择，谁都愿意选择荣宗耀祖，青云直上，又哪会有那么些人日劳夜作，破产荡业呢？

如果，因为同是写作者，我的存在让您不舒服，我没法对您说抱歉。我只能臣服于我的命运，这，也是我没有办法的事情。就像，朋友关爱地发来短信，让我看看今晚的月亮，整个白天就阴沉着，半夜，又下起大雨。就像，我不知道我为什么要写小说，写出这样或那样一篇小说，更不知道，是什么原因，让我借一个个文字作代码，完成我在人世的修为之旅？

遥想当年，惠能法师在讲台上讲佛法时，这样说道："善知识，用智慧观照，里外通彻，就可以体认自己的本心。如果体认自己的本心，就是解脱。得到了解脱，就是懂得了般若的奥秘。"如此说来，每株花，有每株花前身的牵引，每个人，也有每个人的锁定，这锁定就是命运。佛说："每个人的本性原来就有般若智慧，这是自己运用智慧时常观照的缘故，并不是假借文字语言才有的。"

　　一个人在今生，把文字当成一种载体，怎么写，写出什么，仿佛在下笔之前，都是由自己编排，构思；其实又不是由这个人酝酿，完成；而是由一种固有的牵连，一种潜在的规迹所决定。泽兰逢春茂盛芳馥，桂花遇秋皎洁清新，花卉流香原为天性。江南丹桔叶茂枝繁，岂止南国地气和暖，而是具有松柏品性。清溪之水深不可测，大风突起江波浩荡，太阳沉落大地苍黑。习习和风燕子新孵，秋凉雨冷落叶纷纷，因果循环难寻奥秘。

　　回想我最初开始写作的时候，只有一句话可以形容"热爱文学"，并且是以一颗赤子之心热爱。但是近一两年，心里有杂念了。为什么文章发表越多，名气越大，杂念越多？最初写作时，笔会颁奖会还是不愿意去参加，总觉得文学是很个人的事情，但是渐渐名利心重了起来，头脑发昏到连别人发的素材也要用来写小说的地步！

　　我根本没想过，这个素材凝聚了怀绍德先生的心血，是他刻骨铭心的恋情。我是好人家的孩子，但我做了坏事，最坏的是我当时没有控制能力，我不知道自己在做什么。所以，怀绍德先生高举着长矛大刀箭矢向我冲来时，是由我在无意识中对他造成的痛苦所致。

　　如此说来，几年过去，表面看是作品多了，其实内心是堕落了，以前人们都说我特立独行，但近来也俗不可耐，这里露一小脸，那里露一小脸，参加笔会，笔会结束合照留念，尤其是在笔

301

会上，用半罐子水的才华谈创作，谈文学，其实，我所掌握的文学理念很有限，并没有他们想象的那么好，我应当和他们相互学习才是，却被称作著名新锐作家给别人讲话，想起来实在是太堕落、太违背我最初写作的纯洁意念了。

我总在想，天和地，把人和生命的秘偈借一种符号，还原给人，这符号就是文字和数字。再借由人的脑和手，把生命和人的秘偈还原到天、地、人的典籍里。这就如同文字的花萼，最后还是要枯萎成灰化到根部，还原到来年的花朵里。当花儿在春风里颔首摇曳的时候，也是不知道自己前身后事的孩子，既不知道那些逝去的花萼意味着什么，也不知道紧系在根部泥地里的因果奥秘，只在春夏之际灿若云霞繁花着锦，在秋冬之时无可奈何零落成泥。来了又去。一朵花的生命，最紧要的不是追根寻源，而是借着短暂的盛放，显现因果的真谛，集满自己的福资，完成自己的菩提。于是，人世间的一切生物的存活，哪怕一秒，哪怕一分，哪怕一年，都是一种渡旅。所以说，我只是藉着一种因果，藉着一种随之而来的"惑"，写下一些文字，藉着这解"惑"的过程，把我的心，尽可能地从浑蒙未知渡到清风之间，大海之上。

如果时间可以倒流，我一定不用怀绍德先生发来的素材写小说，这说明嗔心快占据了己心，若此嗔心不断，就会像毒蛇一样，盘踞在我的肩头。一切事物和现象都离不开人的自我本性，只怪自己没有守护好心念，贪婪执著于外境，让虚妄的表相干扰和降服。如果我的心保持宁静，不起任何波动，就不会受到各种变化的毁灭。

那么，就利用这个事件除旧迎新，把"知名新锐""最有前途的年轻作家"这些名号舍去，回到元初状态，继续依照波若智慧，依照文字的照亮，看清楚自己身在何许。即使才华不能像江水一泻千里，但也只有这样走过去，一步一步，走向自己的菩提。

　　所以，我感谢怀绍德先生。通过这件事，我猛然醒悟，明白很多道理，获得真正的内心安乐。也不怪众人对我的曲解、谩骂、诽谤，最初由于我修行不够，忍力不够，还替自己辩解，后来，金爷爷劝阻我说，"这些是你的往生业力，一切都是随因缘而转，非但不能抱恨，辩解，相反还要感激他们消除了你的业力，去除了你的执著心，将违缘转为开悟、福报和善根。"

　　也只好这样了，凭借今后多做好事，善事，继续消除往生业力，尽量积攒更多福资。如《法句经》中说："渐渐地、一点点地、刹那刹那清除自己的污垢，如同金匠清除银或金的杂质……"当我知道，金爷爷找到怀绍德，想方设法帮助他治好他儿子的病，以善根回向给怀绍德先生，以慈悲的心怜悯他，让他儿了和别的小朋友那样，活泼、健康、快乐地成长，这是多么好的事！

　　我想念金爷爷和福利院的人们，如果我能够挣到很多钱，或者有很大名气，就帮他们搞点赞助和募捐，他们每月的生活费只有八百元，包括吃穿用度肥皂毛巾牙膏和几片感冒药。他们当中有人一天天老了，身体有病，我眼睁睁想着，却无能为力，真是难过。

　　我抬起头，雨停了，只在低洼的地上，残留下一圈圈涟漪，这时，我看到的，并不比心里想的多。但，仅在眨眼之间，月光漫了上来，轻轻地，徐徐地，从午夜的云层里漫上来。紧接着，高高的天上，刚下过雨的天上，一圈一圈，一层一层，剥出一轮又大又圆的月亮。

　　我的大脑被洗成空白了，过了一会儿，才渐渐恍悟，由微茫变得清醒，我无论如何也想不到，疾风劲雨之后，居然是一片无与伦比的光辉，把刚刚被雨洗过的天地，照得一片澄明。

　　一大片淡淡的青色在天地间散开，和微凉的雨汽洇染在一起，路灯成了可有可无的点缀。对面楼顶上种着好多金桔，小灯笼似的金桔；远远近近的楼群，都变了个样子，沉在一片薄薄的、静止不动的光晕中，如水彩画那样的邈远悠长，哪怕是对面楼房天台的楼梯，也透视出某种倾斜的轻俏。

这是十五和十六的月亮，合二为一的月亮。所以才那么大，那么亮，胜似整整一年的月亮，带着水洗过的鲜亮。后来，有朋友告诉我说，这是二十年来最亮最圆的月亮，我望着它，心里说不出的感动。

一丝一丝的云影过来，又一丝一丝地过去，像缓缓滑动的手。这水洗的月亮就在眼前，清清的，照得我心头有些痛，但我还能说什么呢？仿佛能说，又仿佛不能说，在说与不说之间，这月光依然照着我。静静地，柔柔地，像要把我浸在里面。

什么都不说，已经是最好的了。

水力致吴百合的信

尊敬的百合主编，特别高兴看到您的信。就在网络和报纸不明曲直，对我狂轰滥炸的时候，您依然持有一份公正，一份爱心，一份关切，一份真诚。您是个正直的主编，一个充满智慧的好姐姐，您不仅美丽，而且坚定，正直，使得您在我心里更加不同凡响。

事实上，众恶喧哗并不能使我难过，而您的善良和正直才是我一直寻找的东西。您给予我极大的信任和信心，由于我的错，也让您蒙受了诽谤，但是，您丝毫也没有责怪过我，而是以定力和勇敢，安静地承受了那些东西，现在，我为给您带来的牵累向您诚恳致歉！同时，我认真地给您写一封回信，说说我离开文学研究所后的情况，让您不再为我担心。

就在网络和报纸对我进行着新一轮讨伐的时候，我已经到达我舅舅的义山度假村，确切地说，这是一个避暑山庄。现在，让我来回忆一下，在车子驶入义山度假村时，我那种如坠世外的心情。在夕阳下，无边无际的绿，眼睛里随处可见爱意绵绵的小野花，温情脉脉地在风中向我招手。快到度假村门楼时，忽然，有一帮马队奔驰而来，领头的那匹白马毛色雪亮，一位身着红色蒙古袍的女子，头发随风飞舞。她猛地一勒马缰，白马一声嘶鸣，

305

前蹄扬起，整个马队随即停下。

她自我介绍说："我叫萨如拉，我带领度假村的马队，以最高的礼节欢迎你到来。"

骑在马背上的人都穿着蒙古族的盛装，其中有四个男的，四个女的，个个英姿勃勃，八匹大马在前边开道，我乘的车跟在后面，一路浩浩荡荡，打从老远就看到，舅舅和舅妈抱着他们的小狗，在蒙古包前等候我。那晚，舅舅舅妈还有马队的朋友，一共十个人陪着我，共同吃了一餐近似于家宴的可口晚餐。需要说明的是，舅妈是一位特别善良温厚的女人，她和舅舅有两个儿子，都在北京读大学，而舅妈一直想要一个女儿，所以，她把小狗飞飞当女儿养。

允许我岔一下话题，专门说说小狗飞飞。它是一只宠物狗，有人说，狗随主人性。我从没见过像飞飞那么乖的小狗，它特别温顺，惹人怜爱，又很懂规矩。记得有一次，度假村一下子来了上百号人，吃饭，唱歌，开篝火晚会，放烟花爆竹，载歌载舞，人声鼎沸。怕飞飞跑丢，将它放在吧台后面的圆凳子上，它乖乖地待在凳子上，每听到一声烟花爆竹声，就缩一下脖子，胆小柔弱得像个千金大小姐一样，根本没人担心它从凳子上一跃而下，去凑凑热闹。飞飞特别有教养，笑不露齿，食不厌精，只吃一种食物：火腿肠。所以，舅妈的包里常年备着它的早午晚餐，而且是同一种牌子的。万物有灵，狗也有狗的造化，能给舅舅舅妈当女儿，飞飞有福了。

度假村的住所全部是院落型的，舅舅让我随便挑一处，我放眼望去，随手指了一所最小的院落，即使如此，也比我所有住过的楼房的总面积大，够奢侈吧？每天早上五点，太阳就照到院子里，照在院子里的黄花和绿草上，院子的墙上有三处马蜂窝，但是我从来没去动过它们，它们也一直与我和睦相处。每天早上，小鸟们聚集在树上开嗓，唧唧喳喳一个早晨，天哪，它们怎么有那么多的歌要唱啊！我躺在房间床上静静听着，连去洗手间都轻手轻脚，一直等到它们散会，各自飞走觅食，我才从房间出来，呼吸着度假村上空的新鲜空气，在院子里扩胸、伸臂。

趁着太阳没有升高，工人刘师傅来给院子里的黄花浇水，我问他，"这黄花是什么花？"

他说，"就是黄花菜。"

"啊，这就是黄花菜？"

他教我把盛开的黄花菜摘下来，将花瓣轻轻拧成螺丝状，放在阳光下晒干，这就是正经八百纯天然、无污染的黄花菜。但是，刘师傅告诉我，"新鲜的黄花是不可以食用的，因为新鲜的黄花菜花粉里，含有一种化学成分叫做'秋水仙碱'。如果一次食入过量，就会发生急性中毒，引起腹胀，肚痛，严重者还会致人死亡。"

哇，看上去这么漂亮的黄花菜，居然花粉里藏有剧毒。刘师傅看我有些大惊失色，又说，"经过晾晒后的黄花菜，已经去除了部分秋水仙碱，食前用开水焯煮一遍，再用清水浸泡十几分钟，还有个办法，把新鲜的黄花菜漂亮的外衣剥开，把含有花粉的花蕊全部摘除。"

刘师傅瘦瘦的，脸上总是挂着憨厚木讷的笑容，然而，劳动者是最智慧的，我照刘师傅教我的，把黄花菜拧成螺丝状，搁窗台上晾着。到第二天早晨，上面爬满密密麻麻的蚂蚁，我既不愿意伤害蚂蚁，又不愿意扔掉黄花菜，把黄花菜连同蚂蚁放回到地里，心想，蚂蚁吃了黄花菜，黄花菜的根茎又回到土里，也算生态平衡吧？

度假村的植物基本上都是野生的，由于这里光照好，雨量充足，杨柳树都是笔直参天，即使是普通的一棵小草，也长得有半人多高，度假村养着几十只鸡，还有鸭，鸽子，鸡场外围拴一条纯种大狼狗。我把昨晚餐桌上几乎没吃的东西，打包回来，拿去喂鸡，当然，我得小心那只狼狗，绕到它的铁链之外，我喂鸡之前，先给狼狗扔了块骨头，它叼起那块骨头，三爪两爪，迅速在土里刨了个洞，把骨头埋进去，然后，又直瞪瞪地看着我的盘子。

"哈，原来你还会深挖洞，广积粮哩。可惜盘中餐有限，也分给点鸡呀鸭的吧！"

我把盘子里食物从鸡笼下面倒进去，于是我发现，在动物的世界里，也是尊卑森严。七八只吃得最肥最壮的鸡，总是有率先接近食物的权力，如果食物比较少，只能先让它们果腹，所以，那些体格弱小的鸡鸭们，肯定靠边又靠后。而我那盘东西，只够领头的几只鸡塞牙缝。好在，度假村有足够的食物给它们吃，正在我拿着空盘子，懊恼食物不够的时候，刘师傅挑来两大桶客人吃剩的食物，有整条的鱼，有大半只的烧鸡，还有饺子，米饭，包子，想想吧，一个度假村，每天来那么多客人，哪一桌不都是点得多吃得少？若不是这些鸡鸭狗，该多么浪费？就拿鸡来说吧，吃的是人的残羹剩汤，下的却是纯绿色无公害高营养的鸡蛋。只是自打那之后，我坚决不再吃鸡肉。

狼狗的眼睛一下子灼亮，盯着刘师傅。他把大块的肉和骨头给了狼狗，狼狗照例挑出一些成色好的埋在土里，刘师傅走进鸡食盆那里，把连汤带水的东西，一半分给鸡，一半喂鸭子。狼狗极不高兴，冲他"汪汪"，刘师傅不理它，换了我，也不会理它。自己把东西藏起来，还想从鸡鸭嘴里夺食，这是霸权主义！

刘师傅又挑来一桶自来水，分别倒在狗食盆和鸡鸭食盆里，离开的时候，从鸡窝里取出几十个鸡蛋。瞧瞧，喂鸡鸭狗没什么复杂的。

度假村开辟了几片地，大棚里的长春藤上，架着黄瓜，西红柿，茄子，豆角，底下种着人参果，生菜，韭菜，青椒，辣椒。大棚外开垦了第二块地，种着地瓜，白萝卜，胡萝卜，南瓜，洋

308

葱头，土豆，白菜，豌豆。这些漂亮的农活全是刘师傅一个做的。我常常见他挂着锄头，或挑着担子，锄地，浇水，拔草，既不显得很忙碌，也没见他有很清闲的时候。白萝卜太小了，还没长熟，我拔了一棵，特别辣，吃得我一个劲儿流眼泪。大棚外的几片地更宽敞些，除了豆角，还有黄瓜，西红柿，繁茂的野花，牵牛花，野葵，鲜艳的花瓣点缀在人参果和韭菜之间。我和土地有天然的亲近，每次摘菜时，心里就琢磨着，我要有这么块地，该种点什么呢？当作家和当农民相似，都是在空无一物的地里撒种，施肥，锄草，浇水，小心翼翼地侍奉它，只有下够功夫，用心血浇灌，才会有收成。

值得一提的是，刘师傅种的菜不用一丁点化肥，真正纯天然无污染绿色蔬菜。刘师傅的爱人身材很瘦小，她摘菜的时候，挑出些鲜嫩的西红柿、黄瓜留给我，她没空的时候，就让刘星儿给我送来。

起初我以为，刘星儿是她的儿子，后来才知道，那是她的孙子。她四十多岁就当了奶奶，刘星儿四岁，是在度假村跟着爷爷奶奶长大的，度假村给了他宽敞的、可以自由跑来跑去的场地，常常跑到我院子里来，给我送西红柿、黄瓜，我就送他牛肉干、巧克力，有时候带他一起去喂鸡。

"喂鸡的时候，躲着那条狼狗。"刘星儿告诉我。

"那狼狗咬人吗？"

"咬。"

"你怎么知道它会咬人？"

"它咬过我。"

"你肯定招惹它了，对吧？"

他眼睛亮晶晶地看着我，点头，"是。"

我看着刘星儿鼻子上刚刚结痂的伤，忍俊不禁。他额头、鼻子、膝盖、手肘，时常有碰伤和擦伤。有一回，他奶奶让他来给我送一把嫩嫩的生菜，他一路倒着走进我的院落，正打算用屁股撞门，我听见有动静，拉开门，星儿一屁股坐进我房间里，整个人躺在地上，嫩生菜撒了一地。

刘星儿的奶奶买来一台洗衣机，问我洗衣机怎么用，我过去的时候，刘师傅正往鸽子窝上抹泥，刘师傅以前在乡下种地，由于刘星儿的奶奶身体不好，乡下距离县城很远，看病不方便，舅舅就把他接到度假村里，让他们两口子种点菜，喂喂鸡，带着孙子刘星儿吃住在度假村，每月有固定工资。

洗衣机轰鸣，这时候，我又看到，刘师傅在大棚里给黄瓜浇水，刘星儿帮奶奶拧床单，水顺着胳膊直流。九月份，星儿的爸爸妈妈就要送他上幼稚园了，说让他懂点规矩，学几个字，刘星儿在度假村小马驹似的欢快，饿了就跑进厨房，正在炒菜的厨师，给他一条鸡腿，或是一块炸带鱼。我经常看见他开心的小身影，在度假村跑来跑去，横着跑，竖着跑，倒着跑，可他上了幼稚园，整幢幼稚园也没有度假树的一个角落大，他能习惯吗？但愿我再见到他时，他还能这么机灵活泼可爱顽皮。

度假村的歌舞团有几个歌手，主持人莫日根，汉文意思是"聪明"，她身高一米七，有着模特般的好身材，歌手塔娜，是"珍珠"的意思，塔娜话很少，但是，一旦她开始唱歌，就让我心旌摇曳，思维飞到遥远的地方——天苍苍，地茫茫，草地上开满了星星般的野花；她的男朋友名叫"哪顺"，拉一手悠扬婉转的马头琴。哪顺自称当代刘德华，他追塔娜追了三年，就在我来度假村期间，哪顺抱得美人归，终于和塔娜订婚了。

度假村的经理不是别人，就是那位骑高头大马的萨如拉，"萨如拉"，汉语是"辽阔"的意思。要描述萨如拉对我的姐妹情，先说一件事情。

那天早晨，我吃罢早餐准备去附近爬山，刚从院落里出来，就碰到萨如拉，她一把拉着我的手，"走，跟我一起去塔娜家吃酸奶面。"

"酸奶面?"我问,"酸奶煮面条?"

"是啊。"萨如拉说,"不是买来的袋装酸奶,塔娜从老家带来的酸奶,自家做的。"

"拜托,我平时连酸奶都不大爱喝。"

"尝一尝嘛。"她说,"我昨晚喝了很多酒,酸奶面可以解酒。"

正在这时,度假村的一位厨师开着一辆旧车子,车子停在我们旁边。

"上车。"萨如拉说。

"才多远一点路,我不坐。"我说,"我就是特意出来爬山的,这山还没爬,倒先坐车了。"我说服萨如拉,"走一截吧,你也是,这么近的路程,坐什么车啊!"

萨如拉接受了我的建议,对厨师司机说,"那你回吧。"

度假村有上百号员工,除了像刘师傅和她老伴这样的工作人员,还有经理,领班,大堂,歌舞团,服务员。萨如拉年纪不大,跟我同龄,生就有指挥人的魄力,又爱照顾人,不然,这么大的度假村,怎么会让她当经理?

"唉,"我看着厨师缓缓把那车子开走,"真是能文能武,拿起炒勺是厨师,放下炒勺成司机了。"

"那有什么,他车技一般,也就敢近距离跑跑。"

说话间,我们已经走到塔娜家门口了,就在马路边,我朝里一望,窗明几净,家里拾掇得利利索索,哪顺和塔娜订婚后,他们就搬到度假村外不远的地方住了,哪顺真有眼光,娶了塔娜这么好的女孩子。

塔娜和哪顺都跑出来,诚心诚意地请我进屋去吃酸奶面,我婉言谢绝了。我是真想去爬山,趁着刚下过雨,看看林间新绿的模样。

萨如拉吩咐我，"小心点，别走得太远。"

我满心欢悦地朝他们摆摆手。

度假村外围是一些村落，比起度假村，附近的山和树林更原生态，更苍翠，方圆几里人烟很少，完全不同于闹市区或是其它地方的喧嚣。我摘了几朵小花，插在我的双肩包扣带上，沿着山路一直往上走，山风吹拂着我的头发，吹拂着我裸露的颈项，我边走边唱歌，一首接一首，大口呼吸，让天然氧充满我的身体。我听到身后传来摩托车的声音，停下来，大声说："请问一直往上走都有些什么啊？"

他摘下头盔，是个四十岁左右的中年男子，非常面善，更大声地问我，"你刚才说什么？我没听清。"

我伸手指指山顶，"我是说，那山顶上还有什么？名胜古迹？"

他说，"我也不知道，我是外地来的。"说完，他指指摩托车牌照，几个数字前边，是附近一个城市的简称。

"我也是趁周末来这里闲逛的。"他说，

"那好，您请便吧！"

"姑娘，我载你上山？"

我说，"我才不呢，我就是要爬山。爬山就要用腿爬，搭摩托算怎么回事？"

他笑笑，一轰油门，摩托车朝山上冲去。

陌生的地方，遇到同样喜欢爬山的人，虽然素不相识，但是，总有些天性是共通的，那就是对树林的喜爱，对大自然亲近。这辆摩托车刚过去，又接着上来三个骑摩托车的人，这回，我没贸然问人家"山顶有什么了"？而是先看了看他们的摩托牌照，他们是来自更远的东北的三位远足者，我站在路边，朝他们挥挥手，他们鸣笛，向我致意。

我手撑着膝盖，稍稍喘息了一会儿，等心跳和呼吸都趋于平稳，继续大踏步往上走，两旁深深浅浅的绿一路陪伴我，每前行一步便呼入大口的天然氧，纯植物的芳香气令我心清气爽，那一刻的快乐简直无法形容，绿的树，高的山，清澈的小溪，也不管你从哪里来，要到哪里去，是什么身份，有多少钱。翠绿环绕成一个圆，圆形头上，顶着纯洁的蓝天和白云，我看到一条小溪，溪水欢快地跃入山涧，将澄清的空气留在四周，小溪的下游种着一片片庄稼和青菜，一位身穿白色上衣青色裤子的大妈，正蹲在菜地里专心致志地除草，一头骡子拴在地边上，她拔出草，摔打掉泥土，丢给骡子，骡子欢快地啃咬，我双手圈成喇叭："喂，你们好吗？"

大妈抬起头，朝我挥挥手，我看到她花白的头发，在明丽和天空的清朗的阳光下格外动人，骡子也听到我的友好，因为我的声音在山谷里一遍遍回荡——

"我是水力。我来看你们了。"

快到山顶时，坡路变得陡急，拐弯也越来越多，我听见一声咳嗽，我回望左右前后，除了漫山遍野的风声树声溪水声，哪里有人？我以为耳朵虚了，于是干脆自己大声地咳嗽了几声，左边的草丛里传出"哗啦啦"的响声，类似于人走过时，拨开草丛的响声，我下意识地往那看，只看到一人多高的草。然而就在这时，一个衣衫褴褛、蓬头垢面的男子，从路边的草丛里，冲我直扑过来，我根本没时间思索，也没时间停下，更没机会绕开，而是慌不择路，照直往前，往山上跑。因为他当时站着的位置偏下，如果我往下跑，就会被他一把抓着。即使抓不着我，也会抓着我的衣服或是包包。我当时第一意识只能往山上跑，因为至少刚刚上去四个骑摩托的人啊！

我使出吃奶的力气往上跑，边跑边大声念"南无阿弥陀佛"。遇到危急情形念"阿弥陀佛"，如同给神灵发个电报，菩萨定会来救我。我一边跑，一边回头看，四周寂寂，全是树林和一人高的蒿草，菩萨显灵了，那人有没有追上来。他天天出没于山林里，要追上轻而易举。跑出二百米远，我几乎要软瘫到山坡上，整个人像洗了桑拿似的，每个毛孔都在往外渗汗。左右前后全是山林和树，空无一人，我站在弯弯的盘山道上，一边惊魂未定地环顾左右，一边给萨如拉发出"PSP"信号求助。还好，手机有电，电话一拨就通了。

"萨如拉，快，你赶紧派个车来接我。我就在唯一的这条路的上方等着。"我气喘吁吁地在电话里说。

"好。我马上让王厨师开车去接你。"

萨如拉就是萨如拉，一点都不婆婆妈妈，一句也没问事情的起因和过程，她听出我语气很紧张，危急关头，果断解决问题最重要。

过了大约有五分钟，山上传来摩托车声，就是那第一个骑摩托上山的人。

"师傅，把我带下山吧！"

他说，"你不爬山了？"

我问，"山上还有什么？"

他说，"山上还有山。"

我说，"今天不爬了。"

摩托车下山的速度极其快，刚才跑了满身的汗，现在又吹了一身山风，吹得我透心凉。就在摩托车路过刚才那片草丛时，我看到那个男子就坐在草丛后面的高坡上，两手抱膝，他所处的那个地理位置，正好看到山口，也就是说，在每个人刚上山的一刹那，已被他尽收眼底。

很快到了山脚下，迎面看到王厨师开着车，我从摩托车上下来，谢过那位师傅，他就离去了。我受到惊吓，坐到王师傅的车上时，汗水又淌下来了，我将我遇到的险情给他描述了一遍。回到度假村，没见到萨如拉，只见到苏日古格在吧台内，我还在淌汗，于是又把我遇到的事情向她描述了一遍，那天中午客人不多，一位服务员跟我说，"那人外号'山大王'小名叫'愣愣'，常年在山上呆着，见到男的就要烟，见到女的就非礼……"

我听着愈加后怕，汗仍然在淌。"他没有家人？"

"怎么没有？他们家兄妹五个，哥哥姐姐当中，有当官的，有做生意的，家境不错，都对他很好，但他从小就有点智力障碍，所以，自己天天要跑到山上去……"

我回到我的院落，把院门闩好，把房门也反锁了。著名的健身大师知心说，现代人久坐久站，严重缺钙，有一种强行补钙法，就是负重奔跑，扛一袋白面或沙子，拼命往楼上跑。得，就算补钙吧，可这也太"强行"了。我像虚脱了似的，一头栽倒在床上，呼呼睡着了。

大约睡了两个小时，萨如拉来敲门时我才醒，她站在院门外，"水力，你没事吧，午饭吃了吗？"

我打开门，让她进来，奇怪的是，我再也不想叙述上午遇到的险情了，因为，我发现这件事情并没让我极度害怕，哆嗦不安，或是草木皆兵，我在想，这个"山大王"既不是家境贫寒的，也不是缺衣少食的，自觉自愿每天去树林里占山为王，没准上辈子，他就跟那片山林有什么渊源吧？

已经下午两点，萨如拉特意让厨师补做了一顿午餐给我，土豆丝，油炸黄米糕，家常豆腐。舅舅还有其他几处生意，度假村基本就是萨如拉管理。我喜欢煮粥喝，她把她的微波炉送给我，叫厨房给我送来一套餐具。我用这微波炉做了一顿饭，其实也不是什么大不了的，就是普通的炒菜，面条，叫萨如拉和舅妈来吃，但是后来，舅舅也跑来了，他找舅妈要钥匙，于是，也算他一个。

那顿面条真是终身难忘。这么说，不是因为我做得有多好吃，西红柿茄子都是大棚里现摘的，鸡蛋是刘师傅送我的，黄瓜这些小菜也是大棚里摘的，面条是厨房的面点师现和面现压的，再加上切成丝末的葱、姜、蒜、辣椒，我所做的，无非就是把这些东西用电磁炉弄熟。三流的厨师却用着一流的原材料，绝对纯天然新鲜的大棚蔬菜，所以，面条的味道，受到三位食客的一致好评。

萨如拉说，"这么好的厨艺，早显露出来，我能吃这么瘦？"

"你还瘦？"舅舅说，"你要是瘦，骆驼就没壮的了。"

我大笑，萨如拉身高一米七，体重六十公斤，是蒙古女孩子标准的健美匀称。

我把一碟子葱、蒜、辣椒端给舅舅。舅舅说，"今天你就是端给我毒药，我也全吃了。"

我又笑了起来。

舅舅又说，"怎么你舅妈和萨如拉吃的是宽面，我吃的是细面？"

我说，"要不，你和舅妈换换？"

舅妈说，"我不跟他换，就让他吃细的。"

最没头没脑的是飞飞，三个人都大吃大嚼，惟独没它什么事。它"呜呜"叫着，忙碌地在我们脚下嗅来嗅去。

我夹起一根面条放在飞飞面前，让它看清楚，这不是它喜欢吃的火腿肠。

萨如拉说，"飞飞，以后别再叫水力姐姐了，她连根火腿肠都舍不得给你买。"

飞飞用眼睛看着萨如拉，使劲摇尾巴，表示对她的话很赞同。

舅舅揉着肚子，"下回记着给我也煮宽面，不能女的多就欺负男的。"

萨如拉立马给他一句："我们想吃细面还没吃着呢！"

这两人太适合演小品了，再加上我这么爱笑的观众，那顿饭，我们四个人吃了两斤面条，一大盘烧茄子，一盘人参果，一盘凉拌黄瓜，一盘西红柿炒鸡蛋。舅舅居然说他还没吃饱，说这话的样子，根本不像是个度假村的大老板。

既沮丧又失望，有一天我去和舅妈聊天的时候，发现她和舅舅住的院子里，种的全是人参果。

"怎么我的院子里就只种着黄花菜？"我冲舅舅嚷嚷。

"谁让你挑的院落只种着黄花菜？"

"我哪知道每个院落里种的东西都不一样？"

舅妈笑着说，"水力喜欢吃什么，明年开春就在你那院子里种什么。"

我想了半天，说，"甜糯玉米吧。"

"还甜糯玉米呢？"舅舅说，"自打你住到那个院子里，黄花菜都不想长了。"

他这么一说，我觉得还真是那么回事，"是啊，我院子的花就没有别的院子茂盛。"

舅妈说，"你本身就是一株花儿，你住在那院子里，别的花哪还敢开啊。"

这话听得我真舒坦。我和他们建立的，是一种可以与溪水比拟的柔美情感，舅妈找来一只纸箱，摘了好多人参果放在纸箱里，让我吃完再来摘。舅舅一家的亲情也更深深地打动了我，有一次，吃过饭后，大伙一起唱歌，当轮到舅舅的大儿子唱歌的时候，他选了一首歌《朋友》，唱到最后就哭了起来，走到舅舅面前，和他紧紧拥抱在一起。想到中国的父子都是热在心里，很少能用这种方式表达相互的情感，但是，那天晚上，看到他们父子真情拥抱，萨如拉，塔娜，哪顺，莫日根，我，还有很多人，都落下泪来。

每天早上，我在小鸟们的欢唱中醒来，多么奇怪，小鸟从来不吃金嗓子喉宝，可它的吟唱没有一点杂音。一只绿蓝色的飞

317

鸟，停在紫白色的花蕊上，昂首挺胸，优雅地亮出颈间的一抹嫩黄。那时候阳光正徐徐照进我的院落，仔细一看才发现，小鸟的背毛是透明的银蓝，脖子有一圈明媚的柔黄，像戴着项圈似的，而头顶却是雪白，这一幕让我惊呆了，我无法动，无法思考，只是久久地凝望它。小鸟眼睛盯住蓝天，朝着墙壁歌咏，坚信天籁一般纯粹的歌声，能穿透门窗，穿透墙壁，洞穿所有的隔膜和秘密一样。

度假村拥有如此多宝贝，舅舅还想着要买几只孔雀，不是像动物园那样圈起来养，而是让它们随意地在度假村走来走去，他不把度假村整得花枝招展誓不罢休！养孔雀的方案有待于实施，他先找来一位民间艺人，他也姓刘，不过，他比种菜的刘师傅年长，年逾七十，可是，身体非常硬朗。

大刘师傅也是农民，种地种菜、喂鸡放羊是专业，业余时间喜欢画画，写诗，捏泥人，舅舅派司机买来做雕塑所用的一切材料。我对农民艺术家的手艺缺乏了解，况且，度假村所需的雕塑特别高大，五米高的金牛，五米高的马，还有猛虎下山，光形似是不行的，还得有精气神。我见刘师傅先是用一个又一个截开的圆木桩，把雕塑的架子搭出来，用了三天时间，然后，用泥往木桩上涂，当刘师傅塑好牛头和牛眼睛的时候，整个牛就活了。牛的身体过于大，要先把模型固定在高台上，刘师傅又充当了泥瓦匠工人。避暑山庄的盛夏可不凉爽，强紫外线，在早晨十点至下午五点之前，阳光非常炽热，这些活都是在室外三四十度的高温下完成的，当一头金光闪闪的金牛巍峨屹立在度假村的时候，刘师傅又忙着在纸上画骏马的图形了。我尊重这位民间艺人，就像尊敬我的亲人一样，我细细地欣赏他的雕塑。有几天下雨，刘师傅回家休息了几天，再来度假村时，给我带来自家种的小米，还有家里的鸡蛋。

快乐就是如此简单，看刘师傅种菜喂鸡，从鸡窝里取出带着母鸡体温的鸡蛋，看他爱人摘菜，看老刘师傅捏牛、马、虎、羊，刘星儿从玉米地里钻出来，头上衣服上挂着玉米缨子，像会移动的小玉米人儿一样，我要笑瘫了。白画家面庞清癯，身材顾长的，总是沉默着把自己的情绪表达在画布上。他每年都要到度假村写生，白画家擅长用很少的颜色，营造出拥挤的市街之外已经失落的温热泪液，那些深远的黑，透明的白，以及一点点青灰，一点点银蓝，还有暖暖的土黄，在午夜，一场又一场大雪，无声地，反复诉说着遥远的源头之上。

我失去了什么？不过是些虚名罢了。而我得到了大自然的宠爱，小溪的流水和小鸟的歌唱，满足于早晨水洗的白，沉淀的蓝，因风落在我窗前的花瓣，叶子上的露珠和雨后甜丝丝的雾气，满足于这里的中午，石坚水柔，杂花似海，树林的尽头是松林，满足于这里的夜晚，寂静从四面八方裹掖着小院落，风吹树儿的声音弹奏着生生不息的律动。

没有比这种宠爱更令我幸福的了。我忘不了，在那间充满野趣的专门用来烧烤的木头房子里，我们一晚上都欢声笑语，把连日来的阴雨都烤得暖烘烘的。

那天，整个度假村都被浸在一片灰蓝色当中，萨如拉告诉我，说大伙正在烤羊腿吃，我听了乐颠颠地跑去加入他们。

"谁的腿？"我问。

萨如拉回答，"王厨师长的。"

在度假村，都习惯最简单的对话，如果有人请客吃饭，晚到的人通常这么问，"谁的饭？"遇到一帮人正围在吧台着吃水果，就问："谁的果？"

那天，整个度假村都浸在一片灰蓝色当中，但是，在那一间充满野趣的专门用来烧烤的木头房子里，我们一晚上都欢声笑语，把整日来的阴雨都烤得暖暖烘烘。

羊油落在木炭里，火星飞溅，发出"呲呲"的声响，哪顺，塔娜，萨如拉，莫日根，领班经理也姓王，帅帅的，黝黑的面颊，脸部轮廓清晰俊朗，他比王厨师长年轻几岁，还有他的未婚妻彩霞，每人手持一把小刀，一把小叉，割一块肉，蘸上调料，吃得满嘴喷香。

"你怎么不吃？"我问王厨师长，虽说是厨师长，可他也就三十岁，不爱说话，胖胖的脸上，总有一丝笑意。

他一脸痛苦，"我，疼得不行。"

萨如拉把一块羊腿肉塞进嘴里，故意放慢速度大嚼，"这就疼了？今天才烤一条，等过几天，咱再让王厨师长烤他那条腿。"

王厨师长起身，作出要愤而离席的样子。

"你要上哪儿？"我问。

"腿疼得不行。"

大伙被他逗得哈哈大笑，他却不笑，也不吃，继续坐下来，看别人吃得汗流满面，表情痛苦，冒出一句，"疼得不行。"

王厨师长有一回发短信问我，"午饭吃什么？"我说，"青椒炒鸡蛋。鸡蛋少点，青椒多点。"服务员把饭送来，我一看，整整一盘都是鸡蛋，只在盘子的边缘，点缀了几片青椒。还有一次，他问我晚饭想吃什么？我说，拜托您给我来点素的就行了。结果，他让服务员给我送来了两只洗净的白萝卜，两只洗净的胡萝卜，几棵生菜，一块豆腐，两根摘好洗净的芹菜，三只鸡蛋，半棵白菜，一袋甜面酱。

我看着王厨师长，恨恨地说，"你是觉得咱度假村没喂着兔子，把我当兔子喂是吧？"

萨如拉右手持刀左手拿叉，"水力，那你不赶紧吃他一块肉，报仇。"她一晚上都在说服我吃肉。

"你们谁见过，小白兔吃羊腿的？"我说。

我不吃肉，喝酒也不灵光，王厨师长吩咐苏日古格拿来五个糖饼，还有生土豆和地瓜。

320

"你就是拿五斤糖饼贿赂水力，也逃避不了明天接着烤你那条腿的命运。"萨如拉说着，拨开木炭，信手埋进土豆和地瓜。

　　王厨师长坏坏地乐着，又皱起眉头，"呀，撑得不行。"

　　大伙放声大笑，他们一定是想起了糖饼的笑话。有一次，萨如拉吩咐厨师给我做五个糖饼，她一定是喝高了，在单子上写了"水力要五斤糖饼"。面点师问，"一下子要吃五斤糖饼？"有人说，"五斤就是五十个，不是批发了拿去卖吧？"这个单子在厨房每个人手里传阅了一圈，于是"水力一顿吃五斤糖饼"的笑话就这样传开了。

　　"你就毁我吧。"我把一杯啤酒放在萨如拉面前，"罚你喝了这杯酒。"

　　萨如拉捂着嘴，以免笑得太响。

　　我面前放着三杯啤酒，罚萨如拉喝了一杯，我喝了一杯，脖子上随即起了一圈过敏湿疹。

　　"谁再替我喝一杯酒？"我发出求救信号。

　　"我替你喝。"苏日古格说。

　　苏日古格是萨如拉的亲妹妹，今年二十一岁，身材苗条颀长，平日里她总在吧台里待着，因为下雨，度假村顾客少的缘故，才有时间和大伙坐在一起，我发现，她喝酒的样子真是太帅了。她一定有不被我了解的其它东西，于是我提议，"让苏日古格为我们唱支歌儿，怎么样？"

　　我也不确定，苏日古格会不会唱歌，但是，她大大方方地站起来，一丁点的扭捏，一丁点的推辞，一丁点的造作都没有，苏日古格放开歌喉就唱，"我给你们唱一支《远方的朋友请你留下来》。"

　　没有任何过门和铺垫，她的声音和她本人一样，毫无修饰的单纯，哪顺抱起马头琴，琴声丝丝缕缕地乍起飘荡，继而悠悠缓缓地舒展开去，随后节奏渐紧，起伏加大，音色骤亮，马蹄踏过辽阔的草原，在一个个充满花香和树香的午后，时而振奋昂扬，时而柔肠百转。

塔娜的歌声也加入进来，百灵鸟在雨夜轻轻缭绕，莫日根随着琴声和歌声舞蹈，柔软的腰肢携着草原的清香，苍穹之下，千层万层的白云，树海和杂花深处，一匹白马闪着亮光，萨如拉身着红色蒙古袍，如一团火焰，腾着热气，奔驰而来，我永远忘不了那个小木屋，那个雨夜，一圈木炭火围拢的快乐。

夜深了，木炭的火星快要熄灭了，最后一块羊腿肉被莫日根和哪顺瓜分干净，萨如拉从木炭里取出地瓜，揭掉黑黑的焦皮，递给我，地瓜瓤冒着袅袅香气，咬一口，又甜又软，我发现，这辈子没吃过这么美味的地瓜，直吃得我肚皮发胀。这时，雨加大了力量，把度假村的花草树木洗净了，把更远的山桠口洗净了，这还不够，不知疲倦地拖着一条湿湿的雨做的缎带子，要把所有藏污纳垢的地方，洗成匀净澄澈的黛青。

领班王经理脱下身上的茄克，给我披上，又让他的未婚妻彩霞找来一把大伞，送我回住处。

"不用，这雨不算什么，"我说，"淋湿了正好回去洗热水澡。"

我这说法没得到大伙赞同，彩霞执意挽着我的胳膊，一手打伞，我穿着刚从她未婚夫身上脱下来的衣裳，还带着他的体温。黑暗中，我看不清路，夜晚的度假村很寂静，彩霞护送着我，一直送到我的院落门外，我把衣服还给她，可她还是待在大门外，在雨中等我房间的灯亮起来，她才离开。

在度假村，人们都习惯照顾我，在度假村，我能看到的每一个人，每一样东西，都是灼热的，带着太阳燃烧的色彩，跳进我视野。如果我也有一支画笔，我一定用度假村的溪水洗净它，好让我画出整个树林的香，画出我院落里的每一株花草，画下我种的小树，它在晨风中摇曳，在落日里变成金黄，画出那只绝美小鸟，画下奔驰而来的大白马，画下身着大红蒙古袍的萨如拉，画下斜阳下她飘舞的头发。

　　敬爱的百合主编，我不知道，我是不是已经尽可能将这段充盈着丰富感受的生活，以本真状态呈现在纸上？对于我而言，这是生命中一段不知忧患的岁月，如层层馥郁，在我心里生根。然而，在暴雨如注的夜晚，我又梦到朝阳街一百号，站在一楼大厅喧哗的人们，最后也不知道那个潜伏在楼底的绿影子是谁，夜深人静，她发出呻吟，手镯贴着咸盐罐子，把牙齿和眼珠子放进去，再盖上盖子，指甲在笑纹里划出一道又一道冷血的痕迹。

　　檐下的薰风，来历不明的脚印，一直躲在这世界的某个阴暗角落，在朝阳街一百号廊柱后面，原本以为它会像很久以前的星辰，随着时间的推移慢慢变小、变淡、变模糊，但它仍选择在我绝对无法提防的梦魇里光临……

　　也许，所有的弯路，都是为了这种安排，为了让花香和树香温柔地拥我入怀。世界原是这般美好，人生原是不断受伤不断复原的过程，那镜中的女子，以和我相似的模样，凝视着雪花从天空流过，一如既往的宁静，平和，快乐。我得承认，文字是一种自我观照，而剑走偏锋也是上苍的一种观照——顿悟和感悟，文学的迷人之处，也就在这里了。

　　百合主编，感谢您给我写的信，使我的大脑和心灵豁然打开，愿您一直这样正直，善良，美丽。

吴百合主编

　　吴百合站在门外，拎着一袋水果。来开门的是安露红的女儿娇娇。她正在擦桌子，手里拿着一块湿抹布。

　　"生日快乐。娇娇。"吴百合说。

　　"谢谢百合阿姨。"她将抹布丢在门后的暖气片上，来接她手中的东西。"我妈妈说了，下回来我家不兴再买这么多东西。"

　　"你妈能说这话，看来的确是没事了。"客厅的桌上已经摆好碗筷和杯子，前天吴百合买的花还很鲜艳，吴百合没看到安露红，探头朝卧室看了一眼，床铺叠得整整齐齐。

　　"你妈呢?"

　　"在厨房。"娇娇说。她穿了一件粉红色的裙子，领口有一圈珍珠，裙摆在房间里旋来旋去，周身散发出轻盈甜蜜的气息。"她说做点拿手的，一是给我过生日，还有要为百合阿姨饯行。"娇娇取来果盘，把香蕉、橙子、芒果都放进果盘里，细心地摆成好看的样式。

　　吴百合推开厨房门，一股夹杂着各种香味的热浪扑面而来，安露红正大炒小拼地忙碌着，"快出去，马上就好。"她把炒好的菜放在碗柜架上，锅里，什么东西还在"咕嘟，咕嘟"烹煮着，她脸上一副对烹饪充满喜爱的样子，似乎她生来就喜欢

324

厨房。

"我说，你就一分钟也闲不住。"吴百合仔细端详她的脸色，"真没事了。"

"没事。我能有什么事？早好了。"

说话间，锅铲又在锅沿边碰出一连串清脆的声音，门铃声响了，听见娇娇说，"啊，又是这么多水果，还有鲜花。"

吴百合从厨房走出，看到那位叫琦琦的女孩子，大步走进房间。"你买了百合？"吴百合惊讶地问。她居然买了百合，它们从紫色透明纸中探头探脑，鲜嫩得好像刚从花枝上摘下来一样。

"是啊。我上回见你买了百合，所以，娇娇说你今天也来，我就特意买了它。"她让开中间的沙发，坐在旁边那张单人沙发上，以示尊敬，她充满自信的眼神看着吴百合说，"吴主编，您坐这儿。"琦琦穿了件长到膝盖的蓝白格子上衣，袖子挽到肘弯，系了一条同色的宽腰带，下穿中膝黑裤，手链和凉拖的颜色都是蓝白相间的，她今天没戴帽子，一头卷卷的头发和细瓷器似的皮肤，服饰中性帅气，衬着像洋娃娃似的脸和表情，这打扮真让吴百合叹为观止。

"跟娇娇一样，叫我阿姨好了。"吴百合说，心里不禁疑惑，琦琦虽然年轻，但是有礼有节，做任何事情都让人觉得不做作，自然舒服。

"谢谢你。"吴百合说。话一出口连她自己也惊讶，为何要对琦琦说这句话。

"不用。"琦琦居然没问她为什么说谢谢，她的年轻和镇定让吴百合惊讶。

"开饭喽。"安露红说。三个人不约而同起身，走到客厅饭桌前。"四个女人一桌，打麻将正好。"娇娇说，又尽量把桌上的菜摆成好看的式样。"妈，给我爸留了菜吗？"

安露红瞥了女儿一眼，"就知道疼你爸，你老妈快累死了，

也没听你说几句好听的。"

"妈。"娇娇搂着安露红的肩，伏在她耳边说："我爱你，妈妈。"

"好了。"安露红用手轻轻拍了拍女儿胳膊，"快坐下吃饭，也不怕你百合阿姨笑话。"

"娇娇真可爱，以后肯定是个好媳妇。"吴百合说。

"可爱不知道，我女儿长了张好嘴倒是真的。"安露红说。她一天到晚忙了单位忙家里，虽然脸上显得消瘦了一些，但还是那张四方脸，仍然是白色裤子，蓝白相间的横条纹上衣。

"这会总算结束了。"安露红说，"琦琦，你挨着百合阿姨坐，"又指挥女儿，"娇娇，开香槟。"

"妈，不觉得这会议筹备得很失败了？"娇娇转而对吴百合说，"我妈开会前得了会前恐惧症，生怕这会弄不好。"

"开完就不管了。"安露红解下腰间的围裙，搭在椅子背上。"人的能力有大小，我尽力了。你说是不？百合。"

"是。很多事情不是你能控制的。再说，我觉得很成功。真的。"

"嗯。"琦琦欲言又止，眼睛盯着葡萄酒。"如果是我的原因，让您为难，那我先自罚一杯。"她倒了满满的一杯酒。

安露红拉住她的胳膊，"罚什么罚，今天只有高兴，没有罚，是吧百合，来，娇娇，妈不能喝酒，你替妈先和琦琦碰一下。"

琦琦莞尔一笑，看着娇娇，娇娇用肩撞撞她，端起杯子，说，"女主人下命令了，喝吧！"两人笑着，一人喝了一大口。

餐桌上，香香喷喷的罗非鱼，清炒娃娃菜，蒜茸菠菜，引人食欲的西红柿烧茄子，点缀着红辣椒和花生豆的宫保鸡丁，还有凉拌黑木耳，凉拌香肠，鱼皮花生豆，透明的玻璃盆里盛着酸辣笋丝汤。

"做这么多菜。"吴百合说，用碟子接着安露红递过来的一

只包子。

"这是野菜包子，锅里还有米饭。"安露红说，"等你走的时候给你带点吃的。"

"不要。飞机上有方便餐。"

"就是知道你上飞机才给为准备的。那些东西都是速冻的，太难吃了。"她说，"要不是觉得不吃就浪费了机票钱，我从来不愿意碰那东西。"

"说了归齐，你还是吃了？"娇娇笑着跟妈妈抬杠。

"吃你的，我说一句，你非挑一句。"安露红也笑。

琦琦把剔下来的鱼刺堆在碟子边缘。吴百合盯着琦琦，她的皮肤像让人流连不已的洋蔷薇，搂着她腰身的长衬衫也显得柔软，光艳，年轻就是好，百合看得出，琦琦经常被人盯着看，所以熟视无睹，专心致志地对付盘里的烤鱼。

"还说妈妈眼光老土，让你百合阿姨和琦琦说，这裙子好看不？"安露红说。

"谁说你老土了？"

"你说的。"

"好好。我说的。我错了。成了吧？"娇娇说，"我妈不老土，我妈最能赶得上流行。我妈的心像十八岁那么年轻。"

吴百合咬下一口包子，里边溢出的野菜馅味道清香，配酸辣笋丝汤正好。

安露红母女俩时不时拌一句嘴，就像家庭午餐必不可少的佐料。任何人都再也不提，琦琦在讲座会上提的问题，这顿饭只为品尝美味，分享温暖和友情。然而，吴百合禁不住想，因为图图沙竭力要给怀绍德重发一次稿子，怀绍德才得了这个奖，这是怀绍德一生中第一次，也恐怕是最后一次得这种奖。而图图沙呢，一生中颁过不止一次奖，开过数不清的笔会，却没能看到他苦心为怀绍德发表的小说获奖，他在他获奖的这天住进医院。这就是

327

因果。何因何果。

　　鲜桃汁的塑料桶很沉，娇娇一只手拎着它，另一只手端着桶的底部，琦琦帮忙拿杯子，橙黄的糖浆流入杯子，正午的阳光也流入杯子，橙汁甜丝丝的，一个人从一个城市到另一个地方，就是这么容易，今天还在这里和另外一个女人和两个女孩子吃午饭。明天的此刻，就在另一所城市的自己家中，或许在电脑前，码她那永远也码不完的字，或许在读刚买的那些书，或许会朗诵其中的一段，或许什么也不做，安露红和女儿娇娇毫无伤感的母女情让她羡慕。但是，也不是有很多人能有大量时间自己支配，在床前读书，怎么活并不重要，重要的是每个人都能选择自己想要的生活。

　　吴百合吃了蒜茸菠菜，吃了西红柿烧茄子，食欲很好，又吃了不少凉拌黑木耳。

　　"你做菜的手艺真不错。"吴百合说。"这些菜，看着简单，做得好吃也不是件容易的事。"

　　"你喜欢吃我就最高兴了。"安露红额头上还有一些汗，"我知道你口味素，特意做得清淡，好吃就多吃点。"

　　"等你什么时候去我那儿，我也做一顿拿手的给你尝尝。"

　　安露红从纸盒里扯出一张餐巾纸，抹了抹额头上的汗。"整天喝汤我可受不了。再保持身材我也不干。"然后，似乎觉得自己话说得太直了，冲吴百合笑笑，"我是说，南方和北方人的肠胃不一样。我一顿不吃面食，心里就空得慌。"

　　"看把你吓的。放心，不会只让你喝汤。"

　　"那我一定去。"

　　这是吴百合一生当中难忘的一次午餐，更像是会老朋友的日子，安露红陪她熬过了枯燥的笔会，今天的午餐是一个美好的句号。参加笔会，然后再去创作，编发稿件，有的人可能下次还来，还能见着，但有些人，却永远也不可能相逢了。就像多少人

328

是怀着诚挚的心走进文学，想热爱它，想被它接纳，希望用文学来改变命运，甚至，改变世界，但是，最后，有人得了抑郁症，有人走火入魔，有人被疾病缠绕，带着无法了却的自责。然而，吴百合能聊以自慰的是，她还信仰着文学，像一个小姑娘一样热爱着它，认为它给自己的生活带来安宁和希望，有很多时候，生活是逼仄无奈的，但是文学能为我们开启一扇门，让人热爱周围的一切事物，热爱眼前的一桌美味佳肴，并满怀感动和感激之情，牢牢记住它。

茶几上的两瓶百合花，味道是近似的，甚至，行将枯萎的比开得鲜艳热烈的更香更醇，阳光从中间透过来，倾听花瓣在空气中的呼吸，两个女人，两个女孩子，为未曾损伤的爱心，为未曾损伤的美丽，这是多么完美的一顿午餐，四个女人，健康快乐地吃烤鱼，吃野菜馅包子，种善因必得善报，由于她们的善良，福报一直跟随着她们，从未离开过。

吴百合举起杯子，"来，为娇娇的生日，为娇娇的明天，也为琦琦的美丽聪慧，为你们的年轻健康，我们干了。"

安露红站来，娇娇和琦琦也站起来，两个年轻女孩子脸上忽然多出一分郑重，似乎觉出吴百合这句话的分量，然后，相视一笑，仰头把杯子里的酒一饮而尽。

门外，有人掏出钥匙开门。

"是我爸。"娇娇说。

安露红拍拍女儿的肩，示意她坐着别动。"门没锁。"又冲门外说，"你再不回来，就只剩盘子可以吃了。"

吴百合给水力的信

　　飞机撑起一个空间，在离地面几万米的高空，云朵很像鱼，这是一个让人倾听到自己声音的好机会，从心灵到骨髓，有一种深刻而博大的平静和真实，以一种空无的临近，抵达我的脉络，无所不及地照临我，如扁舟泛起一浪一浪的母音，只把我心里想说的话，撒了一程又一程。

　　我不想问你在哪里，水力，这是一个长期尖锐复杂的问题，也许我已经无数次地见过你，见到你，在某个地铁口，在某所超市付款机前，或许我走下楼时你正在小区门口和人闲聊，而我无视地走过，就从你面前无视地走过，你是我想象中一个具体的影像，我无法说我不认识你，照片比镜子更真实，但我的确没见过你。

　　水力，你是谁，是不是我自己？这问题很微妙有趣，总之你和我有某种关系，尽管这世上每个人和另一个人都不相同，但也存在着某种关联，某种统一，我一遍又一遍读你的小说，用我的经验和穿透力，怎么也不相信，你会那么差劲，你知道我指的是什么。你不仅有超乎寻常的观察力，也有着极其超凡的想象力，你对语言是那样敏感，如果不是那件事情，如果你现在还在写作，在一个无风无雨的傍晚，房间窗户没关，窗帘被风鼓起，黝

330

蓝色的星光透进来，你在读书，或在振翅想象，也或许，又一个或古老或哀伤，或空灵或梦幻的故事又被创作出来，这是多么好的事情。

自从抄袭事件出来之后，我心里也责备过你，孩子，我那么看好你，你却令我失望。我把你同一时期发表在刊物上的作品，都找出来进行比较。相似的生动，类似的对一些熟悉事情的叙述，不同的故事下隐藏着同一种理念的线轴，每位作家的笔下都有一幅专属于自己的独特景象，就像专属于个人的大脑结构，若是人们依据这种方向，每个人的作品将是非常严谨的，看过你的其他小说之后，这种想法更为深刻。如果说，风格是一位作家的一件艺术品，那么，每一个作品都是围绕这一个线轴的分枝，是一个作家的直觉和天赋，而不是后天练就的，它证明一个作家的喜好和生活。

我以一个读者身份进入小说的时候，我几乎要与它融为一体。我的心我的情绪随之起伏，一路前行。似虚妄，似芸芸众生世俗红尘里把守的纯洁坚持，一脉相承的温柔幽远，指引人们看到越过地狱、涉过忘川、慧若兰质的爱情朝圣者。我相信，当你写这些女子时，你就是那些女子。

所以，当有人在网上大肆叫嚣："水力抄袭，必须遭贬"。乍听像是正义之声，其实很大程度上是有人在操纵这场毁灭你的运动，你被当做明星，经历了一场声势浩大的毁星运动，尤其当这股力量到不能控制时，更表明是有人借此事，毁你没商量。

你回避采访，没有借机炒作自己，你不回应、不解释、不反驳，让谣言不置可否围绕在你身边，我想起电影《本色》里的座右铭，当约翰·特拉沃尔扮演的角色，被问到为什么不通过媒体反击他的对手，进行一场消极战时，他回答说："我只是不想给那个狗娘养的力量，让他把我也变成一个狗娘养的。"

我的敌人也出动了，他们在暗处，我在明处，除了来者不拒，照单全收，还能怎样？那不是你的节日，也不是我的，水力，我和你一道，面不改色接受耻辱，这世界要么集体鼓掌，要么无人爱，就像接受一种投资，获取股息，别只想收获，不去播种。

这只能说明，真理永远掌握在少数人手里，而生活中多是不明事理之人。有人正是利用了这一点。利用了蒙昧者人云亦云的特点。这种人说话做事不经大脑分析，不认真观察探询，想说什么说什么，有时候根本就是信口胡言，满嘴喷粪。就像得病发疯的狗，一听到什么动静就乱吼乱嚷，辨不清目标，朝东"汪汪"几声，朝西再"汪汪"几声，实在不行就冲着空中狂叫狂吠。更有趣的是，几只无聊的笨狗听到这只发病的狗叫声，闻讯赶来参与其中，于是，一支疯狗队立即组成，一群疯狗们仰起脖子，冲着日头，冲着空气，"汪汪汪"了一个下午也没人应承，更没人叫好。太阳落山，狗儿们只好收起沙哑的嗓门，筋疲力尽钻回狗窝。哦，可怜的人，可怜的狗，竟如此相似。

这世界上，无论一个人有多智慧，多富裕，多高尚，只要他是个人，都会有这样或那样的过失。水力，因为你的才华在很多人之上，所以在他们心目中异于常人。这就像人们拿着放大镜去挑剔璀璨的明珠上的瑕疵，却从未有人注意柴禾上的裂痕。正如一句谚语："不知自己脸上跑牦牛，却看到他人脸上有虱蚤。"自己浑身上下布满缺点也引不起人们关注，就把观察挑剔比自己强的人当做生活重心，若发现此人有一点过失，便如获至宝，添油加醋，大加传诵，"哼，也不过如此，比我强不了多少，"以此来找到心理平衡，甚至像过节那么载歌载舞，把酒庆祝。

古时候有一位高僧，因其广博的学识和智慧深得众人尊敬，虽然律己勤勉，精进修行，

但稍有不得法处便引来一阵非议。有一天他刚剃了头，引得一帮弟子议论纷纷，这个说，"大师今天剃了头了，用了什么发

油，真香啊。"那个说，"听说大师和一位女弟子过从甚密，莫不是她身上的香气？""哼，什么大师，带头违背佛门清规的败类。"

女弟子是大师的亲妹妹。她来帮哥哥洗衣做饭，哥哥给他讲经说法，本为同道中人。大师听到流言，与亲妹妹也划清界线，再不往来，心想，这样你们没什么可以说的了吧？又有人说，"最近不见那位女弟子前来拜望大师。"有人就说，"大师如今越来越傲慢，根本就是轻怠众弟子。"这个故事告诉我们一个道理，黑衣服上再多黑点人们也察觉不出来，而白衣服上有一个黑点别人就看得很清楚。

之所以用这个典故，是想说明，文学自被创造出来的那天起，也是一种宗教，宗旨也是先救己，再度人。把文学视作名利场，作品再轰动名利得到再多，犹如美艳的花朵也只能作一天的装饰，而把文学当成精进修行的，犹如头顶髻宝永远受人珍视。"名如好听之歌，听过便空，利如昨日之食，食过便无。"所以，假借文学之名，为一己私利心劳神绌，就是将上天能够给予他们的种种启示和慧根逐渐丢掉，只陷进房子啦，职称啦，官位啦，名利啦，嫉妒啦，憎恨啦，猜忌啦，诽谤啦，算计啦，排挤啦，争风吃醋啦，争名夺利啦这些逼仄的黑暗中，变得越来越丑陋，越来越面目可憎。不管有人说他读过多少书，写过多少字，又是以一个多么正义的形象对别人口诛笔伐，无论他头上罩着多少个人荣誉，一本诗集啦，文化商人啦，再一本小说集啦，获奖啦，房子啦，他那粗鄙的爪子，刨多远也没有走出动物的窝，如果水没有渗透到土地深处，是无法解除旱情，也无法保墒抗灾的。某些人，只不过是借文学建了一个垃圾站，圈着内心的腌臜，有时候会散发持续的臭味，污染了周边空气，给精神环保释放毒气，殊不知，上天给他们机会，为了自我修行灵魂忏悔和救赎，为文却不精修，徒造诸多恶业，终将堕入三涂无有出期。

水力，你冰雪一样聪明，水一样灵性，否则你文章中也不会

333

有那么多令人惊叹的光彩，你在文章中神采奕奕，那是从血液里流淌出来的发光点，包含着一种沉静从容的力量。当然不够深刻也是你的大敌，就像小孩子喜欢玻璃上的冰凌花，喜欢春节早晨的爆竹声，喜欢插在玻璃瓶中的干枝梅，我相信通过时间的冶炼你能解决这个问题。由于年轻，你看不到生活中存在的种种危险，高雅的兰花也会被风刮入泥淖，被当垃圾践踏，但兰花质本清丽，即使零落成泥也不会像垃圾那样肮脏不堪。

如果你现在已经不再惦记文学，我是说，你可以不惦记，但是水力，我要告诉你的是，不是文学伤了你，你永远永远不可以这么认为。我刚才说了，真正的文学是一种宗教，任何真正的宗教的旨意，都不是以伤害人为前提，只是不真正从事文学，或者不把文学当宗教，而当鞭子当枪当刀当剑当毒剑的人伤了你。这种人，如果放在屠宰场，可能是好屠夫；如果带上战场，有可能是好士兵；如果当警察，也许是缉毒英雄；如果当刽子手，也可能杀人不眨眼。

这么说，很骇人听闻？对，是的，你就是碰到从事伪文学的人，他们给自己披了一件文学的外衣，装成大爱大善大悲悯，向每个妨碍他们或被他们视为障碍的人施放毒气，不是你撞上了，而是你躲不过，这暗示着某种机缘和抗力，有人一辈子也没遇上，未必幸运，你撞上了，未必不幸。这要看你从中吸取了什么，是愚蠢的眼泪，还是美和勇气。最核心的问题是，这不是你的悲伤，想想那些从事伪文学的人，已经失去了善良和宽容，成为感情冷酷的狭隘之人，他们把文学置于绝望之地，再也写不出蒜苗在韭菜花地里生出枝叶，芬芳的小瓶子装着毒酒而不是香水。会渗透出来的，透过他们灰暗的眼睛渗透到笔端，再洇染到纸里，当然他们会本能地掩饰，通过各种各样的方式美化自己的文字，但最终，因他们的文学缺乏应有的品质，像是一种围栏，遮遮掩掩地把含混不清的东西关进去。

334

有人脱下皱皱巴巴的"三宅一生"包装文字，有人给写出的小说披了一件"五色风马"的外衣，他们的勤奋在于用石头剪子布这样的小儿科游戏，在一堆纸质的垃圾中翻捡着，找对自己有用的东西，找昔日的荣誉感，再用古老传统的棉线织绣装扮自己，穿着高高的厚底鞋，再随时脱掉戏弄自己。说实话，在这方面，非但你，连我也是望尘莫及。这种时候，如果有哪个年轻人出个新招，就立刻会引起他们警觉，他们担心自己再浪费一车皮的打印纸也找不到灵感，他们担心自己那费尽心机换来的口口相传的荣誉随风而逝，担心干巴巴地活着，担心失去水分枯槁而死。所以，在文学这一高雅的伪饰之下，他们首次得对自己虚构的人品负责，使最胆大妄为的伪文学者也想钻到地洞里去，在那里，在最终文学的考证面前，他们只好只能只可以无地自容。是他们的恶意让人感到同情，他们的生命难道是从石头缝里生长出来的吗？没有爱没有滋养没有文学没有音乐没有歌曲，如果正好他们还是作家，那为谁写作又成为一个首当其冲的问题。他们头脑中怎么能产生优秀作品，有营养的有生气的丰富多彩的作品？

　　水力，你一定是不随俗流的，所以责无旁贷被当做众矢之的的。假如你走向他们，顺应大流，你还能浑水摸鱼，至少不被当做靶子，这是我通过思考得出来的结论。我不想成为研究你的专家，但是我必须承认你的事给我很大触动，某种意义上，它引发了我的反思，我对自己的反思，对文学的反思，对人性的反思，对当真作家还是伪作家，对写真文章还是伪小说的反思。我不感谢你水力，你让我感到疼痛，这疼痛一直埋在我心底，对我来说，你的事绝对不会成为过眼烟云，我相信这是给我很深刻记忆的一件事。如果两位村民发生矛盾，他们会隔着院墙对骂，骂尽他们从娘胎出生以来最难听的话，然后告诉子孙后代老死不相往来，也就如此而已。如果是一对工厂里的工人，他们会光着膀子干一架，打得口鼻冒血，三几十年不说话，也就如此而已，但是在文字的领域里，有人用威胁与压制性的语言代替暴力，我听到他们一遍一遍地逼你说话，任何错误或者令他们嗜血如腥的话，好让他们更加把你置于万劫不复之地。

水力，别总想着那是件丢脸的事情，考虑一下关心你惦记你的人，告诉我们你在哪里？告诉我们你的眼泪你的伤心，告诉我你如何走出黑暗或是一直没有走出的原因，我们不会责怪你，告诉我们你还相信什么恐惧什么。

如果你在一个栀子花飘香的黄昏乘上一列火车，顺着长长的铁轨去到一个充满海潮味的地方，车厢内洁净如新，一位年轻男子递给你一只松软香甜的面包，他下巴扬起的方向告诉你那是最后一站，他伸出手，像是带你回家一样领着你走出车厢，那一刻，他手掌的热度让你想到阳光的热气。你们在一家旅馆门前停住脚步，大门上的红灯笼在风中摇曳，走进房间，他为你端来一碗寒天里的热汤，把仅剩的饼干和火腿肠给你，他眼神里移动着比亲人的神情还熟悉的什么，让你想到一块温润厚实的璞玉，透着踏踏实实的绿，他的突然出现意味着上天对你的一种心疼。你们之间的关系比亲人还亲，你们实际上是一对双胞胎兄妹，一个失散了另一个必须找到她，一个健康另一个才会安然无恙，你是否能够再一次拿起笔来，取决于他和你的重逢。

看着你吃完最后一根火腿肠，喝光杯子里最后一滴水，他终于开口说话，他说："水力，放下吧，全部放下，放在河边，把那些乌七八糟都放下，那些沉重的刀子，伤害你的刀子，将他们一把一把，全放在岸上，让清澈的河水在上面奔涌。"

他说，他的名字叫文学。

2009. 6. 5～2009. 7. 29 第一稿
2009. 8. 1～2009. 10. 5 第二稿
2009. 10. 7～2009. 11. 5 第三稿
2010. 1. 23～2010. 1. 27 第四稿

●作者簡介

細谷功

商業顧問、作家。曾在東芝股份有限公司任職，後於外商及日商顧問公司負責業務改革等諮詢服務，近年來則致力於在國內外的企業、各種團體、大學等處，舉辦發現／解決問題和思考力相關的演講與研討會。主要著作有《鍛鍊你的地頭力》（時報出版）、《具体と抽象 世界が変わって見える知性のしくみ》（dZERO）、《「具体⇔抽象」トレーニング 思考力が飛躍的にアップする29問》（PHP）等。

設計	菊池 祐	
插畫	米村 知倫（Yone）	
責任編輯	田中 陽菜	

SHIKORYOKU NO CHIZU
RONRI TO HIRAMEKI O TSUKAIKONASERU ATAMA NO TSUKURIKATA
© Isao Hosoya 2022
First published in Japan in 2022 by KADOKAWA CORPORATION, Tokyo.
Complex Chinese translation rights arranged with
KADOKAWA CORPORATION, Tokyo through CREEK & RIVER Co., Ltd.

思考力地圖
打造一顆靈活運用邏輯與直覺的頭腦

出　　　　版／楓書坊文化出版社
地　　　　址／新北市板橋區信義路163巷3號10樓
郵 政 劃 撥／19907596　楓書坊文化出版社
網　　　　址／www.maplebook.com.tw
電　　　　話／02-2957-6096
傳　　　　真／02-2957-6435
作　　　　者／細谷功
翻　　　　譯／王綺
責 任 編 輯／吳婕妤
內 文 排 版／洪浩剛
港 澳 經 銷／泛華發行代理有限公司
定　　　　價／360元
出 版 日 期／2024年12月

國家圖書館出版品預行編目資料

思考力地圖：打造一顆靈活運用邏輯與直覺的頭腦 / 細谷功作；王綺譯. -- 初版. -- 新北市：楓書坊文化出版社，2024.12　面；　公分
ISBN 978-626-7548-23-3（平裝）
1. 思考 2. 思維方法 3. 邏輯
176.4　　　　　　　　　　　113016491